Pari tenu

Jane Ashford

Pari tenu

Traduit de l'américain
par Perrine Dulac

Éditions J'ai lu

Titre original :

THE MARRIAGE WAGER
Bantam Books, N.Y.

1

Appuyé au bastingage, Colin Wareham, cinquième baron St. Mawr, contemplait la mer houleuse. L'été approchait, mais le temps était froid et humide. Des nuages noirs balayaient le ciel et un vent vif soufflait du nord. Pourtant, Wareham ne faisait aucun effort pour se protéger des embruns. Son long manteau flottait autour de lui sans qu'il cherche à le refermer. Il se sentait épuisé.

— Nous sommes presque arrivés chez nous, monsieur le baron, annonça Reddings, son valet de chambre, en désignant une tache grise à l'horizon.

— Chez nous, répéta Colin d'un air absent.

Depuis huit ans, il vivait dans des campements militaires. Il avait combattu avec Wellington dans la péninsule ibérique – La Corogne, Talavera, Salamanque – puis en France, pendant les Cent-Jours. Il avait vécu dans le sang et la crasse, côtoyant quotidiennement la mort. Aujourd'hui, il rentrait chez lui, en Angleterre. Il allait retrouver les siens, une famille tout entière absorbée par les plaisirs de Londres. Ses nombreux parents se réjouissaient de le revoir. Son rang, selon eux, aurait dû lui interdire de risquer vulgairement sa vie. Colin se souvenait avec amertume de leur indignation lorsqu'il leur avait annoncé son départ, à l'âge de vingt ans.

Reddings observait son maître avec anxiété. Le baron était grand, mince et large d'épaules, mais les privations de la guerre l'avaient amaigri. Reddings s'inquiétait de l'humeur maussade qui s'était emparée de St. Mawr, une mélancolie que même Waterloo n'avait pas réussi à dissiper. Il aurait préféré que son maître fulmine, qu'il s'emporte contre le sort qui avait voulu qu'il passe les plus belles années de sa jeunesse sur un champ de bataille. Par-dessus tout, il aurait aimé retrouver le jeune garçon rieur qui l'avait pris à son service.

Il se rappelait ce jour-là avec bonheur. Le jeune homme avait quitté Eton avec quinze centimètres de plus qu'à l'automne précédent et une garde-robe qui n'avait pas suivi sa croissance. En le voyant, le vieux baron avait éclaté de rire et déclaré qu'il fallait un valet à Colin avant de partir pour Cambridge, faute de quoi la réputation de la famille tomberait en lambeaux, à l'exemple de la redingote que son fils avait sur le dos. Colin avait souri et répondu qu'il ne pourrait jamais égaler l'élégance de son père.

Reddings, qui était laquais à l'époque, se trouvait dans le vestibule de la maison lorsqu'il avait entendu cette conversation et les paroles inoubliables qui l'avaient conclue.

— Allez chercher le jeune Sam Reddings, avait dit le vieux baron. Il devrait faire un valet convenable.

Reddings avait ainsi vu se réaliser son souhait le plus cher, et jamais il ne l'avait regretté, malgré les années de guerre. Malheureusement, le vieux baron était mort peu après cette discussion. Lui seul aurait pu influencer son jeune maître, maintenant, songea Reddings avec un soupir.

La proue du bateau fendit une énorme vague grise, projetant des gerbes d'embruns glacés sur le pont. Le vent transperçait les vêtements. Depuis le début, la traversée avait été mouvementée. Malades pour la plupart, les passagers se lamentaient et appelaient de leurs vœux la fin du voyage.

Colin Wareham, lui, était insensible au roulis. Qu'avait-il attendu de la guerre ? se demandait-il. Il avait rêvé de pays exotiques, d'actes héroïques... Il eut une moue de mépris en pensant au jeune homme idéaliste qu'il avait été. Des années de campagne avaient balayé sa naïveté. À côté de la dure réalité de la guerre, ses médailles et ses citations lui semblaient une sinistre farce. Que lui restait-il, à présent ? L'ennui de la saison londonienne, la chasse et les occupations traditionnelles d'un gentilhomme campagnard, la hâte de sa mère à le marier pour qu'il engendre un héritier, les minauderies de débutantes insipides et les flatteries de parents avides. Wareham serra les lèvres. C'était son devoir, et il ne s'y soustrairait pas.

Le bateau luttait contre le vent pour atteindre le rivage, où se détachaient à présent les pâles falaises de Douvres. Le second hurla des ordres et les marins s'élancèrent à l'assaut des mâts. Quelques mouettes ajoutaient leurs cris plaintifs au vacarme général, tandis que le bateau approchait de l'entrée du port.

Un mouvement de l'autre côté du pont attira l'attention de Colin. Deux passagers avaient quitté leurs cabines pour assister à l'accostage. Le premier était un géant au teint basané, aux yeux noirs et aux mains énormes. Bien qu'habillé à l'européenne, il était manifestement d'origine arabe ou turque, se dit Colin. Que faisait-il, si loin de son pays ? En tout cas, ce premier aperçu de la côte anglaise ne semblait pas l'enthousiasmer outre mesure.

Le regard de Colin s'arrêta ensuite sur la personne qui se tenait à côté de l'étranger. Une rafale de vent plaqua ses vêtements sur sa silhouette mince et rejeta en arrière la capuche de sa cape grise, révélant des cheveux d'or pâle. Même par ce temps maussade, ils brillaient comme du métal poli. La jeune femme avait un profil délicat, avec un petit nez droit, des pommettes saillantes et des lèvres vermeilles qui contrastaient avec son teint d'albâtre. Elle fixait la côte avec gravité, l'air anxieux. On eût dit qu'elle s'apprêtait à affronter un territoire hostile.

Son expression mélancolique éveilla la curiosité de Colin. Qui était-elle ? Pourquoi avait-elle traversé la Manche ? Comme elle se retournait pour parler au géant – son domestique, sans doute – il se demanda si elle revenait d'un voyage en Orient. Elle sourit tristement, et ce sourire l'émut. L'espace d'un instant, il fut tenté de traverser le pont pour engager la conversation avec elle. Ce visage pensif devait certainement cacher des secrets fascinants. Il fit un pas dans sa direction, mais se ravisa aussitôt. La plupart des jolies femmes qu'il avait connues étaient d'un ennui mortel. Il lui serait insupportable de ne découvrir derrière ce beau visage qu'affectation et sottise.

— Allons rassembler nos affaires, dit-il à Reddings, en se dirigeant vers l'échelle qui menait aux cabines.

L'étrange couple resta sur le pont. Le géant serrait son manteau autour de lui, tandis que sa maîtresse faisait face aux vagues, savourant l'air salé et les embruns.

— Nous y voilà, Ferik, déclara-t-elle au bout d'un moment. Mon pays, ajouta-t-elle d'un ton légèrement sarcastique.

Le géant considéra les bâtiments de Douvres d'un œil morne.

— Quand je suis partie, il y a sept ans, continua la jeune femme, j'avais un mari, de l'argent, six domestiques et des malles pleines de robes à la mode. Aujourd'hui, je reviens les mains vides.

— Avec moi, maîtresse, fit le géant avec un fort accent étranger.

— Avec toi, approuva-t-elle avec chaleur. Je crains que tu n'aimes pas l'Angleterre, Ferik.

Avec ce pantalon droit et ce manteau noir, il avait l'air de s'être déguisé, songea-t-elle.

— C'est sûrement mieux que l'endroit d'où je viens, maîtresse.

Se rappelant l'enfer d'où elle l'avait tiré, Emma Tarrant acquiesça.

— Sauf peut-être pour la pluie, admit-il d'un ton plaintif.

— Je t'avais prévenu, dit Emma en riant. Et pour le froid aussi.

— Oui, maîtresse, répondit le domestique de sa voix sonore.

Emma admirait le rivage, les maisons anglaises à toits pointus, les voitures à armoiries attendant les voyageurs... Sept ans, songea-t-elle, sept ans avaient passé depuis son départ, et il lui semblait que toute une vie s'était écoulée. Elle faisait probablement une erreur en revenant sur son sol natal. Elle ne serait pas accueillie en enfant prodigue, elle le savait. De toute façon, elle n'avait pas l'intention de revoir ses anciennes connaissances. Elle souhaitait seulement retrouver un cadre familier, parler sa langue, ne plus être une étrangère. Elle demandait si peu ! On ne pouvait pas le lui refuser.

Les marins jetaient les cordes vers les bittes d'amarrage et préparaient la passerelle.

— Viens, Ferik, dit Emma. Allons nous occuper de nos bagages.

Sur l'échelle qui menait au pont inférieur, ils durent s'effacer pour laisser passer un homme et son valet. Leurs malles bloquaient le chemin, de sorte qu'Emma se trouva coincée contre le passager. Comme elle levait la tête pour protester, elle croisa des yeux d'un bleu presque violet. À moins de vingt centimètres d'elle, ils l'examinaient avec insistance. Jamais on ne l'avait regardée ainsi. Étonnée, elle entrouvrit les lèvres et sentit son cœur s'emballer.

Colin Wareham fut pris d'une irrésistible envie d'embrasser cette étrangère. La proximité de la jeune femme le troublait, son expression intelligente et son air effarouché l'intriguaient. Il aurait été si facile de pencher la tête et de poser sa bouche sur la sienne...

Finalement, le géant libéra le passage, tirant derrière lui une des malles, mais Emma resta immobile.

— Ça ne va pas, maîtresse ?

— Si, répondit-elle. Merci, Ferik.

— Excusez-moi, murmura Reddings avant de gravir l'échelle.

Colin hésita à parler. Une petite voix lui soufflait qu'il regretterait toujours d'avoir laissé échapper cette femme, mais sa raison lui disait qu'il perdait la tête. Reddings se pencha au-dessus de l'écoutille.

— Puis-je vous aider, monsieur le baron ? s'enquit-il.

Après un dernier regard à la belle inconnue, Colin rejoignit son valet.

Une semaine plus tard, Emma était assise à une table de jeu dans le salon de Barbara Rampling. Le front plissé, elle réfléchissait. Devait-elle se débarrasser d'un trèfle ou d'un carreau ? La question avait son importance : depuis un an, les cartes représentaient sa seule source de revenus. Son adversaire était une piètre joueuse, mais Emma préférait se montrer prudente. Avoir trop confiance en soi était une erreur. Son défunt mari, lui, pensait toujours pouvoir se refaire. Pourtant, lorsqu'une rixe dans une taverne lui avait coûté la vie, il ne restait presque plus rien de la fortune d'Emma.

Emma posa sa carte. Tandis que son adversaire l'examinait, elle croisa le regard de Barbara Rampling. Elle venait de la rencontrer, mais il lui semblait la connaître depuis toujours. Le mari de Barbara avait été possédé par le démon du jeu, lui aussi.

Quand il s'était suicidé, épouvanté par l'énormité de ses dettes, sa veuve, pour ne pas mourir de faim, avait ouvert cet élégant tripot dans sa propre demeure. Emma était une habituée de ce genre de maisons – elle y avait en effet passé une grande partie de son temps, au cours des douze derniers mois. Les clubs où les messieurs jouaient gros lui étant interdits, elle ne survivait que grâce à des gens comme Barbara.

Outre des dettes et des désillusions, Edward lui avait légué son savoir. Sous sa tutelle, Emma avait appris toutes sortes de jeux de cartes. Elle s'y adonnait à présent avec talent. Son mari enrageait de la voir si habile et pourtant si peu joueuse. Durant l'année qui avait précédé son décès, les gains de sa femme leur avaient permis de survivre, sans toutefois compenser l'argent qu'il perdait. Sa mort avait mis fin à une chute étourdissante qui avait failli emporter Emma.

L'adversaire d'Emma fronça les sourcils. Elle était étourdie et n'avait apparemment pas saisi les principes du jeu, mais elle pouvait se permettre de perdre. Si, ce soir, Emma gagnait de quoi tenir un mois, elle n'aurait pas de remords.

Cachant tant bien que mal son impatience, la jeune femme observa les gens qui se pressaient autour des tables. La plupart d'entre eux n'étaient pas difficiles à cataloguer : dans toute l'Europe et jusqu'à Constantinople, elle avait rencontré leurs semblables dans des salons distingués ou des tavernes sinistres. Ils formaient une population internationale de filous et de victimes, dont le seul point commun était la passion du jeu. Emma éprouva de nouveau ce mélange de pitié et de dégoût qu'elle ressentait toujours dans de tels lieux. Sir Edward et Lady Emma Tarrant... songea-t-elle avec amertume. Jamais elle n'aurait pensé que cela finirait ainsi.

Elle remarqua un jeune homme qui jouait au pharaon à une table d'angle. Il n'avait certainement pas plus de dix-sept ans et présentait tous les signes de l'obsession qu'elle connaissait si bien – le regard fixe, les mains tremblantes, le buste penché sur les cartes. Il perdait de l'argent qu'il n'avait pas. Le cœur d'Emma se serra. Elle l'aurait arrêté, si elle l'avait pu, mais savait d'expérience qu'il ne voudrait rien entendre.

Elle s'apprêtait à se détourner pour ne pas assister à la débâcle quand le jeune homme releva la tête. En voyant son visage, Emma fronça les sourcils. Les traits, les cheveux et les gestes du joueur lui paraissaient à la fois familiers et totalement nouveaux.

Soudain, Emma eut l'impression qu'elle allait s'évanouir. Ce ne pouvait être que...

— Qui est ce jeune homme dans le coin ? demanda-t-elle, comme la grosse femme assise face à elle posait enfin sa carte.

Sa voix tremblait légèrement, mais la femme était trop concentrée pour s'en apercevoir. Elle jeta un regard distrait au jeune homme et dit :

— Bellingham, je crois. À vous de jouer.

Bellingham... Le nom résonna aux oreilles d'Emma. Elle ne s'était pas trompée. Son passé avait refait surface.

Elle termina tant bien que mal la partie. Elle réussit même à gagner, tant sa partenaire était nulle, mais elle refusa de poursuivre. Après avoir empoché ses gains, elle alla s'asseoir près d'une fenêtre avec un verre de vin. Tandis que les bougies se consumaient et que les cauchemars d'Emma revenaient la hanter, le jeune homme perdit coup sur coup des centaines de livres.

Combien de nuits blanches avait-elle passées à assister au naufrage de sa vie et à regarder son mari, obnubilé par le jeu, guetter la chance ? Combien de fois avait-elle, au début, essayé de le raisonner, ne parvenant à provoquer que de folles fureurs ?

Emma examina l'adversaire du garçon. Sa silhouette lui semblait étrangement familière. Plus âgé que son partenaire, il devait avoir une trentaine d'années. Son expression sombre était celle qu'Emma avait souvent observée chez les joueurs invétérés. Peu importait à ce professionnel l'âge du garçon ou ses moyens, pensa Emma. Il l'avait probablement entraîné ici en lui jouant la comédie de l'amitié, afin de s'enrichir à ses dépens. La rage montait en elle. Comme elle le détestait, lui et tous ces parasites, ces charognards qui se nourrissaient de la misère humaine ! Un jour, il lui avait fallu supplier l'un d'eux d'effacer une dette. Il avait refusé, sans montrer la moindre pitié.

Il était plus de minuit quand les joueurs s'arrêtèrent. Atterré, le jeune homme chuchota quelques mots à son partenaire et s'empressa de quitter la pièce. Lorsque le plus âgé sortit d'un pas nonchalant, Emma se leva, au comble de la fureur. Elle devait faire quelque chose. Elle refusait de le laisser dépouiller un innocent.

Elle descendit discrètement l'escalier derrière lui, le vit récupérer son manteau et s'éloigner dans la nuit. Dans le vestibule, elle fit un signe à Ferik, qui l'attendait. Docilement, celui-ci lui emboîta le pas. L'homme se dirigeait vers une file de fiacres.

Désignant la voiture qui venait de s'ébranler devant eux, Emma ordonna à l'un des cochers :

— Suivez cette voiture.

— Maîtresse ? interrogea Ferik.

— Monte, ordonna Emma d'un ton sans réplique.

Il obéit en silence. Par les rues endormies, ils gagnèrent, dans un grand fracas de sabots et de roues, un quartier huppé de Londres. Emma sortit le loup qu'elle gardait toujours dans son réticule et l'ajusta. Le masque recouvrait tout le visage, à l'exception des lèvres et du menton.

— Que s'est-il passé, maîtresse ? demanda Ferik. Cet homme vous a-t-il insultée ? Désirez-vous que je le tue ?

Emma ne répondit pas. Les deux fiacres s'immobilisaient devant une vaste demeure de pierre. Elle sauta de la voiture, jeta une pièce au cocher et se précipita vers la porte que l'homme était en train d'ouvrir. Ferik dut courir pour la rattraper.

Comme l'homme franchissait le seuil, la jeune femme entra sur ses talons avec Ferik, et la porte se referma sur eux trois.

— Que diable ? s'écria l'homme en levant sa canne d'ébène. Qui êtes-vous ? Que voulez-vous ?

— Je viens pour les reconnaissances de dettes de Robin Bellingham, déclara Emma.

Elle avait vu ce dernier les lui griffonner les unes après les autres, à mesure qu'il perdait. Combien de jeunes gens cet individu avait-il déjà ruinés ? se demandait-elle.

Il baissa légèrement sa canne. Ces deux personnages lui étaient vaguement familiers.

— Vous ne pourrez pas refuser ma proposition, ajouta Emma. Je vous les joue.

Colin Wareham posa sa canne et regarda le géant basané et la femme masquée qui l'accompagnait.

— Vous étiez sur le bateau qui venait de France, dit-il.

À présent, il se souvenait de leur rencontre. Comment oublier le trouble que cette femme avait fait naître en lui ?

— Vous m'avez entendue ? insista Emma. Je vous propose de jouer ces reconnaissances de dettes.

Colin l'observa plus attentivement. Malgré le masque, il se rappelait parfaitement ce beau visage et les émotions insondables qui s'y étaient peintes.

— Pour quelle raison ? Qui est le jeune Bellingham pour vous ? demanda-t-il, tout en admirant ses cheveux d'or pâle, sa bouche sensuelle, la courbe voluptueuse de ses seins et de ses hanches. Votre amant ?

Cette idée était ridicule, songea-t-il aussitôt.

— Quelle importance ? répondit-elle d'un ton glacial. Je ne vous laisserai pas le ruiner.

Colin fut un peu déçu de voir qu'elle ne niait pas toute relation avec Bellingham, puis il remarqua que le géant lançait des coups d'œil stupéfaits à sa maîtresse. Étrange, vraiment… L'attitude de cette femme excitait sa curiosité. Il y avait si longtemps que plus rien ne l'amusait qu'il ne put résister à l'envie de prolonger cette discussion.

— D'accord, fit-il. Je vais jouer avec vous. Vous me permettez de choisir le jeu ?

Elle acquiesça d'un hochement de tête.

— Bien. Ce sera le piquet.

Elle ne répondit pas, mais Colin lut du mépris dans son port de tête, et il retrouva son instinct de joueur.

— Vous êtes bien sûre de vous, dit-il dans un murmure.

Emma esquissa un petit sourire. Elle s'était attendue à ce qu'il acceptât, pensa Colin, et comptait bien l'emporter. De plus en plus intrigué, il prit le bougeoir qu'un domestique avait posé sur un guéridon à son intention et ouvrit la porte de la bibliothèque. Il pénétra dans la pièce, sonna et alluma d'autres bougies avec celle qu'il tenait à la main.

— Votre redoutable ami va-t-il me surveiller pendant que nous jouons ? demanda-t-il.

— Ferik restera dans le vestibule, d'où il m'entendra facilement si je l'appelle.

À ces mots, le géant s'accroupit et se laissa tomber sur le sol de l'entrée, le dos confortablement appuyé contre le mur.

— Il ne veut pas prendre un siège ? s'enquit Colin.

L'air énigmatique, Ferik secoua la tête. Il ressemblait à une statue gardant quelque monument antique. L'idée était amusante, pensa Colin. Il ne put s'empêcher d'en rire, et le bruit de son rire dans la maison silencieuse le fit sursauter. Quand avait-il ri pour la dernière fois ?

Un laquais, qu'on venait visiblement d'arracher au sommeil, apparut à l'autre bout du vestibule. Bouche bée, il regarda Ferik, puis la femme masquée qui se tenait à côté de lui.

— Monsieur le baron ?

— John, apportez-nous du cognac et plusieurs jeux de cartes. Des paquets intacts, bien sûr, précisa-t-il devant l'expression fermée de son invitée.

— Oui, monsieur le baron, dit le jeune laquais.

Il ferma la bouche avec un claquement de lèvres, avant de pivoter sur lui-même pour exécuter les ordres de son maître.

Emma entra dans la bibliothèque et s'assit à la table de jeu. Elle devait admettre que cette pièce lui plaisait. Des étagères recouvertes de livres reliés se détachaient sur les murs vert foncé. D'épais tapis et de lourdes tentures isolaient ce sanctuaire du bruit. Un fauteuil confortable avec son repose-pieds occupait un coin de la pièce, à côté d'une petite table sur laquelle se trouvait un livre ouvert. L'épouse de son hôte s'y était sans doute installée seule pour lire, tandis que son mari perdait leur fortune au jeu, pensa Emma. Les joueurs, eux, ne lisaient pas.

Quelques minutes plus tard, le laquais revint avec les cartes, une carafe de cognac et deux verres. Tout en observant à la dérobée la femme masquée, assise avec raideur sur sa chaise, John posa son plateau, arrangea la table et remplit les verres. Le baron n'avait reçu personne depuis son retour de France. Le personnel, qui s'était attendu à des soirées animées, génératrices de généreux pourboires, avait été très déçu. La cuisinière avait même osé interroger M. Reddings, qui l'avait vertement remise à sa place. Mais voilà que leur maître se lançait dans une aventure amoureuse. Cela ouvrait de nouvelles perspectives... John avait hâte d'être au matin pour en informer les autres.

— Avez-vous encore besoin de moi, monsieur le baron ? demanda-t-il, sans rien laisser paraître de ses pensées.

— Non, merci, John. Tu peux aller te coucher.

Le laquais sortit. Aucun détail n'avait échappé à son regard inquisiteur. Il imaginait déjà la tête de Nancy, quand il lui parlerait du géant étranger assis sur le sol du vestibule. Il sourit. Pendant des jours, il serait le centre d'intérêt des cuisines.

Face à son hôte, Emma s'apprêta à distribuer. Elle ne doutait pas de gagner et savourait sa victoire d'avance. Un des rares plaisirs qui lui restât dans la vie était de triompher de ces êtres méprisables qui s'attaquaient aux jeunes gens sans méfiance. Ils se croyaient invulnérables, mais lorsqu'ils étaient battus – par une femme, qui plus est – leur univers s'effondrait.

Ils commencèrent à jouer. Une agréable chaleur régnait dans la bibliothèque. Bien que la soirée fût douce, le laquais avait fait du feu. Les bougies jetaient une lumière dorée sur les cartes, tandis qu'Emma étudiait son jeu. Une odeur de cuir et de cire mélangés imprégnait la pièce.

Colin lui tendit un verre.

— Du cognac, mademoiselle... Quel est votre nom ? Je ne l'ai pas entendu sur le bateau.

Absorbée par sa stratégie, elle refusa le cognac et ignora la question.

— Je m'appelle Wareham, Colin Wareham, déclara-t-il.

Sans la quitter des yeux, il but une gorgée, puis regarda la carte qu'elle venait de poser.

— Astucieux, fit-il. Vous jouez bien. Mais c'est bizarre... Vous n'avez pas les façons des dames qui hantent les tables de jeu.

— Je n'en suis pas, répliqua froidement Emma. Et je ne suis pas non plus comme vous. Je n'attire pas des enfants pour les dépouiller.

— Moi non plus...

— Je n'aime pas parler en jouant, dit Emma, préférant couper court à toute tentative de discussion.

Durant la demi-heure qui suivit, son adversaire se révéla un formidable joueur. Il prenait des risques à bon escient et jouait les bonnes cartes. Malheureusement, il avait aussi le don de deviner les siennes. Un esprit subtil se cachait derrière ses mains fines. D'ailleurs, celles-ci n'étaient pas blanches et molles, comme celles qui s'agitaient d'ordinaire au-dessus des tables de jeu, nota Emma avec surprise. Non, les mains de son hôte étaient brunies par le soleil et portaient des entailles et des cals. Selon toute vraisemblance, elles ne servaient pas qu'à berner des blancs-becs. Leur propriétaire ne possédait pas non plus les manières du joueur invétéré. Elle l'avait pourtant vu de ses propres yeux dépouiller le jeune Bellingham et était décidée à ne pas se laisser distraire.

Elle perdit la première partie, mais de peu. Et la chance avait favorisé Wareham. En examinant les cartes qu'il venait de distribuer pour la revanche, elle était confiante.

— Vous n'aimez pas jouer, n'est-ce pas ? lança-t-il.

Étonnée, Emma leva la tête. Soudain, tous les détails de leur rencontre sur le bateau lui revinrent. Elle se rappela ses yeux bleus, presque violets, dans lesquels elle s'était perdue... Ils exprimaient l'intelligence, la compassion et l'humour, des qualités étrangères aux hommes de sa sorte. Comme sur le bateau, elle se sentit hypnotisée par son regard.

Alors, elle l'observa plus attentivement. Jusqu'à ce moment, elle n'avait vu en lui qu'un homme grand et mince, vêtu avec élégance. À présent, elle remarquait son visage allongé, ses pommettes saillantes, ses joues un peu creuses, son nez aquilin, la fossette qui creusait son menton volontaire. Ses cheveux noirs légèrement ondulés étaient coupés court et coiffés en arrière, ses lèvres fermes et bien dessinées. Il était plutôt beau et séduisant, admit-elle en son for intérieur. Mais il fallait bien qu'il le fût pour abuser de jeunes innocents. Les escrocs étaient tous dotés d'un charme superficiel.

— On dirait même que vous détestez jouer, déclara-t-il.

— C'est vrai, répliqua-t-elle d'un ton cassant.

En effet, le risque ne lui procurait aucun frisson. Pour elle, le jeu s'apparentait aux problèmes d'algèbre ou aux traductions de français que lui donnait sa gouvernante, Mlle Crane. Ce n'étaient ni la chance ni la passion qui la faisaient gagner, mais la logique et la nécessité.

— Vous n'y trouvez aucune joie ? insista-t-il.

— De la joie ? Si je commençais à prendre plaisir à jouer, j'arrêterais définitivement.

— Dans ce cas, pourquoi jouez-vous ?

— Par obligation, avoua-t-elle. À vous de jouer, monsieur.

Il parut sur le point d'ajouter quelque chose, mais se ravisa et posa une carte.

Emma tenta en vain de se concentrer sur son jeu, puis elle leva de nouveau les yeux vers lui. Il la fixait avec curiosité, sans agressivité. Avec sympathie, au contraire. Il sourit.

Emma retint son souffle. Il avait un sourire chaleureux et honnête. Sans doute l'avait-elle mal jugé.

— Vous êtes sûre que vous ne voulez pas de cet excellent cognac ? demanda-t-il en portant son verre à ses lèvres. Je vous le recommande.

Emma se souvint brusquement des sept années qui venaient de s'écouler. Cela avait été un cauchemar, mais elle en avait retiré quelques leçons. Cet homme essayait de la séduire, pour détourner son attention du jeu et la pousser à l'erreur. Plus déterminée que jamais, Emma étudia ses cartes. Elle ne se laisserait plus prendre au piège.

Finalement, elle gagna la revanche. Mais le petit sourire de Colin Wareham montrait assez que cette défaite ne l'affectait pas. Il se servit un autre verre de cognac et le but à petites gorgées. Il semblait s'amuser énormément. Son arrogance était exaspérante.

Tout dépendait à présent de la troisième partie, la belle. Emma inspira profondément, ouvrit un nouveau paquet et entreprit de distribuer les cartes.

— Vous avez tort de refuser ce cognac, déclara Wareham.

— Boire ne ferait que m'embrumer l'esprit.

Elle distribua les cartes sans le regarder.

— Qui êtes-vous ? demanda-t-il brusquement. D'où venez-vous ? Vous avez les intonations et les manières d'une aristocrate, mais vous ne ressemblez en rien aux femmes que je connais.

Emma rougit légèrement. Il y avait quelque chose dans la voix de cet homme qui l'embarrassait. Que seraient-elles devenues, ces femmes-là, après sept années d'enfer ? songea-t-elle avec amertume.

— Je suis ici pour jouer aux cartes, répondit-elle froidement. Je vous ai déjà dit que je ne souhaitais pas discuter.

Il haussa les sourcils et ramassa ses cartes. Le feu crépitait dans la cheminée. Une bougie grésilla, emplissant la pièce d'une odeur de cire et de fumée. À cette heure tardive, les rues de Londres étaient silencieuses. On n'entendait que les discrets ronflements de Ferik dans le vestibule.

Les deux adversaires réfléchissaient en silence à la stratégie qu'ils allaient adopter et estimaient leurs chances.

— Je crois ce point gagnant, fit Wareham comme ils arrivaient à la fin du jeu.

Il posa une carte. Emma l'étudia.

— Et une quinte, dit-il en posant une autre carte.

Elle leva les yeux vers son visage, les reporta sur la table, puis hocha la tête.

— Bien. Alors, une quinte, une tierce, quatorze as, trois rois et onze cartes jouées.

Emma fixa le dos de la carte que Wareham tenait encore à la main. L'issue de la partie dépendait de ce rectangle de carton, et rien ne lui indiquait ce qu'elle devait garder pour gagner. Après un long moment, elle prit sa décision.

— Carreau, annonça-t-elle.

— Dommage, répliqua-t-il en montrant un trèfle.

Atterrée, Emma regarda la carte. Elle ne pouvait pas avoir perdu, c'était impossible ! Quelle humiliation !

— Pas de chance, commenta-t-il.

— Je ne pensais pas que vous conserviez un trèfle.

— Il aurait été plus logique de l'abandonner dans l'espoir de ramasser un as ou un roi, je suppose ?

Emma acquiesça en silence.

— Il faut savoir varier son jeu pour désarçonner l'adversaire.

Il sourit. Son visage n'exprimait ni jubilation ni mépris. Cela atténuait presque le désagrément de l'échec. Presque.

— Nous n'avons pas parlé de votre mise, fit-il remarquer.

— Vous ne m'en avez pas demandé, rétorqua aussitôt Emma.

Elle était loin de pouvoir offrir l'équivalent des dettes de Robin Bellingham.

— C'est vrai, admit-il.

Elle se mordit la lèvre inférieure, et sa poitrine se souleva sous le fin corsage de sa robe en satin.

— Nous sommes de même niveau, semble-t-il, ajouta-t-il.

Elle frappa la table du poing. Pas un instant elle n'avait douté de le battre, pensa Colin. Elle n'avait pas envisagé d'autre possibilité. Il attendit, curieux de voir ce qu'elle allait faire.

Elle frappa de nouveau la table.

— Que diriez-vous d'une autre partie ? proposa-t-elle enfin.

Une battante, songea Colin avec satisfaction. Il inspira profondément, savourant les effluves délicieux de son parfum, et laissa ses yeux errer sur la peau laiteuse de son décolleté. Jamais il n'avait rencontré une femme comme elle. Et il voulait qu'elle reste.

— Une seule partie, répondit-il. Si vous gagnez, les reconnaissances de dettes sont à vous.

— Et si je perds ?

— Vous pourrez tout de même les récupérer. Cependant, si je gagne, vous me devrez une récompense...

Il hésita. Il n'était pas du genre à séduire de jeunes femmes pour s'amuser. Mais cette inconnue était venue le défier chez lui. Ce n'était pas une enfant. Elle semblait à la fois intriguée et irritée.

— Quoi ? demanda-t-elle avec impatience.

Il la regardait trop intensément, il en avait conscience, mais les effets du cognac et l'étrangeté de cette nuit lui faisaient perdre toute prudence.

— Vous, déclara-t-il.

Il y eut un silence. Ce simple mot semblait les avoir changés tous deux en statues de pierre. Puis sa belle visiteuse se ressaisit et se redressa sur son siège.

— Comment osez-vous ? fit-elle, les poings serrés. Vous êtes ignoble. Si vous croyez pouvoir...

— C'est vous qui avez proposé une autre partie, répliqua-t-il sans se départir de son calme. J'en ai simplement fixé l'enjeu.

— Un enjeu scandaleux !

— Réfléchissez, dit-il, tout en l'imaginant dans ses bras. Quelle que soit l'issue du jeu, vous aurez ce que vous demandez...

Incapable de résister à l'envie de la toucher, il tendit le bras par-dessus la table.

Elle se leva d'un bond, faisant basculer la chaise sur laquelle elle était assise.

— Il faudra donc que le jeune Bellingham honore ses dettes, jeta-t-il, dépité.

— Vous n'êtes qu'un abominable escroc.

Elle avait prononcé ces mots sans conviction. Colin regretta aussitôt sa remarque inconsidérée.

— Au contraire, commença-t-il, mais vous devez admettre...

— Maîtresse ? lança une voix sonore depuis le vestibule. Vous avez appelé ?

Emma recula. Colin fit quelques pas pour la rejoindre.

— Ferik est là pour me protéger, l'avertit-elle. Il ignore la justice anglaise, et ses méthodes sont rapides et efficaces.

— S'il me touche, il aura de sérieux ennuis.

La porte de la bibliothèque s'ouvrit, et Ferik apparut. Il considéra la chaise renversée, puis Colin Wareham.

— Il vous a fait quelque chose, maîtresse ?

— Rien, répondit Emma. Partons.

Elle prit ses gants sur la table et enfila son manteau.

Le géant hésita. Il observait Wareham, l'air menaçant.

— Viens, ordonna Emma.

Ferik s'exécuta à contrecœur.

— Dites-moi votre nom, demanda Colin. Où puis-je vous revoir ?

Sans un mot, elle quitta la pièce. Son hôte voulut la rattraper, mais Ferik lui barra le passage.

— Je vous retrouverai ! cria Colin, debout dans l'embrasure de la porte.

Sa silhouette se détachait en contre-jour sur la lumière dorée de la bibliothèque.

— Je vous retrouverai, je le jure, répéta-t-il d'un ton farouche.

Elle disparut dans la nuit.

2

Assis devant son petit déjeuner, le baron St. Mawr contemplait avec dégoût l'amas de victuailles envoyé par la cuisinière. Ce matin-là, il était d'une humeur exécrable. Après le départ de sa mystérieuse adversaire, il avait à peine dormi, et l'abus de cognac lui valait à présent un violent mal de tête. Par-dessus tout, il était furieux que sa belle visiteuse se soit échappée sans qu'il ait réussi à apprendre quoi que ce soit à son sujet. L'espace d'un instant, elle avait écarté le nuage qui assombrissait son existence. Elle l'avait diverti, elle avait éveillé sa curiosité et ranimé son désir. Et, comme un imbécile, il l'avait laissée filer. Il ne savait même pas son nom ! La main crispée sur sa tasse de café, il maudit en bloc sa bêtise, le cognac, l'inconnue, son domestique... Comment s'appelait-il, déjà ? Ah, oui ! Ferik. Quel nom stupide ! Enfin, il maudit ses engagements matinaux, qui l'empêchaient de partir tout de suite à la recherche de la jeune femme.

L'arrachant à ses pensées moroses, le laquais entra pour annoncer l'arrivée d'un jeune homme. Wareham émit un grognement. John attendit quelques minutes avant d'ajouter :

— Dois-je lui dire que M. le baron n'est pas chez lui ?

— Dis-lui d'aller au diable !

— Oui, monsieur le baron.

Sur ces mots, le laquais se dirigea vers la porte.

— Une seconde, John. Qui est-ce ?

— Un certain M. Robin Bellingham, monsieur le baron.

Bellingham... Colin sursauta. Il l'avait complètement oublié, celui-là. Pourtant, si quelqu'un pouvait le mettre sur la piste de sa visiteuse, c'était bien le jeune Bellingham. Il fallait qu'il lui parle. Il vida sa tasse et se leva.

— Où est-il ? demanda-t-il.

— Dans la bibliothèque, monsieur le baron.

— Bien.

Tout en tenant la porte pour laisser passer son maître, John remarqua son regard dur et plaignit en silence le jeune Bellingham. Celui-ci semblait déjà assez malheureux.

Colin poussa la porte de la bibliothèque et trouva Robin Bellingham debout devant la cheminée. Les yeux cernés, il avait l'air pitoyable. Ses mains tremblaient légèrement. À la vue de Colin, il se redressa et dit :

— Je viens pour mes reconnaissances de dettes.

— On vous a appris qu'elles n'étaient toujours pas réglées, je suppose ?

Quelles relations pouvait avoir cette beauté masquée avec ce pauvre garçon ? se demanda Colin.

— Pardon ?

— Je veux connaître toute l'histoire.

Bellingham parut déconcerté.

— Ça ne s'est pas passé comme vous l'espériez, n'est-ce pas ?

Colin bouillait de rage. C'était donc ce minable que sa mystérieuse invitée de la nuit avait essayé de sauver !

— Elle n'a pas réussi…

Offensé par l'attitude de son hôte, Robin Bellingham l'interrompit :

— Je ne vous comprends pas, monsieur. Je désire simplement vous parler de l'argent que vous m'avez gagné, la nuit dernière, chez Barbara Rampling.

— Qui est-elle ? demanda Colin d'un ton menaçant. Vous avez intérêt à me le dire, croyez-moi !

Bellingham recula d'un pas.

— Mme Rampling ? balbutia-t-il. Je la connais à peine, monsieur. Elle doit être la veuve de...

— Je me fiche pas mal de Barbara Rampling ! Ne faites pas l'innocent ! Il ne s'agit pas d'elle. Qui est la femme qui est venue réclamer vos reconnaissances de dettes ?

— Une femme ? répéta Bellingham, en le regardant comme s'il était devenu fou. Je ne sais pas de quoi vous parlez, monsieur.

Wareham examina le visage du jeune homme. Il paraissait sincère. Cependant, quelque chose dans son expression l'alerta, et il s'approcha pour étudier ses traits.

Bellingham recula encore.

— Je... j'espérais... Enfin, je voulais vous demander un délai pour ma dette, bredouilla-t-il. Je suis un peu à court en ce moment. Bien sûr, je…

— Je ne prends pas d'argent à des gamins, coupa Wareham avec un geste négligent de la main. Si vous n'étiez pas parti aussi vite, je vous l'aurais dit hier. Et si j'avais pu le faire sans vous offenser, j'aurais tout simplement refusé de jouer avec vous.

Les yeux fixés sur le garçon, il nota les cheveux d'or

pâle, la forme de sa mâchoire, la manière dont il penchait la tête pour écouter.

— Monsieur, je ne suis pas un gamin, répliqua Robin Bellingham, indigné. Je vis à Londres depuis...

— Au moins six mois, n'est-ce pas ? fit Colin distraitement.

Cette étrange couleur de cheveux... Une telle nuance était trop rare pour qu'il s'agisse d'une coïncidence.

— Je n'ai pas l'intention de vous dépouiller, déclara-t-il.

Bellingham s'empourpra et serra les poings.

— À votre aise, répondit-il. Mais sachez que je me considère comme tenu de payer.

— Considérez-vous plutôt comme un imbécile.

— Monsieur ! s'exclama le jeune homme, rouge de fureur. Je vous... Je vous...

— Ne me provoquez pas. Je ne me battrai pas avec vous. Je ne vous en veux pas personnellement, ajouta-t-il pour apaiser le garçon. Je refuse de m'enrichir aux dépens d'un homme de dix ans plus jeune que moi. C'est contre mes principes.

— Mais je...

De toute évidence, Bellingham était humilié, mais son ton trahissait un certain soulagement.

— Je ne me dérobe pas devant une dette d'honneur, insista-t-il cependant.

— Vous pouvez vous en acquitter en me rendant un service.

— Je ferai tout ce qui est en mon pouvoir, assura le jeune homme en se redressant.

Colin se pencha légèrement vers lui et demanda :

— Dites-moi, avez-vous une sœur ?

— Une...

Bellingham s'interrompit et le regarda, ahuri.

— Une sœur, répéta son hôte. Une sœur aînée. Nettement plus âgée que vous, d'après moi.

Le jeune homme resta bouche bée.

— Allons, la question est pourtant simple, fit Colin. Vous devez savoir si vous avez une sœur, n'est-ce pas ?

— Oui. C'est-à-dire, non. Enfin, j'en avais une, mais...

— Mais ?

— Je ne suis pas censé en parler. Mon père l'a interdit.

— Ah, bon...

Voyant sa théorie confirmée, Colin se détendit. La ressemblance de Robin Bellingham avec sa visiteuse nocturne était vraiment frappante. Et leur lien de parenté expliquait que la belle inconnue ait tenté de sauver le garçon.

— Je n'en dirai pas un mot à votre père. Mais, en échange de vos dettes, j'aimerais tout savoir de votre sœur. Voulez-vous du café ? proposa-t-il aimablement. Un petit déjeuner ?

Quelques minutes plus tard, ils étaient confortablement assis l'un en face de l'autre dans la bibliothèque, tandis que le laquais leur servait du café. Dès que John fut parti, Colin s'adressa au jeune homme :

— Maintenant, dites-moi tout sur votre sœur.

Bellingham s'éclaircit la voix.

— Je ne l'ai guère connue, commença-t-il. Elle a huit ans de plus que moi, et nous ne nous sommes pas vus souvent. J'étais encore enfant qu'elle fréquentait déjà les bals…

— Soyez plus précis, coupa Wareham avec impatience.

— Eh bien… elle s'appelle Emma.

— Emma, répéta le baron, l'air rêveur.

— Elle était très belle, poursuivit le jeune homme, et elle riait tout le temps. Elle dansait dans le salon pour taquiner notre père. Il était différent, à l'époque. Il...

— À vous entendre, on croirait qu'elle est morte.

— Non. Mais mon père l'a déclarée morte pour notre famille.

— Pourquoi ?

— Il n'a pas approuvé son mariage.

— Son mariage !

— Oui. Emma s'est amourachée de quelqu'un qui déplaisait à mon père. Bien qu'il se soit opposé à cette union, elle s'est entêtée, ajouta Robin d'une voix où perçait l'admiration.

— Racontez-moi tout, insista Colin. Depuis le début.

— Lors d'un bal, Emma est tombée amoureuse d'Edward Tarrant, le fils aîné de Sir Philip Tarrant.

— Sir Philip Tarrant ? Celui qui s'est ruiné à Newmarket ? grommela Colin, anéanti par cette révélation.

— Oui, je crois que cela s'est passé l'année où Emma a rencontré son fils. En tout cas, les Tarrant se sont retrouvés sans le sou, et mon père a interdit ce mariage. Notre grand-mère avait légué sa fortune à Emma, et mon père a pensé qu'Edward en voulait à son argent. Il se méfiait de lui, car il avait la réputation de jouer.

— Ah ! fit Wareham.

Voilà qui éclairait les propos d'Emma sur le jeu.

— Mais Emma n'a écouté personne, reprit Robin. D'après les rumeurs, Edward Tarrant est beau et élégant... Vous avez dit quelque chose, monsieur ?

Colin, qui avait laissé échapper un grognement, secoua la tête.

— Continuez, dit-il.

— Dès qu'Emma a eu dix-huit ans, ils se sont mariés et sont allés vivre à l'étranger. Mon père a essayé de sauver la fortune de ma sœur. Il a consulté les hommes de loi les plus réputés de Londres, mais cela n'a servi à rien. Il était comme fou. Je le revois en train d'arpenter la maison en insultant Emma et en maudissant Tarrant. Il disait qu'il lui suffirait de cinq ans pour dilapider l'argent de sa femme au jeu.

— Et c'est ce qu'il a fait ?

— Personne n'a eu de nouvelles d'Emma depuis des années.

— Ni de son mari ? s'enquit Colin.

Comme ce mot sonnait désagréablement à ses oreilles !

— Non. Enfin, pas que je sache. Il doit avoir des amis, mais...

— Elle... Ils ne sont pas rentrés en Angleterre ?

— En fait, j'ignore où ils sont. Si je croisais Tarrant dans la rue, je ne le reconnaîtrais pas. Pourquoi me demandez-vous tout ça ?

— Je crois avoir vu votre sœur, la nuit dernière.

— Vu Emma ? s'exclama le jeune homme. Où ?

— Chez Barbara Rampling, après votre départ, répondit Colin après une brève hésitation.

— Vous la connaissiez avant son mariage ? interrogea Bellingham, tout excité. J'ai toujours eu envie de la retrouver, mais mon père...

— Non, coupa Wareham. Je ne la connaissais pas.

Sept ans plus tôt, il était dans un affreux camp militaire au Portugal.

— Oh… fit Robin, déçu. Vous lui avez parlé ? Où habite-t-elle ? Que mon père le veuille ou non, j'irai la voir.

Cette discussion ne menait à rien, songea Colin, aussi dépité que son visiteur. Bellingham en savait à peine plus que lui sur Emma. Mais cela n'avait plus d'importance à présent, puisqu'elle était mariée.

— Je n'en ai pas la moindre idée, répondit-il.

— Ah, bon... Je regrette d'être parti si vite. J'aurais aimé la revoir.

Colin alla chercher les reconnaissances de dettes dans son secrétaire.

— Tenez, dit-il en tendant la petite liasse au jeune homme. Nous sommes quittes.

— Vous êtes sûr ? fit Robin en avançant timidement la main pour prendre les papiers.

— Oui. Maintenant, je vous souhaite une bonne journée. J'ai un rendez-vous.

— Je... je vous remercie, balbutia Bellingham.

— À l'avenir, soyez plus prudent au jeu, conseilla le baron, balayant ses remerciements d'un geste de la main.

Le jeune homme rougit de fureur. La mâchoire serrée, il tourna les talons et sortit de la pièce. L'air pensif, Colin le regarda partir. De toute évidence, il avait blessé l'orgueil du jeune homme. Il haussa les épaules. Après tout, Bellingham ne l'intéressait pas, pas plus que sa sœur mariée. La mélancolie, ce noir brouillard qui tuait toute joie, fondit sur lui comme un rapace sur sa proie. D'un pas lourd, il se dirigea vers la petite table pour se verser une autre tasse de café.

Dans un quartier beaucoup moins élégant de Londres, Emma s'était levée tôt, elle aussi, après une nuit brève et agitée. Assise dans la minuscule salle à manger, elle buvait sa tasse de thé à petites gorgées. La tête posée sur la main, elle ressassait de sombres pensées. En rendant visite à un homme en pleine nuit, elle s'était exposée au scandale, alors qu'elle s'était battue pendant des années pour conserver sa réputation, le seul bien qui lui restât. Comble d'infortune, le misérable, qui l'avait déjà remarquée sur le bateau, la reconnaîtrait sans aucun doute s'il la rencontrait à nouveau dans une maison de jeu, où elle comptait gagner de quoi survivre. Et, pour couronner le tout, elle n'avait pas effacé la dette qui pesait toujours sur son jeune frère.

La porte de la salle à manger s'ouvrit, et une petite

femme d'une soixantaine d'années entra dans la pièce. Sa tête était entourée de bouclettes grises, et sa robe jaune surchargée de rubans et autres fanfreluches ne convenait ni à son âge ni au lieu. Elle avait le teint pâle, le menton fuyant, et le sourire qu'elle adressa à Emma était peu engageant.

Elle s'assit en face de la jeune femme et sonna pour qu'on lui apporte du thé chaud.

— Bonjour, ma chère, dit-elle. Avez-vous bien dormi ?

— Pas très bien.

Emma observa la tante d'Edward, la seule personne qu'elle avait eu envie de revoir à son retour en Angleterre. Elle se rappelait Arabella Tarrant au temps où celle-ci évoluait dans la bonne société. Aujourd'hui, Arabella était presque démunie. Son mari avait fui aux Antilles avec une jeune et jolie femme de chambre, la condamnant à une pauvreté relative. Emma avait vite compris qu'il valait mieux ne pas aborder le sujet. Sur le chapitre des péchés de son mari, Arabella était intarissable.

— Cela ne s'est pas mal passé, hier soir, j'espère ? demanda la vieille dame en beurrant généreusement un muffin.

Elle prit la théière que la bonne venait de poser devant elle et se servit.

— Si, très mal, répondit Emma en songeant à Robin.

— Vous avez perdu ? s'inquiéta Arabella.

— Non, non. J'ai gagné.

Les deux femmes avaient convenu qu'Emma contribuerait aux frais du ménage en proportion de ses gains au jeu, et celle-ci saisissait à présent toute l'importance que revêtait cet accord aux yeux de son hôtesse. Devrait-elle lui faire faux bond, maintenant qu'elle s'était barré l'accès aux tables de jeu ?

— Ma tante, connaissez-vous un certain Colin Wareham ? interrogea-t-elle.

— St. Mawr ? fit Arabella, les yeux écarquillés.

Emma haussa les épaules en signe d'ignorance.

— Colin Wareham est le baron St. Mawr, expliqua sa tante. Il appartient à une très vieille famille, immensément riche et bien apparentée. Caroline Wareham, sa sœur, a épousé le comte de Wrotham. Je crois que St. Mawr vient de rentrer de la guerre. Son engagement dans l'armée a fait beaucoup de bruit, à l'époque. Mais vous ne vous en souvenez sûrement pas. Vous étiez encore à l'école.

Emma but une gorgée de thé. Arabella aimait évoquer le temps où elle était au courant des commérages mondains.

— Vous avez donc rencontré St. Mawr, reprit-elle en croisant les mains. C'est l'un des meilleurs partis de Londres, vous savez. Si seulement...

— Il n'est absolument pas question de ça, coupa Emma.

— Voyons, ma chère, réfléchissez ! Vous n'avez rien perdu de votre beauté. Et vous possédez un charme particulier, auquel les hommes ne peuvent résister.

— De toute façon, je ne cherche pas à me remarier.

— Pourquoi ? Le mariage apporte la sécurité et le confort à une femme. De plus, St. Mawr est un gentleman. Ce n'est pas lui qui s'expatrierait avec une domestique ! Seigneur, quand je pense aux sacrifices que j'ai faits pour cet homme, aux caprices que j'ai supportés, aux...

— Qui voudrait d'une veuve sans le sou et reniée par sa famille ? fit Emma, espérant endiguer ce flot de jérémiades.

— Il faut avouer que votre situation n'a rien d'enviable, admit Arabella, dépitée.

— Même si c'était possible, je refuserais de me remarier. Je n'ai pas une haute opinion du mariage.

— Je ne peux guère vous blâmer, soupira la vieille dame. Quand je pense aux années que j'ai consacrées à...

Emma s'empressa de l'interrompre.

— Parlez-moi de Colin Wareham. C'est un joueur, non ?

— Il est resté des années à l'étranger. Personne ne sait grand-chose de lui.

Ce qui signifiait seulement qu'Arabella ne savait rien, corrigea mentalement Emma.

— Vous lui avez pris beaucoup d'argent ? demanda sa tante, qui paraissait soudain soucieuse.

— Et si c'était le cas ?

— Eh bien... certains messieurs n'aiment pas être battus par une femme, et les Wareham sont très puissants. Il ne faudrait pas vous les mettre à dos.

Emma était atterrée. Que pouvait faire Robin face à un tel homme ? La jeune femme se rappelait le teint livide du garçon et son expression accablée après la partie avec St. Mawr. S'il n'était pas en mesure de payer, comme elle le croyait, il serait rejeté par la bonne société, ce qui le pousserait à de nouveaux excès au jeu.

Emma serra les dents. Elle devait délivrer son frère de cette menace, au risque de compromettre sa propre réputation. Elle ne voyait qu'une solution : retourner chez Wareham et accepter l'enjeu scandaleux qu'il lui avait proposé la nuit précédente.

Certes, cette perspective ne lui répugnait pas tant que cela. Colin Wareham était très attirant. Mais elle tenait surtout à le battre aux cartes, à effacer de son beau visage cet air satisfait.

Elle était douée et avait de l'expérience. Wareham aussi, lui souffla une petite voix. En fait, seule la chance jouerait. Sauf si... Emma fit la grimace. Elle savait tricher. Mais si Colin Wareham la démasquait... À cette idée, elle se sentit rougir de honte.

Non, elle ne pourrait compter que sur son cerveau. Jusqu'ici, cela lui avait plutôt réussi, se dit-elle pour se rassurer.

— Que se passe-t-il, ma chère ? demanda Arabella.

— Quoi ?

— Vous aviez une expression si étrange !

— Ne vous inquiétez pas. Je pensais à quelque chose que je dois faire.

— Quelque chose qui concerne St. Mawr ?

— Ne vous inquiétez pas, répéta Emma.

Arabella l'observa d'un air dubitatif. Elle avait cruellement besoin de l'argent qu'Emma s'était engagée à lui donner. Mais si la jeune femme se querellait avec un homme comme St. Mawr, elle ne pourrait tenir sa promesse. Arabella était donc décidée à tout faire pour ne pas en arriver là.

Assis dans la bibliothèque, la carafe de cognac à portée de main, Colin broyait du noir en regardant les flammes danser dans la cheminée. Pour contenter sa mère, il avait encore passé une soirée sinistre chez les Almack. S'il croyait avoir rencontré toutes les insipides jeunes filles d'Angleterre, il s'était trompé. La veille, sa mère lui en avait présenté de nouvelles. Colin avait dû leur parler, les inviter à danser et offrir son bras à l'une d'entre elles pour la conduire à la salle à manger. Bien qu'il ait pris garde à toujours se montrer poli, sa patience avait été mise à rude épreuve. Il était dégoûté des grands yeux innocents, des volants en mousseline blanche et des conversations creuses. Il avait essayé d'expliquer à sa mère que toutes ces jeunes filles étaient sans intérêt, mais elle avait écarté ses objections en le traitant d'entêté, lui reprochant de ne chercher qu'à la contrarier et à fuir ses responsabilités de chef de famille.

Il jura à voix basse et vida son verre. Comme il le remplissait à nouveau, l'image d'Emma Tarrant envahit son esprit. Elle paraissait si différente de ces débutantes fades et superficielles ! Elle, au moins, avait du caractère, de l'audace... et un mari. Avec un coup de poing sur le bras du fauteuil, il s'arracha au souvenir de ses cheveux et de son parfum. Cette femme ne méritait pas ses regrets.

La porte de la bibliothèque s'ouvrit.

— Une dame désire vous voir, monsieur le baron, annonça le laquais.

Emma se tenait derrière le domestique, masquée. Elle entra dans la pièce d'un pas décidé et fit face à Colin.

— J'accepte votre offre, déclara-t-elle sans préambule.

Colin se leva. Il avait trop bu, songea-t-il en se sentant vaciller sur ses jambes.

— Merci, John, dit-il. Ce sera tout.

Il attendit que le laquais ait refermé la porte.

— Vous m'avez entendue ? demanda Emma en retirant son masque. Je viens vous jouer les reconnaissances de dettes de Robin.

— Vraiment ? fit Colin d'un ton sarcastique.

— Oui, insista Emma, une lueur de défi dans les yeux.

La bienveillance qu'elle avait cru déceler chez lui semblait avoir disparu. L'homme qui la dévisageait avait quelque chose de terrifiant. En réalité, il n'était qu'un joueur froid et endurci, qui ne se souciait de rien ni de personne. Voilà pourquoi il fallait sauver Robin, se dit-elle pour s'encourager. Elle avança vers lui.

Quel pauvre type devait être son mari ! pensait Colin. À sa place, jamais il n'aurait laissé une créature aussi désirable rendre visite à d'autres hommes en pleine nuit et s'offrir en échange de quelques dérisoires reconnaissances de dettes. Mais, après tout, Emma Tarrant n'avait rien d'une innocente jeune fille. Elle savait parfaitement ce qu'elle faisait.

— Très bien, dit-il en se dirigeant vers la table de jeu.

Ils s'assirent l'un en face de l'autre. Avec de la chance, elle pourrait le battre, réfléchit Colin. Ils étaient de niveau à peu près égal. Pourtant, il pressentait que, ce soir, la chance lui sourirait.

— Allons-y, ajouta-t-il.

Emma prit les cartes, les mélangea avec dextérité, puis les distribua d'un air déterminé. Colin étudia son jeu et se lança dans la bagarre.

Ce fut la déroute. La chance joua bel et bien en faveur de Colin. Chaque stratégie tentée par Emma, si ingénieuse fût-elle, semblait contribuer à la victoire de son adversaire. Celui-ci ne la blâma pas quand elle examina le jeu après la première partie, pour s'assurer qu'il ne comportait pas de marques. Mais, même avec un paquet neuf, il gagna également la belle.

Une fois les points comptés, Emma attrapa la carafe de cognac, se versa un grand verre et le vida en deux longues gorgées.

Il devait la laisser partir, pensa Colin. Il devait lui dire qu'il avait rendu les reconnaissances de dettes à son frère et qu'ils étaient quittes. Mais il ne put résister à l'envie de caresser son épaule nue. Sa peau était aussi douce que de la soie. Tout en elle éveillait son désir.

Emma frissonna sous sa main.

— Vous... vous n'allez pas me réclamer ce gage ridicule, balbutia-t-elle d'une voix anormalement aiguë.

Un simple baiser, songea Colin. Il le méritait. L'obligeant à se lever, il la fit pivoter vers lui. Il avait l'impression d'être sous l'emprise d'un charme qui lui ôtait toute raison. Cette femme était merveilleusement belle. Il plongea dans son regard d'un bleu insondable.

L'espace d'un instant, Emma resta pétrifiée. Bien qu'elle fût plutôt grande, Colin la dominait d'une tête, la dévorant de ses incroyables yeux violets. À la fois fascinée et effrayée, elle voulut protester, mais il s'empara de sa bouche, tout en lui bloquant fermement les bras. Elle essaya de se débattre, puis s'arrêta, étonnée de ce qui lui arrivait.

Colin Wareham ne lui écrasait pas la bouche, comme le faisait Edward. Il ne la bousculait pas, ne se montrait pas impatient, mais l'embrassait avec douceur, l'incitant sans précipitation à lui répondre. Jamais Emma n'avait éprouvé de telles sensations. Elle s'abandonna à son baiser, incapable de s'arracher à ces délices.

Quand il lui libéra les bras et l'attira à lui, Emma vacilla. Elle sentit les muscles de son torse contre ses seins et la pression de ses puissantes cuisses contre les siennes. Tout en lui caressant le dos, il déposa une pluie de baisers avides sur son cou, ses épaules, son décolleté. Lorsqu'il prit à nouveau possession de sa bouche, elle ne se déroba pas.

Sa réponse maladroite mais passionnée enflamma Colin. Il avait l'impression de renaître enfin à la vie, après un long hiver sans joie. Délicatement, il effleura la pointe durcie de ses seins à travers la fine soie de sa robe.

— Oh ! souffla Emma en s'agrippant à lui.

Colin glissa une cuisse entre ses jambes.

— Oh ! fit à nouveau Emma, alarmée. Non, attendez.

— Je ne peux pas, murmura-t-il, ses lèvres brûlantes dans le creux de son cou.

Il abaissa les petites manches bouffantes de sa robe pour dégager ses épaules, puis déboutonna son étroit corsage, dévoilant ses seins à la lueur des bougies.

Emma haleta, soudain apeurée. Elle savait que les

hommes étaient souvent brutaux, son mari le lui avait assez prouvé.

— Qu'y a-t-il ? demanda Colin.

— Rien.

Elle devait le supporter. Pour Robin.

Ce brusque changement d'attitude intrigua Colin. Habitué à commander dans des circonstances extrêmes, il avait appris à juger les hommes et ne percevait chez Emma ni artifice ni sournoiserie. Elle lui apparaissait comme une superbe créature, à peine éveillée à l'amour et au plaisir sensuel. Il devinait que son angoisse était sincère.

Pour effacer cette frayeur qu'il lisait dans ses yeux, il recommença à l'embrasser, avec une infinie douceur, jusqu'à ce qu'elle se détende dans ses bras. Son désir était à son comble, mais il sut le contrôler. Il allongea la jeune femme sur les coussins du canapé, devant la cheminée, avant de s'agenouiller à côté d'elle. Lorsqu'elle tenta de se redresser, il l'embrassa encore, l'étourdissant de ses caresses. Puis, se penchant vers sa poitrine dénudée, il prit un mamelon dans sa bouche.

Jamais Emma n'aurait cru qu'un homme pût lui procurer de telles sensations. Qui était-il ? se demandait-elle, en pleine confusion. Cet homme, qui s'était montré froid et méprisant quelques minutes plus tôt, l'inondait maintenant d'une vague de plaisir.

Il glissa une main sous sa robe et remonta le long de sa jambe.

— Non, attendez, fit-elle en se raidissant.

Colin la désirait plus qu'il n'avait jamais désiré aucune femme. Le mélange de tristesse et de passion qu'il découvrait en elle s'accordait parfaitement à sa nature profonde.

— Emma chérie, je ne peux pas attendre, dit-il.

À ces mots, elle se redressa, malgré la force de l'étreinte qui la retenait prisonnière.

— Qui vous a appris mon nom ?

Maudissant sa maladresse, Colin reprit ses esprits. Il devait trouver une réponse plausible, et vite. Mais, voyant la peur monter à nouveau dans les yeux bleus d'Emma, il ne put se résoudre à lui mentir.

— J'ai deviné qui vous étiez, avoua-t-il. À votre ressemblance avec votre frère.

— Mon frère ? Je ne vous comprends pas, monsieur.

— Il est venu chez moi ce matin. Vos cheveux sont d'une couleur très particulière. Bien que vous n'ayez pas les mêmes traits, j'ai remarqué des similitudes frappantes entre vous deux. Il m'a raconté toute l'histoire.

Emma étouffa un gémissement. Tout s'effondrait. Elle était démasquée. Il lui serait désormais impossible de mener une existence tranquille dans son pays. Pire encore, cet homme n'ignorait rien de sa folie et de son humiliation.

Elle avait tout misé pour un frère qui ne la connaissait même pas, et elle avait perdu.

— Je n'en dirai rien à personne, promit Colin, touché par son désarroi.

Emma ne le crut pas une seconde. Les hommes aimaient se vanter de leurs succès galants. Autour d'une bouteille, Wareham parlerait à un ami de la sœur dévergondée de Robin Bellingham et lui raconterait qu'elle s'était offerte à lui pour un pari imbécile. L'histoire se répandrait et reviendrait aux oreilles de Robin. Emma rougit.

— Allez-vous me donner les reconnaissances de dettes, à présent ? demanda-t-elle en remontant une des manches de son corsage.

— Il faut que je vous explique…

— Vous tenez toujours à cet affreux gage ? s'écria-t-elle, atterrée.

— Non, mais je ne peux pas vous les donner. J'ai déjà...

— Quelle imbécile je suis ! s'exclama Emma. Vous n'avez pas de parole. Je m'en doutais, mais je me suis laissé bercer par vos bonnes manières, comme tous ceux que vous escroquez. Je me suis exposée au scandale pour rien, ajouta-t-elle en serrant les poings.

— Attendez une minute, coupa Colin en élevant la voix. Inutile de vous mettre dans cet état. Je...

— Oh, je devine ce que vous allez me dire ! Je n'ai pas respecté le contrat. Et si je répondais à vos exigences, il y aurait autre chose ensuite. Vous êtes abject ! Rien ne vous importe que le jeu. Vous n'avez pas de cœur.

— Comme votre mari ? lança-t-il, blessé par son ton et son refus de l'écouter.

— Ne parlons pas de ça. Ce sont les rapaces de votre espèce qui l'ont ruiné.

— Ah, vraiment ? Ce doit être un drôle de type. Sait-il où vous vous trouviez, la nuit dernière ? Est-ce lui qui vous a envoyée ici, pour voir ce que vous pouviez tirer de moi ?

— Edward est mort ! s'écria-t-elle. Il a été tué il y a un an, par quelqu'un de votre acabit !

Colin, abasourdi, ouvrait la bouche pour répondre quand le laquais poussa la porte et annonça :

— Un monsieur s'est présenté, monsieur le baron. Je lui ai dit qu'il était tard et que vous étiez occupé...

— Je l'entends crier, fit une voix furieuse. Laissez-moi passer, triple buse !

Emma se pétrifia aussitôt. L'effroi se peignit sur ses traits. Bondissant sur ses pieds, Colin contourna le canapé et se planta derrière le dossier, afin qu'on ne voie pas la jeune femme de la porte. L'instant d'après, un grand vieillard entra dans la bibliothèque en frappant le sol de sa canne d'ébène.

— Je pense, monsieur, que vous savez pourquoi je suis ici.

Colin jeta un coup d'œil à Emma. Elle regardait fixement le visiteur, comme hypnotisée.

— Je n'en ai pas la moindre idée, répliqua-t-il.

— Je viens à propos de mon fils. J'ai appris qu'il s'était encore distingué. Je vais lui montrer de quel bois je me chauffe, à ce jeune polisson ! Jamais il n'aurait dû jouer avec vous. Après ses dernières pertes, je lui avais interdit les tables de jeu. Je l'avais prévenu que je ne paierais plus ses dettes. Vous m'avez bien compris, monsieur ? dit-il, frappant à nouveau le sol de sa canne. Je ne paierai plus ! Je refuse de le tirer d'affaire, cette fois. Tenez-vous-le pour dit et, à l'avenir, ne jouez plus avec des gamins.

— Tranquillisez-vous. Votre fils et moi avons réglé cette dette, déclara Colin d'un ton glacial.

Il entendit Emma suffoquer derrière lui et maudit intérieurement son visiteur.

— Il n'avait pas d'argent pour payer, rétorqua le vieil homme.

— Il s'est acquitté de sa dette. Je lui ai rendu ses reconnaissances.

À ces mots, Emma laissa échapper un petit cri. Intrigué, Bellingham avança dans la pièce.

— Cela ne vous... commença-t-il, avant de s'arrêter net.

Roulant ses yeux bleu pâle, il fronça les sourcils.

— Toi ! fit-il.

Colin les observa l'un après l'autre, regrettant le rôle qu'il avait joué dans cette histoire.

— Que fais-tu ici ? cria Bellingham. Et ta robe ! Tu n'as pas honte ? Tu cherches sans doute un nouveau moyen de me déshonorer ?

Emma remit en place la deuxième manche de sa robe et se redressa.

— Où est ton vaurien de mari ? Il t'a abandonnée, hein ? Je suppose donc que tu n'as plus d'argent. J'espère que tu ne comptes pas sur moi pour t'entretenir.

— Non, répondit Emma d'une voix blanche.

— Vous n'allez pas habiter Londres, au moins ? Je ne le tolérerai pas. J'ai dit à cette fripouille de Tarrant que si je le revoyais en Angleterre, je le tuerais. Et je peux encore le faire !

— Edward est mort, déclara Emma.

Puis, se rappelant qu'elle n'était plus une enfant et qu'elle n'avait pas à subir les remontrances de son père, elle s'enhardit et ajouta :

— Rassurez-vous, je ne viendrai pas frapper à votre porte. Je préférerais mourir plutôt que de vous demander quelque chose.

Bellingham la foudroya du regard.

— Que fabriques-tu dans cette maison ?

— Je désirais parler au baron St. Mawr des reconnaissances de dettes de Robin, dit Emma, encore sous le coup de la trahison de Colin.

— À cette heure ? Seule ? Et avec ta robe à moitié défaite, comme une vulgaire catin ? N'essaie pas de me tromper, ma fille !

Emma déglutit péniblement. Elle aurait voulu se lever et affronter son père, mais elle craignait que ses jambes ne la portent pas.

— Tu es la maîtresse de cet homme, à ce que je vois. Tu vas continuer longtemps à traîner le nom de notre famille dans la boue ?

— Je...

Emma semblait au bord des larmes.

— Nous sommes de vieux amis, intervint Colin, se portant à son secours. Nous nous sommes connus en Europe.

— Amis ? Vraiment ? Et vous exigez toujours de vos amies une tenue aussi débraillée, baron St. Mawr ? Vous avez déshonoré ma fille ! rugit Bellingham en martelant le sol de sa canne. Si elle n'est pas votre maîtresse, comment expliquez-vous qu'elle se trouve ici, à moitié nue ?

— Je n'ai pas de comptes à vous rendre ! s'écria Emma. Vous m'avez reniée. De quel droit...

— J'ai le devoir de préserver la réputation des Bellingham. Avant que tu ne t'enfuies avec ce maudit Tarrant, nous ignorions jusqu'au sens du mot scandale. Je ne te laisserai pas ternir une nouvelle fois le nom de notre famille. Comment pensez-vous réparer cet affront, monsieur ? ajouta-t-il à l'adresse de Colin.

Celui-ci avait remarqué la lueur qui s'était soudain allumée dans les yeux du vieillard. Il devinait sans peine ce que le père d'Emma avait en tête.

— Vous voulez que je l'épouse ? demanda-t-il, curieux de sa réaction.

— Quoi ? fit la jeune femme. Ne soyez pas ridicule !

— Vous l'avez placée dans une position plus que compromettante, dit Bellingham avec une satisfaction manifeste. C'est ce que l'honneur exigerait.

— Certes, monsieur, répondit Colin, pensif.

Se marier avec une inconnue ? Hors de question ! songea-t-il.

— Êtes-vous devenu fou ? fit Emma en se tournant vers lui.

— Vous me voyez ravi, baron St. Mawr, déclara Bellingham en souriant.

— Attendez, tous les deux ! s'exclama Emma. Je n'ai aucunement l'intention de...

— Voilà une merveilleuse nouvelle, coupa son père, de plus en plus jovial. Je n'en espérais pas tant. Ma chère Emma...

— Je n'ai pas dit que je... commença Colin.

— Je ne suis pas votre chère Emma, protesta-t-elle. Et je n'épouserai certainement pas St. Mawr. Ni personne d'autre, d'ailleurs.

Son père gloussa, ce qui mit un comble à la fureur d'Emma.

— Ah, les femmes ! dit le vieil homme à Colin. Des êtres émotifs, hein ? Mais cela fait partie de leur charme. Alors, c'est une affaire réglée. Vous vous marierez à Bellingham House, bien sûr.

— Rien n'est réglé, répliqua Emma. Vous ne m'avez donc pas entendue ? Je refuse d'épouser qui que ce soit.

— C'est une affaire qui mérite réflexion, reconnut Colin.

Il ne pouvait envisager une telle union. En se mariant avec Emma, il ferait exactement le contraire de ce qu'on attendait de lui. Cependant, cette perspective comportait certains avantages…

— Bien sûr, bien sûr. Je suis persuadé que vous arrangerez ça entre vous, répondit Bellingham en se dirigeant vers la porte. Au revoir, baron St. Mawr.

Sur ces mots, il s'empressa de quitter la pièce, craignant sans doute d'être contredit.

— À quoi jouez-vous ? lança Emma, avant même que la porte ne se soit refermée.

Plus Colin y pensait, plus l'idée d'épouser Emma le séduisait.

— À vous demander en mariage.

Elle ouvrit la bouche, mais aucun son n'en sortit.

Avant de la rencontrer, il voyait sa vie comme une suite interminable de devoirs dénués de sens. Emma l'avait fait rire, puis elle avait éveillé sa curiosité et ranimé son désir.

— Je crois que nous nous entendrions bien.

— Vous… vous n'êtes pas sérieux, bredouilla-t-elle, abasourdie.

— Depuis que je vous ai rencontrée...

— Hier ! s'écria Emma.

— Hier, admit-il. Depuis hier, j'éprouve pour vous un grand intérêt.

— Un grand intérêt ? répéta-t-elle, la voix étranglée.

Il hocha la tête.

— Et il y a le problème de votre présence ici.

— Ma...

Il lui adressa un regard lourd de sous-entendus.

— Comment osez-vous ? s'écria Emma.

— Comment j'ose vous proposer de m'épouser ?

— Je suis un être humain, pas un objet dont mon père et vous pouvez disposer à votre guise !

— En général, on doit demander la main de la jeune fille à son père. C'est ainsi que les choses se passent.

— Ces choses ? Suis-je une jeune fille rougissante ? répliqua-t-elle. Vous-même, avez-vous besoin des conseils de vos parents ?

— Pas plus que vous. Sur ce point, nous nous ressemblons.

— Je n'ai absolument rien de commun avec vous. Et je préférerais me jeter dans la Tamise plutôt que de me retrouver liée à un autre joueur !

— J'ai rendu à votre frère ses reconnaissances de dettes. De toute façon, j'aurais refusé qu'il me les règle. Je ne voulais pas jouer avec lui, mais il en a fait une question d'honneur et...

— Et vous m'avez dupée, en me laissant croire que vous exigeriez qu'il s'acquitte de ses dettes. Vous m'avez trompée pour m'attirer dans votre lit !

— Vous m'avez également trompé, rétorqua Colin. Vous n'avez jamais mentionné l'existence de votre mari.

— Quel rapport avec les dettes de Robin ? Je n'avais aucune raison de vous dire quoi que ce soit.

— Je pense...

— Je me moque de ce que vous pensez, je ne vous épouserai pas. C'est ridicule.

Sur le point d'éclater en sanglots, elle s'enfuit dans un froufrou de jupons, ouvrit la porte d'entrée et dévala les marches du perron. Elle voulait être seule pour mettre de l'ordre dans ses idées. Et lorsque le baron St. Mawr aurait l'occasion d'en faire autant, songea-t-elle, il regretterait son imprudente proposition.

Il la suivait de près, mais Emma réussit à sauter dans un fiacre et à se perdre dans le trafic londonien. Colin, qui ne savait comment la retrouver, resta au milieu de la rue, à jurer comme un charretier.

— C'est ça, mon vieux ! lança un ouvrier en passant devant lui. Qu'elle aille au diable !

3

Deux jours plus tard, en descendant prendre son petit déjeuner, Colin Wareham était encore d'une humeur exécrable. Ignorant les regards inquiets qu'échangeaient les domestiques, il refusa les saucisses avec une moue de dégoût, réduisit un morceau de pain en miettes, puis jeta sa serviette par terre. Le laquais contourna le morceau de tissu avec autant de prudence que s'il avait renfermé de l'explosif. Colin n'avait pas réussi à savoir où habitait Emma. Barbara Rampling l'ignorait, et une enquête discrète auprès des habitués des tables de jeu n'avait rien donné. Il devait parler à Emma, mais comment la retrouver ?

Il chercha en vain le *Morning Post* sur la table et sonna avec impatience. Reddings apparut aussitôt, posa le journal à côté de lui et lui versa une deuxième tasse de café.

— Je vous conseille de le lire, monsieur le baron, dit le valet de chambre d'un ton guindé.

— Vraiment ? fit Colin. Des nouvelles du congrès ?

Après la défaite de Napoléon, les pays européens s'étaient réunis à Vienne, et il suivait avec une attention passionnée le déroulement des événements.

Ayant combattu le petit Corse durant des années, il s'intéressait à ce que devenait son empire.

— Non, monsieur le baron, répondit Reddings d'une voix étrange.

Colin observa son domestique. Les rudes années de campagne les avaient rapprochés, créant entre eux des liens qui allaient bien au-delà d'une relation de maître à serviteur. Aujourd'hui, son valet gardait les lèvres serrées et les paupières mi-closes. De toute évidence, Reddings se sentait offensé, bien que Colin n'eût su dire pourquoi.

— Qu'y a-t-il ? s'enquit-il.

— Rien, j'en suis sûr, monsieur le baron.

Pourtant, Reddings restait planté là, au lieu de vaquer à ses occupations.

— Cela a-t-il un rapport avec les nouvelles ? demanda Colin.

— M. le baron n'est pas obligé d'informer son personnel de ses projets. Mais quand il envisage un changement important dans son mode de vie, je pense qu'il devrait nous en faire part lui-même.

Reddings se tenait très droit et regardait le mur avec une intensité que ne méritait certainement pas le tableau qui y était accroché.

— Un changement ? répéta Colin, perplexe.

Il jeta un coup d'œil au journal, se demandant de quoi pouvait bien parler son domestique.

Reddings se raidit un peu plus.

— Oui, monsieur le baron. Peut-être M. le baron n'a-t-il pas conscience du changement que ses projets entraîneront.

— De quoi s'agit-il, bon sang ?

L'air réprobateur, le valet ouvrit le journal à la page du carnet mondain et désigna un article du doigt. Agacé, Colin le parcourut.

— Ô mon Dieu ! s'exclama-t-il.

— Une dame aime imposer certaines choses dans sa

maison, insista Reddings. La cuisinière est convaincue qu'elle sera remplacée par un chef français, et les femmes de chambre...

Puis, voyant l'expression rageuse de Wareham, il s'interrompit.

— Bellingham ! s'écria Colin.

Il relut l'annonce de ses fiançailles avec Lady Emma Tarrant, fille de Sir George Bellingham. Le vieux démon avait eu le culot de fixer le mariage deux semaines plus tard.

— Seigneur !

Emma serait furieuse. À présent, il ne pouvait même plus espérer qu'elle accepte de discuter calmement de leur situation.

— C'est une fausse nouvelle, monsieur le baron ?

Reddings avait partagé avec Wareham les horreurs de la guerre, l'alternance des plaisirs et de l'ennui entre les combats, la mélancolie des derniers jours, mais jamais il ne l'avait vu aussi contrarié qu'en ce moment précis.

— Des ennuis, monsieur le baron ?

— Mon Dieu, ma mère ! s'exclama soudain Colin.

Il se leva si brusquement que sa chaise bascula en arrière.

— Fais seller mon cheval, ordonna-t-il. Je sors.

— Tout de suite, monsieur le baron. Puis-je vous demander où vous allez ? s'enquit Reddings.

— Là où personne ne me trouvera, tant que je n'aurai pas arrangé les choses. Dépêche-toi.

À l'autre bout de Londres, Emma n'était pas encore descendue déjeuner. Arabella Tarrant fit irruption dans sa chambre avant même qu'elle ait fini de s'habiller.

— Oh, ma chère ! s'écria la vieille dame. Quelle cachottière ! Et vous qui prétendiez rejeter toute idée de mariage ! Vous m'avez bien eue. Mais vous auriez tout de même pu me mettre sur la voie. Quelle nouvelle incroyable !

Emma, qui était en train de se coiffer, se détourna du miroir.

— Que voulez-vous dire ?

— Il est si riche ! fit Arabella en joignant les mains sur sa maigre poitrine.

Sa tante portait ce matin-là une robe d'une alarmante teinte puce, remarqua distraitement Emma.

— Vous ne manquerez de rien. En plus, on raconte qu'il est très beau.

— De quoi parlez-vous ? demanda Emma, craignant de ne le savoir que trop bien.

— De l'annonce de vos fiançailles, bien sûr ! On ne vous a pas avertie que ça paraîtrait aujourd'hui ?

— Où est le journal ? s'enquit la jeune femme d'une voix étouffée.

Arabella s'empressa de lui rapporter le *Morning Post*. Tandis qu'Emma parcourait le carnet mondain, la vieille dame l'inonda d'un flot de propos enthousiastes où il était question de robe de mariée, de meubles et de la dernière mode en matière de calèche. On aurait cru qu'il s'agissait de son propre mariage. Emma laissa tomber le journal. Après ce qu'elle lui avait dit, comment Wareham avait-il osé publier cette annonce ?

— C'est mon père, conclut-elle finalement. Qu'il soit maudit !

— Emma !

— Il se moque pas mal de moi. Cela a toujours été le cas, d'ailleurs. Il ne se soucie que du qu'en-dira-t-on et de sa position sociale. J'en ai par-dessus la tête !

Elle donna un coup de pied dans le journal. Puis, apparemment peu satisfaite du résultat, elle jeta une chaussure à travers la chambre. Le soulier rebondit sur le mur opposé avec un bruit sourd.

— Les hommes s'imaginent qu'ils peuvent disposer

de nous à leur guise, mais ils vont être surpris. Je pars aujourd'hui.

Se retournant vers le miroir, elle acheva de se coiffer.

— Partir ? fit Arabella, ébahie.

— Je prends le bateau pour la France ce soir.

Elle était restée éveillée une partie de la nuit, à se demander comment sortir de l'imbroglio dans lequel elle s'était fourrée. Avoir recours aux cartes pour survivre lui répugnait, mais c'était sa seule source de revenus. Cependant, la perspective de devoir jouer alors qu'on colportait des commérages sur son passé et sur sa conduite actuelle lui était intolérable. Et les retrouvailles familiales n'entraîneraient pour elle que des désagréments et des contrariétés, elle le savait. La mort dans l'âme, elle avait donc décidé de quitter à nouveau l'Angleterre. Elle s'installerait sur le continent avec Ferik, et ils vivraient dans de petits hôtels miteux, avec l'argent qu'elle gagnerait dans des maisons de jeu sordides. Une vague de dégoût la submergea, mais elle l'écarta aussitôt. Elle n'avait pas le choix. Elle refusait de se marier contre son gré.

— De toute façon, je comptais partir. Je ne fais qu'avancer mon départ.

— Mais... et St. Mawr ? dit Arabella, retrouvant l'usage de la parole. Vous l'abandonnez ? Un des plus beaux partis d'Angleterre ?

Malgré elle, Emma se rappela les mains de Colin sur elle, son expression quand il la touchait... Serrant les dents, elle chassa ces souvenirs.

— Peut-être le baron St. Mawr a-t-il pitié de moi, peut-être est-il déséquilibré. Je ne sais pas. Mais je suis persuadée qu'il a été aussi surpris que moi par cette annonce.

Et il avait dû regretter ses paroles, songea Emma. Voilà qui lui apprendrait à céder à ses impulsions.

— Voyons, ma chère, soyez raisonnable, insista Arabella. L'annonce a paru. Tout le monde l'aura vue. Si vous le prenez au mot, il ne pourra se dédire.

— Jamais je ne ferais une chose pareille !

— Mais vous n'avez rien à faire, objecta la vieille dame. Vous n'avez qu'à vous préparer, comme si...

— Non ! lança Emma, l'air farouche. Je ne veux pas me remarier, je vous l'ai dit.

— Cette fois, ce serait différent. Vous deviendriez baronne. Vous seriez une personnalité en vue. On vous inviterait partout et...

— Impossible, murmura Emma, imaginant déjà les ragots qui courraient sur son compte. Je vais demander à Ferik de faire les bagages, ajouta-t-elle en se dirigeant vers la porte. Ma décision est prise.

Longtemps après qu'Emma fut sortie, Arabella resta pétrifiée, le regard fixé sur la porte. Si on lui avait offert une chance de réintégrer la bonne société, elle aurait sauté sur l'occasion. Refuser d'épouser un homme riche et titré lui semblait pure folie. De plus, ce mariage la lierait elle-même à St. Mawr, lui permettant peut-être d'échapper à la monotonie de son existence…

Déterminée à saisir cette chance, Arabella se rendit dans sa chambre et s'assit à son bureau. Elle passa vingt minutes à mordiller sa plume et à écrire une lettre au baron St. Mawr. Une fois la missive achevée, elle la plia, la scella et la fit porter sans délai, avec ordre de la remettre en mains propres. Puis elle donna des instructions à sa femme de chambre et attendit la suite des événements.

Un hurlement sortit des appartements de Catherine Wareham, baronne St. Mawr. Alertés par le cri de leur maîtresse, sa femme de chambre, son majordome, deux bonnes et un laquais se précipitèrent vers sa porte, se bousculant avec un manque total de dignité. La femme de chambre réussit à se frayer un passage à coups de coude.

— Madame la baronne ? fit-elle en rajustant son bonnet.

— Mes sels ! s'écria la baronne en portant la main à sa gorge. Du cognac ! Faites venir le docteur ! Faites venir ma fille !

Tandis que les domestiques se dispersaient pour exécuter ces ordres, leur maîtresse resta étendue sur son lit, au milieu d'une débauche de soie rose. Elle était entourée d'un plateau de petit déjeuner, d'un miroir à main et de lettres éparpillées. Le *Morning Post* gisait en boule sur le tapis.

À plus de cinquante ans, la baronne St. Mawr était encore très séduisante. Colin tenait d'elle ses cheveux noirs et ses yeux violets, mais là s'arrêtait sa ressemblance avec sa mère. Celle-ci avait un visage doux et une silhouette rebondie, de petites mains potelées et des joues rondes. Trente ans plus tôt, sa bouche en cœur avait enflammé bien des jeunes gens. À la voir, on croyait avoir affaire à une plaisante et placide petite personne passionnée de commérages, de mode et d'emplettes. Mais cette apparence bonhomme était trompeuse. La baronne était en réalité une femme mordante et décidée, qui gérait elle-même sa fortune, s'intéressait à la politique et ne cessait de mettre son grain de sel dans la vie de ses proches, qui redoutaient tout autant son esprit caustique que ses ingérences dans leur intimité.

Connaissant son caractère, les domestiques s'empressèrent de lui obéir. Quelques minutes plus tard, le médecin chargé de la santé de la baronne frappait à la porte d'entrée. Au même moment, Caroline, comtesse de Wrotham, montait dans sa calèche pour se rendre auprès de sa mère.

— Tu l'as vu ? s'écria la baronne dès que sa fille apparut.

— Quoi, mère? Êtes-vous malade? Le laquais m'a dit que vous aviez eu une attaque.

— Le *Morning Post,* répondit simplement sa mère, avec un geste théâtral en direction du journal.

— Je n'ai pas encore eu le temps de l'ouvrir. La nursery était en révolution, ce matin, et j'ai dû...

La baronne, abandonnant sa pose alanguie, repoussa le médecin et lança avec humeur :

— Eh bien, qu'attends-tu? Lis donc!

Caroline ramassa le journal en soupirant.

— Y a-t-il quelque chose en particulier que vous... commença-t-elle en le défroissant.

— En effet! Regarde le carnet mondain.

Sans cacher son impatience, Caroline feuilleta le journal jusqu'à la page en question.

— La petite Merton a mis le grappin sur Harriman, commenta-t-elle. Je ne pensais pas qu'elle réussirait. Oh, Amelia Franklin est fiancée! Je suis bien contente. Elle...

Caroline s'arrêta net.

— Tu vois, maintenant? s'exclama sa mère.

— Colin?

Ayant obtenu l'effet souhaité, la baronne chassa le médecin et ses domestiques.

— Partez, partez, fit-elle. Je vais très bien.

Avec un soupir, le docteur plia bagage. Les bonnes retournèrent à leurs occupations. Seule la femme de chambre, qui connaissait les habitudes de la baronne, resta dans la pièce. Son intuition fut récompensée lorsque sa maîtresse ordonna :

— Apportez-moi mon ensemble en mérinos bleu. Je sors.

Avec un petit sourire, la domestique s'exécuta.

— Qu'est-ce que cela peut bien vouloir dire? demanda Caroline quand la femme de chambre eut tourné les talons.

La baronne observa sa fille. Elle ressemblait plus

que Colin à son défunt mari. Elle avait ses pommettes saillantes, ses cheveux auburn, ses yeux bleu clair, et même ses taches de rousseur, qu'elle essayait de faire disparaître à l'aide de lotions exotiques. Cependant, elle n'avait pas hérité de son intelligence. Elle n'était qu'une gentille jeune femme un peu influençable et absorbée par sa famille.

— Cela veut dire qu'une femme a piégé Colin.

— Piégé Colin ! s'écria Caroline, que cette idée stupéfiait.

— Elle doit être très maligne.

— Mais qui est cette… Emma Tarrant ? demanda Caroline en consultant à nouveau le *Morning Post*. Vous connaissez la famille ?

— Oh, oui ! Des propres-à-rien qui ont dépensé des fortunes au jeu et aux courses. Je ne sais pas exactement qui est celle-là, mais je ne tarderai pas à l'apprendre. Et je lui ferai comprendre que Colin n'est pas un pigeon qu'on peut plumer impunément.

Caroline fronça les sourcils, comme si elle s'était trouvée face à un problème d'algèbre.

— Cette femme aurait dupé Colin ? Mais c'est impossible !

Le sang-froid et l'intelligence de son frère l'avaient toujours impressionnée.

La baronne eut elle-même un instant de doute. Elle avait plus d'une fois tenté d'inciter son fils à épouser une jeune fille convenable. Mais Colin avait déjoué tous ses plans, si subtils fussent-ils. Une femme ayant réussi là où elle avait échoué devait être extrêmement habile.

— Elle a sûrement des ressources que d'autres ne possèdent pas, conclut-elle d'un ton lugubre.

— Que voulez-vous dire, maman ?

— Après tout, Colin est un homme.

— C'est un homme, certes. Et alors ?

— Les hommes sont sensibles... à certaines choses. Cette créature a dû profiter de cette faiblesse.

— Cette faiblesse ?

— Caroline, cesse de répéter tout ce que je dis comme le perroquet de Sara Clarington ! Tu sais très bien de quoi il s'agit.

Sa fille fronçait toujours les sourcils quand la baronne commença à s'habiller. Elle avait revêtu sa robe et se faisait coiffer, assise devant son miroir, lorsque la jeune femme parut enfin comprendre.

— Maman ! Vous ne pensez pas que...

— Si. Mais je veux d'abord aller voir Colin et lui demander des explications.

— Il... il faut que je rentre à la maison, balbutia Caroline. Nicky est enrhumé et...

— Je suis sûre que la nurse se débrouillera sans toi. J'ai besoin de toi.

Caroline se soumit. Elle détestait les disputes, et celle qui menaçait promettait d'être terrible. Elle poussa un long soupir. Si seulement elle avait emmené Nicky à la campagne, comme elle avait songé à le faire, elle ne se serait pas retrouvée mêlée à cette querelle familiale.

En milieu d'après-midi, à l'heure de la promenade, Robin Bellingham franchit les grilles du parc sur sa jument alezane. Il était très content de lui. Sa nouvelle redingote bleu foncé lui allait à merveille, mettant en valeur sa silhouette svelte. Son pantalon chamois n'avait pas un pli et ses bottes en cuir étincelaient. Son nœud de cravate était impeccable, son chapeau en castor posé crânement sur ses boucles dorées. Tous ces détails contribuaient à faire de lui le parfait dandy.

— Robin !

Le jeune homme se retourna et aperçut plusieurs de ses camarades d'Eton, qui partaient comme lui à l'assaut de la société. Son meilleur ami, Jack Ripton, était parmi eux. Robin poussa sa monture dans leur direction, prenant soin de ne pas se précipiter, afin de leur laisser le temps d'admirer sa tenue.

— Tu es superbe, commenta Jack.

Robin se rengorgea et lâcha le nom de son tailleur :

— Weston.

— Diantre ! Le *nec plus ultra,* approuva Jack, avec un sourire qui illumina son visage aux traits banals.

Les jeunes gens s'engagèrent dans l'allée, évaluant d'un œil les jolies filles, se comparant de l'autre aux élégants qu'ils croisaient.

— Au fait, dit Jack au bout d'un moment, j'allais oublier. Je dois te féliciter.

— Quoi ?

— Le plus étrange, c'est que j'ignorais que tu avais une sœur. Entre amis, ça ne se cache pas. Tu sais très bien que j'en ai deux, moi.

— De quoi parles-tu ?

— Tu les as rencontrées, le jour où tu es venu à la chasse chez nous, poursuivit Jack. Tu as même joué aux cartes avec Amelia.

— Jack... commença Robin.

— On se connaît depuis des années et tu ne m'en as jamais rien dit, coupa son ami. Je ne te comprends pas.

— Jack, de quoi parles-tu ? répéta Robin avec impatience.

— Des fiançailles de ta sœur, évidemment. J'ai vu l'annonce dans le journal, ce matin.

— Ma sœur ? Tu te trompes sûrement.

— C'était imprimé noir sur blanc. N'est-ce pas, les amis ?

Tous acquiescèrent.

— Mais... mais... balbutia Robin, hésitant à prononcer le nom d'Emma, par peur de contrevenir aux ordres de son père. Ma sœur vit à l'étranger.

— Ce n'est pas possible, puisqu'elle doit épouser St. Mawr.

— St. Mawr ?

Se rappelant la facilité avec laquelle le baron avait effacé ses dettes en échange de certains renseignements sur Emma, Robin fronça les sourcils. Décidément, il se passait des choses étranges.

— Beau parti, remarqua un autre jeune homme.

— Beau ? fit Jack Ripton. Plus que beau ! Ma mère aurait parcouru Bond Street à genoux, si cela lui avait permis de décrocher St. Mawr pour Amelia. Ce type a de la fortune, un nom et une position. Toutes les filles rêvent de lui. Mais pourquoi n'as-tu jamais mentionné l'existence de ta sœur, Robin ? Pour avoir séduit St. Mawr, ce doit être un diamant de la plus belle eau. Tu aurais tout de même pu nous donner une chance.

— Elle est beaucoup plus âgée que moi, répondit Bellingham en guise d'excuse.

Son père s'était bien gardé de lui apprendre la nouvelle. Pas étonnant que le vieux filou ait paru si content de lui, ce matin-là ! songea-t-il.

— Elle est plus âgée, elle vit à l'étranger... Nous n'avançons guère, dit Jack Ripton en secouant la tête. Allons, Robin. Nous sommes tous tes amis.

Qu'était-il arrivé à Edward Tarrant ? se demandait Robin. Comment Emma avait-elle échoué chez Barbara Rampling ? Jamais une dame respectable n'aurait fréquenté une telle maison ! Et pourquoi St. Mawr avait-il choisi sa sœur ? Tout cela ne tenait pas debout.

— En tout cas, ça t'aidera pour tes dettes, poursuivit Jack. J'ai entendu dire que St. Mawr était un brave type. Il pourrait même te prêter une centaine de livres, ça ferait les pieds à ton père.

Tous éclatèrent de rire. Les jeunes gens n'ignoraient rien des démêlés de Robin avec son père. Ils considéraient d'ailleurs George Bellingham comme un vieux rabat-joie avare.

Robin s'apitoya un moment sur ses propres problèmes. Son père ne semblait pas se douter de ce que coûtait la vie à Londres. Les vêtements, les pur-sang... C'était ruineux. En outre, on ne pouvait refuser de jouer ou de parier aux courses sans perdre la face. Et il n'avouerait certainement pas que son père lui avait interdit de jouer. Autant dire qu'il n'avait pas le droit de sortir sans sa nurse ! Cependant, il ne demanderait jamais à St. Mawr de lui prêter de l'argent, comme l'avait suggéré Jack. La scène avec le baron, l'avant-veille, lui avait laissé un goût de cendre.

— Alors, quand nous autoriseras-tu à rencontrer ta charmante sœur ? dit Jack. Finis les mystères, je te préviens. Je veux la voir, et vite !

Les autres approuvèrent en riant.

— Je... euh...

Il parlerait à son père et lui soutirerait les informations qu'il aurait dû connaître depuis longtemps. Si seulement il avait osé lui tenir tête ! Il avait parfois l'impression d'être toujours pris pour un enfant.

— Voilà la voiture des Boynton, annonça Jack.

Toutes les têtes pivotèrent avec un bel ensemble. Sally Boynton était considérée comme une des beautés de la saison londonienne.

— Venez, lança Jack, entraînant le groupe vers la voiture.

À 19 heures, Colin Wareham entra dans le minable petit salon d'Arabella Tarrant. Extérieurement, le jeune homme semblait calme, peut-être même un peu las, mais son expression paisible cachait une grande agitation. Il avait passé la journée à son club, le *Cribb's Parlor,* ainsi que dans plusieurs autres établissements exclusivement réservés aux hommes, où il savait qu'il ne risquait pas d'être abordé par les femmes de sa famille. Cela n'avait pourtant pas empêché sa mère de le bombarder de sommations scandalisées, ni sa grand-tante Célia de lui demander dans une missive acide s'il avait perdu la raison. Les messieurs qu'il avait croisés lui avaient adressé leurs félicitations. Certains s'étaient montrés consternés, d'autres amusés, quelques-uns compatissants, comme s'il avait contracté une maladie honteuse dont il valait mieux ne pas parler. Tous pensaient qu'il s'était laissé piéger pour le restant de ses jours. Lorsqu'il avait songé à épouser Emma Tarrant, Colin n'avait pas prévu la vague de passions et de curiosité que déclencherait l'annonce de leurs fiançailles. Et c'était son maudit père qui avait provoqué ce scandale ! Mais George Bellingham ne s'en tirerait pas à si bon compte, se promit-il.

Il balaya la pièce du regard. Quand il avait reçu le message d'Arabella Tarrant, il s'était d'abord réjoui de savoir enfin où vivait Emma et de pouvoir lui parler. Mais le tapis usé, les tentures élimées et les sièges fatigués éveillèrent sa méfiance. Au cours de cette journée, il avait beaucoup appris sur les Tarrant, leur frivolité, leur cupidité et leur passion pour le jeu. Il se demandait si cette Arabella correspondait à une telle description.

Une voix en provenance d'une pièce voisine interrompit ses réflexions.

— Où sont mes malles ? Comment avez-vous fait pour égarer quelque chose d'aussi grand ? Tout ce que je possède est dedans. Je vous conseille de les retrouver. Et vite !

Colin reconnut le ton indigné d'Emma et sourit. Quelle fougue ! Il y eut du remue-ménage, puis une voix d'homme laissa échapper un flot de mots incompréhensibles. Sans doute des jurons, proférés par l'étrange serviteur d'Emma, pensa Colin. Il se rappela la lueur dans les yeux de la jeune femme, la coloration de ses joues, la vivacité de ses gestes lorsqu'elle était en colère. Quelle différence avec les fades débutantes qui défilaient devant lui depuis son retour à Londres ! Son titre et sa famille lui imposaient de se marier, et il n'avait pas pour habitude de se dérober à son devoir. Alors, pourquoi ne pas choisir une femme intéressante, capable de lui tenir tête, plutôt qu'une souris apeurée ? Malgré la perspective des commérages, l'idée était séduisante... Il s'apprêtait à rejoindre Emma quand une petite femme pénétra dans le salon.

— Oh mon Dieu ! s'exclama-t-elle en portant les mains à ses joues.

Colin l'examina. Sa robe avait une trace de poussière tout le long de l'ourlet. Des mèches poivre et sel s'échappaient de son chignon. Avec ses yeux qui fouillaient nerveusement la pièce et ses dents en avant, elle ressemblait à un lapin pris au piège.

— Baron St. Mawr ! dit-elle, haletante. Je vous prie de m'excuser. C'est un peu... J'essaie de la retenir, voyez-vous, jusqu'à ce que vous... Mais Emma est si... impulsive. Je crains de l'avoir mise en colère.

— Vous êtes Arabella Tarrant ? demanda-t-il, vaguement perplexe.

En réalité, cette Tarrant ne correspondait pas au portrait qu'on lui avait fait des membres de la famille.

— Oh ! Oui, oui, bien sûr. Je suis la tante de ce pauvre Edward. Je crois avoir eu l'honneur de rencontrer votre mère à un bal, voilà des années. Je ne pense pas qu'elle se souvienne de moi, mais à l'époque...

— Que se passe-t-il ? coupa Colin.

Arabella croisa les mains sur sa poitrine avec une expression peinée.

— Pardonnez-moi, monsieur, je ne sais plus où j'en suis. Il y a eu tellement de cris et de mouvements, et ce Ferik ne cesse de harceler mes servantes. Je me demande vraiment s'il est le domestique qu'il faut à...

Colin l'interrompit à nouveau, à bout de patience :

— Oui, oui. Puis-je voir Lady Tarrant ?

Au hasard des conversations avec les membres de son club, il avait découvert qu'Edward Tarrant était gentilhomme, ce qu'il avait trouvé à la fois incongru et fâcheux.

— Oui, c'est pourquoi je vous ai écrit. Emma s'en va, et je... je me suis dit qu'elle... enfin, que vous aimeriez lui parler avant son départ.

— Elle déménage ? s'enquit Colin, soulagé à l'idée que la jeune femme cesse toute relation avec la famille Tarrant.

— Non, non, elle quitte le pays. Elle comptait prendre le bateau pour la France ce soir, mais... euh... j'ai réussi à retarder ses préparatifs. Quoi qu'il se soit passé entre vous, j'ai pensé que vous devriez au moins vous dire au revoir, ajouta-t-elle d'un ton doucereux.

Colin observa la vieille dame. Elle ne ressemblait en rien aux gens qu'il avait l'habitude de côtoyer, mais il n'en était plus à une étrangeté près.

— Merci, fit-il.

— Je suis heureuse de vous rendre service, monsieur le baron, répondit Arabella avec un sourire radieux.

Wareham poussa un soupir. Il devinait qu'il lui faudrait payer cette faveur d'une manière ou d'une autre.

— Ferik ! cria Emma. Tu les as trouvées ? Sinon, suspends Jim par les pieds au-dessus du fourneau, jusqu'à ce qu'il te dise où il a mis ces malles.

— Oui, maîtresse, répondit la voix profonde, sur un ton qui impliquait que le géant était prêt à suivre ces ordres au pied de la lettre.

Peu après, un hurlement retentit dans la maison.

— Ô mon Dieu ! s'écria Arabella en se tordant les mains. Il vaudrait mieux que j'aille voir...

— Pouvez-vous demander à Lady Tarrant de venir me rejoindre ?

— Oui, oui. Comptez sur moi.

Elle sortit précipitamment. Il y eut une brève accalmie, vite rompue par la voix furieuse d'Emma.

— Quoi ? Qu'avez-vous fait ?

Le silence qui suivit était lourd de menaces. Lorsque Emma entra dans le salon, quelques minutes plus tard, Colin réprima avec peine un sourire, puis la tenue de la jeune femme lui ôta toute envie de plaisanter. Dans sa tenue de voyage vert foncé, à manches longues et col montant, Emma était parfaitement élégante. Elle gardait la mâchoire serrée, et ses yeux semblaient lancer des éclairs.

— Avez-vous retrouvé vos malles ? demanda-t-il.

— Oui, maintenant qu'Arabella a obtenu ce qu'elle voulait.

— Vous aviez l'intention de quitter l'Angleterre sans même m'en informer ?

— Je ne vois pas en quoi cela vous regarde.

Les dernières heures avaient mis ses nerfs à rude épreuve, et la visite imprévue de Colin Wareham était plus qu'elle n'en pouvait supporter.

— Vous partez donc à l'étranger, me laissant affronter seul les ragots ? fit Colin.

— Oui ! Tout ceci est de votre faute. Si vous n'aviez pas dit que nous devions nous marier...

— Je ne l'ai pas dit.

— Suggéré, si vous préférez. Si vous n'aviez pas été aussi léger...

— Votre père n'aurait pas fait paraître cette annonce dans le *Morning Post,* refermant adroitement le piège.

— Exactement, répliqua Emma en s'empourprant.

— Alors, vous vous enfuyez ?

Emma se détourna et agrippa le manteau de la cheminée. Elle attendit d'avoir recouvré son sang-froid pour répondre :

— Je ne m'enfuis pas. Je rentre simplement en France, après un séjour dans mon pays, ajouta-t-elle, la voix tremblant légèrement sur le dernier mot.

— Et qu'y ferez-vous ?

Emma haussa les épaules.

— Tarrant vous a laissé de quoi vivre ?

Une vague d'amertume envahit la jeune femme. Tout avait été si facile pour cet homme ! Il ne se doutait pas du genre de vie qu'elle avait dû mener depuis son mariage.

— Edward m'a appris à jouer aux cartes, déclara-t-elle sèchement. Grâce à lui, je connais toutes les maisons de jeu. Je me débrouillerai très bien, merci.

Colin se représenta Emma dans l'un de ces tripots. Durant la guerre, il lui avait souvent fallu arracher l'un ou l'autre de ses hommes à de tels bouges.

— Vraiment ? fit-il d'un ton sarcastique.

— Vraiment, monsieur, répéta Emma. Je suis pressée de partir.

— Non.

— Pardon ? dit Emma, interloquée.

Colin était décidé à la faire renoncer à son projet. Il refusait de la laisser s'étioler dans des salles de jeu enfumées, où elle s'avilirait et pratiquerait une activité qu'elle détestait, à seule fin de gagner son pain. Cette idée lui paraissait intolérable.

— Vous n'avez donc pas le choix ? demanda-t-il.

Lui l'avait toujours eu, songea Emma. Il ne pouvait même pas imaginer ce qu'elle avait enduré.

— Je suis seule, sans le sou, déshonorée et reniée par ma famille, dit-elle avec rage. Non, je n'ai pas le choix.

La détermination désespérée qu'il entendit dans sa voix émut Colin.

— Je veux que vous en finissiez avec cette vie misérable, déclara-t-il. Vous allez m'épouser.

— N'employez pas ce ton avec moi, je ne suis pas une domestique. Quant au mariage, cette idée est ridicule. Oubliez-la.

Colin Wareham, baron St. Mawr, n'était pas habitué à de telles réactions. Quand il parlait sur ce ton, ses subordonnés s'empressaient de lui obéir. À Londres, les jeunes filles qu'il daignait approcher l'accueillaient toujours avec empressement. Et, bien qu'il méprisât ce genre d'attitude, le comportement d'Emma l'irritait.

— Vous trouvez ça ridicule ? demanda-t-il, affichant un calme qu'il était loin d'éprouver.

— Comme tout le monde, sans doute. On doit vous prendre pour un fou.

— Si vous vous souciez tant du qu'en-dira-t-on, je m'étonne que vous ne vous sentiez pas obligée de vous marier. Après tout, votre père vous a surprise chez moi dans une tenue plus que compromettante.

— Comment osez-vous ? s'indigna Emma. C'est vous qui avez causé ce scandale ! Vous m'avez trompée pour m'attirer dans vos filets !

— Je voulais...

— Vous m'avez laissée croire que vous aviez toujours les reconnaissances de dettes de Robin, alors que vous les lui aviez rendues !

— J'étais sur le point de vous dire...

— Vous avez tout fait pour me persuader qu'il n'y avait pas d'autre façon de les récupérer, et maintenant...

— Vous allez vous taire ! cria Colin.

Emma le fixa, stupéfaite. Surpris par sa propre véhémence, Colin tenta de reprendre son sang-froid.

— Voilà exactement ce qui s'est passé, commença-t-il. J'ai essayé de vous expliquer, et vous ne m'avez pas laissé finir. J'ai eu complètement tort de ne pas vous en parler. Je vous présente mes excuses. Mais...

Emma haussa les sourcils, sans rien répliquer. Voilà qui ne l'étonnait pas d'elle. Alors qu'une interruption aurait été la bienvenue, elle n'avait rien à dire.

— Mais vous étiez irrésistible, conclut-il d'une voix plus douce.

— J'agissais dans le but d'aider mon frère, déclara-t-elle en le regardant droit dans les yeux. C'est la justification de mon acte. N'y voyez aucune immoralité.

— Niez-vous avoir pris plaisir à nos étreintes ?

Il ne se rappelait que trop bien la façon dont elle s'était abandonnée dans ses bras.

— Je... j'ai été surprise, balbutia-t-elle en baissant la tête.

— Et...

— Et rien !

— Très bien, fit-il en avançant vers elle. Le souvenir que j'en ai gardé est tout différent. L'incident était loin d'être anodin. Pour vous en persuader, il faudrait peut-être réitérer l'expérience, qu'en pensez-vous ?

Emma recula vivement.

— C'est inutile, dit-elle. De toute façon, cela n'a aucun rapport avec notre conversation.

— Aucun rapport !

Emma se redressa et soutint son regard.

— Un mariage ne doit pas être fondé sur l'attirance physique, monsieur. La vie m'aura au moins appris cela.

L'espace d'un instant, Colin resta interdit, avant de réaliser qu'elle le mettait sur le même plan que le misérable Edward Tarrant.

— Assez ! s'écria-t-il, hors de lui. Cessons cette vaine discussion. Nous allons nous marier, un point c'est tout.

Il pourrait alors lui montrer qu'il n'avait rien de commun avec son défunt mari.

— Tenons-nous-en à la date que votre père a donnée au *Morning Post*. Je ne vois pas de raison d'attendre.

— Monsieur... commença Emma.

— Nous irons ensuite à Trevallan, puis nous reviendrons pour...

— Cela suffit ! Je refuse de me marier pour obéir aux conventions sociales. Et je n'accepterai pas d'un homme qu'il m'épouse par obligation.

— Vous n'avez pas compris...

— Je ne veux pas non plus de votre pitié. Et puis, tout cela n'a aucun sens. Je ne souhaite pas me marier. C'est... Je ne suis pas faite pour le mariage, voilà tout.

— Avez-vous écouté un mot de ce...

— Pourquoi désirez-vous m'épouser ? coupa Emma en le défiant du regard.

— Je pensais que c'était évident.

— Eh bien, non.

Colin essaya de trouver un argument susceptible de la convaincre, sans succès.

— Peut-être êtes-vous fou, dit-elle au bout d'un moment. Moi, je ne le suis pas. Je ne me marierai pas sur un coup de tête. Maintenant, je vous prie de partir. Sinon, je devrai demander à Ferik de vous raccompagner.

Emma sortit en hâte de la pièce, ignorant résolument la douleur qui lui enserrait le cœur.

Colin se précipita à sa suite, mais il l'entendit parler à quelqu'un dans le couloir et s'arrêta. Il avait été affreusement maladroit, songea-t-il. Mais comment garder les idées claires, quand elle se mettait à l'accuser ?

Quelle femme courageuse et intègre ! Bien qu'elle soit seule et sans le sou, elle repoussait un parti qui lui aurait apporté fortune, sécurité et position sociale. Colin revit l'éclat de ses yeux, son port de tête digne d'une reine... Cette fois, il n'avait plus de doutes : il la voulait pour femme.

Elle l'épouserait. D'une façon ou d'une autre, il la ferait changer d'avis.

Colin releva la tête. Arabella Tarrant, l'air déçu, se tenait sur le seuil du salon. Elle avait manifestement tout écouté.

— Empêchez-la de partir, dit-il. Je reviendrai demain matin.

Le visage d'Arabella s'illumina.

— Oui, monsieur le baron, répondit-elle.

— Vous réussirez à la retenir ?

— Oh, oui !

La vieille dame ne lui avoua pas qu'Emma avait déjà raté la dernière diligence pour la côte et qu'elle ne pourrait pas partir avant midi, le lendemain. Plus Wareham lui serait reconnaissant, mieux cela vaudrait.

— Je suis à votre service, monsieur le baron, ajouta-t-elle d'une voix mielleuse.

— Je compte sur vous, répliqua-t-il sèchement.

Sur ces mots, il inclina brièvement la tête et quitta la maison.

Dès qu'il eut tourné les talons, Arabella se laissa tomber dans un fauteuil et poussa un long soupir de soulagement. Tout n'était peut-être pas perdu, après tout. Elle pouvait encore parvenir à nouer des relations avec le baron St. Mawr. Quant à Emma, elle consacrerait le reste de la soirée à essayer de la ramener à la raison. Et si elle échouait... eh bien, elle trouverait une autre solution.

Au même instant, la mère de Colin Wareham frappait d'un poing potelé le bras de son fauteuil.

— Il m'évite ! fit-elle d'un ton rageur. Il a pourtant

dû recevoir mes messages. Cette femme l'a ensorcelé.

Assise sur le bord du canapé, Caroline ne prit pas la peine de lui rappeler que Colin n'était pas du genre à obéir aux sommations. La jeune femme ne songeait d'ailleurs qu'à une chose : rentrer chez elle. Mais si Colin arrivait pendant qu'elle était chez sa mère, cela ne lui laisserait aucune chance de s'échapper.

— Il a honte, je suppose, conclut la baronne. Il a peur de m'affronter et d'admettre qu'une aventurière l'a piégé. Mais je le sauverai.

— Le sauver ? s'étonna Caroline.

— Je veux avoir des renseignements sur cette femme, poursuivit la baronne. Je suis sûre qu'elle lui a menti, et certaines révélations pourraient bien rompre le charme.

— Quelles révélations, maman ?

— C'est ce que je compte découvrir. Vraiment, Caroline, tu es bouchée !

— Comment savez-vous...

— Je suis convaincue que sa vie ne résistera pas à une enquête sérieuse. Colin a refusé toutes les jeunes filles respectables que je lui ai présentées. Sans doute a-t-il pris des goûts vulgaires dans l'armée. Mais nous allons vite changer ça !

Caroline frissonna. Elle n'avait aucun mal à imaginer la réaction de son frère face à l'ingérence maternelle.

— Maman, je dois rentrer chez moi. Nicky est malade, et Frédéric revient demain de la campagne.

— Wrotham n'a pas besoin de toi.

— Mais je tiens à m'occuper de lui, répliqua Caroline avec un courage inhabituel chez elle.

En voyant la détermination de sa fille, la baronne adopta une autre tactique.

— Oh, très bien ! dit-elle en renversant la tête en

arrière, les yeux fermés. Si tu insistes pour m'abandonner en ce moment difficile, je me débrouillerai seule. L'honneur de la famille est en jeu.

Caroline se leva, décidée à profiter sans vergogne de cette occasion.

— Merci, maman. Au revoir, fit-elle.

Et, avant que sa mère ait eu le temps de réagir, elle s'enfuit.

La baronne se redressa, à la fois outrée et incrédule, et fixa la porte par laquelle sa fille était sortie. Quand elle réalisa que Caroline était bel et bien partie, elle se redressa et se mit à tapoter le bras de son fauteuil. Elle n'aimait pas se retrouver sans auditoire.

Par bonheur, sa femme de chambre apparut quelques minutes plus tard.

— Madame la baronne ?

— Ah, Crane. Vous êtes déjà de retour ?

— Oui, madame la baronne.

— Qu'avez-vous découvert ?

— Beaucoup de choses, madame la baronne, répondit la domestique, l'air important.

— Entrez et racontez-moi.

La baronne se pencha en avant. Elle avait envoyé son espionne dans les offices des grandes maisons, pour se renseigner auprès du réseau londonien des domestiques. Crane y entretenait en effet de multiples contacts, ce qui lui permettait d'être au courant des ragots bien avant sa maîtresse. La baronne ne doutait donc pas d'apprendre tous les détails de la vie dissolue de cette Emma Tarrant.

Crane se tenait debout devant elle, la tête baissée. Elle offrait l'image même de la soumission, mais la baronne savait que cette apparence était trompeuse.

— Asseyez-vous, proposa-t-elle, cédant à la requête tacite de sa domestique. Vous avez dû beaucoup marcher.

Sans daigner sourire, Crane s'installa en face de sa

maîtresse. Pour ses services d'espionnage, elle se plaisait à extorquer de telles faveurs. À ses yeux, les manigances peu avouables de sa maîtresse mettaient celle-ci sur le même pied que sa femme de chambre.

— Elle était mariée à un jeune gentilhomme de très mauvaise réputation, commença-t-elle.

— Ah ! fit la baronne.

À cet instant, elle ressemblait à un chat devant un bol de crème.

— Sir Edward Tarrant, continua Crane. Son père a été ruiné à Newmarket, et le fils était un joueur invétéré. Toute la famille a le virus. Personne ne sait ce qu'il est devenu, mais il est probablement mort.

— Comment ? s'enquit la baronne.

Crane, désolée, dut admettre son ignorance.

— On prétend qu'il a perdu la fortune de sa femme au jeu, ajouta-t-elle.

— Elle avait de la fortune ?

— De sa grand-mère, la vieille comtesse Lindley.

— Une comtesse, répéta la baronne, l'air mécontent.

— D'après l'annonce du journal, elle est la fille de Sir George Bellingham, qui avait épousé Rose Gresham, des Gresham du Lincolnshire.

La baronne fit la moue. À son grand dam, elle ne pouvait rien trouver à redire à la famille.

La voyant déçue, Crane sourit.

— Il y a quelque chose de singulier dans son mariage, déclara-t-elle.

— Quoi ? demanda aussitôt sa maîtresse.

— Ils se sont mariés dans l'intimité, sans qu'aucun membre de leurs familles soit présent. Et le mariage n'a été annoncé qu'après la cérémonie.

— Une fugue ?

— Certainement, bien que ce ne soit pas prouvé.

— Quand Colin va savoir ça ! s'exclama la baronne St. Mawr en tapant des mains.

— Il y a autre chose.

— Oui ?

Crane ne répondit pas tout de suite, enchantée de faire attendre sa maîtresse.

— Quoi ? interrogea la baronne avec impatience.

— On soupçonne cette femme de s'être rendue, seule et tard dans la nuit, chez votre fils.

— Je me doutais bien que c'était son genre !

— Bien sûr, ce ne sont que des présomptions. Je n'ai rien réussi à tirer du personnel de votre fils, avoua Crane d'une voix indignée.

Son ton impliquait qu'elle prenait ce refus pour un affront personnel.

— Oh, je jurerais que c'est vrai ! Cette créature l'aura séduit et poussé à lui proposer le mariage.

Crane, qui avait du baron la même opinion que Caroline, parut dubitative.

— Je le ramènerai à la raison, poursuivit la baronne. S'il souhaite la garder comme maîtresse, qu'il le fasse, mais je ne céderai pas ma place à une traînée. Crane, vous êtes une perle.

— Merci, madame la baronne.

— Vous m'avez fourni les armes dont j'avais besoin pour combattre cette horrible femme.

— À votre service, madame la baronne.

Sur ces mots, Crane se leva et commença à se diriger vers la porte.

— Oh, madame la baronne ? fit-elle en s'arrêtant.

— Oui, Crane ?

— Je voulais vous dire… Ce mérinos bleu... il ne flatte pas vraiment madame la baronne.

— Ma nouvelle tenue de ville ? Mais elle est tout à fait...

Elle s'interrompit et se mordit la lèvre. C'était le prix à payer, elle le savait.

— Vous avez sans doute raison, admit-elle avec une grimace de dépit. Cette couleur ne m'avantage pas.

Pourquoi ne la prenez-vous pas, Crane ? Ce bleu vous ira probablement mieux qu'à moi.

— Eh bien, madame la baronne, si vous insistez…

— Oui... euh, j'insiste. Prenez-la, répéta la mère de Colin.

— Merci, madame la baronne, dit Crane, avant de quitter la pièce avec un sourire satisfait.

Quelle femme insupportable ! songea la baronne. Si elle ne lui avait pas été si utile, elle ne l'aurait pas gardée un jour de plus.

Assis dans la belle bibliothèque de la résidence londonienne des Bellingham, Robin demanda une nouvelle fois à son père :

— Mais que se passe-t-il ?

— Ça ne te regarde pas, répliqua le vieil homme, un verre de cognac à la main.

— Ça ne me regarde pas ? fit Robin, exaspéré. Pendant près de la moitié de ma vie, on m'interdit de prononcer le nom de ma sœur. Et maintenant, sans prévenir, elle réapparaît, fiancée à St. Mawr. Qu'est devenu son mari ?

— Il est mort.

— Que lui est-il arrivé ?

— Peu importe, répondit son père avec un geste désinvolte. Il a quitté la scène, et Emma va reprendre sa place dans la société.

— Quand est-elle revenue ? Comment a-t-elle rencontré St. Mawr ? À quoi ressemble-t-elle ?

— Ne t'inquiète pas. L'important, c'est qu'elle soit enfin honorablement établie. Je dois avouer que j'avais abandonné tout espoir, dit-il avec un soupir de contentement.

— Mais, père, mes amis s'interrogent à son sujet. Ils veulent la connaître. Et ils trouvent bizarre que je n'aie jamais parlé d'elle, croyez-moi.

— Ils la verront bientôt. Emma va devenir un des fleurons de la société. Elle n'a rien perdu de sa beauté, acheva-t-il, comme pour rassurer Robin.

— En attendant, je passe pour un imbécile !

— Inutile de faire des histoires pour rien, mon garçon.

— Mes amis s'étonnent que j'ignore l'existence de ma sœur, marmonna Robin.

— Un vrai miracle, se félicita George Bellingham en sirotant son cognac. Que ce soit une leçon pour toi, Robin. Tout peut s'arranger, même les pires situations. Prends le jeu, par exemple.

Excédé par les leçons de morale de son père, Robin se renfrogna.

— Tu as été imprudent et tu t'es endetté, poursuivit son père. Tu as refusé d'écouter mes conseils et tu t'es mis dans de sales draps. Tes relations y sont pour une grande part. Ce Jack Ripton...

— Jack est mon meilleur ami ! s'écria Robin. C'est un type formidable.

— Une tête brûlée, oui. Et personne ne connaît sa famille.

— Son père possède un petit domaine dans le Nord. Et je ne veux pas vous entendre dire du mal de Jack !

— Oui, oui. La loyauté est un sentiment louable chez les jeunes gens. Mais j'essaie de t'expliquer que...

— Puis-je au moins lui rendre visite ? coupa Robin, incapable d'en supporter davantage.

— À qui ?

— À Emma. Ma sœur. Je me la rappelle à peine. J'aimerais la rencontrer.

— Oh, si c'est ça... fit le vieillard en s'agitant sur son siège. Tu la verras au mariage, dans deux semaines.

— Où habite-t-elle ? Si nous sommes réconciliés, pourquoi ne vit-elle pas avec nous ?

— Elle est… euh… Elle a préféré habiter de son côté.

Robin la comprenait sans peine. Au début de la saison, il avait demandé à avoir un logement indépendant, mais son père s'y était opposé. Le vieil homme s'obstinait à le traiter comme un enfant.

— Où ? insista Robin. J'ai tout de même le droit d'aller la voir, non ?

— Elle se consacre aux préparatifs de son mariage. Ce genre de choses occupe entièrement les femmes. Après, elle sera plus disponible.

— Elle ne peut pas accorder vingt minutes à son frère ?

— Ces questions perturbent les femmes les plus calmes. Je me souviens, quand ta mère était...

— Si elle est trop prise, elle n'a qu'à me le dire elle-même. Où habite-t-elle, père ?

— Ah... euh...

— Vous l'ignorez ?

— Bien sûr que non !

— Alors, où ?

— Je... je suis certain qu'elle ne souhaite pas être dérangée.

— Elle ne vous a pas donné son adresse !

Elle avait donc réussi à échapper à leur père, pensa Robin, plein d'admiration pour cette sœur presque inconnue.

— Avant de lire l'annonce, saviez-vous qu'elle se trouvait à Londres ? demanda-t-il.

— Évidemment. Je suis pour quelque chose dans cette annonce.

Sa sœur avait fait exactement ce qu'il rêvait de faire depuis des mois. Son envie de la voir n'en était que plus vive. Elle lui servirait d'exemple et l'aiderait à combattre l'autorité et les sermons du vieil homme. Grâce à elle, il montrerait à son père que son fils n'était pas un enfant, mais un adulte.

— Pourquoi souris-tu ? demanda son père, furieux que Robin ait découvert le pot aux roses.

— Pour rien, père, répondit Robin.

Pour l'instant, il jugeait inutile de se chamailler. Il économiserait son énergie jusqu'à l'arrivée d'Emma sur la scène. Réprimant un nouveau sourire, Robin se leva et souhaita une bonne nuit à son père.

4

Le lendemain matin, à 9 heures, Colin Wareham frappa une nouvelle fois à la porte de la modeste maison d'Arabella Tarrant. Avec son pantalon chamois, sa queue-de-pie vert olive et ses bottes en cuir qui brillaient comme des miroirs, il était d'une élégance irréprochable. Dès qu'on lui eut ouvert la porte, il entra dans le salon et se posta devant la cheminée.

Il avait passé une bonne partie de la nuit à réfléchir aux événements des jours précédents. Seul, dans le calme de sa bibliothèque, il avait examiné ses motivations à la lumière de la question, tout à fait judicieuse, posée par Emma. Et il comprenait maintenant pourquoi il envisageait un mariage que toutes ses relations réprouvaient.

Il ne s'agissait absolument pas d'un acte irréfléchi et insensé, comme tous semblaient le croire. Aux petites heures du matin, il était devenu clair pour lui que l'instinct seul – auquel se fie tout bon chef militaire – l'avait conduit à cette décision.

Elle voulait savoir pourquoi il souhaitait l'épouser ? Eh bien, il allait lui répondre. Il s'était préparé à cette rencontre et tenait à ce qu'elle se déroulât selon son plan. Il ne céderait pas à l'émotion, ne se laisserait pas distraire par la beauté d'Emma. Et il se montrerait tellement éloquent qu'elle se rendrait à ses arguments.

C'était très simple, se dit-il en attendant qu'elle apparût. Avec l'impulsivité et la passion de la jeunesse, elle était tombée amoureuse et avait contracté une union désastreuse. Par conséquent, elle considérait le mariage comme un piège, bien que la situation actuelle fût totalement différente.

— Elle refuse de descendre, annonça Arabella Tarrant en entrant dans la pièce. Elle prétend que vous n'avez plus rien à vous dire.

— Je vous saurais gré d'informer Lady Tarrant que ce n'est pas le cas, répondit-il poliment.

— Je ne crois pas...

— Je vous en saurais gré, répéta-t-il sur un ton sans réplique.

Secouant la tête d'un air dubitatif, Arabella sortit.

Il était parfaitement maître de lui. Il n'y aurait pas d'éclats de voix, pas de maladresses susceptibles de provoquer la fuite d'Emma. Il posa le bras sur le manteau de la cheminée avec une désinvolture étudiée et prit une profonde inspiration.

Quelques instants plus tard, Arabella réapparut.

— Elle refuse toujours de descendre. Elle a dit que...

— Oui ? fit Colin pour l'encourager.

— Euh...

— Que dia... Enfin, qu'a-t-elle dit, s'il vous plaît ?

— Elle a dit que si vous ne partiez pas, elle demanderait à Ferik de vous jeter dehors, lâcha Arabella d'une traite.

— Vraiment ? Eh bien, dites-lui que Ferik ne me fait pas peur, répliqua-t-il d'un ton sec. En revanche, s'il me blessait, il se retrouverait en prison ou au bout d'une corde.

— Monsieur le baron... commença Arabella.

— Veuillez avoir l'obligeance de transmettre mon message.

Son hôtesse sortit à nouveau.

Contrairement à ce que semblait suggérer le miroir, il n'avait pas les dents serrées, ni les sourcils froncés. Il paraissait simplement sérieux et prêt à exposer ses arguments. Il n'élèverait pas la voix, il ne s'emporterait pas, il ne la secouerait pas par les épaules pour faire entrer un peu de bon sens dans sa jolie petite tête...

— Elle refuse, monsieur, lança Arabella en passant la tête par la porte entrebâillée. Elle est inébranlable. Je crains qu'elle...

Sans un mot, Colin traversa la pièce et gravit l'escalier étroit, une Arabella affolée sur ses talons. Arrivé sur le palier, il interrogea la vieille femme du regard. D'un doigt tremblant, elle lui indiqua une porte sur la gauche. Il l'ouvrit sans hésiter et entra dans une petite chambre aux murs tendus de chintz rose passé.

Emma était là, assise devant un bureau bancal.

— Vous êtes la femme la plus exaspérante que j'aie jamais rencontrée, déclara-t-il. Et probablement la plus intéressante que je rencontrerai jamais.

— Comment osez-vous vous introduire dans ma chambre ? s'exclama-t-elle en bondissant sur ses pieds.

— Étant donné que vous ne daignez pas descendre, je n'avais pas le choix.

— Je vous ai demandé de partir.

— Eh bien, je ne souhaitais pas le faire, rétorqua Colin.

Il s'interrompit et essaya de reprendre son calme. Emma était particulièrement belle, ce matin-là, dans sa robe en mousseline blanche imprimée de fleurs bleues. Elle emplissait la pièce défraîchie de sa lumière.

— Vous m'avez demandé pourquoi je voulais vous épouser, dit-il. Eh bien, c'est l'une des principales raisons.

— Laquelle ?

— Que vous êtes la femme la plus intéressante que j'aie jamais vue. Je ne m'ennuierai pas avec vous, et vous ne me fatiguerez pas avec des balivernes.

— On peut en dire autant de beaucoup de femmes.

— Je ne les ai pas rencontrées.

— Londres est une grande ville, qui doit être pleine de femmes intéressantes. Les bons partis y pullulent.

— Tout dépend de ce qu'on demande. Je connais bien le marché, croyez-moi, et je vous assure que les qualités que vous possédez sont extrêmement rares. En fait, je ne les ai trouvées nulle part ailleurs que chez vous.

— Vous n'avez pas bien cherché.

— Vraiment ? fit-il, se rappelant les heures passées en conversations insipides. Vous savez qui sont ces beaux partis dont vous parlez ? Je suis censé épouser une gamine de dix-sept ans tout juste sortie de l'école.

— Eh bien, elle n'a pas besoin...

— C'est ce qu'espère ma mère. Depuis mon retour, elle fait défiler devant moi des jeunes filles enrubannées comme des œufs de Pâques.

Emma réprima un sourire.

— Elles sont bien élevées, obéissantes et avides de plaire, ajouta-t-il.

— Que demander de plus ?

— Et mortellement ennuyeuses, conclut-il.

— Vous dites ça parce que vous les connaissez mal, supposa Emma, bien qu'elle n'eût aucune envie de prendre leur défense.

— Je les connais parfaitement, au contraire, et je ne leur reproche rien. Elles n'ont pas eu le temps de se forger leurs propres opinions. Personne ne les y a encouragées, d'ailleurs. Mais je refuse qu'on m'impose une de ces oies blanches.

— Alors, ne vous laissez pas faire ! s'écria Emma en levant les yeux au ciel. Mais vos préférences ne me concernent en rien.

— Si, justement, répliqua-t-il avec le plus grand sérieux. Il y a autre chose. Je ne suis pas un si beau parti qu'on le dit.

Emma voulut protester, mais il lui fit signe de se taire.

— J'ai passé les huit dernières années à combattre, poursuivit-il. J'ai la tête pleine d'images terribles. Mon caractère s'est... assombri. Je suis... Je crois être irrémédiablement changé. Je ne supporte plus la bêtise et l'ignorance. Vous pouvez le comprendre, je pense.

Emma croisa son regard. Malgré elle, elle se sentait émue par ses paroles.

— Ayant tous les deux beaucoup souffert, nous serions capables de nous entraider et de nous montrer compatissants l'un envers l'autre, continua Colin.

Il avait réussi à capter l'attention d'Emma.

— Je ne tiens pas à me lier pour la vie avec quelqu'un qui n'a rien de commun avec moi et qui me fait des mamours pour m'extorquer des sourires.

Emma savait exactement ce qu'il voulait dire, car elle éprouvait la même chose.

— Seul au milieu des rires, murmura-t-elle.

— Vous voyez ? fit Colin d'un ton triomphant. Nous nous ressemblons.

— Oui, admit Emma, touchée au plus profond d'elle-même.

Encouragé, il s'avança et lui prit la main.

— À vingt ans, je pensais tomber follement amoureux et me marier, emporté par mes sentiments. J'ai presque trente ans. Je crains que les sentiments n'aient été détruits par la guerre. Peut-être comprenez-vous cela aussi ?

Il ne la quittait pas des yeux. Emma avait du mal à respirer.

— J'ai trouvé beaucoup à admirer en vous, continua-t-il. Vous êtes très intelligente, vous êtes intègre. Je crois que nous parviendrons à nouer des relations de camaraderie. Peut-être est-ce ce que nous pouvons espérer de mieux, à ce stade de notre vie.

— Des relations de camaraderie ? répéta-t-elle, ébranlée.

Il acquiesça d'un signe de tête.

— Vous me proposez un marché ? demanda-t-elle.

— Oui. Vous ne souhaitez pas retourner à la vie que vous venez de quitter. Quant à moi, je dois convoler, de préférence avec une femme qui ne me pousse pas au meurtre dès la première semaine de notre mariage. Nos besoins semblent s'accorder.

Emma détourna la tête. Elle ne songeait ni à la vie précaire qui l'attendait en France, ni même à l'existence luxueuse de la future baronne St. Mawr. Elle était simplement bouleversée par la voix de cet homme qui évoquait les jours sombres de la guerre et leur commune expérience de la souffrance. Quelque chose s'était éveillé en elle. Jamais elle n'avait rencontré quelqu'un qui lui fût si proche. Sous le coup de l'émotion, elle se mit à trembler.

— Je... commença-t-elle.

— Vous ne pouvez pas me condamner à vivre entouré de gens qui ne connaissent de la vie que son côté rose. Et je ne veux pas vous abandonner à un destin que vous ne méritez pas.

Un marché entre deux personnes capables de se comprendre et de s'apporter mutuellement quelque chose, pensa Emma. Cela n'avait rien à voir avec les tourments et les délices de la passion amoureuse. C'était une union raisonnable, qui offrait de nombreux avantages. La camaraderie… Elle trouvait l'idée séduisante.

— Non, dit-elle.

— Non ?

— Non, je ne vous y condamne pas.

Arabella Tarrant, qui écoutait à la porte, étouffa un cri de joie. Les événements prenaient une tournure inespérée. Bien qu'elle n'eût pas saisi la moitié de ce que sa nièce et le baron s'étaient dit, ils étaient manifestement parvenus à un accord. Colin Wareham et sa femme lui seraient reconnaissants de les avoir réunis, se dit-elle.

Puis une vague de jalousie la traversa. Emma allait tout avoir : fortune, position sociale, invitations à des réceptions fastueuses... Ce n'était pas juste ! Mais peut-être réussirait-elle quand même à en tirer quelque profit, elle aussi, pensa-t-elle en s'esquivant.

— Il faut que je vous demande quelque chose… C'est un peu délicat, dit Colin.

— Quoi ?

— Je dois un héritier à mon titre.

Emma s'empourpra et baissa la tête.

— Je... je suis tombée enceinte durant la première année de mon mariage, déclara-t-elle. J'ai perdu le bébé pendant un voyage à Vienne. Le docteur m'a assuré qu'il n'y avait pas à s'inquiéter pour l'avenir. Mais, après cette première année, Edward passait le plus clair de ses nuits à jouer et à boire. Il ne... Enfin, il est devenu évident que sa vraie passion était le jeu.

Comment cet homme avait-il pu la traiter avec un tel mépris ? se demanda Colin, plein d'une fureur rétrospective. Après un silence, il prit une profonde inspiration et fixa le mur opposé.

— Demain, j'irai voir ma grand-tante Célia, annonça-t-il. Je pense parvenir à nous la concilier. C'est une personne très influente. Et ma mère a peur d'elle, ajouta-t-il avec un sourire.

— Votre mère ne sera pas contente, je suppose…

— Peu importe. Depuis que j'ai quitté la nursery, ma mère désapprouve tout ce que je fais. Vous auriez dû l'entendre, quand je suis entré dans l'armée!

— Vous êtes fâché avec elle?

— Oh, non! Mais ma mère est une femme très autoritaire. Et elle ne comprend pas que je répugne à accepter ses... conseils.

Emma soupira.

— Je vais mettre les choses en route, dit-il. Avez-vous... besoin de quoi que ce soit pour vos tenues?

— Je refuse que vous me donniez de l'argent, répondit Emma en se redressant. Je me débrouillerai.

— Bien sûr. C'est juste que ma mère attache beaucoup d'importance aux apparences.

— Ah, bon? répliqua Emma en relevant fièrement le menton. Je ferai de mon mieux pour la satisfaire.

— Je reviendrai cet après-midi. Tout se passera bien, promit-il.

Emma aurait aimé le croire.

Colin sonna à la porte de la résidence de sa mère. Le majordome, l'air plus sombre que jamais, vint lui ouvrir. Se déplaçant avec une austère dignité, Riggs l'accompagna jusqu'au salon et envoya un laquais informer leur maîtresse de l'arrivée de son fils. Puis, sachant que plus personne ne l'observait, le majordome se rua aux cuisines pour prévenir le personnel qu'une explication majeure se préparait. Ceux qui avaient quelque raison de traîner près du salon s'empressèrent de prendre place. Un vaste public attendait donc la baronne quand elle descendit l'escalier et traversa le vestibule, prête à affronter son rejeton dévoyé.

Elle entra dans le salon et lança d'un ton accusateur :

— Alors ?

Colin, qui était en train de regarder passer les voitures par la fenêtre, se retourna.

— Bonjour, mère, dit-il. Comment allez-vous ?

— Mal, répliqua la baronne, furieuse qu'il parût ignorer ses façons théâtrales.

Colin poussa une exclamation étonnée.

— Je suis malade d'anxiété, précisa sa mère.

— Vraiment ? Peut-être devriez-vous vous allonger ?

— Non !

— Mais si vous êtes malade...

— Colin ! Cesse de faire l'imbécile. Je veux te parler de ces absurdes fiançailles.

— Je viens justement pour en parler.

— Il n'y a qu'une chose à en dire. Il faut les rompre immédiatement. C'est impossible, ridicule...

— Avant tout, mère, je tiens à vous prévenir que je n'y renoncerai pas.

— Comme ça ? Sans me demander mon avis, ni consulter ta famille ?

— Oui, répondit-il avec un petit sourire.

— Tu n'as pas encore entendu ce que j'ai à t'apprendre sur cette femme.

— Rien que je ne sache déjà.

— Vraiment ? Savais-tu que son premier mariage était probablement une fugue ? Que son mari a fui l'Angleterre parce qu'il ne pouvait pas honorer ses dettes ? Il a laissé des notes impayées dans tout Londres. Le ménage a passé sa vie dans des tripots, et le mari a été tué au cours d'une rixe avec un vulgaire charretier, à propos d'une partie de dés.

Elle croisa les bras et le regarda, comme si elle le mettait au défi de la contredire.

— Edward Tarrant était sûrement une fripouille, je vous l'accorde. Je ne vois pas le rapport avec Emma.

— Tu ne le vois pas ? Une femme qui a vécu comme

ça ? Une habituée des tripots et des cabarets ? Une femme ruinée, cupide...

— Mère ! coupa-t-il pour arrêter le flot des épithètes. Vous avez l'excuse de ne l'avoir jamais rencontrée. Emma est restée très pure, malgré la vie qu'elle a été obligée de mener. C'est réellement extraordinaire.

— Elle t'a envoûté ! s'exclama la baronne. Elle a usé de ses artifices pour te brouiller l'esprit.

— Au contraire...

— Elle n'a pas hésité à aller chez toi. Et avant qu'il soit question de fiançailles, si je ne m'abuse.

Colin se figea. Il n'avait pas prévu cette attaque.

— Vous vous trompez, dit-il froidement.

— Je ne crois pas, fit la baronne d'un ton triomphant, ravie de l'avoir enfin ébranlé. Je le tiens de source sûre.

— Vous avez été mal renseignée.

— Non. Crane l'a appris...

Elle se tut et rougit.

— Des commérages de domestiques, mère ? C'est indigne de vous.

— Enfin...

— Les informateurs de Crane lui ont-ils donné le nom de ma visiteuse ? La connaissaient-ils ?

— Non, mais la description était très détaillée et...

— Erronée, acheva Colin à sa place.

— Essaierais-tu de me dire que tu avais une autre femme chez toi, quelques jours à peine avant de demander en mariage cette... cette...

— Ce que je vous dis, c'est de ne pas vous mêler de mes affaires. Nous avons déjà abordé le sujet, répliqua Colin, furieux.

— Vas-tu abandonner ta famille pour une créature venue de nulle part, qui gagne sa vie dans des tripots et...

— Emma est aussi bien née que vous.

La baronne rejeta la tête en arrière. Elle souffrait d'être la fille d'un simple hobereau. En général, ses proches préféraient éviter le sujet.

— Elle est intelligente, digne, et a des manières parfaites, poursuivit-il. Vous vous habituerez à cette idée. Et vous vous garderez de colporter des ragots sur elle, ajouta-t-il en la fixant d'un regard glacial. Est-ce clair ?

La baronne ne savait plus quoi penser. Colin ne ressemblait pas à un homme en proie à la passion. S'était-elle fourvoyée depuis le début ?

— Je ne te comprends pas, fit-elle d'un ton plaintif.

— C'est vrai.

— Je t'ai présenté les meilleurs partis. Plusieurs demoiselles étaient ravissantes, toutes étaient irréprochables. Chacune d'elles aurait été ravie que tu la choisisses. Pourquoi faut-il que tu...

— Comme vous l'avez si bien dit, vous ne me comprenez pas. Maintenant, j'aimerais vous faire part de mes projets.

— Colin, tu es la personne la plus exaspérante que je connaisse, lança la baronne en se laissant tomber sur le canapé, le visage plissé par la colère.

— Je n'en doute pas. Donc, tante Célia donne un dîner de fiançailles mercredi prochain.

— Tante Célia t'approuve ?

— Elle a été... sensible à mes arguments.

Il n'avoua pas que leur redoutable parente avait émis de sérieuses réserves, ni qu'elle avait dit : « Attention, jeune freluquet, si la fille ne me plaît pas, j'empêcherai le mariage. Si tu crois que je n'en ai pas les moyens, tu te trompes. »

— Comment a-t-elle pu ?

— Toute la famille sera invitée. Et tout le monde viendra.

— Nous ne pouvons pas refuser l'invitation de Célia, répondit la baronne d'une voix mourante.

— Nous assisterons ensuite au bal des Cardington. Vous voulez bien demander à Lady Cardington d'inviter Emma ?

— Lui demander ? Elle va jubiler, oui ! As-tu une petite idée des commérages que tu as provoqués ? Si toi et ta... promise vous rendez au bal de Fanny Cardington, toutes les hôtesses de Londres seront folles de jalousie.

Colin acquiesça, les lèvres serrées.

— Tu sais que nous serons le point de mire de la soirée ? ajouta la baronne avec humeur.

— C'est inévitable. Il faut simplement faire en sorte que les bavardages cessent le plus vite possible.

— Mais...

— Je compte sur vous pour cela, mère.

— Je ne...

— Et sur Caroline.

— Tu veux que nous t'aidions à te perdre ?

— Au contraire, mère. Au contraire.

Elle l'examina, intriguée par son expression.

— Tu aimes vraiment cette femme, Colin ? Me cacherais-tu quelque chose ?

— Elle sera parfaite, dit-il évasivement.

— Ça ne répond pas à ma question.

— Vous n'obtiendrez pas d'autre réponse.

— Tu es devenu un étranger pour moi, Colin. C'est sans doute la guerre qui t'a changé.

— Probablement. Mais, guerre ou pas, je n'ai jamais accepté que vous dirigiez ma vie, rappelez-vous.

— À huit ans, tu étais déjà impossible. Je me souviens du jour où tu m'as regardée avec un air supérieur, en me disant que tu ne voulais plus voir de carottes bouillies dans ton assiette. Ton père te trouvait indépendant. Entêté est plus proche de la vérité.

Il esquissa un sourire.

— Bon après-midi, mère, fit-il. À mercredi.

— Colin !

Il sortit sans se retourner.

— Et arrogant, ajouta la baronne à haute voix. Et horriblement agaçant !

Exaspérée, elle donna un coup de pied dans un petit tabouret, puis quitta la pièce à son tour.

Emma recompta soigneusement les pièces et les billets qu'elle avait étalés sur la petite table de sa chambre. Lorsqu'elle s'était mariée pour la première fois, elle disposait de six cents livres de revenu annuel et ne comprenait rien à l'argent. Aujourd'hui, à l'aube de son deuxième mariage, toute sa fortune se résumait à quatre cent soixante-dix-neuf livres et quelques shillings, la plus grande partie ayant été gagnée chez Barbara Rampling. En revanche, elle savait à présent gérer ses maigres fonds. Elle caressa les deux bijoux qu'elle avait réussi à garder – un modeste collier de perles hérité de sa mère et un exquis camée ayant appartenu à sa riche grand-mère. Elle avait vendu sa bague de fiançailles à Constantinople pour solder les dettes d'Edward, geste qui lui avait paru symbolique.

Emma rangea les bijoux et mit l'argent dans son réticule. La somme était médiocre. Pour s'habiller en baronne, elle devrait faire preuve de beaucoup d'ingéniosité. En se dirigeant vers la porte, elle aperçut son reflet dans le miroir et grimaça un sourire. Ces dernières années, elle avait appris deux choses : à jouer et à s'habiller élégamment pour presque rien.

Elle rejoignit Arabella dans le salon et la pria de lui conseiller des boutiques. Comme la vieille dame commençait à lui énumérer les établissements de Bond Street, Emma secoua la tête.

— Pas les magasins que fréquentent les gens de la bonne société. Je n'ai pas les moyens.

— Dans ce cas, j'ai entendu dire qu'on pouvait

avoir des choses très bon marché au *Pantheon Bazaar*. Mais je n'y suis jamais allée.

— Allons y jeter un coup d'œil, dit joyeusement Emma. Vous voulez bien venir avec moi ?

— Pensez-vous que ce soit prudent ? Ce quartier-là ne m'inspire pas confiance.

— Ferik nous accompagnera. Avec lui, personne n'a encore osé m'aborder.

— Je n'en doute pas, répondit Arabella, qui n'éprouvait pas une grande affection pour le domestique de sa nièce. Mais je ne vous promets pas que vous trouverez quelque chose de convenable.

— Je vais vous révéler un secret, ma tante, dit Emma avec un sourire. Les villes sont pleines d'endroits intéressants où les gens chics ne se rendent jamais. À Londres, il y a des milliers de femmes respectables qui ne peuvent pas s'habiller dans les magasins de Bond Street – des femmes d'avocats et de commerçants, par exemple. Mais elles savent où dénicher une belle mousseline ou des rubans en soie.

— Vous ne songez pas à vous habiller en femme de boutiquier, j'espère ?

— Non. Mais je peux utiliser les mêmes tissus. Alors, c'est d'accord ? Vous venez avec moi ?

Arabella acquiesça et alla chercher son chapeau. Sachant qu'elle mettrait du temps à se préparer, Emma appela Ferik.

— Oui, maîtresse ? dit-il de sa voix profonde.

Quand sa haute silhouette s'encadra dans l'embrasure de la porte, la pièce parut rapetisser.

— Ferik, je vais me marier, annonça Emma.

Le domestique accueillit la nouvelle sans broncher.

— Avec le monsieur qui était ici ce matin, ajouta-t-elle.

— Le seigneur anglais avec les yeux magnifiques.

— Euh... oui. Que sais-tu de ses yeux, Ferik ? s'étonna-t-elle.

— C'est Ellen qui le dit.

— Ah, bon.

Ellen était l'une des servantes de sa tante.

— Il est riche ? demanda le géant.

Emma hocha la tête.

— Et c'est un bey important ?

— En tout cas, c'est un aristocrate, répondit-elle, prudente.

— Ah, c'est bien. Vous devez épouser un grand homme, qui vous donnera beaucoup de bijoux et une belle maison. Il n'a pas d'autre femme ?

— D'autre...

Emma s'interrompit. Dans le pays de Ferik, se rappela-t-elle, les hommes pratiquaient la polygamie.

— Non, dit-elle fermement. Pas d'autre femme.

— Vous serez donc la première femme. Bien. Je dirigerai votre maison.

— En Angleterre, les hommes n'ont qu'une femme, lui expliqua Emma. Et une seule maison. Tu resteras à mon service, bien sûr, mais il faudra t'entendre avec le personnel du baron St. Mawr, acheva-t-elle d'un ton sévère, faisant allusion aux incidents avec les domestiques d'Arabella.

— Une seule femme ! s'exclama Ferik. Il n'est pas riche, alors.

— Si.

— Dans ce cas, il pourrait entretenir plusieurs femmes.

— Je... je suppose. S'il le désirait.

— Tous les hommes le désirent. Cet homme n'est peut-être pas aussi riche qu'il vous le dit.

— Il est très riche, Ferik, mais...

— Il voudra donc une autre femme, affirma Ferik en hochant la tête. Pas tout de suite. Et aucune ne sera jamais aussi belle et aussi noble que vous, maîtresse, mais un jour il en voudra une autre.

— En Angleterre, les hommes n'ont qu'une femme,

Ferik, répéta Emma en haussant légèrement la voix.

Il la regarda d'un air réprobateur.

— Une seule, insista-t-elle.

— Quelle que soit leur fortune ?

— Quelle que soit leur fortune.

— Même s'ils peuvent acheter une douzaine de maisons et un millier d'esclaves ?

— Absolument, répondit Emma, décidée à ne pas aborder le sujet des esclaves.

— Mais ce n'est pas juste, maîtresse ! s'écria Ferik en levant les bras au ciel.

— C'est comme ça. Maintenant, nous allons...

— Ce n'est pas juste de priver un homme des récompenses que lui offre sa richesse.

— La loi l'interdit.

— La loi ? Quelle loi ?

— La loi d'Angleterre, Ferik. Je t'ai souvent dit que l'Angleterre était un pays très différent du tien.

— Oui, mais si un homme peut acheter plus d'une...

— La loi ne le permet pas, Ferik, coupa Emma en se dirigeant vers la porte, dans l'espoir de clore la discussion. Maintenant, nous sortons. Tu nous accompagnes.

— Mais il pleut encore, maîtresse. Vous allez être mouillée.

Emma réprima un sourire. C'était lui qui craignait d'être mouillé, elle le savait.

— Nous ferons la route dans une voiture couverte, Ferik, dit-elle pour le rassurer. Va chercher ton chapeau.

Le géant tourna les talons, accablé. Comme il quittait la pièce, Emma l'entendit marmonner :

— La pluie, une nourriture fade et une seule femme. Quel pays barbare !

Les vendeurs du *Pantheon Bazaar* considéraient Ferik avec inquiétude, tandis qu'Arabella passait de stand en stand en poussant des exclamations ravies.

— Regardez ce velours ! Il coûte moins de la moitié de ce que j'ai payé, il y a trois ans, pour le même tissu ! Et le satin bleu ! C'est donné ! Si j'avais connu cet endroit plus tôt, j'aurais deux fois plus de robes.

Écartant le velours, Emma fouilla dans les mousselines imprimées et choisit la plus belle.

— Des gants à neuf pence la paire ! fit Arabella. Du ruban, du galon ! On trouve de tout.

Elle se perdit dans les allées, prenant des articles au hasard et se récriant devant leur prix.

Emma, qui savait exactement ce qu'elle voulait, ne se laissa pas distraire. Elle n'avait pas dépensé autant d'argent pour elle-même depuis bien longtemps, surtout sans avoir à se soucier du lendemain. À mesure que les paquets s'amoncelaient dans les bras de Ferik, elle sentit l'excitation monter en elle, à l'idée d'apparaître devant Colin dans les robes qu'elle avait imaginées.

Alors qu'ils rentraient chez Arabella, Emma déclara :

— Maintenant, il me faut une très bonne couturière, qui pratique des prix raisonnables.

— Je connais quelqu'un qui fera parfaitement l'affaire, répondit Arabella. Il s'agit d'une de mes amies, qui est dans la gêne depuis la mort de son mari.

— Je serais heureuse d'aider votre amie, ma tante, dit Emma. Mais j'ai besoin d'une couturière vraiment douée, capable de créer autant que de coudre. Si ce n'était pas si important...

— Non, non, vous ne comprenez pas. Sophie est française, c'est une émigrée. Elle lance sa maison de couture et a déjà un certain nombre de clientes, mais elle débute. Je suis sûre qu'elle pourra vous confectionner vos robes pour presque rien, si vous parlez d'elle quand vous serez baronne.

Arabella sourit, satisfaite. Voilà le genre de transaction qu'elle aimait. Sophie lui devrait quelques robes pour l'avoir mise en rapport avec sa nièce.

— Pourquoi ne pas discuter avec elle ? suggéra la vieille dame. Cela ne vous engage à rien. Si elle ne vous convient pas, nous chercherons ailleurs.

— Très bien, fit Emma, sachant qu'elle n'avait pas d'alternative.

— Formidable ! proclama Arabella en battant des mains. N'est-ce pas amusant ? On dirait un conte de fées.

— Nous n'avons pas encore rencontré le dragon, répliqua sèchement Emma.

Dès que Sophie Fisher entra dans le salon d'Arabella, Emma fut conquise. La couturière portait une robe en mousseline couleur ambre tout à fait seyante. Le décolleté plongeant, la taille étroite et les larges plis qui agrémentaient l'ourlet lui donnaient un air très parisien. Les minuscules ruchés du corsage, les manches bouffantes et les nœuds en soie dorée lui conféraient une grâce particulière. Cette tenue d'un goût exquis correspondait exactement à ce que recherchait Emma. Après de brèves salutations, elle montra à Sophie les modèles qu'elle avait repérés dans diverses revues de mode. Cinq minutes plus tard, assises côte à côte sur le canapé, elles étudiaient les dessins. Les remarques judicieuses de la couturière achevèrent de convaincre Emma. La jeune femme décida donc de s'en remettre entièrement à elle. Restait le problème du délai.

— Il me faut ces robes très vite, dit-elle.

Sophie, à qui Arabella avait exposé les projets de sa nièce et leurs possibles retombées, balaya l'objection d'un geste.

— J'ai trois dames qui travaillent pour moi. Je peux en ajouter deux de plus. Votre trousseau sera prêt en temps voulu, ne vous inquiétez pas. Je vais envoyer quelqu'un prendre les tissus aujourd'hui, et nous commencerons à couper dès ce soir. Demain après-midi, premier essayage. Ce sera très rapide, vous verrez.

— Magnifique, répondit Emma.

La couturière se réjouissait de cette commande. Sa nouvelle cliente était une femme intelligente, qui saurait lui témoigner de la reconnaissance. Mme Fisher se perdit un moment dans une vision idyllique de l'avenir : une élégante boutique dans Bond Street, des duchesses qui se disputaient ses modèles, un confortable compte en banque, du respect et de l'indépendance. Avec un petit coup de pouce, elle deviendrait riche et célèbre... Mais son sens pratique reprit rapidement le dessus. Il y avait encore beaucoup à faire pour y parvenir.

— Je vous laisse, dit-elle en se levant. Mon garçon de course viendra chercher les tissus.

— D'accord.

Sophie inclina la tête. Avant d'arriver à la porte, elle se ravisa.

— Je crois qu'il vaut mieux que j'emporte tout de suite le satin.

— Très bien.

Quelques instants plus tard, le paquet était dans les mains de Sophie.

— Il vous ira à ravir, promit-elle en partant. Comme tout ce que je vous ferai. Soyez-en sûre.

Emma l'était.

Elle salua gaiement Sophie. Lorsqu'on frappa à la porte, peu de temps après, elle souriait toujours.

— Vous avez oublié... commença-t-elle.

Les mots moururent sur ses lèvres. Ce n'était pas Sophie qui se tenait sur le seuil, mais quelqu'un qu'elle pensait ne jamais revoir de sa vie.

L'homme entra d'un pas nonchalant et lui adressa un sourire chaleureux.

Emma avait chassé le comte Julio Orsino de sa mémoire. En un an, il ne s'était pas manifesté une seule fois. Il représentait tout ce qu'elle détestait. Pourtant, il était là, devant elle, la main tendue, comme s'ils avaient été dans les meilleurs termes.

— Ma chère Lady Tarrant ! s'exclama-t-il. J'espérais tant vous trouver ici !

— Vraiment ? répondit froidement Emma. Pourquoi ?

— Pourquoi ? Pour le plaisir de renouer avec vous, bien sûr.

Orsino n'avait pas changé. Ses cheveux noirs étaient toujours plats et brillants, sa tête ronde, ses yeux marron foncé expressifs. Ses traits aimables masquaient une nature foncièrement mauvaise. Il était vêtu avec élégance, de manière à tirer le meilleur parti possible de sa courte silhouette. Pour tout dire, son apparence ne révélait rien de son véritable caractère. Emma sentit ses poings se serrer.

— Il y a quelqu'un, Emma ? demanda Arabella du fond du couloir. Oh ! ajouta-t-elle en apercevant le visiteur.

Orsino n'était pas une fréquentation recommandable, mais Emma ne voyait pas comment éviter les présentations.

— Mme Arabella Tarrant, fit-elle, laconique.

Orsino avança d'un pas et s'inclina profondément.

— Comte Julio Orsino, dit-il. D'Italie. Enchanté.

Il prit la main d'Arabella et la porta à ses lèvres. La vieille dame lança un regard interrogateur à Emma.

— Nous nous sommes rencontrés en Europe, expliqua celle-ci.

— Rencontrés ? protesta-t-il. Plus que ça ! J'étais un grand ami du pauvre Edward. Votre neveu, j'imagine ?

— Un ami ! répéta Emma avec mépris. Vous avez encouragé ses vices. Vous l'avez conduit à la ruine et avez profité de lui jusqu'au bout. S'il m'avait écoutée, il aurait rompu toute relation avec vous depuis des années.

— Vous êtes très dure, répondit-il, sans paraître offensé pour autant.

— C'est vrai, Emma, vous êtes horriblement impolie, intervint Arabella, manifestement impressionnée par les manières du visiteur. Entrez, monsieur. Puis-je vous offrir un verre de madère ?

— Volontiers, dit-il en suivant la vieille dame dans le salon.

Que voulait-il ? se demanda Emma. Car il était évident qu'il voulait quelque chose. Orsino ne commettait jamais d'acte désintéressé. Elle se rappela alors l'annonce du *Morning Post*. Il devait l'avoir lue et comptait sûrement mettre à profit ses anciennes relations avec une future baronne. Mais, cette fois, il serait déçu, se promit-elle.

Lorsqu'elle rejoignit Arabella et le comte, celui-ci déclarait :

— Certes, Londres est une belle ville, bien qu'elle ne soutienne pas la comparaison avec Vienne, par exemple. N'est-ce pas, Lady Tarrant ? ajouta-t-il avec un coup d'œil complice, comme s'il faisait allusion à une expérience commune.

Emma enrageait.

— Votre visite tombe très mal, dit-elle d'un ton cassant. J'ai un rendez-vous dans très peu de temps.

— Quel rendez-vous ? s'étonna Arabella.

Le comte s'assit dans un fauteuil et fixa Emma. Un petit sourire narquois flottait sur ses lèvres.

— Des courses à faire, répondit-elle entre ses dents.

— Je ne me sens pas vraiment le bienvenu, dit-il.

— Que voulez-vous ?

— Emma ! protesta Arabella, choquée.

— Vous ne vous asseyez pas ? demanda Orsino en désignant le canapé.

— Non.

— Ah, bon.

— Que voulez-vous ? répéta-t-elle.

— Ce n'est qu'une visite de courtoisie, déclara-t-il, l'air innocent. Je suis venu vous présenter mes félicitations pour votre prochain mariage.

— N'est-ce pas merveilleux ? intervint Arabella en jetant à sa nièce un regard de reproche. Un si beau parti !

— Si vous espérez me soutirer de l'argent, vous faites fausse route, lança Emma.

— Emma ! s'écria de nouveau Arabella.

— Non, non, je me moque de l'argent. Je désirais seulement revoir une vieille amie. L'amitié est si importante !

Emma, alarmée, croisa les bras sur sa poitrine, comme pour se protéger.

— Dans un pays étranger, quand on ne connaît personne, la solitude devient pesante.

Emma attendit.

— Mais je dois avouer que vous vous êtes remarquablement bien débrouillée. Peut-être prendrez-vous en pitié un pauvre étranger et lui présenterez-vous quelques-unes de vos relations.

— Ah, c'est ça ! fit Emma. Vous voulez que je vous introduise dans la bonne société, afin d'avoir accès aux tables de jeu et de pouvoir exercer vos talents de tricheur.

Arabella étouffa une exclamation.

— Mes talents de tricheur ? répéta Orsino d'une voix faussement indignée.

— Tout le monde sait que vous trichez, dit Emma.

— Si vous étiez un homme, je vous provoquerais en duel, menaça le comte.

— Si j'étais un homme, je serais trop contente de vous tuer, répliqua Emma. Je ne vous présenterai à personne. Vous n'avez plus qu'à retourner d'où vous venez.

— Impossible. Je compte rester un certain temps en Angleterre.

— La police vous recherche ? Ca ne m'étonne pas. Partez, à présent. J'ai dit que je ne...

Il leva la main pour la faire taire. Emma hésita. Mieux valait prendre Orsino au sérieux. Sous son apparence affable, il était impitoyable. Elle se rappelait tous ceux, hommes et femmes, qu'il avait détruits.

Le comte semblait réfléchir. Le tic-tac de la pendule de la cheminée résonnait dans le silence. Après quelques minutes, Orsino se leva.

— Nous reparlerons quand vous serez dans de meilleures dispositions, déclara-t-il.

Il croyait sans doute pouvoir lui extorquer certaines faveurs, songea Emma, mais elle ne lui donnerait pas ce qu'il voulait.

— Je n'ai aucune envie de discuter avec vous. Et je ne changerai jamais d'avis.

— Jamais, c'est très long, répondit le comte avec un mauvais sourire.

Après les avoir saluées, il sortit. Ce genre de personnage peu recommandable ne faisait pas partie du marché passé avec Colin Wareham, se dit Emma avec inquiétude. Et elle savait qu'elle n'en avait pas fini avec le comte Julio Orsino.

5

Emma mit la dernière main à sa toilette et se regarda dans le miroir en pied d'Arabella. La robe de bal était encore plus ravissante que dans ses rêves. Le satin bleu nuit accentuait le bleu de ses yeux. S'évasant à partir de la taille, la jupe était recouverte de tulle argent. Cette couleur faisait ressortir les reflets presque métalliques de ses cheveux, qui retombaient en une cascade de boucles sur sa nuque. La merveilleuse Sophie avait bordé le décolleté et les minuscules manches bouffantes d'un fin galon argent. Élégante et raffinée, la robe correspondait exactement aux désirs d'Emma. C'était aussi la plus belle qu'elle ait eue depuis longtemps.

Arabella passa la tête par l'entrebâillement de la porte.

— Il est arrivé ! annonça-t-elle d'une voix surexcitée. Oh, vous êtes parfaite ! Je vous avais bien dit que Sophie était un génie.

— C'est vrai, répondit Emma.

Elle prit une écharpe en voile argent et la posa sur ses épaules, puis elle jeta un dernier coup d'œil au miroir. Au moins, la famille de Colin ne pourrait rien trouver à redire à son apparence.

— St. Mawr est superbe, confia Arabella en sortant de la chambre à la suite d'Emma. Toutes les femmes vont vous envier, ma chère. Comme j'aimerais être une petite souris !

La jeune femme descendit l'escalier sans répondre. Depuis que sa nièce lui avait parlé de cette soirée, Arabella cherchait à se faire inviter. Mais Emma ne l'entendait pas de cette oreille. Un membre de la famille d'Edward n'avait pas sa place dans le dîner qui célébrait ses fiançailles avec le baron St. Mawr.

Quand la jeune femme entra dans le salon, Colin lui tournait le dos, debout devant la fenêtre. Emma en profita pour l'observer. Il se tenait droit, comme l'ancien soldat qu'il était. Son habit de soirée mettait parfaitement en valeur ses larges épaules et sa silhouette athlétique. Ses cheveux noirs ondulaient légèrement dans son cou. Pourtant, malgré son allure et l'élégance de sa tenue, une certaine tristesse émanait de lui. Emma ne voyait pas son visage, mais elle le devinait voilé par la mélancolie. Elle s'avança.

— Je suis prête, déclara-t-elle.

Il se retourna et lui sourit. Puis, à mesure qu'il remarquait sa robe, sa coiffure et son port de tête, son expression se fit admirative. Emma était époustouflante. Il s'était attendu à la trouver belle, habillée d'une robe à peu près à la mode, mais la réalité dépassait tout ce qu'il avait pu imaginer. Sa fiancée illuminait la pièce de sa présence.

— Ravissant, dit-il simplement, incapable de la quitter des yeux.

Elle esquissa une révérence ironique.

— L'agneau est prêt pour l'abattoir, monsieur le baron.

— Ne dites pas de bêtises. Ils vont tomber à la renverse... à moins que nous soyons en retard, ajouta-t-il en lui offrant son bras. Nous nous ferions tancer vertement par ma grand-tante Célia.

Emma passa son bras sous le sien et leva les yeux vers lui. L'instant était solennel. Après cette soirée, ils ne pourraient plus revenir en arrière, ni admettre qu'ils s'étaient trompés. Pour quelqu'un qui détestait le jeu, elle prenait un risque énorme. Sept ans plus tôt, elle en avait pris un semblable... qu'elle n'avait cessé de regretter depuis.

— Qu'y a-t-il ? s'enquit Colin.

— Êtes-vous tout à fait sûr de vous ?

Sa voix tremblait malgré elle.

— Aussi sûr qu'il est possible de l'être, répondit-il, sachant très bien de quoi elle parlait.

— Qu'est-ce que cela veut dire ? fit-elle.

Il plongea son regard dans le sien et répondit :

— Durant ces huit dernières années, je me suis demandé chaque jour si je verrais le lendemain. J'ai failli être tué à de nombreuses reprises. Plusieurs de mes amis et de mes hommes sont morts, fauchés dans la fleur de l'âge. J'en ai conclu qu'on ne pouvait pas compter sur l'avenir et qu'il fallait profiter au mieux du moment présent.

Sombre philosophie, pensa Emma. Malgré tout ce qu'elle avait vécu, elle ne la partageait pas. Mais quelque chose dans le visage de Colin, dans ses yeux, avait apaisé son appréhension.

— Et je vais devoir sacrifier un de ces précieux moments à votre famille ? reprit-elle d'un ton plus léger.

— Personne ne vous manquera d'égards, je vous le promets. Bon, allons-y. Tante Célia ne transige pas sur la ponctualité.

— Dans ce cas, dépêchons-nous. Je ne tiens pas à l'indisposer dès le départ.

Cachée derrière la fenêtre du salon, Arabella les regarda sortir. Ils formaient le plus beau couple qu'elle eût jamais vu. Ils étaient tous les deux grands, sveltes et élégants. Ils se distinguaient des autres, et pas seulement par leur aspect extérieur. Bien qu'elle n'eût su dire pourquoi, Arabella sentait qu'ils étaient profondément différents... Mais une seule chose importait, après tout : ce mariage inespéré. Elle se félicita une nouvelle fois d'avoir réuni les deux fiancés. Un avenir plus rose s'ouvrait devant elle.

— Dites-moi qui assistera à ce dîner, demanda Emma quand ils furent installés dans la voiture.

— Ma mère, ma sœur Caroline et son mari, le comte de Wrotham, plusieurs cousins et leurs conjoints, sous la présidence de ma grand-tante Célia.

— Que de monde ! J'en suis toute tremblante.

— On ne dirait pas, fit-il, ironique.

— Je me maîtrise, comme me l'a si bien appris ma chère vieille gouvernante.

— Admirable.

Il ne la croyait pas vraiment terrorisée, juste un peu nerveuse. Par-dessus tout, il devinait qu'elle était excitée par le défi que représentait cette soirée pour elle. Ne voulant pas gâter ses bonnes dispositions, il attendit qu'on les ait introduits dans l'hôtel particulier de sa grand-tante pour ajouter :

— Bien entendu, votre père et votre frère ont également été invités.

Emma se figea.

— Quoi ? fit-elle.

— Il était impossible de faire autrement…

— Je refuse de le voir.

— Votre père se comportera bien. Tante Célia y veillera. Je lui ai demandé de le garder à côté d'elle toute la soirée.

Emma se renfrogna.

— Si on avait exclu les membres de votre famille, alors qu'ils vivent à Londres, cela aurait paru bizarre. Les gens auraient pensé que nous avions honte d'eux.

— Mais j'ai réellement honte de mon père !

— On aurait dit que cela venait de moi, que je méprisais la famille de ma future femme.

Il ne s'était jamais soucié du qu'en-dira-t-on, mais les choses avaient changé. Aujourd'hui, il n'était plus seul en cause. Il ferait tout pour éviter que la bonne société snobe Emma.

— Bon, très bien ! dit Emma, croyant qu'il ne voulait pas donner l'impression de manquer de savoir-vivre à sa famille et à ses amis.

— Une fois mariée, vous ne serez pas tenue de le fréquenter.

— Est-ce ainsi que vous avez l'intention de me traiter, monsieur ? En me mettant constamment devant le fait accompli ?

— Bien sûr. Invariablement.

Comme il l'avait prévu, elle éclata de rire. Ainsi, lorsqu'ils entrèrent dans le salon, les convives virent une Emma souriante, sûre d'elle et éblouissante dans sa ravissante robe.

Colin la conduisit jusqu'à leur hôtesse.

— Ma grand-tante Célia, Lady Burrington, déclara-t-il.

Emma fit une révérence à l'imposante vieille dame assise dans une grande bergère, une canne d'ébène à la main. Son corsage baleiné et l'ample jupe de sa robe en soie noire, gonflée par d'innombrables jupons, avaient été à la mode un bon demi-siècle plus tôt. Un bonnet en dentelle était posé sur ses cheveux blancs, et elle avait les mains déformées par l'âge. Cependant, son regard demeurait alerte et perspicace.

— Où avez-vous trouvé cette robe ? glapit-elle en guise de préambule.

Elle ressemblait à un oiseau de proie, songea Emma.

— Je me suis adressée à une couturière très habile, répondit la jeune femme d'une voix posée. Une Française, Sophie Fisher.

— Fisher ? Jamais entendu parler.

— Elle n'est pas encore très connue à Londres.

— Eh bien, vous allez la lancer, conclut Lady Burrington en enveloppant son invitée d'un regard à la fois critique et approbateur.

— C'est ce qu'elle espère, avoua Emma.

Son hôtesse haussa les sourcils. Si Emma n'avait pas surpris un pétillement dans l'œil de la vieille dame, elle aurait cru qu'elle l'avait offensée.

— Ma mère, annonça Colin en entraînant Emma vers la gauche. Catherine Wareham, baronne St. Mawr.

— Pour l'instant, en tout cas, répliqua celle-ci.

Emma fut étonnée de découvrir une femme grassouillette, beaucoup plus petite que son fils et encore jolie, alors qu'elle s'était représenté une grande harpie avec un nez en bec d'aigle et d'épais sourcils.

— Bonsoir, madame, dit-elle en rougissant légèrement.

— Hum !

La baronne était déconcertée. Cette élégante jeune femme ne correspondait pas à ce qu'elle avait imaginé. Elle s'était attendue à la trouver belle, évidemment, mais Emma Tarrant était plus que belle. Elle n'avait pas l'air d'une aventurière ou d'une intrigante intéressée par la fortune et la position de Colin. Où avait-elle pêché un tel calme, une telle allure ?

— Ma sœur Caroline, continua Colin, préférant ne pas s'attarder en terrain miné.

— Ravie de faire votre connaissance, dit Caroline, qui avait oublié les craintes de sa mère dès qu'Emma était apparue. Voici mon mari, Frédéric.

— Lord Wrotham, précisa Colin dans un murmure.

— Bonsoir, fit le comte d'une voix traînante.

Grand, corpulent et blond, il semblait entièrement occupé par la pensée de son prochain repas.

Encouragée par l'expression amicale de Caroline, Emma sourit. C'était son premier vrai sourire depuis son entrée dans le salon. L'un des jeunes cousins de Colin en suffoqua.

Cette femme rayonnait, admit la baronne en son for intérieur. Il n'y avait pas d'autre mot. Même dans ses pires prévisions, elle n'avait pas envisagé un tel désastre.

Ils passèrent rapidement en revue les cousins des Wareham, puis Colin dit :

— Je n'ai pas à vous présenter nos autres invités.

— Bien sûr que non, répondit-elle. Père, ajouta-t-elle en inclinant la tête.

— Bonsoir, ma chère, dit George Bellingham, radieux. Tu es ravissante.

— Merci.

Bien qu'Emma ne fît rien pour dissimuler son hostilité à l'égard de son père, celui-ci ne parut pas s'en apercevoir. Ce soir, rien ne pouvait altérer sa bonne humeur. Il avait toujours rêvé pour sa fille unique d'un pareil mariage.

— Vous devriez peut-être me présenter, intervint Robin. J'étais encore enfant quand Emma...

Se rendant compte qu'il avait failli commettre un impair en mentionnant la fugue de sa sœur, Robin Bellingham rougit jusqu'à la racine de ses cheveux blonds et acheva :

— Euh... s'est mariée.

— Mais je te reconnais quand même, déclara Emma avec chaleur. Tu es l'image de notre mère, Robin. Quelle joie de te revoir !

Le jeune homme marmonna quelque chose et s'effaça, au grand soulagement de Colin. Il avait l'impression de marcher sur des œufs. De tous côtés, des disputes menaçaient d'éclater, et c'était à lui de les empêcher. Il ramena Emma auprès de Caroline.

Le majordome vint annoncer que le dîner était servi. Deux laquais prirent position de part et d'autre de la bergère de Lady Burrington et soulevèrent la vieille dame. Une fois debout, celle-ci ordonna :

— Approchez, Bellingham. En l'honneur de notre prochaine alliance, vous pouvez m'accompagner à table.

Flatté, le père d'Emma s'empressa de lui offrir son bras. Un des laquais se chargea de la soutenir de l'autre côté. Ainsi escortée, leur hôtesse les précéda dans la salle à manger.

Emma se retrouva assise entre Lord Wrotham et l'aîné des cousins, un gros homme suffisant d'une cinquantaine d'années, qui possédait une ressemblance certaine avec un mouton. Colin était placé à plusieurs sièges d'elle, de même, grâce à Dieu, que sa mère. Emma n'eut aucun mal à faire la conversation avec Wrotham. Le mari de Caroline était ravi de parler des somptueux mets qui garnissaient leurs assiettes, de son fils de deux ans et de chasse. Ces sujets n'exigeaient pas de grandes connaissances de la part d'Emma, d'autant plus que son interlocuteur n'attendait pas de réponse.

Avec son autre voisin, les choses furent plus difficiles. Le cousin parut d'abord n'avoir rien à dire. Il semblait effarouché par les inoffensives questions que lui posait Emma, jusqu'à ce que celle-ci ait l'idée de mentionner les tableaux exposés à la Royal Academy. L'homme s'illumina aussitôt. Il se révéla être un collectionneur passionné. Dès lors, Emma l'écouta patiemment, tandis qu'il énumérait toutes les pièces en sa possession, la façon dont il les avait découvertes, la complexité des négociations pour les acquérir, la manière dont elles embellissaient les murs de sa maison. L'homme avait une mémoire étonnante. Il avait débuté sa collection trente ans plus tôt, mais se rappelait apparemment chaque détail.

Emma avait oublié à quel point le rôle d'une jeune femme dans la bonne société était restreint. Acquiescer et sourire suffisaient, même si cela ne supprimait pas l'ennui. Baissant les yeux, elle remarqua qu'elle tordait sauvagement sa serviette entre ses doigts. Lorsqu'elle releva les yeux, elle vit Colin la regarder d'un air à la fois entendu et amusé. La baronne remarqua cet échange silencieux et comprit que sa cause était perdue. Déçue, elle mordit furieusement dans une gaufrette au citron, faisant tomber une pluie de miettes sur la nappe.

— Infect, marmonna-t-elle en considérant le reste de la gaufrette avec haine. Sec comme une allumette.

Peu après, leur hôtesse fut à nouveau hissée sur ses pieds, et les dames se retirèrent, laissant les messieurs à leur porto. Emma entra dans le salon avec appréhension. La partie la plus délicate de la soirée commençait. Entre femmes, les langues allaient devenir plus acérées, elle le savait. Elle s'assit le plus loin possible de la mère de Colin, à côté de la femme de son voisin de table.

— Votre mari m'a parlé de sa magnifique collection, dit-elle.

— Ça ne m'étonne pas, répliqua la dame. Rien d'autre ne l'intéresse. Et surtout pas sa famille.

— Ah, bon… fit Emma, décontenancée.

— Il est capable de dépenser une fortune pour un tableau minable. En revanche, quand il s'agit d'habiller nos filles ou d'avoir une table correcte, nous devons économiser. Nos revenus deviennent soudain modestes. Tout à coup, nous ne pouvons plus faire face à nos dépenses… jusqu'à ce qu'il découvre une vieille toile ou un misérable bout de pierre. Alors, l'argent apparaît miraculeusement. C'est un malade, poursuivit-elle en élevant la voix pour attirer l'attention de l'assemblée. J'ai prévenu maintes et maintes fois la famille qu'il fallait prendre des mesures pour le raisonner. Mais, bien sûr, personne ne m'écoute. Personne ne se soucie de ce que je...

Un bruit sec retentit, suivi d'un silence. Lady Burrington avait frappé le sol de sa canne. Son regard passait d'une femme à l'autre, semblable à celui du faucon devant un poulailler. Telle une poule apeurée, la femme du cousin se recroquevilla sur son siège. Emma esquissa un sourire.

— Venez ici, ordonna la vieille dame en désignant Emma du doigt, au soulagement général.

La jeune femme alla donc s'asseoir à côté de leur hôtesse.

— Ainsi, vous vous apprêtez à épouser St. Mawr ? dit Lady Burrington.

— Il semblerait, madame.

— Il semblerait ? glapit la vieille dame. Y a-t-il un doute ?

— J'ai conscience de l'importance de votre approbation, répondit prudemment Emma, sachant que les invitées étaient suspendues à ses lèvres.

— La mienne ! Vous croyez que St. Mawr se soucie de mon opinion ?

Emma réfléchit.

— En tout cas, il devrait, déclara-t-elle enfin.

— Essaieriez-vous de me flatter, jeune fille ? Je déteste les lèche-bottes, je vous préviens.

Installée à quelques sièges de là, la mère de Colin paraissait ravie de la tournure que prenait la conversation.

— Pas du tout, répliqua Emma. Et puis, pensez ce que vous voulez, ajouta-t-elle, fatiguée de faire des politesses.

— Je ne m'en prive jamais.

Le silence retomba. Trois ans plus tôt, se rappela Emma, un homme avait pénétré dans la chambre d'hôtel qu'elle occupait avec Edward et les avait menacés avec un pistolet. Quoi qu'il arrive, Lady Burrington ne pourrait pas la tuer. Elle comprit alors que les conventions sociales n'avaient plus prise sur elle.

— Colin et moi nous comprenons, dit-elle plus bas.

Le regard de Lady Burrington se fit plus pénétrant, comme pour scruter Emma jusqu'au fond de l'âme.

— Vous avez entendu des commérages sur mon compte, continua la jeune femme.

Ce n'était pas une question. Elle se doutait que Lady Burrington avait dû réunir tous les renseignements possibles sur elle.

— Ils ne vous rendent pas justice, répondit sèchement la vieille dame.

— Je ne suis peut-être pas le genre de femme dont vous rêviez pour Colin.

— Je n'ai pas dit ça.

— En tout cas, je ne suis pas celle que d'autres espéraient. Mais je crois qu'il a besoin...

La vieille dame attendit.

Emma hésitait. Elle ne savait comment s'exprimer.

— D'autre chose que ce qu'on lui souhaite, conclut-elle.

Les yeux de Lady Burrington étaient aussi fixes que ceux d'un aigle fondant sur sa proie.

— Vous n'êtes pas une aventurière, déclara-t-elle.

Emma resta silencieuse.

— Vous n'êtes pas une idiote, ajouta la vieille dame avec encore plus de conviction.

— Je ne le pense pas.

— Alors, qu'est-ce que vous êtes ?

Emma la regarda, interdite.

La grand-tante de Colin éclata de rire.

— Vous l'ignorez ? Si vous aviez la réponse, à votre âge, je me méfierais. Et je regrette de ne pas pouvoir vivre assez longtemps pour vous voir la découvrir.

La porte s'ouvrit, et les messieurs entrèrent dans le salon.

— Si vous voulez assister au bal de Fanny Cardington, il est temps de partir, lança tante Célia à la cantonade. Je ne vais pas retenir les hommes dix minutes juste pour la forme.

Habitués à ce genre de déclaration, les membres de la famille saluèrent leur hôtesse et s'éclipsèrent. Tandis que la pièce se vidait, Colin vint rejoindre Emma auprès de sa tante.

— Tante Célia vous a cuisinée ? demanda-t-il d'un ton léger.

— Bien sûr, répondit la vieille dame. Tu t'y attendais, je suppose.

Colin observa Emma, mais ne décela aucune trace de colère ou de tristesse sur son visage.

Lady Burrington poussa un long soupir.

— Je suis fatiguée, dit-elle. Comme je déteste la vieillesse !

Colin posa une main sur son épaule.

— Tu es content de toi, n'est-ce pas ? fit-elle.

Il lui sourit.

— Tu as mis la société en émoi, offusqué ta mère, et tu m'as embobinée.

— Je n'ai jamais vu personne vous embobiner, tante Célia.

— Enfin, pas toi ! glapit-elle. Alors, ne te rengorge pas. À mon avis, vous lui convenez assez bien, ajouta-t-elle en se tournant vers Emma. En tout cas, mieux que les gamines préconisées par Catherine. Vous avez mon approbation, ma fille, si toutefois vous vous en souciez.

— Merci, madame. Elle m'est précieuse, dit Emma.

— Maintenant, filez. Je vais me coucher.

— Pouvons-nous faire quelque chose ? proposa Colin.

— Non, non, répliqua-t-elle en agitant la main pour les chasser.

En quittant le salon, ils croisèrent les deux laquais qui venaient aider la vieille dame à monter dans sa chambre.

— Eh bien ! s'exclama Emma, une fois dans la voiture. Grâce au Ciel, c'est fini !

— Il semble que vous vous en soyez admirablement bien tirée.

— J'étais dans mes petits souliers.

— Ça ne m'étonne pas. Mais je crois que vous l'avez impressionnée.

— Je ne sais pas. Mais je pense que je vais faire de votre tante Célia mon modèle. À son âge, je voudrais être comme elle.

— Alors, je réglerai mes affaires, comme oncle Harold, et je vous fausserai compagnie.

— Quand est-il mort ?

— Il y a cinq ans. Depuis, elle a changé. J'ai l'impression qu'ils ont été très heureux ensemble.

— Ah, bon, fit Emma, tout en essayant d'imaginer l'intimidante Lady Burrington en épouse heureuse.

— Cependant, je ne vous crois pas aussi hargneuse que tante Célia, surtout après vous avoir vue charmer Wrotham et le cousin Gérald.

— Je me suis contenté de sourire et d'acquiescer à tout ce qu'ils disaient.

— La femme parfaite, plaisanta Colin.

— Si vous le pensez vraiment, monsieur, vous avez commis une grave erreur en me demandant en mariage.

— Je sais.

— Que savez-vous ? Que vous avez commis une erreur, ou que je...

— Je sais que j'ai fait une très bonne affaire. J'espère que, dans une semaine, ma mère vous mangera dans la main.

— Vous êtes bien optimiste ! À mon avis, elle n'acceptera jamais ce mariage.

— Vous trouverez un moyen.

Emma eut l'air dubitative.

— Ce soir, vous allez rencontrer l'élite de la société, poursuivit-il.

Il attachait une grande importance à cette soirée, songea Emma en hochant la tête. Se mariant contre le gré de sa mère et au milieu d'une tempête de commérages, il voulait que ses amis approuvent son choix. Elle écouta attentivement sa description des gens qu'il s'apprêtait à lui présenter.

Comme convenu, ils retrouvèrent la baronne, les Wrotham et les Bellingham devant la résidence des Cardington. La salle était déjà pleine de couples en train de danser, mais leur arrivée ne passa pas inaperçue. La baronne avait revêtu une robe violette assortie à la couleur de ses yeux. Caroline portait une robe orange foncé, qui mettait en valeur ses cheveux auburn. En bleu et argent, Emma évoquait la lune sur les flots. Dans leurs tenues de soirée, tous les hommes du groupe avaient belle allure. Cependant, ce ne fut pas l'élégance des nouveaux venus qui attira les regards et excita les murmures. L'annonce inattendue des fiançailles du baron St. Mawr avec une inconnue s'était répandue comme une traînée de poudre, donnant lieu à de folles conjectures.

— Courage, dit Colin en posant la main sur l'épaule d'Emma. Allons saluer notre hôtesse.

Le groupe se dirigea vers l'endroit où se tenait Lady Cardington. Celle-ci interrompit aussitôt sa conversation et s'avança vers eux, les yeux brillant de curiosité. Colin lança un coup d'œil sévère à sa mère, et la baronne rejoignit docilement Lady Cardington.

— Fanny, puis-je vous présenter Lady Emma Tarrant ? dit-elle.

— Bonsoir, fit leur hôtesse en dévisageant Emma, l'air quelque peu étonné.

Emma la salua.

— Il est étrange que nous ne nous soyons jamais rencontrées, ajouta Lady Cardington d'un ton condescendant. Je pensais connaître tout le monde à Londres.

— J'ai longtemps vécu à l'étranger, répliqua Emma en essayant de masquer son irritation.

— Vraiment ? Vous êtes parvenue à trouver un coin où ne sévissait pas ce monstre de Napoléon ?

— J'étais à Constantinople, hors de sa portée.

— Ah, bon.

Emma aurait juré que Lady Cardington était incapable de situer Constantinople sur une carte.

— Une ville superbe, commenta-t-elle en regardant son hôtesse droit dans les yeux. Et une position capitale pour les intérêts anglais.

— Euh...

— Il n'y a rien de plus beau que le lever du soleil

sur le Bosphore, avec la coupole de l'église Sainte-Sophie à l'arrière-plan. Ce n'est pas votre avis ?

— Je ne saurais dire, répondit l'autre avec une moue dédaigneuse, comme si la question d'Emma était dépourvue d'intérêt et même déplacée. Les voyages me fatiguent, et les endroits à visiter sont généralement sales et vulgaires. Comme vous devez être contente d'avoir retrouvé le monde civilisé !

Emma entendit nettement la menace dans sa voix. Si elle se mettait cette femme à dos, elle gâcherait ses chances. Elle hésita, se rappelant combien Colin souhaitait la voir réussir cet examen de passage. Cette odieuse personne était probablement une amie de sa famille... Elle croisa le regard rusé de la mère de Colin. La baronne n'espérait qu'une chose : qu'Emma soit rejetée par ses pairs. La jeune femme ravala donc la réplique qui lui venait aux lèvres et sourit aimablement.

— Bien sûr, fit-elle.

— Voulez-vous danser ? intervint Colin.

Sur ces mots, il l'entraîna vers l'autre bout de la salle.

Ils se joignirent à un quadrille en formation et attendirent que la musique commence.

— Face à ce genre d'interrogatoire, je n'arrive pas à rester muette et impassible, dit Emma.

Sa colère resurgissait, maintenant qu'elle ne risquait plus d'offenser Lady Cardington.

Colin secoua la tête.

— Si vous voulez une gourde docile, vous pouvez sûrement en trouver une, déclara-t-elle.

— Des dizaines, rétorqua-t-il.

— Êtes-vous certain de ne pas vous être trompé ? demanda Emma. Je méprise ces femmes qui vous assènent d'une voix mielleuse les choses les plus désagréables qui soient, qui sous-entendent le pire sans avoir le courage de le dire ouvertement.

— Moi non plus, je ne peux pas la supporter, avoua Colin.

— Alors, pourquoi sommes-nous ici ?

Avant qu'il ait eu le temps de répondre, les premières notes de musique retentirent. Il lui prit la main, et ils exécutèrent les premiers pas du quadrille.

— Parce que les autres ne partagent pas votre opinion, expliqua-t-il enfin. Lady Cardington est incontournable, et cette invitation vous lance en quelque sorte dans la société.

— Je suis quand même étonnée qu'elle m'ait invitée. Elle ne semblait pas contente de me recevoir.

— Je ne lui ai pas laissé le choix, répliqua Colin, l'air hautain.

— Vraiment ? Qu'avez-vous fait ?

— J'ai usé de mon influence.

— Vous avez de l'influence sur cette femme ? s'enquit Emma, sceptique.

— Sur son fils qui est en train de saboter sa carrière militaire.

— Je vois. Cela justifie une invitation, mais pas la politesse.

— Elle est impolie avec tout le monde. C'est une des femmes les plus détestées de Londres.

— Et pourtant, tout le monde la courtise. Je commence à comprendre ce que j'ai perdu en étant à l'étranger.

Colin se mit à rire. C'était la première fois depuis son retour en Angleterre qu'il s'amusait à une soirée.

Pour les observateurs, il était évident que le baron St. Mawr était tombé sous le charme de sa mystérieuse fiancée. Plusieurs mères durent cacher leur dépit de voir s'échapper leur rêve d'une union prestigieuse. Les demoiselles, sous quelque futile prétexte, s'en prirent à leurs danseurs. Les jeunes gens, eux, ne dissimulaient pas leur curiosité. Déjà éblouis par la beauté d'Emma, ils se demandaient maintenant quel genre de femme pouvait ainsi faire sourire le ténébreux baron St. Mawr.

Quand la musique s'arrêta, Emma se trouva entourée de cavaliers cherchant à obtenir une danse. Elle interrogea Colin du regard. D'un haussement d'épaules, celui-ci la laissa libre de décider. Elle hésita. Elle avait oublié combien elle aimait danser. Suivre la mesure avec Colin avait été grisant, mais il était impossible de ne danser qu'avec lui. Lorsqu'elle leva de nouveau les yeux vers lui, il hocha la tête en signe d'approbation. Excitée comme à son premier bal, Emma sourit à l'un des jeunes gens. Celui-ci se présenta. Quelques instants plus tard, ils évoluaient sur la piste.

La baronne s'approcha de son fils.

— Quel succès ! commenta-t-elle d'un ton aigre.

Colin se contenta d'acquiescer en silence.

— Tu devrais danser avec quelqu'un d'autre.

— Non.

La baronne le foudroya du regard. Elle avait toujours été mauvaise joueuse et avait du mal à accepter sa défaite.

— Ne crains-tu pas qu'elle s'amourache d'un de ces jeunes gens ? demanda-t-elle, tandis qu'Emma tournoyait dans les bras d'un futur duc.

— Non.

Il savait que ce n'était pas son partenaire, mais la danse et l'insouciance retrouvée qui plaisaient à Emma.

— Je ne connais personne de plus exaspérant que toi, fulmina la baronne.

— Vous me l'avez déjà dit, répliqua-t-il tranquillement.

La baronne, à court d'arguments, resta aux côtés de son fils, à le regarder admirer la femme perdue qu'il avait choisie pour épouse.

Quand on annonça la dernière danse, Emma refusa toutes les invitations et partit à la recherche de son futur mari. Il était en train de saluer sa sœur. Lorsque Emma les rejoignit, Caroline lui tendit les mains et déclara :

— J'espère que nous deviendrons amies. Venez me voir un de ces jours, d'accord ?

— Avec plaisir.

— Nicky adorera vos cheveux, fit Caroline.

Emma, malgré sa perplexité devant cette phrase sibylline, continua à sourire.

— Il les touchera avec des mains pleines de sucre d'orge, précisa Lord Wrotham en guise d'avertissement.

— Le fils de Caroline, expliqua Colin, en réponse au regard interrogateur d'Emma.

— Il ne le fait plus, protesta Caroline.

Comme son mari la poussait vers l'escalier, elle tourna la tête et lança à Emma :

— Venez bientôt !

— Ma mère est rentrée chez elle, dit Colin. Votre père l'a reconduite. Êtes-vous prête à partir ?

— La dernière danse est une valse...

— Ah, bon ! Impossible de partir, alors.

Emma sentit son cœur frémir malgré elle. Il ne fallait pas que cet homme lui inspire de tendres sentiments. Cela ne faisait pas partie du marché.

— Peut-être vaudrait-il mieux partir, répondit-elle.

— Pas question, répliqua-t-il en lui offrant son bras.

Une fois dans la salle de bal, elle posa une main sur son épaule. Il lui enlaça la taille, tandis que ses doigts se refermaient, fermes et rassurants, sur les siens. Quoi qu'il puisse se passer, cet homme ne l'humilierait pas publiquement, contrairement à Edward, songea-t-elle, les yeux humides.

— Qu'y a-t-il ? s'inquiéta Colin.

— Rien.

Il l'entraîna sur la piste de danse, et ils se mirent à valser parmi les autres couples.

— Voulez-vous faire un voyage de noces ? demanda Colin au bout d'un moment.

— À l'étranger ? Non. J'ai eu ma dose de voyages.

— Nous pourrions aller à Trevallan.

— Qu'est-ce que c'est ?

— Le château des St. Mawr, en Cornouailles.

— Votre maison ? Certainement. J'aimerais beaucoup la connaître.

— C'est la coutume, expliqua-t-il, comme pour s'excuser.

— Bien sûr.

— Reste à décider de la date du mariage.

— Je suis à votre disposition, monsieur le baron.

— Ça vous est égal ? interrogea Colin, légèrement déçu.

— Il me faut seulement un peu de temps pour les préparatifs. Mais il n'y a pas grand-chose à faire, puisqu'il s'agit d'un mariage dans l'intimité.

— La date annoncée par votre père est dans une semaine.

— Une semaine !

— Nous pouvons la changer…

— Non, non, ça me convient.

Un silence gêné s'installa entre eux. Ne sachant que dire, ils tourbillonnèrent avec grâce jusqu'à ce que la musique s'arrête.

— Alors, nous nous en tenons à cette date ? demanda-t-il gauchement.

— Je... euh... D'accord.

Il hocha la tête, et ils se dirigèrent vers le vestiaire. Robin Bellingham attendait au pied de l'escalier.

— Je voulais vous parler, déclara-t-il quand Emma apparut.

Celle-ci sourit à son frère.

— Je... Nous n'avons pas vraiment fait connaissance, balbutia-t-il. J'aimerais réparer cela.

— Moi aussi, répondit Emma avec chaleur. À présent, nous aurons souvent l'occasion de discuter. Viens me rendre visite.

— Oui. Merci.

Robin rougit. De toute évidence, il désirait ajouter quelque chose.

— Je n'étais pas d'accord avec la manière d'agir de père, lâcha-t-il enfin. Ce n'était pas bien. Si j'avais pu vous aider, je l'aurais fait. Mais je...

Il hésita, les poings serrés.

— Tu avais dix ans, acheva Emma à sa place. Tu ne pouvais rien faire.

— J'aurais dû dire quelque chose. Si j'avais compris ce que...

— Tu n'y es pour rien. Et puis, c'est du passé. Nous prendrons un nouveau départ en devenant très bons amis.

Le visage gracieux de Robin s'éclaira.

— Oui, approuva-t-il. J'en serais heureux.

— Viens me rendre visite, répéta Emma.

Le jeune homme acquiesça et regarda Colin entraîner sa sœur vers la voiture. Lorsqu'il se rappela qu'il ne savait toujours pas où elle habitait, la calèche roulait déjà, et il maudit sa stupidité en termes colorés.

6

Emma et Colin se marièrent dans l'église Saint-George, à Hanover Square, par une matinée ensoleillée de juillet. Le rosier grimpant qui encadrait la porte de l'église se détachait sur les pierres grises, telle une bannière rouge. Tandis que la musique retentissait, ils avancèrent vers l'autel, où les attendait l'évêque, un parent des Wareham. Ils n'avaient invité que leurs familles, ainsi que quelques militaires, amis de Colin. Pourtant, la cérémonie contrastait avec celle de son premier mariage, songea Emma.

À l'époque, elle s'était retrouvée, après un voyage épuisant, dans une petite sacristie, seule avec Edward et les deux servantes qui leur servaient de témoins. La première euphorie passée, elle s'était sentie fatiguée et effrayée. L'impatience d'Edward était manifeste, et Emma le croyait pressé de faire d'elle sa femme. Mais elle s'aperçut rapidement qu'il avait surtout hâte de mettre la main sur sa fortune.

Colin lui prit la main et s'apprêta à glisser l'anneau à son doigt. Était-elle sur le point de commettre une nouvelle erreur ? se demanda-t-elle soudain.

Absorbée par les préparatifs du mariage, elle n'avait guère eu le temps de réfléchir et ne savait que penser de Colin. À certains moments, elle le trouvait chaleureux et charmeur. En revanche, il se montrait parfois froid et distant, s'intéressant à peine à ce qu'elle disait. Sur son visage se peignait alors une expression glaciale, et il semblait se couper du monde extérieur.

Emma embrassa du regard les bancs de l'église. Au premier rang, son père, radieux, était flanqué de Robin, le jeune frère qu'elle connaissait à peine. Des cousins de sa mère, de parfaits étrangers, étaient assis derrière eux. De l'autre côté de l'allée se tenait la mère de Colin, l'air compassé. Caroline et son mari étaient installés à côté d'elle. Puis venaient la grand-tante Célia, toujours despotique, et quelques autres parents des Wareham. Seuls les sourires et les petits signes amicaux des militaires apportaient une note gaie à l'assemblée.

Le moment était venu de prononcer les paroles d'engagement… ou de changer d'avis. Emma leva la tête vers Colin. Il soutint son regard interrogateur. Ses yeux violets ne trahissaient rien de ses sentiments. Lui ouvrirait-il un jour son cœur ? se demanda Emma. Pour l'instant, impassible, il continuait à la regarder, tandis que les invités commençaient à s'agiter derrière elle. Son père se racla la gorge, au bord de la panique. Colin haussa alors les sourcils. Emma vit sa bouche frémir. Malgré ses fréquents accès de mélancolie, il savait rire, se dit-elle pour se rassurer. Épouser un tel homme ne pouvait être une erreur fatale. Après avoir inspiré profondément, elle accepta de prendre Colin Wareham pour époux. Un soupir général, traduction d'émotions diverses, parcourut l'assistance. Les yeux violets de Colin pétillèrent, Emma lui adressa un sourire complice, puis l'évêque les déclara unis par les liens sacrés du mariage.

Offert par le père de la mariée à ceux qui avaient assisté à la cérémonie, le déjeuner de mariage fut somptueux. Il avait fallu les efforts combinés d'Emma et de tante Célia pour dissuader George Bellingham d'étendre les invitations. Le vieil homme se consola en régalant ses convives d'un flot de champagne et de mets délicats.

Les militaires accueillirent cette générosité avec enthousiasme et firent honneur au champagne. Comme la famille leur lançait des coups d'œil désapprobateurs, envieux, indulgents ou amusés, selon les tempéraments, ils se rassemblèrent dans un coin du salon et se mirent à porter toast sur toast. Les jeunes cousins des deux familles, ainsi que Robin Bellingham, ne tardèrent pas à se joindre à eux.

Lorsque Robin se leva pour porter à son tour un toast aux mariés, il vacilla sur ses jambes et prit la parole avec un grand geste de la main, manquant renverser le contenu de son verre.

— Je souhaite beaucoup de bonheur à ma sœur et à son mari.

Sur ces mots, il voulut se rasseoir, rata son siège et s'écroula sur le sol au milieu des rires des soldats.

— Il est soûl comme une barrique !

Robin se redressa avec peine, aidé par plusieurs soldats qui n'étaient guère plus lucides que lui.

Atterrée, Emma murmura :

— Ô mon Dieu.... Ô mon Dieu, répéta-t-elle, tandis que la fine équipe s'effondrait en jurant.

Colin ne put s'empêcher de rire.

— Il faudrait que quelqu'un s'occupe de Robin, dit Emma.

— À voir l'expression de votre père, il va avoir droit à un sacré savon.

— C'est le meilleur moyen d'aggraver les choses.

— Robin découvre la vie. Il n'y a pas de quoi s'alarmer.

— Vous avez découvert la vie de la même façon, je suppose ? railla Emma.

— Je l'aurais sûrement fait, si je ne m'étais pas engagé dans l'armée.

— En réalité, ce n'est pas ça qui m'inquiète le plus, dit-elle en regardant son frère osciller sur sa chaise avec un sourire béat. C'est le jeu... Il désirait me rendre visite, mais il n'est jamais venu.

Colin but une gorgée de champagne en observant ses amis. Ils avaient vieilli, ces garçons avec lesquels il s'était soûlé pour la première fois. Et que de visages manquaient à l'appel !

— Je voulais lui expliquer les dangers du jeu, continua Emma. Mais il n'aurait probablement rien écouté, ajouta-t-elle aussitôt, devançant l'objection de Colin.

— Les jeunes ont du mal à accepter les conseils de leurs aînés, admit-il.

— Peut-être pourriez-vous lui parler. Puisque vous avez eu beaucoup de jeunes gens sous vos ordres pendant la guerre, vous devez savoir les prendre. Je suis sûre qu'il vous écouterait.

Le visage de Colin s'assombrit.

— Maintenant, vous faites partie de la famille, poursuivit-elle. Et votre opinion aurait certainement plus de poids que...

— Je ne vois pas pourquoi, coupa sèchement Colin.

Emma le regarda avec surprise.

— Il n'apprécierait pas mon intervention, précisa-t-il.

— Mais...

— En fait, j'ai évoqué le sujet en lui rendant ses reconnaissances de dettes, et il a été furieux.

— Les choses ont changé. Vous êtes devenu...

— Il a un père, des amis, une sœur. Ça ne me concerne pas.

— Quand des jeunes gens courent à leur perte, c'est l'affaire de tous. Et la moindre des gentillesses...

— C'est vous que j'ai épousée, pas votre famille, répliqua-t-il. Ce ne sont pas les leçons de morale qui lui manqueront. Je n'y ajouterai pas les miennes.

Son ton était si cinglant qu'Emma se tut. Se redressant sur son siège, elle serra les dents et ravala sa fureur. Grâce à Dieu, elle ne s'était pas mariée par amour, se rappela-t-elle. Elle recherchait simplement la stabilité, tout comme Colin.

Il y eut encore des toasts, dont un, long, décousu et incompréhensible, de Lord Wrotham. Caroline dut tirer sur son habit pour l'arrêter.

Pendant tout ce temps, Colin demeura lugubre et indifférent. La présence de ses vieux amis et cette conversation avec Emma avaient éveillé en lui de sombres images. Des scènes de guerre envahirent son esprit, peuplées par les visages de ceux qui y avaient perdu la vie. Des jeunes gens, il n'avait que trop essayé d'en guider. Et cela lui avait apporté plus de souffrance que de satisfaction.

Ces souvenirs douloureux lui arrachèrent une grimace. Malgré tous ses efforts, il ne parvenait pas à oublier. Jetant un regard vers Emma, il se posa de nouveau la question qui le hantait depuis qu'ils avaient décidé de se marier. Ne profitait-il pas d'elle ? Il avait été honnête en lui parlant des zones obscures que la guerre avait laissées en lui, mais il avait minimisé leur ampleur. Comment le faire comprendre à quelqu'un qui n'avait pas connu ce massacre ? Même s'il tentait de lui exposer ses cauchemars, cela ne pouvait que la rebuter et l'éloigner de lui.

Mieux valait en rester là. Il offrait à Emma la sécurité et un nom prestigieux. Quant à lui, il continuerait à remplir les obligations que lui imposait son rang, à jouer le rôle qu'il assumait depuis son retour en Angleterre. Le mariage n'y changerait rien.

— Nous devons partir, annonça-t-il, incapable de supporter plus longtemps la gaieté ambiante. Il est près de 16 heures, et le voyage jusqu'en Cornouailles est long.

Sans un mot, Emma se leva.

Un groupe bruyant, essentiellement composé d'officiers, les escorta jusqu'à la confortable voiture qui les attendait devant la maison, les bagages déjà arrimés à l'arrière. Des réflexions légères criées par les vieux amis de Colin firent rougir Emma.

Dès qu'ils furent installés, Colin frappa le toit de la voiture avec sa canne pour donner au cocher le signal du départ.

— Enfin, fit-il, comme ils se mettaient en route.

Emma agita la main par la fenêtre, puis s'enfonça dans les coussins de la banquette. Le sort en était jeté, réfléchit-elle. Malgré l'expérience, malgré toutes ses bonnes résolutions, elle venait de commettre la même imprudence que sept ans plus tôt : épouser un homme qu'elle connaissait à peine. À présent, elle se retrouvait seule avec lui pour plusieurs semaines. Elle allait découvrir sa vraie nature et se doutait que ce ne serait pas une partie de plaisir.

Assis en face d'elle, Colin ne voyait que son profil, qui lui paraissait bien sévère.

— Je crois que nous allons avoir beau temps pour le voyage, dit-il.

Emma émit un grognement peu encourageant.

— Les mariages sont épuisants, n'est-ce pas ?

— Vous trouvez ? Je n'en ai fait que deux, répondit-elle, sans cesser de regarder par la fenêtre. Et le premier n'avait rien d'une fête, ajouta-t-elle, si bas que la phrase échappa à Colin.

— Oui, je trouve. La gaieté semble souvent forcée.

— Forcée, répéta Emma d'un ton aigre. Vraiment ?

— Artificielle, si vous voulez. Dans la plupart des cas, il s'agit de cimenter une alliance entre deux familles. Parfois, les deux intéressés ne se connaissent presque pas.

— En effet.

Conscient de sa gaffe, Colin reprit aussitôt :

— Bien sûr, cela ne signifie pas qu'aujourd'hui...

— Inutile d'épiloguer, monsieur. Je vous comprends parfaitement.

— Vous savez, Emma, je suis très content de vous avoir épousée.

— Content. Oui, bien sûr.

— Je parlais des mariages en général. Cela n'avait aucun rapport avec nous.

— Au contraire. Après tout, nous nous connaissons à peine.

— Je pensais que nous avions conclu un arrangement avantageux...

— Avantageux ? s'exclama-t-elle.

— Allez-vous cesser de répéter tout ce que je dis ? Qu'est-ce qui vous arrive ?

— Ce qui m'arrive ? fit-elle en tournant la tête vers lui. Rien, monsieur. C'est vous qui vous plaigniez de la fatigue.

— Je ne me suis pas plaint de la fatigue. J'ai seulement fait remarquer...

— Dormez si vous voulez, coupa Emma. Ne vous occupez pas de moi. Je serai ravie de ne pas avoir à parler.

— Je vous croyais trop intelligente pour être vexée par des observations d'ordre général.

— L'opinion que vous avez du mariage ne me vexe pas du tout. Je ne vous reproche rien.

— Alors, qu'est-ce qui vous met dans cet état ? Je ne vous ai jamais vue si irritable.

— Ah, bon ? Eh bien, chacun de nous a beaucoup à apprendre sur l'autre, rétorqua Emma.

Elle agrippa l'appui de la fenêtre avec une telle force que ses phalanges blanchirent. Elle était furieuse. Colin ne méritait pas de subir sa colère, mais elle ne parvenait pas à réprimer sa rage.

Colin étudia son visage.

— Ce n'est pas comme ça que nous apprendrons à nous connaître, dit-il, à bout de patience. Que se passe-t-il ?

— Rien. Laissez-moi tranquille !

Le silence s'installa. Le fracas des sabots des chevaux sur les pavés, les cris des marchands ambulants semblèrent soudain s'amplifier. Ils ralentirent, et la voiture tourna à angle droit. Ils avaient atteint la route du sud, réalisa Emma, tandis que le véhicule prenait de la vitesse. Bientôt apparurent les faubourgs de la ville, puis ils se retrouvèrent en pleine campagne.

La colère d'Emma s'apaisa avec le mouvement des roues. Elle s'était emportée un peu trop vite, songea-t-elle. Quel homme, le jour de son mariage, accepterait de donner des conseils à un jeune parent inconnu ? De toute façon, que sa demande ait été justifiée ou non, elle n'allait pas commencer leur vie commune par une dispute. Leur marché était fondé sur la camaraderie, se rappela-t-elle. Était-ce déjà fini, après quelques heures seulement ?

Elle avait peur de regarder Colin. Elle craignait de lire dans ses yeux la rage et le dégoût que lui manifestait Edward lorsqu'elle se plaignait ou réclamait quelque chose. L'idée d'affronter à nouveau une telle hostilité la rendait malade.

— À mon avis, vous aimerez Trevallan, dit Colin, sans trace de rancœur dans la voix.

Emma retint un soupir de soulagement.

— La maison est construite sur une falaise qui domine la mer, poursuivit-il. Elle est en pierre, ce dont je remercie le Ciel quand la tempête se déchaîne.

Emma lâcha l'appui de la fenêtre.

— Mais ne croyez pas pour autant que le climat soit violent, continua Colin. Je pense même que vous serez étonnée de constater combien il y fait doux à cette époque de l'année.

Emma tourna les yeux vers lui. Il avait l'air grave, mais un coin de sa bouche et ses sourcils se soulevaient légèrement.

— Je vous propose une trêve, déclara-t-il d'un ton léger.

Emma se détendit. Finalement, elle n'avait pas commis d'erreur. Elle n'était plus l'enfant insensée et têtue qui s'était enfuie avec Edward. Elle avait conclu un marché raisonnable et réfléchi. Et elle s'y tiendrait. Ils étaient l'un et l'autre capables de se contrôler.

— Y a-t-il un village près de la maison ? demanda-t-elle.

Colin hésita, comme pour ajouter autre chose, mais se contenta de hocher la tête en silence.

Beaucoup plus tard, quand Emma se réveilla, le soleil disparaissait à l'horizon. Un vol de corbeaux se détacha d'un grand chêne pour tournoyer dans le ciel rougeoyant. Quittant la route principale, le cocher engagea la voiture dans un chemin étroit bordé de haies. Quelques minutes plus tard, il tourna de nouveau dans une allée menant à une vaste maison en pierre grise.

— Qu'est-ce que c'est ? demanda Emma.

— La maison d'un de mes amis, répondit Colin. Nous y coucherons cette nuit.

La devinant dépitée, il s'empressa de préciser :

— Ralph n'est pas chez lui. Il m'a prêté sa maison.

— Vous ne préfériez pas une auberge ?

— Je refuse de passer ma nuit de noces dans une vulgaire auberge.

Emma le regarda, surprise par son ton hautain.

— Je n'ai pas envie d'être dérangé par des buveurs tapageurs ou par des servantes trop curieuses.

Emma se raidit. Sans le savoir, Colin venait de décrire sa première nuit de noces. Bien entendu, ce qui les attendait était tout à fait différent du passé, se dit-elle. Mais, assaillie par un flot de souvenirs importuns, elle se tut, tandis que la voiture s'arrêtait devant le perron.

Un laquais ouvrit aussitôt la porte d'entrée. Un autre se tenait déjà à la portière du véhicule, dépliant le marchepied. Colin sortit de la voiture. Il fallut un moment à Emma pour reprendre ses esprits et descendre à son tour.

Le personnel de la maison avait dû recevoir des ordres, car les jeunes mariés furent accueillis avec empressement par la gouvernante. Celle-ci les conduisit dans la suite qui avait été préparée pour eux au premier étage – un salon spacieux donnant sur deux chambres confortables. Après avoir monté leurs bagages, les domestiques disparurent, les laissant seuls.

Emma était de plus en plus nerveuse. S'exhortant au calme, elle s'approcha d'une fenêtre ouverte et observa le parc. Il restait juste assez de lumière pour distinguer les pelouses, qui descendaient en pente douce jusqu'à une rivière sinueuse. Là, des bouquets de saules balançaient leurs feuilles jaunies au-dessus de l'eau. Sur l'autre rive, plusieurs chevaux paissaient dans l'herbe grasse. Trois cygnes blancs se détachaient sur l'eau sombre, leurs cous ployés avec une grâce infinie. Elle entendit des pas derrière elle, puis la voix de Colin contre son oreille.

— C'est superbe, non ?

— Oui.

— Je venais souvent ici quand j'étais enfant. Il y a un pavillon au milieu de ces saules.

Effleurant son épaule, il désigna l'endroit du doigt.

— On y est bercé par le bruissement des feuilles.

— Ce doit être merveilleux, dit-elle, mal à l'aise.

— Peut-être aurons-nous le temps de le voir demain, ajouta-t-il en la prenant dans ses bras.

Emma essaya de se détendre contre lui, mais elle tremblait et craignait de se rendre ridicule.

— Je... Excusez-moi un moment, balbutia-t-elle.

Elle se dégagea de son étreinte et s'enfuit dans une des chambres, dont elle ferma la porte derrière elle. C'était complètement différent, se répéta-t-elle, les poings serrés. Mais elle ne pouvait effacer de son esprit cette nuit, sept ans plus tôt, où elle s'était retrouvée seule avec son mari dans une chambre d'auberge et avait connu sa première désillusion.

Ils s'étaient arrêtés, épuisés par une longue journée de voyage et tenaillés par la peur d'être poursuivis. Par sa précipitation et sa simplicité, la cérémonie de mariage lui avait laissé un goût amer, et elle avait besoin d'être rassurée – une déclaration d'amour, une promesse d'un avenir meilleur, même un simple sourire aurait suffi à lui faire tout oublier.

Mais Edward s'était contenté d'enlever sa veste, avant de se débattre avec le tire-botte.

Embarrassée, Emma avait retiré son manteau et ses gants, puis elle avait posé son chapeau sur le rebord de la fenêtre. La pièce ne contenait qu'un grand lit à colonnes. Il n'y avait pas de place pour autre chose.

Quand elle s'était retournée, Edward avait ôté sa chemise et se tenait devant elle en pantalon. Il souriait enfin, mais ce n'était pas le genre de sourire qu'Emma avait espéré. Il avait fermé la porte à clé en déclarant :

— Nous ne voulons pas être dérangés, hein ?

Ensuite, il s'était approché d'elle et avait écrasé ses lèvres sous sa bouche, tout en tirant sur sa robe sans parvenir à la dégrafer.

— Mettons-nous au lit, avait-il dit. Cette chambre est glaciale.

Sur ces paroles, il avait enlevé son pantalon et s'était glissé sous les draps, tandis qu'Emma tremblait au milieu de la pièce.

Une expression narquoise sur le visage, il l'avait regardée se déshabiller tant bien que mal. Il aimait la voir gauche et apeurée. Quand elle était entrée dans le lit, il l'avait violemment attirée à lui et l'avait à nouveau embrassée sans douceur. Son corps était chaud et anguleux. Très vite, il avait roulé sur elle et consommé leur mariage. Lorsque Emma avait poussé un petit cri de douleur, il avait ri. Elle avait essayé de se convaincre qu'il avait pris cela pour une réaction de joie, mais sans succès.

Un coup frappé à la porte la fit sursauter.

— Emma ? appela Colin.

Les deux hommes ne se ressemblaient en rien, se rappela-t-elle. Colin ne s'amusait pas à tourmenter les autres, et il ne l'avait certainement pas épousée pour sa fortune. Pourtant, elle était incapable de bouger.

— Emma ? répéta-t-il. Vous ne vous sentez pas bien ?

Elle se comportait comme une gamine. Il était trop tard pour les regrets, trop tard pour faire marche arrière. Elle devait tenir sa promesse. Elle alla ouvrir la porte.

Colin posa sur elle un regard scrutateur, mais dit simplement :

— On a apporté le souper. Avez-vous faim ?

Avait-elle faim ? Elle l'ignorait, mais ce répit était le bienvenu.

Une petite table avait été dressée devant la cheminée, où un feu crépitait malgré la douceur de la soirée. Le repas se composait de poulet froid, de pain frais, de fromage et d'une compote de pommes et de poires. Colin servit le vin et lui tendit un verre. Emma le prit avec empressement et en but la moitié d'un trait avant de s'asseoir à table.

Colin haussa les sourcils et sembla sur le point de dire quelque chose, mais il se ravisa et s'installa en face d'elle.

— Ralph et moi étions à l'école ensemble, commença-t-il en remplissant leurs assiettes. Nous sommes intimes depuis l'âge de six ans, quand nous nous sommes découvert une passion commune pour les furets.

Emma sourit, un peu soulagée. Elle se rendit compte qu'elle avait faim et se mit à manger avec appétit.

— Il en avait emporté un à l'école, poursuivit Colin. Et il s'est débrouillé pour le garder dans sa poche pendant près d'une semaine, avant que les professeurs ne s'en aperçoivent. Après cela, mon admiration pour lui ne s'est jamais démentie.

— C'est normal, répondit Emma avant d'avaler une grande gorgée de vin.

Pendant le repas, Colin ne cessa pas de parler. Sa voix, alliée au vin et à la nourriture, eut un effet apaisant sur Emma. Lorsqu'ils sortirent de table, elle se sentait envahie par une douce béatitude et résolue à affronter ce qui devait arriver. En fait, elle ne tenait pas à repousser l'échéance, de peur de perdre courage. Elle s'approcha donc de Colin et passa les bras autour de son cou.

Il parut un peu étonné.

— Je suis prête, dit-elle.

— Prête ? répéta-t-il.

— Oui.

Se dressant sur la pointe des pieds, elle posa les lèvres sur celles de Colin et ferma les yeux.

— Prête à quoi, exactement ? demanda-t-il après lui avoir donné un baiser léger.

— Prête... à accomplir mon devoir conjugal.

— Votre devoir ? fit-il, partagé entre l'amusement et l'indignation.

— Oui, dit-elle en essayant de l'attirer à nouveau à elle.

— C'est comme ça que vous voyez les choses ?

— Je ne reviens pas sur notre marché. Je vous ai épousé. Je sais ce que cela signifie.

— Vraiment ?

— Bien sûr ! s'exclama-t-elle, l'esprit obscurci par le vin. Je ne suis pas une enfant.

— Que se passe-t-il ? s'enquit-il en plongeant ses yeux violets dans les siens.

— Rien. Vous ne voulez pas m'embrasser ? demanda-t-elle d'un ton plaintif.

Colin la considéra longuement, puis il répondit :

— Oh, si...

Il la prit dans ses bras et s'exécuta, lentement, longuement. Sa bouche était à la fois douce et pressante.

Emma était éblouie. Elle n'avait pas oublié ses baisers, mais les vieux souvenirs amers les avaient oblitérés. Elle se laissa aller contre lui, s'abandonnant à son étreinte. Quand elle releva la tête, tout autour d'elle semblait plus radieux. Elle poussa un long soupir.

— Oui ? fit Colin.

Il paraissait à la fois satisfait et perplexe.

— Ça ira peut-être, après tout, déclara-t-elle.

— Ça ira ?

— Ce ne sera peut-être pas si désagréable, expliqua-t-elle.

— Désagréable !

— Vous répétez tout ce que je dis, bredouilla Emma.

La tête lui tournait, et elle avait très sommeil.

Colin s'écarta d'elle, une expression étrange sur le visage.

— Nous devrions en finir, proposa-t-elle. J'ai du mal à rester éveillée.

— À rester éveillée !

— Vous recommencez.

— La journée a été éprouvante. Il faut que vous vous reposiez.

Trop surprise pour répondre, elle suivit Colin dans la chambre où avaient été rangés ses bagages. Elle chancelait sur ses jambes et les murs vacillaient autour d'elle.

— Avez-vous besoin d'aide ? demanda-t-il. Voulez-vous que je sonne ?

— Et notre marché ? Vous avez dit qu'un héritier...

— Nous verrons ça une autre fois, répliqua-t-il sèchement.

Il tourna les talons et sortit, claquant la porte derrière lui.

Emma devinait qu'elle avait commis un impair, mais la fatigue était plus forte que tout. Elle se déshabilla avec peine et enfila la chemise de nuit étalée sur le lit. Puis elle se glissa sous les draps et s'endormit aussitôt.

Quand elle se réveilla, en pleine nuit, la lune éclairait la chambre. L'air sentait le linge amidonné et l'herbe fraîche. Durant quelques secondes, elle se demanda où elle était.

S'asseyant dans son lit, elle se rappela les événements de la soirée et porta la main à son front avec un gémissement.

— Pas si désagréable, murmura-t-elle. On ne pouvait trouver chose plus charmante à dire.

Elle s'était montrée aussi sotte et maladroite que les débutantes que Colin avait refusé d'épouser.

Qu'est-ce qui lui avait pris ? Elle était pourtant une femme raisonnable, lucide. Et elle ne buvait jamais d'alcool.

Incapable de se rendormir, elle repoussa les draps et attrapa sa robe de chambre. Dès qu'elle l'eut enfilée, elle se rendit dans le salon.

Quelques braises rougeoyaient encore dans la cheminée. À la lueur du clair de lune, elle vit qu'on avait enlevé les reliefs de leur souper, mais que la table et les chaises étaient restées en place. Dans la pénombre, le canapé et les fauteuils avaient un air fantomatique. Le tic-tac de la pendule résonnait dans le silence.

Emma s'approcha de la porte qui donnait dans l'autre chambre. Elle était fermée. Elle pouvait l'ouvrir et entrer. En tant qu'épouse, elle en avait le droit. Mais cette idée l'intimidait. Allait-elle réveiller son nouveau mari au beau milieu de la nuit pour s'excuser, pour lui expliquer que c'était le souvenir de son premier mariage qui l'avait fait agir comme une idiote ?

Emma secoua la tête et pivota sur elle-même, mais elle s'arrêta aussitôt, alertée par un bruit étrange.

Au moment où elle se retournait, le bruit reprit, aigu et pressant.

— Non !

C'était la voix de Colin, mais si dure et si tourmentée qu'elle la reconnaissait à peine. À nouveau, le cri retentit.

— Colin ? fit-elle timidement.

Pas de réponse. Sans doute n'avait-elle pas appelé assez fort. Après une brève hésitation, elle saisit la poignée, inspira profondément et s'apprêta à pénétrer dans la chambre. Elle essaya d'abaisser la poignée, mais rien ne se produisit. La porte était verrouillée.

Emma recula. Colin avait fermé la porte pour l'empêcher d'entrer. Était-il si furieux contre elle qu'il ne voulait pas d'elle dans sa chambre ? Il n'était pourtant pas fou de rage quand ils s'étaient séparés, elle s'en souvenait. Elle se souvenait aussi très bien de son baiser. Qu'est-ce qui avait pu le conduire à s'enfermer à clé dans sa chambre ?

Elle l'entendit marmonner pendant près d'une minute, puis le silence retomba. Que cherchait-il à lui cacher ?

Emma attendit longtemps derrière la porte close, tandis que les ombres de la lune tournaient sur le tapis, mais Colin ne se manifesta plus. Lorsqu'elle regagna enfin son lit, elle ne réussit pas à dormir. Elle resta immobile, les yeux fixés sur le ciel de lit, à se demander quelle épreuve lui réservait le mariage sur lequel elle avait tout misé.

Après six jours d'un voyage harassant en direction du sud-ouest, ils arrivèrent à Trevallan par une chaude soirée d'août. En se penchant par la portière, Emma aperçut la silhouette d'un long bâtiment en pierre percé d'innombrables fenêtres, dont deux seulement étaient éclairées. L'air sentait la mer et les pins. Çà et là, des pierres pointues jaillissaient du sol. Emma aima aussitôt ce lieu à moitié sauvage.

Lorsqu'ils franchirent la large porte d'entrée, ils

trouvèrent une file de domestiques les attendant dans le vaste vestibule. À la lumière des bougies, les tabliers blancs des femmes de chambre et les cols empesés des valets se détachaient sur les boiseries et les tapisseries sombres. Malgré sa fatigue, Emma rassembla ses dernières forces pour sourire et répondre aux souhaits de bienvenue de la gouvernante et des vieux domestiques. Les femmes de chambre et les laquais se contentèrent de faire la révérence ou de s'incliner sur son passage.

Après un excellent dîner, servi avec empressement par le personnel du château, Emma se retira, vaincue par l'épuisement.

— Mme la baronne dort toujours dans cette chambre, annonça la gouvernante en l'introduisant dans une vaste pièce carrée. Celle du maître est juste là, derrière le cabinet de toilette.

Emma regarda la porte que désignait la domestique. Le battant avait beau être entrouvert, la jeune femme se sentait aussi incapable de le pousser que s'il avait été fermé par un gros cadenas.

Elle se remémora le matin qui avait suivi leur nuit de noces. Au petit déjeuner, elle avait tenté de s'excuser pour son comportement enfantin et avait évoqué la porte verrouillée. Mais Colin avait éludé la question et s'était mis à bavarder avec elle comme si de rien n'était. Ensuite, à chaque auberge où ils s'étaient arrêtés, il avait pris des chambres séparées et n'avait pas fait un geste pour la rejoindre. On aurait dit qu'ils n'étaient pas mariés, qu'ils n'étaient que des connaissances voyageant ensemble.

Peut-être était-ce là ce qu'il voulait, ce qu'il attendait de leurs rapports : une simple camaraderie, rien de plus. Emma trouvait cependant la situation pénible. Dans cette vieille demeure familiale, les choses changeraient-elles ? En fermant les yeux, Emma se surprit à l'espérer.

Malgré la fatigue du voyage, Colin n'arrivait pas à dormir. Allongé dans l'obscurité, il écoutait la mer et les craquements familiers de la maison. Il y avait de nombreux souvenirs heureux, mais celui qui lui revint en mémoire, ce soir-là, était toujours aussi douloureux.

Juste avant de mourir, dix ans plus tôt, son père lui avait demandé de venir dans sa chambre et lui avait confié sa mère et sa sœur.

— À présent, c'est à toi de porter le titre de baron, Colin, de le préserver et de le transmettre, avait-il déclaré. Je sais que tu y feras honneur, mon garçon.

Le jeune homme avait souffert de la mort de son père, mais au chagrin de cette perte s'était ajouté le fardeau de ses nouvelles responsabilités. Honneur et devoir, tels étaient depuis ses mots d'ordre, qui ne le laissaient jamais en repos.

Voilà pourquoi il avait emmené Emma en Cornouailles, comme s'il avait voulu la présenter à son père et montrer au vieux baron que le nom serait perpétué, que son fils n'avait pas oublié ses obligations, malgré son départ à la guerre. Bien qu'il aimât Trevallan, Colin n'y était pas revenu souvent. Depuis la mort de son père, l'atmosphère qui y régnait lui semblait oppressante, lourde de reproches latents. Aujourd'hui, ce sentiment de culpabilité avait disparu. Il avait l'impression d'être libéré d'un poids, d'être enfin devenu le propriétaire, le maître de Trevallan.

Et Emma ? demanda une petite voix sardonique. Elle ne lui appartenait pas. Pas encore... Maintenant, ils n'auraient plus à passer leurs journées dans une voiture cahotante et leurs soirées dans des auberges. Il découvrirait les raisons de l'appréhension et de la répugnance qu'il avait lues dans ses yeux, cette première nuit, et l'en débarrasserait. Elle laisserait alors libre cours à la passion qui dormait en elle.

La vieille maison était silencieuse. Comme il le faisait depuis des siècles, le vent balayait les murs en pierre. En contrebas, les vagues murmuraient contre les rochers. Alerté par une odeur de mulot portée par l'air marin, le chat de la cuisine rôdait dans l'herbe haute. La nuit était tiède. Une brume légère dissimulait les étoiles, et la lune n'était pas encore apparue. À l'intérieur, Colin s'agitait sous ses couvertures et marmonnait dans son sommeil. Emma se retournait dans son lit.

Perdu dans ses rêves, Colin était loin de ce paysage paisible de Cornouailles. La tête et la poitrine douloureuses, enfoncé dans la boue jusqu'aux genoux, il traversait en titubant un champ de bataille ensanglanté. Des cadavres étaient empilés dans des poses grotesques – membres tordus, visages grimaçants. Les uniformes aux couleurs de l'arc-en-ciel étaient tachés de noir et de rouge. Une fumée épaisse recouvrait la scène, la masquant, puis révélant de nouveaux corps. Un cheval sans cavalier, le flanc ouvert, s'éloignait en boitillant. On n'entendait que le croassement des corbeaux appelant leurs camarades au festin.

Colin continuait son chemin parmi cette scène de carnage. En passant à côté de chaque cadavre, il l'examinait, reconnaissant immanquablement un ami. Teddy Garrett, un camarade d'école, qui avait fait avec lui des débuts difficiles à Eton. John Dillon, qui avait rejoint en même temps que lui le régiment et était rapidement devenu son plus proche compagnon. Jack Morley, dont la gaieté et le goût pour les femmes avaient été un continuel sujet de plaisanterie. Le colonel Brown, qui avait en quelque sorte remplacé son père, pendant trois années. Chaque visage lui était familier. Tous ces hommes avaient perdu la vie au cours des dernières années, dans l'une ou l'autre des batailles contre les Français. Colin, lui, s'en était tiré avec quelques blessures sans gravité, le cœur désolé et l'esprit sombre. À présent, il ne pouvait échapper à l'angoisse. Elle se levait à l'horizon comme un nuage noir et s'abattait sur lui, suffocante et nauséabonde. Il se mit à gémir dans son sommeil.

Le bruit sourd et grinçant, dominant le murmure des vagues et le sifflement du vent, franchit la porte ouverte du cabinet de toilette et réveilla Emma.

Elle cligna des yeux dans l'obscurité, essayant de se repérer. Lorsque le gémissement se fit entendre à nouveau, elle s'assit dans son lit et tendit l'oreille.

Il ne lui fallut pas longtemps pour en découvrir la source. Elle reconnut le bruit qui l'avait effrayée lors de leur pseudo-nuit de noces. Se glissant hors de son lit, elle traversa le cabinet de toilette. Le plancher était froid sous ses pieds nus. La porte de la chambre de son mari était entrebâillée. Elle la poussa, le cœur battant.

La pièce était plongée dans la pénombre, et elle dut avancer à tâtons jusqu'au lit, guidée par les gémissements. Sur la table de chevet, elle trouva un bougeoir et alluma la chandelle. En sueur, au milieu des draps défaits, Colin donnait des coups de tête dans l'oreiller en répétant «Non ! ».

La lumière éclaira son visage, révélant son expression terrifiée. Il avait la mâchoire crispée, les dents serrées, le front plissé, et semblait en proie à de terribles tortures.

Emma le prit par les épaules et se mit à le secouer pour l'arracher au cauchemar dont il était prisonnier.

— Colin, dit-elle. Colin, réveillez-vous !

Sans ouvrir les yeux, il se dégagea et se réfugia de l'autre côté du lit.

Emma grimpa sur le matelas et le secoua de plus belle.

— Colin, calmez-vous. Ce n'est qu'un cauchemar. Réveillez-vous !

Un frisson le parcourut tout entier. Avec un cri

inarticulé, il se souleva et lança le poing en avant, comme pour repousser un ennemi. Emma réussit de justesse à éviter le coup. Perdant l'équilibre, elle posa un bras sur son torse nu pour ne pas tomber.

— Calmez-vous, répéta-t-elle. C'était un rêve. Juste un rêve.

Il s'immobilisa, mais ne se détendit pas.

— L'ennui, c'est que ce n'est pas un rêve, dit-il d'une voix lugubre. Tout est vrai.

— Quoi ? demanda-t-elle tout bas.

— La mort. Ils sont tous morts. Brisés par des boulets ou transpercés par des baïonnettes. Ils sont tous partis. Seuls leurs fantômes restent pour me hanter.

Il frissonna. Sous le bras d'Emma, sa peau était froide et moite. Elle resserra son étreinte.

— On ne savait jamais qui y passerait. Mais, après la bataille, certains ne répondaient plus à l'appel. Des amis avec qui on avait chevauché, mangé et bu, la veille. On en venait à espérer que la balle serait pour vous, car...

Colin s'interrompit soudain, se redressa et regarda autour de lui, comme s'il venait de prendre conscience de l'endroit où il se trouvait. Il inspira profondément et tourna vers Emma des yeux immenses et sombres. Il mit un moment à la reconnaître.

— Je... je m'excuse, dit-il enfin.

— Vous n'avez pas à vous excuser.

— Je ne voulais pas vous faire peur, ajouta-t-il.

— Je n'ai pas eu peur, mentit-elle.

— Je suis désolé de vous avoir dérangée.

— Allongez-vous sous les couvertures, conseilla-t-elle.

Il ne bougea pas. Mais, quand il parla de nouveau, sa voix était tout à fait normale, comme s'ils avaient été dans la voiture en train de bavarder.

— Emma, retournez dans votre chambre. Je suis désolé de m'être donné en spectacle.

Elle comprenait maintenant pourquoi il fermait sa porte à clé.

— Non, répondit-elle.

Elle le poussa doucement pour l'obliger à se recoucher. Cette fois, il ne résista pas et la laissa remonter les couvertures sur lui.

— Racontez-moi votre rêve, demanda-t-elle.

— Non.

— Ça vous soulagerait.

— Rien ne peut aider les morts.

— Mais vous, vous n'êtes pas mort.

Il détourna la tête.

— Vous vous battiez ? reprit-elle.

Il garda le silence.

— C'était une des batailles que vous...

— Toutes les batailles sont finies. N'en parlons pas.

— Elles ne le sont apparemment pas toutes, répliqua-t-elle, faisant allusion à son rêve.

Il ne répondit rien.

— Vous avez perdu beaucoup d'amis ? s'enquit Emma d'une voix douce.

— Oui.

— Je suis désolée.

Un autre frisson le secoua.

— Retournez dans votre chambre, répéta-t-il en s'éloignant d'elle.

— Non.

Pour la première fois depuis des mois, Colin eut peur. Peur que l'horreur qui l'habitait contamine cette femme et ce lieu.

— Alors, c'est moi qui vais partir, dit-il en rejetant les couvertures.

— Je vous en prie, ne me laissez pas.

— Vous ne comprenez pas ! s'écria-t-il. Il le faut !

— Je ne veux pas rester seule. S'il vous plaît.

Il serra les poings. Il désirait de tout son cœur la protéger. Mais, pour cela, il devait la quitter. Elle lui demandait de lui donner un réconfort qu'il était incapable de lui procurer.

— Vous ne comprenez pas, insista-t-il. Mes amis les plus proches sont morts. Des hommes que j'aimais comme des frères. À la fin, j'ai cessé d'avoir des amis. Je ne supportais plus de les voir mourir.

— Oh, Colin ! s'exclama-t-elle, la voix étranglée.

La compassion qu'exprimait si spontanément Emma l'ébranla si profondément qu'il se livra, malgré lui. Il lui parla de Teddy, de Jack, du colonel Brown, des officiers et des hommes de sa compagnie, des liens qui se nouaient dans un régiment. Il ne pouvait plus s'arrêter. Il décrivit la boue et les rires, l'ennui et la peur, la vie dans les camps, l'interminable guerre qui vous vidait de toute émotion.

Emma écoutait et essayait de comprendre ce qui se cachait derrière les mots. Elle refoulait ses larmes, pour ne pas interrompre le flot de ses confidences. Quand il se tut enfin, elle posa une main sur son épaule nue.

— Vous êtes gelée ! fit-il. Vous n'avez même pas de peignoir.

Il réalisa soudain qu'elle ne portait qu'une fine chemise de nuit, qui révélait ses formes voluptueuses plus qu'elle ne les dissimulait.

— Je vais me mettre sous les draps, dit-elle.

Avant qu'il ait pu protester, elle se glissa à côté de lui. Ivre de désir, les mains tremblantes, Colin brûlait de l'écraser sous lui et de noyer en elle ses sombres pensées.

N'osant la toucher, de peur de l'effrayer par la violence de son désir, il s'écarta brusquement et s'efforça de se ressaisir.

La lueur de l'aube filtrait à travers les rideaux fermés. Par la fenêtre ouverte, une bouffée d'air vif et salé s'engouffra dans la chambre, caressant leurs visages.

— Qu'ai-je fait, mon Dieu ? soupira Colin. Je n'en avais jamais parlé à personne. Et c'est à vous que je le raconte, vous qui ignorez la violence.

— J'ai vu des hommes se bagarrer autour des tables de jeu et sortir des couteaux.

— Ce n'est pas la même chose.

— Non, je sais. Et cela vaut mieux. Je ne suis pas, comme vous, hantée par des souvenirs terribles.

— Peu importe. Je n'avais pas le droit de vous infliger ce récit.

— L'écouter n'est rien. Le courage, c'est de l'avoir vécu.

Désemparé, il fixa une mèche de ses cheveux blonds égarée sur l'oreiller. Elle ne paraissait pas effrayée, ni dégoûtée. Comment était-ce possible ? Où puisait-elle sa force ?

— Nous avons passé un marché, vous vous rappelez ? dit Emma, comme si elle lisait dans ses pensées. Je ne suis pas une enfant. J'ai connu la détresse et le malheur. Vous n'avez pas à me préserver des duretés de la vie.

De tout son être, il aurait voulu la protéger, mais il était trop tard. À l'instar de ses camarades de combat, elle n'avait déjà que trop souffert. Il se sentait complètement perdu.

— Le fardeau est trop lourd, murmura-t-il.

Jamais il n'aurait partagé son tourment avec les jeunes filles que sa mère lui présentait. D'ailleurs, de quel droit l'avait-il révélé à Emma ? En agissant ainsi, il lui imposait le poids de son propre passé. Lorsqu'il lui avait proposé un lien de camaraderie, il n'avait rien imaginé de pareil.

Bouleversée par les images terribles qu'il lui avait décrites, Emma se demandait s'il guérirait jamais de sa tristesse. Comment le pourrait-il, après ce qu'il avait vu et fait ? Ayant pénétré les ténèbres de son âme, les profondeurs cachées de son être, elle comprenait combien Edward et lui étaient différents. Contrairement à son défunt mari, qui s'était révélé d'une faiblesse méprisable, c'était la force qui caractérisait Colin. Les démons qui le torturaient étaient des amis perdus, et non le risque, la cupidité et l'assouvissement d'une passion destructrice. Incapable d'aider Edward, Emma avait fini par abandonner la lutte. Cet échec l'avait beaucoup affectée, et elle hésitait à prendre à nouveau un tel risque. Pourtant, Colin avait parlé de camaraderie, de sympathie dans le malheur... Peut-être avait-elle encore quelque chose à offrir, décida-t-elle, tandis qu'ils étaient étendus côte à côte, aux prises avec les fantômes de leurs passés.

Lorsqu'elle se réveilla, à 9 heures, Emma était dans son propre lit, seule. Colin avait dû l'y transporter, se dit-elle en enfilant son peignoir. Elle se rendit dans la chambre de son mari, mais il ne s'y trouvait pas. Elle regagna la sienne et l'examina à la lumière que laissaient filtrer les rideaux usés. Les murs étaient tapissés d'un papier à fleurs, où l'on ne distinguait plus qu'un fouillis de rose et de vert. Le mobilier était passé de mode. Le tapis était encore en bon état, mais le soleil avait décoloré les tissus qui recouvraient les fauteuils. Emma s'approcha d'une fenêtre et écarta un rideau. Le spectacle qui s'offrait à elle était éblouissant. L'Océan étincelait sous le soleil. On distinguait, en contrebas, une étroite bande de jardin, puis une falaise tombant à pic au milieu des vagues écumantes et des roches grises.

— C'est d'une beauté à couper le souffle, n'est-ce pas ? dit Colin.

En l'entendant, Emma se retourna. Son mari se tenait sur le seuil de la chambre, habillé, un sourire tranquille aux lèvres.

— Comment allez-vous, ce matin ? demanda-t-elle.

— Mais parfaitement bien, fit-il d'un ton étonné, comme s'il ne s'était rien passé d'anormal pendant la nuit.

Il traversa la pièce pour ouvrir les rideaux, et la lumière du jour envahit la chambre.

— Cette vue vaut tous les tableaux, non ?

Il avait retrouvé ses manières policées. Emma ressentit une pointe de déception. À le voir, on aurait cru que les cauchemars n'avaient jamais existé. Pourtant, quand il la regarda, elle se rappela sa détresse de la nuit et se contenta de dire :

— C'est merveilleux.

Elle se pencha par la fenêtre et emplit ses poumons d'air marin.

— Comme il fait doux ! s'écria-t-elle.

— Prenez garde. Si vous tombez, on dira que je vous ai poussée, comme l'a fait, paraît-il, un de mes ancêtres.

— Il a poussé sa femme par la fenêtre ?

— Et épousé la fille d'un voisin, quelques semaines plus tard.

— L'ignoble individu ! s'indigna Emma. Si ç'avait été moi, mon fantôme serait revenu chasser la nouvelle femme de la maison.

— Eh bien, je dois avouer qu'elle n'avait pas froid aux yeux, elle non plus... répondit Colin, l'air malicieux.

— Vous voulez dire que vous avez vraiment un fantôme dans la maison ? De cette pauvre femme ?

— C'est ce qu'on raconte. Je ne l'ai jamais vu.

— Je le trouverai.

— Avant que vous ne partiez à sa recherche, il faut que je vous prévienne : quand sa fille eut quinze ans, jalouse de sa jeunesse et de sa beauté, elle l'aurait enfermée. Lorsque le père prit les choses en main et fit usage de la fenêtre, la pauvre enfant était mourante.

— Je n'en crois rien. Le mari aura raconté des boniments pour se justifier. Je suppose que la seconde femme était jeune et jolie ?

— Elle avait un an de plus que sa fille.

— Vous voyez ? s'exclama Emma, triomphante.

— Je vois que vous ne vous laissez pas facilement berner.

— En effet. Vous devrez inventer une histoire un peu plus convaincante, si vous voulez me tromper.

— Je m'en souviendrai, si jamais j'ai envie de changer de femme.

— Je vous le conseille, dit Emma en riant. Et je vous avertis aussi que vous aurez affaire à mon fantôme.

— Heureusement que je ne compte pas vous tromper !

— Y a-t-il d'autres membres peu recommandables dans votre famille ?

— Des tas ! Notre prospérité remonte à un douteux personnage qui aurait, dit-on, commis des assassinats pour le compte de Guillaume, duc de Normandie.

— C'est lui qui a construit cette maison ?

— Non, non. Elle a été construite beaucoup plus tard, lorsque la Couronne a eu besoin de bras pour chasser les pirates de la mer d'Irlande. Le roi a choisi le seigneur qui ressemblait le plus à l'ennemi et lui a donné cette terre.

— Et votre ancêtre a réussi ?

— Parfaitement. Il a terrifié les pirates, tout comme il terrifiait sa femme et ses enfants.

— Il semblerait que les mâles Wareham possèdent une fâcheuse propension à la tyrannie. Je me rends compte que j'ai pris un grand risque en vous épousant.

— En effet. Qui peut savoir si les tares familiales ne referont pas un jour surface, me poussant à quelque acte désespéré ?

— Je me tiendrai sur mes gardes, assura Emma. J'aimerais visiter le reste de la maison. Où se trouvait votre chambre quand vous étiez jeune ?

— À l'autre bout du château. Ma mère ne voulait pas entendre les enfants.

— Montrez-moi, insista-t-elle.

Colin balaya la pièce du regard et déclara :

— Cette chambre est dans un triste état. Ma mère n'aimait pas venir ici, et je n'y ai fait que de brèves visites depuis mon engagement. Je ne me suis guère occupé de cette pauvre maison, et ça se voit, ajouta-t-il en remarquant les tissus élimés. C'est indigne d'une jeune mariée.

— Il n'est pas trop tard pour y remédier. Et je vous préviens que j'ai décidé de changer ce papier. J'espère que vous ne tenez pas à ce rose.

— Ma mère disait qu'il avait la couleur d'une langue malade.

— Alors, pourquoi ne l'a-t-elle pas remplacé ? demanda Emma, partagée entre l'amusement et l'indignation.

— Elle ne se plaît qu'à Londres. Mais nous allons rénover tout ça.

— Oh, j'y ai déjà réfléchi ! Après le papier peint, je ferai installer de solides barreaux à ces fenêtres.

Il la regarda, étonné, puis éclata de rire.

Reddings, qui rangeait le cabinet de toilette, passa la tête par la porte, pour s'assurer qu'il ne s'était pas trompé. Il n'avait pas entendu ce son depuis si longtemps ! Oui, c'était bien le rire de son maître, qu'il avait cru disparu à jamais. Il sourit, satisfait.

Une fois habillée, Emma fit le tour de la maison avec Colin, tirant tous les rideaux pour laisser le soleil entrer à flots, proposant pour chaque pièce des coloris et des tissus nouveaux.

— Veniez-vous souvent ici pendant votre enfance ?

demanda-t-elle, lorsqu'ils arrivèrent au deuxième étage.

— L'été, en général. Et dès que j'avais des vacances. Mais, pour mes parents, Trevallan a toujours été un sujet de discorde. Mon père y aurait volontiers vécu la majeure partie de l'année, mais ma mère s'y ennuyait terriblement.

— Ça ne m'étonne pas d'elle, marmonna Emma.

— Comment ?

— Rien. C'est superbe en été.

— Pour un jeune garçon, c'est le paradis, renchérit-il, les yeux perdus au loin.

— Nous devrions y passer l'été. Et y séjourner aussi à d'autres moments.

— Vous êtes sûre, après seulement une nuit ?

— Oui.

— J'ai épousé une femme de décision, semble-t-il.

— Vous l'ignoriez ? J'ai aperçu des jardins, dit-elle à brûle-pourpoint. Venez, sortons.

Comme elle se dirigeait vers l'escalier, Colin la rattrapa par le bras.

— Nous allons d'abord à la salle à manger, annonça-t-il. Je veux mon petit déjeuner.

— Tyran !

— Je n'y peux rien, c'est héréditaire, répondit-il en l'entraînant.

En voyant son maître sourire à la nouvelle maîtresse, la jeune servante qui cirait la rampe d'escalier sourit à son tour.

— Que diriez-vous d'une promenade à cheval ? proposa Colin, tandis qu'ils dégustaient leur café, accompagné d'œufs, de pain frais et de miel.

— Je ne dois plus savoir monter. Cela fait des années...

— Pourquoi ?

Un nuage passa sur le visage d'Emma. Elle n'avait guère eu l'occasion de monter à cheval, alors qu'elle attendait dans de minables pensions de famille, en se demandant si son mari n'était pas en train de perdre leurs dernières livres autour d'une table de jeu.

Colin, maudissant sa maladresse, s'empressa d'ajouter :

— J'ai ici quelques chevaux qui s'engraissent dans le luxe. Allons jeter un coup d'œil.

— Je n'ai pas de tenue, objecta Emma.

— Le grenier regorge de malles pleines d'habits. Mme Trelawny vous trouvera bien quelque chose.

— Mais...

— Nous longerons la côte. Je vous montrerai les grottes musicales.

Intriguée par cette expression, Emma cessa de protester.

Une heure plus tard, elle était juchée sur une brave jument baie, dans une tenue d'équitation en velours noir qui sentait le moisi et datait du siècle précédent.

— J'ai l'air ridicule, se plaignit-elle.

— Pas du tout.

L'habit avait été coupé pour une jeune fille – peut-être même pour la grand-tante Célia – et il était un peu étroit pour Emma, moulant toutes les courbes que ses vêtements habituels ne faisaient que suggérer.

— Venez, dit Colin, ému par ses seins que soulevait chaque inspiration.

Il dirigea son cheval vers la grille. Sa monture n'était pas à la hauteur de ses talents de cavalier, mais cela valait mieux, songea-t-il en s'engageant sur le sentier de la falaise. Un cheval fougueux aurait pu effrayer la jument et provoquer un accident.

Il se retourna pour l'observer. Elle avait une bonne assiette et tenait ses rênes d'une main légère. Peut-être regardait-elle trop la mer moutonneuse qui s'étalait en contrebas, et pas assez la piste, mais la jument connaissait le chemin et ne trébucherait pas. Rassuré, il accéléra l'allure.

Emma le suivit. La beauté du paysage lui fit oublier la gêne provoquée par l'indécence de sa tenue. Le sentier serpentait sur la crête, révélant derrière chaque rocher une vue à couper le souffle. Bien qu'elle ne fût pas montée à cheval depuis plusieurs années, elle se sentait déjà parfaitement à l'aise sur sa jument.

— On galope ? suggéra Colin, comme le sentier se prolongeait en ligne droite.

Emma sourit, talonna sa jument et le dépassa. Avec une exclamation étonnée, Colin la pourchassa, et ils martelèrent le chemin sablonneux, cheveux au vent.

Penchée sur l'encolure de sa monture, Emma entendit craquer les coutures de ses manches. Elle aurait dû proposer à Colin de rentrer, songea-t-elle, mais elle n'en avait aucune envie. Aussi continua-t-elle à pousser sa jument.

Après avoir contourné la baie, ils s'arrêtèrent sur un cap éloigné, où les vagues explosaient en geysers.

— Magnifique ! s'écria Emma en écartant les bras, de sorte que les manches se décousirent davantage.

— Cet habit n'est pas un succès, fit Colin.

— Il doit être plus vieux que ne l'a dit Mme Trelawny. Le fil ne tient plus.

— En effet. On rentre ? proposa-t-il, troublé par la vue de sa peau blanche à travers les trous du tissu.

— Déjà ? Et les grottes musicales ? Vous m'aviez promis !

— C'est vrai. Mais le temps se gâte. Je ne l'avais pas remarqué tout à l'heure. Il y a si longtemps que je ne suis pas venu ici que j'ai perdu mon instinct d'autrefois.

Suivant du regard la direction qu'il indiquait, Emma aperçut des nuages à l'horizon.

— Ils sont à des kilomètres, protesta-t-elle.

— Sur la mer, l'orage arrive vite.

— Oh, allez! fit Emma, grisée par la course et l'air marin.

Talonnant à nouveau sa monture, elle s'élança sur le chemin.

Tout en sachant qu'il aurait dû insister pour rentrer, Colin, gagné par la gaieté d'Emma, éperonna son cheval. Ils galopèrent côte à côte, jusqu'à ce que le sentier devienne trop sinueux pour qu'ils puissent conserver cette allure.

— Où sont ces grottes? demanda-t-elle, les joues rougies par l'effort, les yeux brillant de bonheur.

Une mèche de ses cheveux s'était détachée de son chignon, formant une boucle sur sa tempe. Ébloui par sa beauté, Colin ne répondit pas tout de suite.

— Un peu plus loin, dit-il enfin. Dans la baie suivante. Mais regardez...

Il lui montra les nuages, qui couvraient à présent un tiers du ciel.

Il avait raison, l'orage arrivait. Mais Emma prenait trop de plaisir à cette liberté retrouvée pour accepter de rebrousser chemin.

— Nous n'avons qu'à nous abriter dans les grottes en attendant qu'il soit passé, suggéra-t-elle, avant de repartir au trot.

Le sentier tortueux ralentissait toujours leur course. En voyant les nuages envahir le ciel, Emma comprit qu'elle avait été trop optimiste. Jamais ils n'atteindraient la grotte avant la pluie. Elle se tournait vers Colin pour admettre son erreur quand les premières gouttes commencèrent à tomber. En quelques secondes, une pluie diluvienne s'abattit sur eux. Haletante, Emma pencha la tête en avant pour se protéger les yeux et la bouche.

— Donnez-moi vos rênes, cria Colin en se plaçant à sa hauteur.

Conduisant la jument sur le sentier transformé en ruisseau, il se dirigea vers le dernier cap.

Emma restait courbée sous la pluie. L'orage était trop violent pour la vieille tenue d'équitation. Toutes les coutures craquaient, et le corsage tombait littéralement en lambeaux. Empoignant le tissu, elle essaya de le maintenir contre sa poitrine mais, au même moment, la taille s'affaissa sur ses hanches. Des trombes d'eau battaient ses épaules nues, et elle se mit à frissonner.

La pluie était si dense que Colin voyait à peine le chemin. Mais il le connaissait depuis toujours, aussi trouva-t-il sans difficulté le sentier étroit qui menait en zigzaguant au rivage. La main en visière, il scruta les rochers, cherchant l'entrée. Dès qu'il l'aperçut, il poussa sa monture et entra sous l'arche en pierre, traînant la jument derrière lui.

Quel soulagement ! Après le tambourinement de la pluie, ils se retrouvaient dans un endroit sec et silencieux. À quelques pas derrière eux, le déluge continuait. Mais, bien que trempés jusqu'aux os, ils étaient à l'abri. Colin se tourna vers Emma, qui tirait vainement sur les vestiges de son corsage.

— Ma pauvre Emma ! dit-il.

Les coutures et le tissu cédaient de toutes parts. Colin mit pied à terre et vint l'aider à descendre de cheval. Achevant de se désintégrer, la tenue d'équitation tomba en tas sur le sol rocheux, laissant Emma dans sa seule chemise ruisselante et presque transparente.

— Emma, fit Colin d'une voix altérée.

Elle croisa son regard brûlant et s'empourpra.

Il était comme hypnotisé, incapable de détacher ses yeux d'elle. Avec ses cheveux qui lui tombaient sur les épaules, sa peau nacrée qui brillait sous sa chemise, elle ressemblait à une nymphe sortie de la mer.

Transie, elle frissonna et croisa les bras sur sa poitrine.

— Vous avez froid, dit-il en s'obligeant à détourner les yeux. Je vais allumer un feu, pour que nous puissions faire sécher nos habits.

— Comment comptez-vous procéder ? demanda-t-elle. Je ne vois que du sable et de la pierre par ici.

— Avec du silex, de l'acier et du bois. Il y en a dans cette crevasse, ajouta-t-il en désignant le fond de la grotte.

Emma alla examiner les éclats de bois gris qui y étaient entassés.

— Ça vient de la mer ?

— Oui, répondit Colin en s'approchant.

S'arrachant à nouveau à la contemplation d'Emma, il prit du bois et l'empila au milieu de la grotte, puis il sortit son couteau pour en faire un tas de copeaux. Quand elle s'agenouilla à côté de lui, tirant sa chemise sur ses cuisses, il faillit se couper. Ses mains tremblaient tandis qu'il frottait le silex contre la lame en acier, pour produire des étincelles et allumer le petit-bois. Bientôt, des flammes s'enroulèrent autour des morceaux de bois. Colin se leva et s'écarta.

— Nous ne réussirons pas à tout faire sécher, dit-il. Mais nous pouvons nous débrouiller pour rentrer honorablement à la maison.

— La tenue d'équitation est fichue, protesta Emma.

— Vous mettrez ma veste. Et nous combinerons quelque chose avec la jupe.

— Votre veste aussi est trempée.

— C'est vrai. Si nous voulons que ça sèche, il faut tout suspendre au-dessus du feu.

— Tout ? répéta-t-elle, alarmée.

— Le plus de choses possible, répondit-il après un instant d'hésitation.

Il commença à se déshabiller. Emma baissa les

yeux, mais elle ne résista pas longtemps à l'envie de l'observer. Se servant des bouts de bois les plus longs, Colin étendait ses vêtements devant les flammes. Il ne portait plus que sa culotte d'équitation mouillée, qui moulait ses longues cuisses.

Emma était fascinée par ses épaules nues et ses bras musclés. Il y avait quelque chose de profondément excitant dans la puissance de ses mains, dans la grâce de son corps athlétique. Tout en lui évoquait la force contrôlée. Une cicatrice lui barrait la cage thoracique. Un souvenir de guerre, songea-t-elle, émue.

— Voilà, dit-il en se tournant vers elle. Ça devrait faire...

À la vue d'Emma, toute rougissante, il s'interrompit. Son expression le troubla tellement qu'il faillit la coucher sur le sol rocheux, pour la posséder sans plus attendre.

Ils restèrent pétrifiés, à se regarder comme s'ils ne pouvaient se rassasier l'un de l'autre. Un petit vent humide, chargé d'odeurs de pin et de mer, vint caresser langoureusement leurs peaux.

— Vous ressemblez à une de ces sirènes qui affolent les hommes, chuchota-t-il enfin.

— Et vous, alors ? Quel genre de créature êtes-vous ?

Une mouette piailla. En l'entendant, l'un des chevaux hennit. L'autre s'ébroua bruyamment. Emma sursauta. Le charme était rompu.

— Que... que peuvent-ils bien penser de tout ça ? demanda-t-elle, désignant les animaux qui masquaient l'entrée de la grotte.

Colin se ressaisit et se passa la main sur le visage.

— Ils doivent s'inquiéter, à Trevallan, déclara-t-il. Je ne sais pas combien de temps va durer cette pluie. Nous ferions peut-être mieux de rentrer quand même.

Emma ne protesta pas. Elle aspirait à retrouver l'atmosphère apaisante de Trevallan. S'approchant du tas de velours trempé, elle prit sa jupe.

Lorsqu'ils furent prêts à partir, la pluie avait un peu faibli. Mais le baron St. Mawr et la nouvelle baronne arrivèrent dans un triste état à leur château. Les cheveux en désordre, Emma portait une veste d'homme beaucoup trop grande pour elle et une jupe en velours ruisselante qui menaçait de lui fausser compagnie à tout moment. Colin arborait une chemise mouillée et une culotte qui semblait avoir considérablement rétréci. Quant à sa cravate, elle avait disparu.

— Seigneur ! dit la gouvernante au valet de chambre du baron. Croyez-vous qu'il va me reprocher d'avoir donné cet habit à son épouse ? Quand je l'ai sorti, il avait l'air bien.

Reddings considéra Colin, qu'il côtoyait depuis plus de dix ans et qu'il avait vu dans toutes sortes de circonstances, puis la nouvelle maîtresse, qu'il observait avec intérêt dès qu'il en avait l'occasion.

— Je ne crois pas qu'ils se soucient le moins du monde de la tenue d'équitation, répliqua-t-il sèchement.

Mme Trelawny lui lança un regard peu amène et s'empressa d'aller aider Emma.

— Dommage que votre femme de chambre ne soit pas venue avec vous, madame la baronne, dit-elle.

Emma gloussa. Ferik aurait voulu l'accompagner, mais elle l'avait jugé trop encombrant pour un voyage de noces.

— Vous avez besoin d'un bon bain chaud, décréta la gouvernante.

Elle envoya deux servantes chercher de l'eau chaude, avant de pousser Emma vers l'escalier.

Lorsque Colin et Emma descendirent dîner, quelques heures plus tard, ils étaient l'un et l'autre convenablement vêtus. Ils prirent place à table et goûtèrent aux différents plats qui leur étaient présentés. Ils mangèrent peu, mais suffisamment pour ne pas alarmer les cuisines.

Malheureusement, la conversation languissait. Quand l'un d'eux hasardait une remarque inoffensive et que l'autre levait la tête pour répondre, un silence lourd s'abattait sur eux dès que leurs yeux se croisaient. Ils détournaient alors vivement la tête et se replongeaient dans leurs pensées.

— Ils ont l'air fatigués, conclut un laquais en rapportant un plateau à la cuisine.

— Ils ont dû attraper froid, répliqua la cuisinière. Des heures sous la pluie ! Je vais leur préparer un bon grog.

Lorsque Emma sortit de table et passa devant le laquais qui lui tenait la porte, elle ne sut que faire. Elle n'avait pas envie de rester seule dans l'immense salon. Par ailleurs, il lui paraissait stupide, alors qu'ils n'étaient que tous les deux, de sacrifier aux conventions, qui voulaient que la femme se retire pendant que l'homme buvait son porto. À dire vrai, elle était extrêmement nerveuse.

Elle monta chercher un châle et sortit prendre l'air sur la terrasse. Le ciel s'était dégagé et les dalles étaient sèches. C'était l'endroit idéal pour se promener et réfléchir, mais elle ne pouvait chasser de son esprit la vision de Colin dans la grotte. Elle s'imaginait même caressant les muscles de son bras. Le souvenir de ses baisers illuminait la scène, et son propre désir la scandalisait.

De telles émotions étaient dangereuses. Elles brouillaient la raison, déformaient la réalité et poussaient à l'erreur. Ne l'avait-elle pas appris à ses dépens ? Pourtant, la situation actuelle était complètement différente, d'autant que ce genre de sentiments ne faisait pas partie du marché. Colin avait parlé de camaraderie, se rappela-t-elle. De plus, il ne semblait pas pressé de partager sa couche.

Emma pivota sur elle-même et traversa la terrasse dans l'autre sens. Lorsqu'il l'avait regardée aujourd'hui, ce n'était pas de la camaraderie qu'elle avait lue dans ses yeux, mais quelque chose de beaucoup plus violent, quelque chose qui la troublait profondément. Pourtant, il ne faisait rien.

Elle pressa le pas. Une petite voix lui disait qu'elle n'était pas tirée d'affaire.

Assis dans la salle à manger, devant son deuxième verre de porto, Colin était nerveux, lui aussi. Il pensait à la peau nacrée d'Emma et à ses seins, ronds et fermes sous sa chemise mouillée. Il songeait aux courbes de ses hanches et imaginait le plaisir qu'il aurait à les caresser. Incapable de détacher son esprit de ces images, il se sentait de plus en plus mal à l'aise.

En épousant Emma, il avait cru s'éviter les égarements de la passion. Ils étaient tous les deux adultes et sans illusions. Et voilà qu'il était tourmenté par des visions inopportunes de sa femme.

Il jura et but une autre gorgée. Ce long voyage avait trop retardé la chose, lui donnant plus d'importance que nécessaire. Il fallait faire le premier pas, puis tout rentrerait dans l'ordre. Il vida son verre et se leva.

— Parfait, dit-il à haute voix.

Elle n'était pas dans le salon ni dans le bureau. Sa chambre était vide, de même que la pièce qui servait traditionnellement de boudoir à la dame de Trevallan. Ne trouvant personne dans la bibliothèque, Colin commença à s'énerver. Où diable pouvait-elle être ?

Il regarda dans le petit salon, le salon bleu et le billard. Il allait perdre patience quand il rencontra un laquais dans le vestibule.

— Avez-vous vu Mme la baronne ? lui demanda-t-il.

— Je... je crois qu'elle est sur la terrasse, monsieur le baron.

— La terrasse, répéta-t-il. J'aurais dû y penser.

Lorsqu'il franchit la porte vitrée, Emma sursauta, mais Colin n'était plus en état de remarquer ce genre de détail.

— Il est tard, déclara-t-il sans préambule. Montons nous coucher.

— Comment ?

— J'ai dit...

— Je vous ai entendu.

Comme il s'approchait, Emma recula d'un pas.

En deux enjambées, il fut à côté d'elle et la prit par les épaules, l'obligeant à s'immobiliser. Il vit, reflétés dans ses yeux, ses propres souvenirs de la journée. Pas plus que lui, elle ne pouvait les oublier. Se penchant vers elle, il s'empara de sa bouche dans un baiser passionné. D'abord mal à l'aise, Emma ne tarda pas à répondre à son ardeur. Enivré, Colin laissa ses mains descendre sur ses épaules, s'attarder sur ses seins, puis il passa un bras autour de sa taille et l'attira à lui. Tout sembla s'évanouir autour d'eux. Plus rien au monde n'existait que ce baiser.

— Venez, dit-il enfin, l'entraînant vers l'escalier.

Une fois dans la chambre, il l'embrassa de nouveau, avant de couvrir de baisers ses épaules et son décolleté.

— Oh, souffla-t-elle.

Elle était merveilleusement belle, avec ses yeux bleus voilés par la passion. Déboutonnant en hâte le dos de sa robe, il fit glisser le vêtement le long de ses épaules, de ses bras, de ses hanches, puis l'abandonna en tas autour de ses pieds nus. Pour la deuxième fois de la journée, Emma se retrouva vêtue de sa seule chemise.

Colin se débarrassa de sa veste. Cravate, bottes et chemise suivirent le même chemin. Saisissant la chemise de sa femme par l'ourlet, il la remonta lentement, effleurant ses cuisses, ses hanches, sa taille, ses seins.

Emma, bouleversée, poussa une exclamation où se mêlaient plaisir et protestation.

Il jeta le vêtement derrière lui et contempla sa femme nue devant lui, sa peau dorée par les flammes des bougies.

— Seigneur, murmura-t-il, ébloui.

Sans réfléchir, il prit un de ses seins dans le creux de sa main et le caressa. Sans la lâcher, il la poussa vers le lit. Quand il posa la bouche sur son sein et effleura le mamelon du bout de la langue, elle cria de plaisir.

Ne pouvant supporter d'être comprimé plus longtemps, il ôta son pantalon. Quand il se retourna, nu, Emma le regarda, fascinée par le spectacle de sa virilité. Il la rejoignit sur le lit et l'embrassa, tout en se délectant de la douceur de son ventre et des courbes délicieuses de ses seins.

Sentant le désir monter en elle, Colin glissa une main entre ses cuisses et commença à explorer tendrement son intimité. Emma s'agrippa à ses épaules musclées, prête à défaillir. Jamais elle n'aurait cru cela possible.

Colin était fou de désir. La respiration haletante d'Emma, sa réaction à ses caresses affolaient ses sens exacerbés.

Fou de désir, il se souleva au-dessus d'elle, la caressant toujours. Sous l'intensité du plaisir, Emma avait l'impression de perdre la raison. Mais elle savait aussi qu'elle mourrait s'il cessait de la toucher.

Se hissant sur les coudes, il déposa de brefs baisers sur son cou et son épaule.

— Ne t'arrête pas, supplia-t-elle en s'accrochant à ses bras.

— Seulement une seconde, dit-il, avant de plonger en elle.

Comme il allait et venait en elle, une nouvelle vague de sensations, toujours plus intenses, submergea Emma. Soudain, un torrent de feu sembla s'emparer de chacune de ses cellules. Elle poussa un cri et enfonça les ongles dans le dos de Colin, comme une femme qui se noie. Alors, il cria à son tour et s'effondra dans ses bras.

Ils restèrent un moment immobiles, le cœur battant. L'air qui entrait par la fenêtre rafraîchissait leurs corps moites. Dehors, le trille d'une grive déchira le silence de la nuit.

— Je ne m'en doutais pas, dit-elle.

— De quoi ?

— Que le mariage pouvait être aussi... excitant.

— Ce n'est pas à moi que tu étais mariée, répondit-il en lui adressant un sourire victorieux.

Ce lieu était magique, se disait Emma. Seule parmi les fleurs du jardin de Trevallan, elle regardait le soleil sombrer au-delà des falaises dans un flamboiement orange. Le murmure des vagues, les odeurs de pin et de sel, les bleus, les verts et les gris du paysage donnaient au domaine un charme particulier. C'était la plus belle saison de l'année, et elle trouvait dommage de devoir bientôt regagner Londres.

Elle entendit des pas sur le gravier derrière elle et reconnut la démarche de Colin.

— Et si nous restions ? demanda-t-elle sans se retourner.

— Nous raterions la fin de la saison, répliqua-t-il.

Il s'arrêta à ses côtés et contempla avec elle le coucher de soleil.

— Ma mère a prévu un bal en notre honneur, ajouta-t-il.

Il fallait qu'ils rentrent. Disparaître en Cornouailles tout de suite après le mariage ferait jaser plus encore que cette alliance si peu conventionnelle. On croirait qu'il avait honte de son choix ou que sa femme n'était pas présentable. On répandrait des bruits scandaleux, pour le plus grand plaisir de la bonne société.

Colin observa Emma, ravissante dans sa robe en mousseline bleu pâle ornée de nœuds d'un ton plus foncé. Par-dessus tout, il voulait la protéger. Elle avait beaucoup souffert, mais il pouvait lui rendre son rire et sa gaieté. Et le monde devrait lui offrir réparation pour ses années d'exil.

Emma mit la réaction de Colin sur le compte de la politesse. En réalité, il avait sûrement hâte de retrouver Londres. Au début, elle avait cru que la passion qu'il avait manifestée durant la nuit qui avait suivi leur chevauchée sous la pluie changerait leur relation. Jamais elle n'avait connu quelque chose de semblable, et il lui avait semblé qu'une ère nouvelle s'ouvrait devant elle. Mais, le lendemain matin, Colin était redevenu poli, prévenant, amusant, et n'avait fait aucune allusion à leur intimité. Il avait agi comme si rien d'important ne s'était passé.

Pendant leur séjour en Cornouailles, il l'avait emmenée dans de longues chevauchées, lui avait montré le pays, l'avait présentée aux voisins. Chaque nuit, il la rejoignait dans sa chambre et l'enivrait de ses caresses, puis il regagnait son lit, où ses cauchemars ne tardaient pas à le rattraper. Emma continuait à l'entendre crier.

La jeune femme soupira. Elle ne le comprenait pas, mais savait qu'ils devaient donner au monde l'image d'une tranquille harmonie. C'était peut-être ce en quoi consistait leur marché : ne jamais évoquer le dessous des choses. Cela expliquait sans doute pourquoi il n'avait pas voulu d'une oie blanche qui se serait crue éperdument amoureuse. Si jamais elle éprouvait ce genre de sentiments, il vaudrait mieux les dissimuler.

Colin ne souhaitait manifestement pas rester seul ici avec elle, songea-t-elle. Il avait sûrement beaucoup d'amis à voir en ville. Quant à elle, il faudrait qu'elle se trouve des activités.

— Bien sûr, d'autant que je dois commander des papiers peints et des tissus pour Trevallan, dit-elle avec une gaieté forcée. Et aussi quelques tapis.

— Je vous laisse carte blanche, déclara Colin avec un sourire.

— Prenez garde. Ne craignez-vous pas que je fasse des dépenses inconsidérées ?

— Pas le moins du monde.

— Vous me croyez donc économe ?

— Je crois que vous avez trop bon goût pour sombrer dans l'excès. Vous achèterez exactement ce qu'il faut pour réaménager la maison, et je pense pouvoir payer.

— Je vois là une flatterie destinée à modérer mes dépenses, fit Emma en riant.

— Pas le moins du monde.

— Tant mieux. Parce que je compte aller dans les boutiques les plus chères de la ville et choisir ce qu'il y a de plus beau.

Colin sourit, puis il se rappela ce qu'Emma lui avait raconté de sa vie passée, des privations qu'elle avait endurées, et répondit d'un ton pressant :

— Ne vous inquiétez pas. Je donnerai l'ordre à mes banquiers d'honorer toutes les factures qui leur seront présentées.

Quelque chose dans la voix de Colin alerta Emma. Vaguement mal à l'aise, elle se tourna vers la mer, assombrie par la disparition du soleil. Le ciel d'un bleu profond était parsemé d'étoiles. Comme elle aurait aimé vivre au milieu de tant de beauté ! pensa-t-elle. Puis, secouant la tête, elle reprit ses esprits.

— Rentrons, dit-elle. Mme Trelawny nous attend pour servir le dîner.

7

Couverte de boue, tirée par un attelage fatigué, la voiture des Wareham tressauta sur les pavés de Londres avant de s'arrêter devant la résidence du baron St Mawr. Engourdie par des jours de voyage et épuisée par les cahots, Emma vacilla en descendant de la voiture. Le temps s'était gâté au cours du voyage. Une pluie froide et continue s'était mise à tomber, transformant les routes en marécages et ralentissant considérablement leur allure. L'humeur générale n'avait cessé de se détériorer, et il y avait eu des altercations entre le cocher, Reddings, les laquais et l'escorte. Tout le monde était manifestement soulagé d'être arrivé. Quant à Emma, elle avait hâte de prendre un bain, de boire une tasse de thé bien chaud et de retrouver un lit propre et douillet.

La porte d'entrée s'ouvrit, révélant une haute silhouette dont le visage semblait sculpté dans le granit. Emma fouilla sa mémoire pour se rappeler le nom du majordome de St Mawr. Clinton, peut-être, se dit-elle.

Elle ne s'était pas trompée : Colin le salua par ce nom, et elle l'imita.

— Tout est en ordre ? ajouta Colin.

Sans attendre la réponse, il entra. Emma le suivit à l'intérieur.

— Pas exactement, monsieur le baron, avoua Clinton, tandis que la voiture contournait la maison avec fracas et que la grande porte se refermait derrière eux.

Colin n'entendit pas, mais les paroles du majordome alarmèrent Emma.

— Que s'est-il passé ? demanda-t-elle.

Soudain, un cri terrifié monta des sous-sols et résonna dans le vestibule, telle une sonnerie de clairon.

— Qu'est-ce que c'est ? s'enquit Colin.

Clinton ne parut pas surpris, mais son visage se figea davantage, remarqua Emma avec inquiétude. Elle avait un mauvais pressentiment.

— Ce doit être Nancy, monsieur le baron.

— Nancy ? Qui diable est Nancy ? fit Colin, agacé.

— La deuxième femme de chambre, monsieur le baron, répondit Clinton d'une voix sépulcrale.

— La... commença Colin.

Il fixa son majordome d'un regard qui avait fait flancher plus d'un fantassin et ajouta :

— Qu'est-ce qui lui prend ?

Avant que Clinton ait pu répondre, un deuxième cri retentit, s'achevant en une sorte de gargouillement qu'Emma interpréta comme un gloussement. Son pressentiment se précisa. Elle craignait fort de connaître la cause de ces bruits peu orthodoxes.

— Nancy est très impressionnable, dit le majordome.

— De toute évidence, rétorqua Colin.

— Elle ne peut contenir son... enthousiasme devant les histoires que raconte M. Ferik.

— Mon Dieu ! s'exclama Emma.

Clinton venait de confirmer ses soupçons.

— Je lui ai suggéré de s'abstenir de distraire les membres les plus jeunes du personnel avec ses... euh... souvenirs, poursuivit Clinton. Ils ne me paraissent pas convenir à une maison telle que la nôtre, monsieur le baron. Mais il n'a pas choisi de suivre mon conseil.

— Mon Dieu ! répéta Emma.

— Et je dois avouer que certains valets l'encouragent, monsieur le baron. En sa présence, ils semblent oublier tout ce qu'ils ont appris ici.

Son visage était totalement inexpressif, son ton glacial, mais Emma crut discerner une étincelle de colère au fond de ses yeux pâles.

— Je vais m'en occuper, promit-elle.

— M. Ferik a dit qu'il ne recevait d'ordres que de vous, madame la baronne, déclara Clinton sans la regarder.

— Je suis désolée, Clinton, répondit-elle. J'ai expliqué à Ferik le fonctionnement de la maison, mais il ne...

Tandis qu'elle cherchait ses mots, le majordome continuait à fixer le mur opposé. De son côté, Colin s'impatientait.

— Je vais lui parler, conclut Emma, oubliant sa fatigue.

— Oui, madame la baronne. Merci, madame la baronne, dit Clinton, aussi raide qu'une figure de cire.

Emma soupira. Elle s'était doutée que l'adaptation serait difficile, mais avait espéré que la paix domestique ne serait pas troublée. Résignée, elle se dirigea vers l'escalier de service et descendit au sous-sol. En approchant de la cuisine, elle entendit les modulations cadencées de la voix profonde de Ferik.

— Et il me poursuivait dans les rues, un grand couperet à la main.

— Oh ! s'écria une femme. Pourquoi faisait-il cela ?

— Il était très en colère, répondit Ferik.

— Je veux bien le croire, dit un laquais.

— Or, voyez-vous, pour vous punir, on vous faisait eunuque.

Il y eut un bref silence.

— Qu'est-ce qu'un eunik ? demanda la femme.

— Le cheval Riley est un eunuque, expliqua Ferik après réflexion.

L'assemblée ricana. D'après le volume des rires, Emma comprit que son domestique avait attiré un large public.

— Vous voulez dire qu'on coupe... s'écria Nancy, à la fois ravie et terrifiée.

Emma devinait le lent hochement de tête de Ferik.
— Alors, j'ai couru comme le vent.
— De quoi donner des ailes à un homme ! approuva un laquais. Un couperet ! Pitié, Seigneur !
— Votre Seigneur est incapable de pitié, décréta Ferik.
— Vous blasphémez, accusa une voix d'homme.
Il était temps d'intervenir. Emma ouvrit la porte et entra dans la cuisine. Assis dans un fauteuil en bois, les mains sur les genoux, Ferik ressemblait à une idole géante. Deux servantes, trois laquais et la fille de cuisine le regardaient, extasiés. Lorsqu'ils aperçurent leur nouvelle maîtresse, tous se levèrent. La fille de cuisine baissa la tête et s'esquiva, tandis que les autres s'inclinaient ou faisaient une révérence. Ferik se redressa, un immense sourire éclairant son visage.
— Maîtresse ! Grâce au Ciel, vous êtes bien rentrée ! s'exclama-t-il.
Il était convaincu que, sans lui, elle serait assassinée en route.
— Oui, Ferik. J'ai à te parler, déclara-t-elle d'un ton sévère.
— Bien sûr, maîtresse, dit-il en éloignant les autres domestiques d'un geste royal. Prenez ce fauteuil, proposa-t-il, offrant celui dans lequel il était assis.
Emma secoua la tête.
— Ferik, je croyais t'avoir expliqué très clairement que M. Clinton dirigeait tout le personnel.
— Bien sûr, maîtresse, répondit le géant en ouvrant de grands yeux candides.
— Tu dois accepter les habitudes de la maison. Il ne faut pas le contrarier.
Ferik croisa les bras sur sa large poitrine.
— Je suis très poli avec M. Clinton, protesta-t-il, profondément blessé. Bien que ce soit un...
— Ferik !

Elle imaginait sans peine quelle attitude il avait adoptée durant son absence. Il avait feint de se soumettre, tout en sapant l'autorité de Clinton par une multitude de moyens subtils.

— Tu ne dois pas empêcher les autres domestiques de travailler...

— Moi, maîtresse ?

— ... comme tu le faisais quand je suis entrée.

— Quelques minutes dans la journée. Une petite détente, dit-il.

Il espérait former des alliances, Emma le savait, et se délectait de l'admiration que lui manifestaient les autres.

— Plus de réminiscences, ordonna-t-elle.

— Rémin... Je ne connais pas ce mot.

— Plus d'histoires, expliqua-t-elle.

— Mais ils prennent tant de plaisir à...

— Et cesse de conspirer, Ferik.

Il ouvrit les mains en signe d'impuissance et écarquilla les yeux, offrant l'image même de l'innocence.

— En Angleterre, les choses ne se passent pas comme ça, poursuivit Emma.

Se rappelant certaines des histoires qu'il lui avait racontées, elle blêmit et ajouta avec fermeté :

— Et tu ne dois rien mettre dans la nourriture de M. Clinton. Ni dans celle de personne. Tu comprends, Ferik ?

— Je n'ai pas besoin de me servir de poison, dit-il, l'air hautain.

— Tant mieux.

— Je peux devenir le chef de cette maison sans utiliser de tels...

— C'est M. Clinton qui commande, insista Emma. Et il continuera à le faire. Il vit avec M. le baron depuis des années et des années.

— Clinton a les faveurs du seigneur, votre mari ? demanda-t-il en fronçant les sourcils.

— Oui, dit Emma, qui trouvait son regard inquiétant

— Ça fait longtemps que M. Clinton est à son service ?

Elle acquiesça.

— Depuis que le seigneur était jeune ?

— Je ne sais pas très bien. Je crois.

— Ah ! fit Ferik en hochant la tête, comme s'il venait d'élucider un problème compliqué.

— Alors, tu as compris ce que je t'ai dit ?

— Oui, répondit-il en souriant.

Emma n'aimait pas du tout son expression.

— Et tu ne raconteras plus d'histoires ? reprit Emma.

— Non, maîtresse. Je suis à vos ordres, assura-t-il en s'inclinant, une main sur la poitrine.

Encore fallait-il donner les bons ordres. Pour Ferik, tout ce qui n'était pas formellement interdit était permis.

— Je te répète que tu dois te conformer aux règles de cette maison, ajouta-t-elle.

— Me conformer, maîtresse ?

— Suivre les règles, obéir.

— Ah ! Je fais de mon mieux. Mais il y a toujours quelque chose qui ne va pas.

Son pays possédait un tout autre code de conduite, songea Emma avec un certain remords. Elle ne pouvait pas demander à Ferik de respecter d'emblée les coutumes anglaises.

— Si tu ne comprends pas quelque chose, viens m'en parler, dit-elle.

— Oui, maîtresse. Merci. Il y a une chose qui me tracasse.

— Laquelle ?

— John, le laquais, raconte qu'il est sur le point de "vaincre les défenses de Nancy". Pouvez-vous m'expliquer le sens de cette expression ?

— Eh bien...

— Je crains que cela implique un acte honteux, précisa Ferik.

— Euh...

— J'aime bien John. Et je regretterais beaucoup d'avoir à le tuer.

— Le tuer !

— Pour défendre l'honneur de votre maison, maîtresse.

— Oh… soupira Emma, un peu découragée.

Les choses étaient plus simples quand elle n'avait pas de personnel. Ferik et elle faisaient bon ménage. Il croisait les bras et foudroyait du regard ceux qui ne la traitaient pas avec respect, et les importuns disparaissaient. Mais M. Clinton n'allait pas disparaître, John et Nancy non plus.

— Tu ne tueras personne, dit-elle d'un ton ferme. Je te l'interdis.

— Mais...

— Absolument, Ferik. Chasse cette idée de ton esprit. De toute façon, l'honneur de la maison relève de ma responsabilité.

— En Angleterre, c'est la maîtresse qui veille à l'honneur de ses femmes ? s'étonna-t-il.

Emma acquiesça.

— Mais vous ne pouvez pas vous battre, maîtresse. Comment punirez-vous les hommes qui essaient de violer vos servantes ?

— Il y a des lois pour cela. En tout cas, Ferik, ce n'est pas ton affaire. Tu as compris ?

— Il y a beaucoup de lois en Angleterre. Je ne vois pas comment vous arrivez à toutes vous les rappeler, répondit-il en secouant la tête.

— On nous les enseigne, mentit Emma. Tu ne dois rien entreprendre sans me consulter. Promets-le-moi, Ferik.

Le géant poussa un soupir à fendre l'âme.

— C'est très bizarre, maîtresse. Ne vous ai-je pas bien protégée, pendant notre voyage jusqu'ici ?

Elle n'aurait jamais réussi à s'en sortir sans lui, se dit Emma. Et elle lui en était infiniment reconnaissante.

— Très bien, en effet, admit-elle.

— Mais vous n'avez plus besoin de moi, maintenant. Vous avez votre seigneur et ses domestiques pour vous protéger.

— Tu seras toujours mon compagnon et mon protecteur.

Le visage de Ferik s'éclaira.

— Mais tu dois faire ce que je te dis, s'empressa-t-elle d'ajouter. Je ne veux plus entendre parler de meurtre.

— Bien sûr, maîtresse. Je suis à vos ordres, déclara-t-il en s'inclinant à nouveau.

— Et tu dois écouter M. Clinton et lui obéir.

— Oui, maîtresse, acquiesça Ferik avec un sourire serein.

Emma le regarda attentivement. Il avait répondu avec une désinvolture étonnante. Elle aurait juré qu'il manigançait encore quelque chose.

— M. Clinton dirige la maison, répéta-t-elle.

— Vous l'avez déjà dit.

— Et tu es d'accord ? insista-t-elle.

— Bien sûr, maîtresse.

Bien qu'elle ne fût pas du tout rassurée par l'éclat de ses yeux noirs, Emma ne trouva rien d'autre à interdire. En montant les marches, elle décida de tenir Ferik à l'œil. Mais, sachant que c'était presque impossible, elle soupira.

Au moins, il ne tenterait rien dans l'immédiat. Elle pouvait tranquillement boire son thé et s'étendre sur son lit. Elle avait l'impression de sentir déjà les oreillers sous sa tête douloureuse, les draps frais sur sa peau, ses membres qui se détendaient enfin...

Clinton l'attendait dans le vestibule.

— Vous avez une visite, madame la baronne, annonça-t-il.

— Maintenant ? fit Emma, consternée.

— J'ai dit à ce jeune homme que vous veniez de rentrer et que vous deviez être fatiguée, mais il a beaucoup insisté.

— Un jeune homme ?

— Votre frère, j'imagine, madame la baronne, répondit-il en lui tendant une carte de visite.

Emma jeta un bref coup d'œil à la carte de Robin et soupira de nouveau.

— Il semble assez agité, ajouta Clinton.

— Il est dans le salon ? demanda-t-elle.

— Oui, madame la baronne.

— Très bien. Merci, Clinton.

Emma prit une profonde inspiration. Elle tenait à se rapprocher de son frère, mais le jour était mal choisi.

Debout devant la cheminée, Robin repoussait une braise du bout de sa botte parfaitement cirée. Il devenait un vrai dandy, songea Emma en remarquant les épaulettes de sa veste, son nœud de cravate compliqué et son gilet à rayures jaunes et orange. Il n'avait pas besoin de tout cela pour être séduisant.

— Bonsoir, Robin, dit-elle en entrant dans la pièce.

Il se retourna aussitôt. Comme chaque fois qu'elle le voyait, Emma fut frappée par sa ressemblance avec leur défunte mère.

— Bonsoir, répondit-il. Ce fat prétend que vous ne souhaitez pas me recevoir, mais ces majordomes essaient toujours de se donner de l'importance.

— Assieds-toi, proposa Emma en se laissant tomber dans le canapé.

— Je suis venu tout de suite, parce que je n'ai pas pu vous rendre visite avant votre départ. En fait, je ne savais pas où vous habitiez.

— J'ai dû oublier de te le dire. Je suis désolée.

— Tant pis.

Comme les coussins du canapé étaient moelleux! Presque aussi confortables qu'un lit, pensait Emma.

— Et je désirais m'excuser, ajouta-t-il en s'empourprant. Au mariage, j'ai bu un peu trop de champagne. Je ne suis pas habitué. Ces satanés militaires! Ils ont gâché mon toast.

— Ce n'est pas grave.

— Si. Je voulais faire bonne impression. Votre seul frère, face à tous ces Wareham...

— Ça n'a pas d'importance, dit Emma d'une voix endormie.

— Ils ont ri! répliqua Robin, indigné.

On pouvait presque s'allonger, sur ce canapé. Et puis, il ne vous projetait pas de tous côtés, contrairement à la voiture. C'était délicieux.

— Ils n'avaient pas l'intention d'être désagréables, répondit-elle distraitement. Admets que c'était assez drôle.

— Je ne vois pas en quoi ça l'était, fit Robin, rougissant de plus belle. J'aurais pu me blesser, en tombant comme ça!

— Je suis sûre que tu ne recommenceras pas à boire autant, dit-elle en fermant les yeux.

— On croirait entendre notre père!

— Vraiment? C'est terrible.

— Je pensais que vous étiez différente.

— Je le suis, protesta-t-elle en rouvrant les yeux.

La fatigue la terrassait. Elle ne se rappelait pas avoir été aussi épuisée de toute sa vie.

— J'aimerais que nous devenions amis, poursuivit Robin. D'abord, c'est diablement bizarre d'avoir une sœur qu'on connaît à peine.

— Oui, nous avons beaucoup de choses à nous raconter, balbutia Emma. Nous pouvons nous voir bientôt. Disons...

Satisfait, Robin tira son siège pour l'installer près du canapé.

— Eh bien, vous savez, juste après votre… euh… départ, on m'a expédié en pension. Un endroit épouvantable dans le Nord. C'était glacial. Et les maîtres étaient horribles. Ils nous faisaient porter des culottes courtes et...

Il se lança dans un récit détaillé de ses premières années d'école, se plaignant de la sévérité des professeurs et de l'ennui des vacances scolaires. Emma avait l'impression que le canapé était un nuage délicieusement confortable, dans lequel elle s'enfonçait lentement.

— Mais père m'y a laissé, malgré mes protestations. Il n'arrêtait pas de répéter que j'avais besoin de discipline.

Emma luttait contre sa lassitude, mais les paroles de Robin se fondaient dans le bruit des vagues à Trevallan, qui berçait son rêve.

Robin passa en revue ses années d'école et la longue succession de disputes entre son père et lui. Dix minutes s'écoulèrent, puis quinze.

— Je suis donc revenu définitivement en ville, il y a huit mois, poursuivit-il. Il ne pouvait pas me garder éloigné plus longtemps. Depuis, je vais de mondanité en mondanité. J'adore vivre à Londres. Je pense y réussir très bien, à condition...

Robin s'interrompit et s'éclaircit la gorge.

Il était arrivé au point critique de son discours, où il allait révéler à sa sœur la pingrerie de son père et faire d'elle une alliée. Comme la première preuve de la sympathie d'Emma devait être un prêt important, il hésitait à aborder le sujet. Baissant les yeux vers le tapis, il tenta de se rappeler les phrases qu'il avait préparées. Il souhaitait tant paraître élégant et distingué aux yeux d'Emma !

Enfin, c'était fini. Il l'avait dit. Il attendit sa réaction, sans oser relever la tête. L'essentiel était qu'elle ne se moquât pas de lui.

Le silence se prolongeait. On entendait les craquements du feu mourant dans la cheminée.

L'avait-il fâchée ? Cherchait-elle comment refuser ? Ne pouvant supporter plus longtemps le suspense, il lui lança un regard à la dérobée.

Incrédule, il se leva et avança d'un pas. Non, il ne s'était pas trompé. Emma dormait profondément.

— Zut ! fit-il.

— Euh… bredouilla Emma.

Elle ouvrit les yeux, mais ne parut pas le reconnaître tout de suite.

— Je... Ô mon Dieu ! Je me suis endormie ? Je suis vraiment désolée. Le voyage était si long, et l'auberge, la nuit dernière, si inconfortable...

— C'est moi qui vous demande pardon, coupa Robin, la mâchoire crispée. Je ne pensais pas être ennuyeux à ce point. Soyez assurée que je ne vous importunerai plus jamais avec ma... conversation soporifique.

— Oh, Robin !

Le jeune homme était rouge de colère.

— Si vous vous moquez de moi...

— Je ne me moque pas de toi, protesta Emma.

— Il vaut mieux que je m'en aille, dit-il en tournant les talons.

Il sortit en trombe. Emma l'entendit descendre les marches quatre à quatre. Elle s'arracha aux coussins du canapé et se précipita vers l'escalier, mais il réclamait déjà son chapeau d'une voix stridente. Quand elle arriva dans le vestibule, il n'était plus là.

— Un jeune homme impétueux, commenta Clinton.

— Oh, zut ! dit-elle.

Clinton haussa les sourcils.

Emma lui adressa un regard qui l'obligea à baisser les yeux et à se redresser davantage, ce qui paraissait impossible. Puis, satisfaite, elle le salua et monta dans sa chambre. Enfin.

Malheureusement, elle n'avait plus sommeil. Après avoir sonné pour demander du thé, elle retira sa robe fripée et enfila un peignoir. Quelques minutes plus tard, la servante lui apporta un plateau. Lorsque la domestique fut partie, Emma s'installa dans un fauteuil, les pieds sur un tabouret, et but à petites gorgées la boisson réconfortante. Elle n'était pas enchantée d'être rentrée à Londres, d'autant que Ferik et Robin n'avaient pas fini de lui causer des soucis. La paix et la beauté de Trevallan lui manquaient, mais Colin voulait être ici. Il y avait ses amis. Et elle était décidée à réussir dans la société, comme il le souhaitait. Elle avait remarqué une pile de lettres sur le petit bureau. La plupart des enveloppes devaient renfermer des invitations. Demain, elle les ouvrirait et les accepterait toutes. Demain.

Emma posa la tête sur le dossier du fauteuil. Grâce au thé, sa migraine avait disparu. Elle regarda la porte de communication qui séparait sa chambre de celle de Colin. Son mari dormait-il déjà ?

Au même moment, Colin poussa la porte.

— Je vous croyais profondément endormie, déclara-t-il.

— J'avais... des choses à régler, répondit-elle.

— Ah, oui ! La paix domestique est revenue ?

Elle acquiesça d'un hochement de tête.

Colin s'assit en face d'elle et étendit les jambes devant lui.

— Vous savez, je me suis souvent demandé comment vous en étiez venue à prendre un domestique comme Ferik. C'est un choix inhabituel pour une dame.

— En fait, je ne l'ai pas choisi.
— Ah, bon ? Racontez.
— Nous étions en route pour Constantinople, dit-elle en baissant les yeux au sol, et nous nous étions arrêtés pour la nuit dans un village... dans un établissement que vous auriez sans doute appelé une auberge, mais qui ne méritait vraiment pas ce nom. Comme il n'y avait rien de correct à manger, je décidai d'aller au marché acheter des provisions pour le dîner. Je me fis accompagner par deux... employés de l'auberge.
— Et où se trouvait Edward ? s'enquit Colin.
— Il avait déjà déniché une table de jeu, et il n'était pas question de l'en arracher.
— Votre mari vous a laissée sortir seule avec deux domestiques d'une méchante auberge turque ? s'étonna Colin en se redressant.
Elle haussa les épaules.
— Une fois au marché, j'ai commencé à examiner les étals. C'était très coloré, et il y régnait un merveilleux parfum d'épices. Les gens me dévisageaient. Presque toutes les femmes étaient voilées, si bien qu'il n'était pas difficile de voir que j'étais étrangère. Tout se passa bien, jusqu'au moment où je sortis ma bourse pour payer mes achats. Pour les hommes qui m'escortaient, le peu d'argent que je possédais représentait probablement une petite fortune.
— Probablement.
— Tout à coup, l'un d'eux m'attrapa par-derrière, et l'autre brandit une espèce de matraque pour me frapper.
— Emma !
— J'ai eu très peur, je l'avoue.
— Savez-vous qu'il y a un florissant marché d'esclaves en Turquie ?
— Justement, attendez la suite. Je me débattais de mon mieux quand j'entendis un rugissement.

L'homme qui me tenait me lâcha si brusquement que je tombai à genoux.

“Quand je me retournai, je vis une sorte de géant attaquer ceux qui avaient essayé de me voler. Il hurlait dans leur langue quelque chose que je ne compris pas. Mais le sens en était clair.”

— Ah, bon ?

— Il jurait, précisa-t-elle. Il projeta un de mes agresseurs à plusieurs mètres, puis il lança la matraque au loin.

“Les hommes s'enfuirent. La foule nous entoura, et je me rendis compte qu'on tirait sur mon sauveur pour l'éloigner. Je remarquai alors qu'il avait de longues et lourdes chaînes aux poignets et aux chevilles.”

— Ah !

— Il était à vendre ! expliqua-t-elle en relevant enfin les yeux.

— Vraiment ?

— Oui. Pouvez-vous imaginer quelque chose de plus horrible ?

— C'est une pratique barbare, reconnut Colin.

— Tout le monde semblait trouver ça normal. L'un des geôliers avait même un fouet ! L'esclave me regarda, mais ses yeux ne me suppliaient pas. Il n'espérait rien de moi.

— Sûrement pas.

— Je vous assure, Colin.

— Bon, très bien.

— Évidemment, j'ai dû l'acheter.

— Évidemment.

— Il m'avait sauvé la vie, vous comprenez ?

Colin ne dit rien.

— Depuis, il m'est entièrement dévoué et m'a protégée dans... dans d'innombrables situations.

Colin fronça les sourcils. Il préférait ne rien savoir des situations dans lesquelles s'était retrouvée Emma.

Si gênant fût-il, Ferik avait droit à sa reconnaissance et à une place dans sa maison. Mais il ne pouvait s'empêcher de se poser des questions.

— Vous a-t-il jamais avoué la... euh... la raison de sa situation ? demanda-t-il.

— Que voulez-vous dire ?

— Pourquoi était-il à vendre ?

— Oh, il avait des dettes.

— Ah, bon, fit Colin, soulagé.

— Il avait essayé d'ouvrir une hôtellerie dans le village, plus décente que celle où nous demeurions. Mais il n'avait pas assez d'argent pour la financer, et une série de malchances l'a obligé à renoncer à son projet.

— Je vois.

— Il est donc devenu la propriété de ses créanciers. Pouvez-vous concevoir une chose pareille ?

— Incroyable.

— C'est monstrueux, oui !

— Mais vous l'avez sauvé.

— Et je lui ai immédiatement rendu la liberté.

— Cela va sans dire.

Emma se raidit.

— Vous vous moquez de moi ? demanda-t-elle.

— Au contraire. Je suis admiratif. Je ne connais pas d'autre femme qui, aussitôt après avoir été agressée, aurait acheté un esclave géant avec un tel sang-froid.

— Qu'aurais-je pu faire d'autre ?

— Piquer une crise d'hystérie ? Vous évanouir ? Éclater en sanglots ?

— À quoi cela aurait-il servi ?

— Absolument à rien, mon indomptable Emma.

Préoccupée par les deux échantillons de papier peint qu'elle tenait à la main, la nouvelle baronne St. Mawr traversa lentement le parc. Elle regardait alternativement les deux morceaux de papier, incapable de décider lequel conviendrait le mieux aux murs de sa chambre en Cornouailles.

— Qu'en penses-tu, Ferik ? demanda-t-elle. Tu préfères les guirlandes de roses ou les rayures ?

— Aucun des deux n'est aussi beau que l'autre, maîtresse.

Emma soupira. Ferik s'était entiché d'un autre motif dans la boutique. Que ce géant étranger donne son avis à une aristocrate anglaise n'avait d'ailleurs pas manqué de scandaliser le vendeur.

— Je ne veux pas de chevaux en train de galoper parmi les éclairs, répéta-t-elle pour la sixième fois. Ce sera un de ces deux-là.

— L'autre est plus excitant.

— Trop excitant. Non, il faut que ce soit un de ces deux-là. Je refuse de voir d'autres papiers peints. Après cette matinée, j'ai la tête qui tourne.

— Le décor des maisons anglaises est insipide.

Emma leva les yeux vers lui, étonnée.

— J'ai appris un nouveau mot, annonça-t-il fièrement. De ce petit bonhomme idiot dans la boutique.

Comme sa maîtresse ne semblait pas comprendre, il ajouta :

— Il a dit que le papier jaune était insipide.

— Oui, je me rappelle.

— Ça signifie triste et sans vie. Mais c'est lui qui était insipide.

Emma se mordit les lèvres pour ne pas rire.

— Tu ne dois pas dire ça, Ferik.

— Pas dire, pas faire, pas remarquer... Ça, c'est les Anglais, marmonna-t-il, avant de s'enfermer dans le silence.

Mais Emma était habituée à ses plaintes. Sans lui prêter attention, elle recommença à examiner les échantillons.

— Quand on a juste un petit morceau, il est difficile de se représenter ce que ça peut donner...

— Les chevaux iraient très bien, insista Ferik. Puissants et magnifiques.

Emma imagina des colonnes de chevaux bleus courant sur les murs de sa chambre et la réaction de Colin.

— Je sais, je demanderai son avis à Caroline, décida-t-elle en fourrant les échantillons dans son sac.

La sœur de Colin avait beaucoup encouragé Emma à redécorer Trevallan. Durant la semaine qui avait suivi le retour des jeunes mariés à Londres, Caroline avait souvent invité sa belle-sœur. En revanche, la mère de Colin s'était contentée de présenter Emma aux personnes les plus en vue, comme le lui avait demandé son fils.

En approchant de sa maison, Emma soupira. Depuis leur retour, ils étaient sortis tous les soirs. Elle ne s'était pas trompée, Colin était extrêmement mondain. Pour sa part, elle trouvait ces réceptions assommantes, mais était déterminée à faire en sorte que son mari pût mener la vie qu'il aimait.

Plantée devant la maison, une femme regardait fixement la façade. Elle portait de coûteux vêtements de deuil et tenait à la main un bouquet noué avec un long ruban rose. Chose étrange, les fleurs étaient fanées. Intriguée, la baronne St. Mawr s'arrêta pour examiner la femme. Comme si elle avait senti son regard, celle-ci se retourna. Emma s'aperçut alors qu'elle était beaucoup plus jeune qu'elle ne l'avait cru.

Le noir de sa tenue mettait en valeur ses cheveux dorés, sa peau laiteuse, ses lèvres roses et ses grands yeux bleus. La jeune fille était petite et fine. Hormis son expression volontaire et rageuse, elle ressemblait à une poupée en porcelaine.

Emma se dirigea vers la porte d'entrée. La jeune fille la dévisageait sans la moindre gêne.

— Vous allez lui rendre visite ? demanda-t-elle d'une voix haut perchée, quand elle la vit sur le point de pénétrer dans la maison.

— À qui ? fit Emma.

Elle était surprise que cette inconnue ose l'accoster dans la rue. Tout chez elle, depuis son élégante robe jusqu'à son accent aristocratique, indiquait qu'elle appartenait à la haute société.

— À la nouvelle baronne St. Mawr.

— Oh, non, je...

— Moi, j'y vais. Je me fiche du qu'en-dira-t-on. Je veux lui dire en face qu'elle a ruiné ma vie, déclara-t-elle en montrant le bouquet fané.

Une fleur se cassa et tomba sur le trottoir.

— Ruiné ? répéta Emma en fronçant les sourcils.

— Il était sur le point de me demander en mariage. Je le sais, quoi qu'en dise ma mère. Il s'apprêtait à le faire. Il y a de petits signes qui ne trompent pas. Mais ma grand-mère est morte, et nous avons dû quitter la ville durant des semaines. Pendant ce temps, cette horrible créature est arrivée et a mis le grappin sur lui.

— Vraiment ?

— Oui ! fit la jeune fille avec une moue boudeuse. Elle est veuve et vieille, et probablement grosse et affreuse. C'est trop injuste, acheva-t-elle en agitant le bouquet, si bien que quelques pétales secs se détachèrent.

— Il allait vous demander en mariage ?

— Oui ! Il a dansé avec moi au bal des Boynton, puis à deux autres soirées. Il était amoureux de moi, c'est certain.

— Et vous de lui ? s'enquit Emma, supposant qu'il s'agissait d'une des jeunes filles présentées par la mère de Colin.

— Je suis profondément amoureuse de lui. Je n'aimerai jamais personne d'autre. Je vais m'étioler et mourir, le cœur brisé, ajouta-t-elle en posant la main sur son corsage noir. Et je vais le dire à la... à la créature qui me l'a volé.

Malgré de nombreuses différences, l'inconnue rappelait à Emma une autre jeune fille, qui avait passionnément voulu épouser Edward Tarrant.

— Comment vous appelez-vous ? demanda-t-elle.

Consciente de s'être ouverte à une parfaite étrangère, la jeune fille battit des paupières.

— Mary, répondit-elle. Lady Mary Dacre.

Emma passa en revue les gens qu'elle avait rencontrés ces derniers temps. Mary Dacre… Elle devait être fille de duc. Riche et bien née, elle était un parti idéal. Exactement le genre de bru dont la mère de Colin avait rêvé pour son fils.

— Je suis la baronne St. Mawr, déclara-t-elle.

— Vous ! s'exclama la jeune fille. Mais vous n'êtes ni grosse ni...

Elle se mordit la lèvre inférieure et se tut.

Emma haussa les épaules. Que pouvait-elle ajouter ?

Lady Mary se ressaisit et fixa intensément sa rivale.

— Vous êtes belle, comme moi, dit-elle enfin, comme si cela expliquait tout. Mais vous êtes trop grande. Et vous n'avez pas les cheveux dorés.

Fascinée, Emma écouta Lady Mary la détailler sans indulgence.

— C'est pour vous, conclut la jeune fille en lui fourrant le bouquet de fleurs mortes dans les mains. C'est le... le symbole de mes espoirs brisés, fit-elle avec emphase.

Emma serra les lèvres pour ne pas sourire, mais elle ne put s'empêcher de dire :

— Voilà une expression bien tragique.

— Il me les a données, rétorqua la jeune fille en rejetant la tête en arrière.

— Pour votre premier bal ?

La coutume voulait que les messieurs envoient des fleurs à cette occasion.

— Oui, répondit-elle. J'avais reçu une douzaine de bouquets, mais j'ai choisi de porter le sien. Et je le lui ai avoué, quand il a dansé avec moi.

Emma se demanda ce que Colin avait répondu.

— Des roses roses, précisa Lady Mary. La carte qui les accompagnait disait qu'elles me ressemblaient.

En se promenant dans les jardins de Trevallan, Colin avait un jour remarqué que les roses roses n'avaient aucun intérêt, se rappela Emma.

— Sa mère m'a confié que je serais la nouvelle baronne, ajouta Mary. Elle était extrêmement gentille avec moi.

— Elle vous a présentée à lui, je suppose.

— Elle était décidée à nous jeter dans les bras l'un de l'autre. À ses yeux, j'étais la femme qu'il lui fallait.

— Vraiment ? fit Emma, à la fois contrariée et amusée.

La baronne n'avait-elle pas envoyé les roses elle-même ?

— Oui, je l'étais. Et vous avez tout gâché ! s'écria-t-elle en défiant Emma du regard.

— Vous attendez des excuses ?

Lady Mary plissa les yeux. Son visage de poupée se durcit.

— Vous le regretterez, dit-elle. Vous verrez !

C'était une menace d'enfant, songea Emma, tandis que la jeune fille tournait les talons et s'éloignait, mais elle n'en éprouva pas moins un certain malaise. Elle avait lu de la détermination dans ces yeux bleus. Et Lady Mary pouvait certainement lui faire du tort, en alimentant les ragots qui circulaient au sujet du mariage de St. Mawr.

Ferik, qui était resté en retrait pendant que sa maîtresse parlait à la jeune fille, s'avança.

— Pas bien élevée, commenta-t-il.

Bien qu'il ait vécu dans les rues malfamées de Constantinople, Ferik était intraitable sur le chapitre des convenances, Emma l'avait déjà remarqué.

— Elle est amoureuse, Ferik.

— Amoureuse ! répéta-t-il avec dédain.

— Tu ne crois pas ?

Emma n'en était pas sûre elle-même.

— Je ne crois pas à l'amour, maîtresse.

— Pas du tout ?

— Ça fait de jolies chansons. C'est pour les chanteurs et les poètes.

— Mais pas pour toi ?

Ferik souhaiterait-il avoir une femme et des enfants ?

— Moi, tout ce que je désire, c'est une grosse dot et un beau derrière bien ferme. Et peut-être deux... ajouta-t-il en portant ses énormes mains à sa poitrine.

— Je vois, dit précipitamment Emma.

— Oui, maîtresse. Voulez-vous que je le jette ? s'enquit-il en désignant le bouquet fané.

— Non, je vais le garder encore un peu, déclara-t-elle en gravissant les marches du perron.

Une fois dans le vestibule, elle demanda à un laquais si Colin était rentré.

— Il est dans la bibliothèque, madame la baronne, répondit le jeune homme.

Après avoir retiré son chapeau dans sa chambre et remis de l'ordre dans sa coiffure, Emma descendit dans la bibliothèque avec le bouquet. Assis à son bureau, Colin était penché sur une liasse de papiers. Lorsqu'elle entra, il leva la tête et lui adressa un sourire troublant.

— Vous avez trouvé votre papier peint ? interrogea-t-il.

— J'hésite entre deux motifs.

— J'espère que vous ne venez pas me les montrer.

— Non. Je mettrai Caroline à contribution, ce soir.

— Très bonne idée.

Puis il aperçut les fleurs fanées et demanda :

— Est-ce une nouvelle mode dont je n'ai pas entendu parler ?

— Vous connaissez une certaine Lady Mary Dacre ? dit-elle en faisant tourner le bouquet entre ses doigts.

— Une des filles de Morland ? Je l'ai peut-être rencontrée. Sûrement, même. La famille devait figurer en bonne place sur la liste de ma mère. Mais elle ne m'a pas frappé.

— Vraiment ? Je... je l'ai vue aujourd'hui, et elle me semble sortir du lot.

— Ah, bon ? C'est à cause d'elle que vous portez ces roses fanées ?

De toute évidence, Colin ne se souvenait pas d'elle. Comme l'avait soupçonné Emma, leur idylle était le fruit de l'imagination de Lady Mary... alimentée, il fallait l'admettre, par les attentions de la mère de Colin. Après réflexion, Emma préféra ne rien lui raconter.

— Je les emportais pour les jeter, répondit-elle.

— Quelque chose ne va pas ?

— Non. Je vous laisse travailler, ajouta-t-elle en jetant un coup d'œil aux papiers étalés devant lui.

— J'ai rapporté ce dossier de Trevallan, expliqua-t-il. J'ai décidé, à votre instigation, de remettre le domaine en état.

— Que comptez-vous faire ?

Il feuilleta une pile de documents et en sortit un plan.

— Le régisseur propose d'abattre cette rangée de

maisons et de les reconstruire, car les fondations menacent de s'effondrer.

— Si vous avez l'intention de reconstruire, dit Emma en se penchant sur les plans, vous devriez le faire dans ce vallon voisin. Les maisons seraient à l'abri du vent, et leurs jardins seraient plus fertiles. Le sol m'a paru beaucoup plus riche à cet endroit.

— Très bonne idée, murmura-t-il en notant sa suggestion sur les dessins. Je vois que vous me serez d'une grande aide dans la gestion du domaine. Rappelez-moi de vous soumettre tous ces documents, pour que vous les lisiez et me donniez votre avis.

Il avait adopté un ton taquin, mais il était sérieux, comprit Emma avec un mélange de fierté et d'étonnement, car elle n'avait pas l'habitude qu'on prenne son point de vue en considération.

— À quelle heure sommes-nous attendus chez Caroline ? demanda Colin.

— À 19 heures.

— La jeune terreur sera couchée ?

— Vous ne devriez pas parler ainsi de votre neveu.

— Nous en rediscuterons quand vous le connaîtrez un peu mieux, et qu'il aura renversé du lait sur votre robe ou du miel dans vos cheveux.

— Quoi ?

— Il a barbouillé ma veste de confiture de fraise. Reddings était furieux.

— Il se calmera, avec l'âge.

— Vous croyez ?

— C'est le cas pour la plupart d'entre nous.

— Vous voulez dire que vous étiez un petit diable ? s'étonna Colin.

— On m'a dit que j'avais laissé tomber la montre de mon père dans le pot de miel.

— Je suis choqué, fit-il en riant.

— Vous étiez un enfant modèle, je suppose ?

Colin grimaça.

— Il y a bien eu un petit incident avec des furets, avoua-t-il.

— Ah, encore les furets ! Racontez-moi.

— Quand j'étais enfant, à Trevallan, j'avais le droit d'élever des furets, mais pas dans la maison.

— Rien que de très normal.

— Un jour, la température a chuté subitement. Une portée venait de naître, et j'ai eu peur que les petits ne meurent.

— Vous les avez donc rentrés.

— Dans une boîte solide. Et tout s'est bien passé jusqu'à ce que...

— Oui ?

— En grandissant, les plus audacieux ont rongé les parois de la boîte. Toute la portée est alors partie explorer les vastes pièces de la maison. Quelques jours plus tard, en s'asseyant devant son petit déjeuner, ma mère s'est retrouvée nez à nez avec un jeune furet installé en plein milieu de son assiette.

Emma éclata de rire.

— Sans doute voulait-il un toast, ajouta Colin. Je les nourrissais avec les restes du petit déjeuner.

— Qu'a fait la baronne ?

— Elle a crié, renversé sa chaise et sa théière, et a tout mis sens dessus dessous pour pourchasser ces pauvres bêtes.

— Je la comprends.

— Je n'ai pas eu de chance, soupira Colin. Avant cet incident, j'en avais déjà rattrapé trois.

— Avec des toasts ?

— Un bon appât, admit-il, les yeux pétillants. Peut-être y a-t-il de l'espoir pour le jeune Nicky, après tout. À condition que Caroline cesse de le gâter.

— Quand sa sœur ou son frère arrivera, l'année prochaine...

En voyant l'expression étonnée de Colin, Emma s'interrompit.

— Caroline ne vous l'a pas dit ? Je suis désolée.

— Ce n'est pas grave. Je me réjouis de voir que vous vous entendez bien.

— Elle s'est montrée très généreuse avec moi.

— Caroline est gentille – elle l'a toujours été.

— Elle aimait les furets ? demanda malicieusement Emma.

— Elle les trouvait charmants, assura-t-il.

La pendule de la cheminée sonna.

— Il faut que je parte, dit-elle. J'ai rendez-vous chez la couturière.

— Votre protégée a encore du temps pour vous ?

Emma sourit. Depuis qu'elle se produisait dans le monde avec les robes de Sophie, celle-ci était assaillie de commandes.

— Toujours, répondit-elle en se dirigeant vers la porte.

Elle sortit, mais Colin ne se replongea pas tout de suite dans ses papiers. Le parfum léger d'Emma flottait encore dans la pièce, et le sourire qu'elle avait fait naître sur ses lèvres tardait à s'effacer.

Depuis leur retour en ville, il la voyait beaucoup moins. Elle semblait aimer les mondanités et remplissait parfaitement son rôle de baronne, au grand dépit de ceux qui avaient prédit sa chute. Elle avait de la dignité, d'excellentes manières et de la distinction. Que demander de plus ? Et pourquoi regretter l'Emma de leur voyage de noces, trempée jusqu'aux os, les cheveux défaits, s'accrochant désespérément aux lambeaux d'une antique tenue d'équitation ?

Colin secoua la tête. Il avait organisé sa vie de façon tout à fait satisfaisante. Il aurait dû être – il était – parfaitement heureux. Avec un soupir, il se remit au travail.

Emma était sur le point de quitter la maison quand Clinton vint la trouver.

— Un... une personne voudrait vous voir, madame la baronne, dit-il.

Sa réprobation était presque palpable.

— Qui ? interrogea Emma en enfilant ses gants. Pour l'instant, je ne peux recevoir personne. Je suis déjà en retard.

Sans un mot, le majordome lui présenta le petit plateau d'argent sur lequel était posée une carte de visite.

Emma la prit et en déchiffra le graphisme compliqué, puis elle la déchira en deux.

— Dites au comte Orsino que je suis sortie. Et qu'il n'entre plus jamais dans cette maison.

— Oui, madame la baronne, répondit Clinton.

— Les guirlandes de roses, décréta Caroline sans hésiter. Vous vous fatiguerez vite des rayures. Ce motif-là est bien mieux.

Considérant que l'affaire était réglée, elle rendit les deux échantillons de papier peint à Emma et se retourna.

— Nicky ! s'exclama-t-elle. Ne grimpe pas sur la cheminée. Tu vas te faire mal.

Après le magnifique dîner que Caroline avait offert à ses invités, les dames étaient réunies dans le salon, tandis que les messieurs s'attardaient dans la salle à manger devant un verre de porto. Parmi les invités se trouvaient la grand-tante Célia et le père d'Emma, mais les autres convives ne faisaient pas partie de la famille.

Un bruit de porcelaine brisée retentit dans la pièce. Nicky, qui avait continué à essayer d'escalader une des colonnes de marbre qui flanquaient la cheminée, avait renversé la bergère en porcelaine. Celle-ci gisait en miettes sur le sol.

— Oh, Nicky ! fit Caroline. Je t'avais dit d'arrêter.

La nurse se précipita et voulut emmener le petit

garçon, mais Nicky se mit à hurler et à lui donner des coups de pied. Comme la plupart des dames se rassemblaient autour d'eux, tante Célia s'écria :

— Pourquoi ne frappe-t-on pas cet enfant ? De mon temps, on apprenait à bien se tenir.

— Nicky, arrête tout de suite, sinon tu n'auras pas de macaron. Je lui en ai promis un, expliqua Caroline.

Nicky hurla de plus belle.

— Quand nous aurons des enfants, déclara doucement une voix derrière Emma, ils resteront dans la nursery de la naissance jusqu'à l'âge de raison.

Elle se retourna. Les messieurs les avaient rejointes, et Colin se tenait à côté d'elle. Le mari de Caroline se rua vers son fils.

— Nicky est surexcité et épuisé, dit Emma. Il devrait être couché depuis longtemps.

— Vous me semblez avoir de solides notions d'éducation, la félicita Colin. Je crois que je laisserai notre progéniture entre vos mains.

— Oh, non ! Il y a des moments où l'influence d'un père est capitale. Regardez comme Lord Wrotham s'y prend bien avec son fils.

Il avait projeté le petit garçon en l'air, faisant cesser ses hurlements. Il le cala ensuite sur ses épaules et se dirigea vers le vestibule, la nurse sur ses talons.

— Je reviens tout de suite, annonça-t-il. Attention à ta tête, Nicky, ajouta-t-il en se baissant pour passer la porte.

— Vous voyez ? fit Emma.

Le hurlement reprit dans le lointain, mais une porte se ferma, en atténuant le bruit.

— En effet, répondit Colin.

On apporta le thé, et Caroline se leva pour servir. Une des jeunes femmes s'installa au piano et commença à jouer. La grand-tante Célia profita de cet intermède pour ordonner à Colin de venir s'asseoir à côté d'elle.

— Les choses ne vont pas mal pour toi, dit la vieille dame. Tu es content de toi ?

— Assez, oui.

— Hum ! Elle s'en sort bien.

Ils regardèrent Emma, qui bavardait avec un des invités.

— Une chose, toutefois.

Colin haussa les sourcils.

— Ne pourrais-tu la persuader de se débarrasser de cette espèce de pirate qui la suit partout ?

— Ferik ?

— Peu importe son nom, il fait jaser. Il est bizarre. Ce n'est pas ce qu'il faut pour une baronne. Il a terrorisé Julia Winters, déclara-t-elle en scrutant le visage de son petit-neveu.

— Je ne connais pas cette dame, répondit Colin, mais...

— Tu ne l'aimerais pas. Une cervelle d'oiseau, sujette aux crises de nerfs. Malheureusement, poursuivit-elle en frappant le sol de sa canne, c'est une commère de première. Et elle sait raconter une histoire.

— Je vois.

— Renvoie cet homme, ou trouve-lui une autre place, qu'il ne traîne pas en ville derrière Emma.

— Il est à son service, répliqua froidement Colin. Ce n'est pas à moi de décider.

— Qu'est-ce que ça signifie ? Qui commande, chez toi ? Dis à ta femme qu'il n'y a pas de place pour lui !

— Impossible. Ferik lui a rendu... d'immenses services. Il ne sera pas renvoyé.

— Quel genre de services ?

Colin ignora la question.

— Hein ? Quel genre ?

— Je ne vous le dirai pas.

La vieille femme le fixa de ce regard qui faisait trembler toute la famille. Comme Colin restait de marbre, elle finit par renoncer.

— Je t'aurai prévenu, conclut-elle avec humeur. Si tu rejettes mon aide, il n'y a rien à ajouter.

— Je vous suis infiniment reconnaissant de l'aide que vous m'avez apportée. Toutefois, dans le cas présent, je ne peux pas...

— Alors, file. Je suppose que les gens s'habitueront à lui, à la longue. Si tu veux compliquer les choses, c'est ton affaire. Va me chercher Caroline. Je souhaite parler à quelqu'un de plus docile.

— Quelqu'un que vous puissiez terroriser? demanda Colin en se levant.

— N'essaie pas de m'embobiner. Je suis très mécontente de toi.

— Dans ce cas, je tâcherai de ne pas me trouver sur votre chemin.

Avant d'aller annoncer la mauvaise nouvelle à Caroline, il posa brièvement la main sur l'épaule de la vieille dame.

Le reste de la soirée prit un tour conventionnel, avec musique, jeux de cartes et conversations. Vers 23 heures, la plupart des invités partirent. Colin et Emma étaient sur le point de les imiter quand on sonna à la porte.

— Qui cela peut-il bien être? dit Caroline.

L'instant d'après, sa mère pénétrait dans la pièce.

— Il s'est passé quelque chose d'affreux! s'écria-t-elle. Je viens de l'apprendre et, dès demain matin, tout Londres sera au courant.

— Quoi? demanda Caroline. Mère, vos cheveux sont détachés.

Le fait était choquant en soi. Elle n'avait jamais vu sa mère qu'impeccable.

Colin conduisit sa mère jusqu'à un canapé. Lord Wrotham remplit un verre de cognac et le lui apporta.

— Non, non, dit la baronne douairière. Je n'en veux pas. Nous devons réfléchir à ce qu'il faut faire.

— À quel sujet ? s'enquit Caroline d'une voix aiguë.

— C'est ce que j'essaie de vous dire, répondit-elle.

Sur ces mots, elle lança un regard accusateur à Emma. Intrigués, tous se tournèrent vers la jeune femme.

— Cet après-midi, la fille aînée du duc de Morland a mis une robe de bal blanche et s'est allongée sur son lit, après avoir avalé une dose de laudanum.

Emma frémit.

— En fait, elle s'est arrangée pour qu'on la découvre presque tout de suite. On l'a immédiatement ranimée. Auparavant, elle avait pris soin d'envoyer des lettres à trois de ses meilleures amies pour leur expliquer les raisons de son "acte désespéré".

— C'est terrible, commenta Caroline. Mais...

— Quel rapport avec nous ? acheva son mari. C'est affreux, bien sûr. Je suis désolé pour la jeune fille et sa famille...

— Dans ses lettres, reprit sa belle-mère d'une voix sinistre, elle disait vouloir mourir parce que Colin l'avait délaissée.

— Quoi ? s'exclama l'intéressé.

— Elle disait aussi avoir rencontré la nouvelle baronne St Mawr et ne pas pouvoir supporter l'idée de la revoir. Que lui avez-vous donc fait ? demanda-t-elle en foudroyant sa belle-fille du regard.

— Délaissée ? répéta Colin. Je ne me souviens même pas de cette jeune fille.

Lui aussi regardait Emma et se rappelait leur conversation dans la bibliothèque.

— Tu ne te souviens pas d'elle ? s'écria sa mère, indignée. Tu ne te souviens pas de Lady Mary Dacre ?

— Ce doit être une des nombreuses filles que vous m'avez jetées à la tête, répliqua-t-il avec un geste d'impatience.

Sa mère s'approcha de lui.

— Lady Mary Dacre, dit-elle en lui plantant un index dans les côtes, est une des jeunes filles que tu feignais de courtiser pour me contrarier. Tu l'as emmenée en voiture, tu lui as envoyé des fleurs, tu as dansé avec elle. Tu ne peux pas l'avoir oubliée !

Colin recula d'un pas, légèrement embarrassé.

— Je... euh... j'en ai courtisé tellement, marmonna-t-il.

— Pour me rendre folle. Pour me donner de l'espoir avant de les rejeter.

— Pour vous persuader d'arrêter de vous mêler de ma vie. Quant à cette Lady Mary, elle doit être folle. Il était évident que je n'étais pas sérieux. Aucune des autres filles ne l'a cru.

Déçue de voir sa proie lui échapper, la baronne douairière se tourna vers sa belle-fille.

— Et vous ? Qu'avez-vous fait à cette fille ?

— Rien, répondit calmement Emma. Elle était devant la maison, ce matin. Elle m'a accusée de lui avoir volé Colin, puis elle a prétendu qu'il s'apprêtait à la demander en mariage quand elle a été obligée de quitter la ville.

— Ridicule, dit Colin. Cette fille est déséquilibrée. J'en suis désolé pour elle, mais cela ne nous concerne en rien.

— En rien ? s'écria sa mère. Ne sois pas stupide ! La moitié de ceux qui entendront cette histoire penseront que tu as rompu avec elle pour épouser Emma, et que celle-ci a poussé la petite au suicide. Quant aux autres, ils imagineront bien pire encore. Après les ragots sur ton mariage, la famille ne s'en remettra pas.

— Nous dirons que c'est faux, intervint Caroline, qui avait passablement blêmi.

— Évidemment que nous le dirons ! s'exclama sa mère. Mais personne ne nous croira.

— Nous ignorerons ces commérages, déclara Colin. En parlant de cette affaire, nous aurions l'air de lui accorder de l'importance.

— Les lettres ont été adressées aux filles de deux comtes et d'un vicomte, gémit sa mère. Il faut faire quelque chose.

Emma tremblait de colère. Elle serra les poings sur ses genoux. Comment cette fille osait-elle causer un tel tort à Colin, alors qu'elle prétendait l'aimer ?

Comprenant sa détresse, Colin l'aida à se lever.

— Nous rentrons, annonça-t-il. Nous en discuterons demain, à tête reposée.

— Demain, tout Londres sera au courant, protesta sa mère.

— Je ne vois pas comment l'empêcher, répliqua-t-il en prenant Emma par le bras.

La baronne douairière ne put supporter le spectacle de cette sollicitude.

— Tout est de sa faute ! glapit-elle en regardant Emma avec fureur. Sans elle, rien de tout cela ne serait arrivé !

Colin se retourna aussitôt. Ses yeux violets lançaient des éclairs.

— Taisez-vous ! ordonna-t-il. Je ne veux plus entendre ça, mère. C'est clair ?

— Si tu n'avais pas insisté pour l'épouser, nous...

— Si je n'avais pas épousé Emma, je vous aurais probablement déjà étranglée.

Sa mère, stupéfaite, écarquilla les yeux en bredouillant des mots sans suite. Avant qu'elle ait trouvé une repartie appropriée, Colin était sorti de la pièce et entraînait sa femme jusqu'à leur voiture.

— Vous savez qu'il n'y a rien eu entre cette fille et moi, dit-il à Emma.

— Oui, répondit celle-ci d'un air absent.

Elle se demandait comment elle aurait pu éviter cette catastrophe.

— Vous ne m'aviez pas dit qu'elle vous avait parlé.

— Je... Ça ne m'a pas paru important. Si j'avais prévu ce qu'elle se préparait à faire...

— Elle est folle. Peut-être devrions-nous suggérer à ses parents de l'envoyer dans un asile.

Emma garda le silence.

— Je ne laisserai personne vous faire du mal, ajouta-t-il. Soyez-en sûre.

Emma refoula les larmes qui lui venaient aux yeux. Confronté à la perte de sa réputation, de sa position dans la société, Colin pensait encore à elle et la défendait. En tout cas, il ne serait pas déshonoré à cause de leur mariage, se promit-elle. Elle ne le permettrait pas.

Passé le premier choc, Emma reprit ses esprits et se mit à réfléchir. Cette nuit-là, elle retourna la situation dans tous les sens pour chercher une solution.

Elle s'endormit à l'aube. La lumière filtrait depuis déjà plusieurs heures à travers les rideaux entrouverts lorsqu'elle se réveilla. Elle resta un moment dans son lit, étudiant à nouveau le plan qu'elle avait élaboré. Inévitablement, il comportait des risques. Mais il fallait à tout prix qu'il marche.

Elle se leva, s'habilla et quitta la maison à pied, accompagnée de Ferik. Vingt minutes plus tard, ils arrivaient devant la maison de la mère de Colin. Ferik frappa, et ils furent introduits dans le vestibule.

— Mme la baronne n'est pas encore descendue, annonça le majordome.

— Je vais monter, répliqua Emma. Ferik, attends-moi ici.

— Oui, maîtresse.

— Mais vous ne pouvez pas... commença le majordome.

Tel un mur humain, Ferik lui barra le chemin, tandis qu'Emma montait l'escalier. Elle passa devant un salon et se dirigea vers le deuxième étage. En chemin, une femme de chambre effarouchée lui indiqua la chambre de la baronne. Emma frappa résolument à la porte.

— Oui ? répondit la voix de sa belle-mère.

Prenant une profonde respiration, Emma ouvrit la porte.

— Bonjour, dit-elle, avec une assurance qu'elle était loin d'éprouver.

La baronne était assise dans son lit. Elle portait une ravissante chemise de nuit en soie et dentelle. Un plateau de petit déjeuner était placé devant elle, ainsi qu'une pile de courrier. Elle tenait une lettre à la main.

— Vous ? s'exclama-t-elle.

Emma alla chercher le tabouret qui se trouvait devant la coiffeuse, l'approcha du lit et s'assit.

— Que faites-vous ici ? demanda la mère de Colin en posant la lettre.

— Je viens vous parler de Lady Mary Dacre.

— Une catastrophe. Je ne veux pas y penser.

— Nous le devons.

— Nous ?

— Vous l'avez beaucoup encouragée. Elle me l'a dit.

— Et alors ? Elle était parfaite pour Colin. De l'éducation, une bonne famille, de la fortune. Et elle avait de l'esprit. Colin se plaignait que les filles que je lui présentais soient insipides.

— Ce qui n'est certainement pas le cas de Lady Mary.

— Si vous n'aviez pas...

— Si vous ne l'aviez pas encouragée, répéta Emma, elle n'aurait pas imaginé être amoureuse de lui.

Les deux femmes se défièrent du regard.

— Je sais que vous ne m'aimez pas, reprit Emma d'un ton plus calme. Mais si nous voulons éviter que Colin soit humilié, nous devons agir de concert.

— Oh, c'est de Colin que vous vous souciez ?

Catherine Wareham se redressa dans son lit et sonna. Quand la femme de chambre entra, elle lui dit :

— Emportez donc ce plateau. Vous ne voyez pas que j'ai fini ?

La domestique s'empressa d'enlever le plateau et disparut.

— Oui, c'est de Colin que je me soucie, répondit Emma. Je ne laisserai pas les mauvaises langues porter atteinte à sa réputation.

La baronne douairière, perplexe, scruta les yeux bleus de sa belle-fille, mais n'y lut aucune duplicité.

— Et vous, alors ? demanda-t-elle.

Emma écarta la question d'un geste.

— À mon avis, voilà ce qu'il faut faire, dit-elle. Et j'ai besoin de votre aide.

En écoutant Emma lui exposer son plan, l'expression de la baronne changea. Sur son visage, l'irritation céda la place à une amorce de respect. Cette belle-fille non désirée avait pensé à tout. Elle avait même prévu toutes les difficultés qui pourraient se présenter. Pour la première fois, la baronne concentra son attention sur la femme de son fils. Elle était ravissante, bien entendu, mais elle était aussi intelligente. Contrairement à Caroline, elle avait tout de suite saisi les points importants du problème. Et il semblait qu'elle aimât Colin beaucoup plus que ne l'avait cru Catherine. En son for intérieur, celle-ci admit la possibilité – la possibilité seulement – que ce mariage ne fût pas une sinistre erreur.

— Alors ? interrogea Emma, lorsqu'elle eut terminé son explication.

— Ça ne me plaît pas, dit lentement la baronne.

— Mais...

Catherine leva la main pour l'interrompre.

— Mais je ne vois pas d'autre solution. S'ils coopèrent, ça marchera peut-être, ajouta-t-elle.

— Ils voudront sûrement mettre un terme aux ragots qui courent sur Lady Mary.

— On peut l'imaginer.

— Vous m'aiderez ? demanda Emma.

Après un bref silence, sa belle-mère acquiesça. Emma poussa un soupir de soulagement.

— Je ferai tout pour que ça fonctionne, déclara-t-elle avec force.

La mère de Colin observa de nouveau sa belle-fille. Elle avait la mâchoire serrée, le dos droit, une expression presque intimidante. "Eh bien, songea-t-elle, la femme de Colin n'a pas fini de m'étonner."

— Alors, à cet après-midi, dit Emma en se levant.

— D'accord.

— Je passerai vous chercher à 14 heures.

La baronne hocha la tête, puis elle lui lança un regard interrogateur.

— Merci, articula la jeune femme avec difficulté.

Le visage de sa belle-mère s'adoucit, et elle sourit.

Un peu avant 14 heures, Emma descendit dans le vestibule, vêtue d'une robe en mousseline vert pâle à ramages roses et vert foncé. Sa coiffure plutôt sévère était presque entièrement cachée sous un chapeau de paille bordé de rubans roses et verts. Elle franchit la porte en enfilant ses gants, s'installa dans la calèche et donna au cocher l'adresse de la mère de Colin. Quelques minutes plus tard, la voiture s'arrêta pour laisser monter cette dame, puis continua jusqu'à une vaste maison en pierre de Grosvenor Square.

— Vous avez envoyé un billet ? demanda Emma.

— Oui, dit Catherine Wareham. Je n'ai pas reçu de réponse, mais je sais qu'ils sont chez eux.

Un des laquais sauta de l'arrière de la voiture et

alla frapper à la porte d'entrée, tandis que l'autre aidait les dames à descendre. Quand la mère de Colin pénétra dans la maison, le majordome eut l'air hésitant.

— Madame la baronne, je crains que personne...

— Je dois voir Mme la duchesse, coupa la baronne. C'est urgent. Annoncez-nous.

Le domestique jeta un regard en biais à Emma, qui ne s'était pas présentée, et répondit :

— Bien, madame. Mais j'ai peur qu'elle ne soit sortie.

Il les introduisit dans un petit salon à gauche de la porte d'entrée et disparut.

— Vous croyez qu'il va nous renvoyer ? murmura Emma.

— Je connais Jane Dacre depuis trente ans, quand elle n'était encore que Jane Phelps. Elle n'oserait pas.

Mais son ton n'était pas aussi confiant que ses paroles.

— Venez, dit Emma.

— Où ?

— Je pense que nous ferions mieux de trouver nous-mêmes la duchesse.

— Emma ! Vous ne pouvez pas...

Mais Emma était déjà dans l'escalier. Après un instant d'hésitation, la baronne la suivit.

— Où est le grand salon ? demanda la jeune femme.

— Là, répondit la mère de Colin en désignant une pièce sur la droite.

Emma ouvrit la porte.

— Il n'y a personne.

— Ne devrions-nous pas retourner...

Mais Emma avait repris son ascension.

— Jane a un salon à côté de sa chambre, se rappela la baronne.

— Bon. Nous allons essayer. De quel côté ?

— Emma, on ne peut pas faire ça.

— Je ne resterai pas assise, les bras croisés, en attendant d'être priée de partir. Je refuse que Colin devienne la risée de tous ses amis.

— Oui, mais...

— Si vous ne voulez pas m'accompagner, indiquez-moi le chemin.

— Par ici, dit sa belle-mère, impressionnée par la détermination d'Emma.

Elles arrivèrent au moment où le majordome refermait la porte.

— Que faites-vous ici ? demanda-t-il, choqué. Je vous avais installées dans le petit salon. Vous ne pouvez pas...

— Que se passe-t-il, Ellis ? demanda une voix.

Prenant une profonde inspiration, la baronne écarta le domestique et déclara :

— C'est moi, Jane. Il faut que je vous parle.

Emma se glissa à sa suite dans la pièce. Elle embrassa le salon du regard, ses murs et ses rideaux couleur pêche, ses sièges confortables. La duchesse de Morland, une femme petite et maigre, était assise près de la fenêtre, devant son secrétaire. Sa fille avait hérité d'elle ses cheveux blonds, remarqua Emma, ainsi que ses yeux vifs et bleus.

— Catherine ! fit la duchesse. Pour l'instant, votre vue m'est insupportable. Vous le comprenez aisément, j'imagine.

— Je viens pour vous aider, dit son amie.

— Non, merci. J'emmène Mary à la campagne, jusqu'à ce que cette...

— Vous ne devez pas faire ça, coupa Emma.

La duchesse se tourna vers elle, l'air hautain.

— La femme de mon fils, murmura la baronne douairière.

L'expression de la duchesse se durcit.

— Je vous prie de m'écouter, supplia Emma. Ne

vous enfuyez pas. Nous pouvons arranger les choses, si nous agissons ensemble.

La duchesse regarda la mère de Colin, qui hocha la tête.

— Elle a une bonne idée, confirma-t-elle.

— Très bien, fit leur hôtesse en pianotant sur son bureau. Je vous écoute.

8

— Nous étions dans ce misérable petit village de montagne, dit le major Laurence Graham. Je ne me souviens plus si c'était au Portugal ou en Espagne. Mais les rues étaient pentues et pleines de bosses.

— L'endroit où nous avons passé l'hiver ? demanda le capitaine Richard Clarke, assis en face de lui.

— C'est ça. La neige avait tout recouvert. Snodgrass s'était procuré une plaque de four à la cuisine et avait descendu la rue assis dessus. Incapable de s'arrêter au bout, il a failli perdre ses dents et s'est cassé le bras.

— Il allait tellement vite qu'il a tué un poulet qui traversait son chemin, ajouta Colin.

Graham, qui avait fait honneur au vin, faillit s'étrangler de rire.

— Exact, approuva-t-il. Nous l'avons mangé le soir même. On l'a salué avant de le découper. Mort au combat.

— Nous avons dû payer une fortune pour ce vieux coq étique, se plaignit Sir Richard.

— Ouais, admit Graham. Mais ça valait bien la partie de rigolade que Snodgrass nous a offerte.

Une ombre passa sur le visage des trois hommes. Leurs sourires s'effacèrent, et ils parurent tout à coup plus vieux et plus fatigués. Les restes du rôti, les serviettes froissées, la bouteille de bordeaux à moitié vide perdirent leur air de fête pour ne plus être soudain que des déchets promis au tas d'ordures. Le brouhaha qui régnait dans la salle à manger de l'élégant club de Colin Wareham, les riches tentures, la chaleur, la lueur des bougies s'évanouirent pour laisser place au froid glacial et à la fatigue du champ de bataille.

Le major Graham leva son verre.

— À Jimmy Snodgrass, dit-il d'une voix épaisse, et à tous les autres. À tous ceux qui devraient être ici avec nous, ce soir.

Ils burent en silence. Colin observa ses anciens compagnons d'armes. Le temps et les épreuves avaient marqué leurs traits, depuis l'époque où il les avait connus, six ou sept ans plus tôt. Ils étaient loin d'être vieux. Cependant, comparés aux hommes qui les entouraient, ils semblaient durcis et usés.

Quand Graham lui avait proposé ce dîner, Colin avait été un peu réticent. Comme il l'avait remarqué à son mariage, la vue de ses vieux camarades de l'armée lui rappelait cruellement les désastres de la guerre. Il avait songé à refuser, mais s'était ravisé. Les liens qui l'unissaient à Clarke et à Graham étaient étranges. Il n'avait jamais rencontré leurs familles et ne savait pas grand-chose de leur passé. Pourtant, ce qu'ils avaient vécu ensemble les avait plus rapprochés qu'une enfance partagée. Il se souvenait d'un combat où Graham et lui avaient perdu leurs montures. Ils avaient continué à se battre dans la boue ensanglantée, maniant leurs sabres au milieu du carnage, jusqu'à ce que les lignes ennemies reculent. Alors, ils étaient rentrés en titubant au camp. Rien ne pouvait rompre ce genre de lien.

Il n'en était pas moins pénible de voir sa propre tristesse reflétée dans leurs yeux, de voir leurs visages se fermer en entendant certains noms. Le passé les habitait, aussi obsédant que ses cauchemars – même si ceux-ci avaient un peu relâché leur emprise depuis quelques semaines, songea-t-il.

— Il paraît que la femme de Jennings a eu un fils, dit-il pour changer de sujet.

— Vraiment ? fit Sir Richard. Un héritier pour un domaine qui tombe en ruine, hein ?

— C'est ce qu'il prétendait, mais il s'agit en réalité d'une jolie petite propriété, ajouta le major Graham. De plus, il a des espérances du côté de son beau-père.

Colin vida le reste du bordeaux dans les verres.

— Toi-même, tu ne vas pas tarder à remplir ta nursery, ajouta Graham. Tu t'es trouvé une vraie beauté. Je le disais au mariage, d'ailleurs.

— Tu n'as pas cessé de le répéter, précisa ironiquement Sir Richard.

— Elle est ravissante, tu ne peux pas le nier.

— Colin est un homme heureux. Ça donne presque envie de suivre son exemple.

— Qui voudrait t'épouser ? plaisanta le major Graham.

Sir Richard, que sa laideur n'empêchait pas de séduire les femmes, se contenta de sourire.

— Il est là ! s'exclama une voix éméchée derrière eux. Justement, on parlait de lui. Hé, Eddie ! St Mawr est ici.

Plusieurs hommes se dirigèrent vers leur table. L'un d'eux trébucha et s'effondra sur un client, qui le repoussa avec humeur. Colin jura tout bas. Aucun de ces hommes n'était de ses amis, et tous étaient connus pour leurs excentricités vestimentaires et leur goût des potins.

— St. Mawr !

Une main s'abattit sur l'épaule de Colin. Toute la salle avait maintenant les yeux tournés vers lui.

— Steyne, fit-il, laconique.

— L'homme du jour, hein ? déclara le nouveau venu. Je ne te savais pas si porté sur les femmes.

— Il faut se méfier de l'eau qui dort, dit l'un de ses compagnons d'une voix empâtée. Toujours en train de fricoter !

— Elles se meurent d'amour pour toi, gloussa Steyne, ou presque. La fille de Morland s'est remise, à ce qu'on dit.

— Un triste malentendu, articula difficilement Colin, les poings serrés sous la table.

Steyne s'esclaffa.

— Ta femme doit être une drôle de coquine, pour t'avoir détourné d'une si belle dot. Une veuve ? lui chuchota-t-il à l'oreille. Tu ne veux pas d'une oie blanche, hein ? Ta femme connaît sûrement des trucs…

Ivre de rage, Colin bondit sur ses pieds. Il saisit Steyne à la gorge et serra, au point que le visage de l'homme bleuit.

— Hé, là, bredouilla l'un des compagnons de l'intrus.

Dans un état second, Colin réalisa que les convives des tables voisines s'approchaient, que des voix s'élevaient, qu'on le tirait par les bras. Mais il ne voyait que les traits violacés de Steyne et la peur dans ses yeux.

— Allons ! intervint Sir Richard. Laisse-le.

Se ressaisissant, Colin lâcha Steyne.

— Tu ne vas tout de même pas te bagarrer ! s'écria le major Graham. Il suffit de provoquer cet imbécile en duel.

À ces mots, Steyne, qui suffoquait toujours, croassa :

— Mes excuses. Je ne voulais pas vous offenser.

— Beaucoup de bruit pour rien, commenta l'un de ses amis. C'est une erreur, vous avez mal entendu, ajouta-t-il en entraînant Steyne.

Tout le groupe tourna les talons et s'enfuit.

Sir Richard aida Colin à se rasseoir, puis il embrassa la salle à manger d'un regard menaçant.

Les curieux furent pris d'un intérêt soudain pour leurs assiettes.

— De la vermine, murmura Graham. J'aimerais le voir devant une charge de cavalerie française.

— Ça va, maintenant ? demanda Sir Richard.

Il vida la moitié de son verre de vin dans celui de Colin et le lui tendit.

— Je vais très bien, répondit celui-ci en refusant le verre d'un geste.

— Vraiment ? Ça ne te ressemble pas de t'emporter comme ça.

C'était vrai, pensa Colin. Au régiment, il avait la réputation d'être peu susceptible. Au contraire, on venait le chercher pour régler les disputes.

— Ce type ne l'a pas volé, marmonna Graham.

Il fit signe au garçon de leur donner une autre bouteille de bordeaux.

— Nous pouvons le poursuivre, suggéra-t-il.

On leur apporta le vin, et il se servit.

— Et lui donner la correction qu'il mérite, ajouta-t-il. Le sabre est encore trop noble pour lui !

— Tais-toi, Laurence, pria Sir Richard.

— Le sujet est clos, déclara Colin. Oublions Steyne. Tout le monde sait que c'est un individu méprisable.

— On devrait débarrasser la ville des vauriens de cette espèce, fulmina Graham.

— Buvons un autre verre et oublions l'incident, insista Colin. Ensuite, je vous laisserai.

Il éprouvait un besoin irrationnel de rentrer chez lui. Il voulait voir Emma, lui parler et s'assurer que tout allait bien. C'était absurde, mais irrésistible.

— Aux vieux amis ! dit Sir Richard en levant son verre.

Une demi-heure plus tard, Colin se tenait sur le seuil de la porte de communication et regardait sa femme se brosser les cheveux. Elle portait une chemise de nuit décolletée en soie bleu foncé et dentelle crème. Sa peau était éclatante. Tout dans la pièce – les objets délicats, le parfum, les roses sur la cheminée – était nouveau pour lui.

Émerveillé, il suivit le mouvement de son bras. Bizarrement, il avait le cœur serré. Ce n'était pas du désir, bien qu'il eût aussi envie d'elle. Ce n'était pas de la peur – ce sentiment-là, il ne le connaissait que trop bien. De toute façon, il se savait capable de protéger Emma. Non, c'était une émotion différente, qu'il ne parvenait pas à définir… une émotion qui le mettait mal à l'aise.

— Vous avez passé une bonne journée ? s'enquit-il en entrant dans la chambre.

Emma se retourna pour lui sourire

— Bonsoir. Vous rentrez tôt. Comment vont vos amis ?

— Égaux à eux-mêmes, répondit-il en s'approchant d'elle.

Il posa les mains sur ses épaules et croisa ses yeux dans le miroir.

— On vous a ennuyée avec ces commérages stupides ? demanda-t-il.

Emma secoua la tête, faisant danser ses cheveux dans la lumière des bougies.

— Et vous ?

Il ignora la question, espérant que personne ne serait assez grossier pour lui parler de l'incident du club.

— Ravissante chemise, commenta-t-il.

— Elle est arrivée aujourd'hui, dit-elle avec un sourire malicieux. Elle est assez chère, je le crains.

— Quel qu'en soit le prix, elle en vaut la peine.

Il se penchait pour l'embrasser dans le cou lorsqu'on frappa à la porte.

— Qui diable cela peut-il être ? fit-il en se redressant.

Face à son regard interrogateur, Emma haussa les épaules en signe d'ignorance, puis elle enfila son peignoir à la hâte.

— Oui ? cria Colin. Qu'est-ce que c'est ?

La porte s'ouvrit sur Ferik. Le géant tenait un plateau sur lequel étaient placés une carafe et deux verres.

— Je vous ai entendu rentrer, seigneur, dit-il. Je vous attendais. Je vous ai apporté du cognac.

Colin se contenta de le regarder. Emma ferma les yeux et secoua la tête.

— Le soir, vous buvez du cognac, ajouta Ferik, l'air satisfait. Je l'ai remarqué.

Il alla poser le plateau sur une petite table.

— Oui, parfois, admit Colin. Mais je n'en ai pas demandé, ce soir.

— Vous ne pouviez pas. M. Clinton dort. Les autres aussi. Mais moi, je ne dors pas.

— Pas du tout ? fit Colin, sceptique.

— Pas tant que mon seigneur et ma maîtresse sont éveillés.

Croisant les mains sur sa poitrine, il s'inclina profondément. Colin l'observait, fasciné.

— Merci, Ferik, intervint Emma. Nous n'avons plus besoin de toi. Va te coucher.

— Je ne dormirai pas avant longtemps, répondit le géant. Si vous voulez quelque chose, appelez-moi.

— Ce ne sera pas nécessaire, assura Colin.

— Qui sait ce qui peut arriver ? J'attends vos ordres, seigneur.

Il s'inclina de nouveau, puis sortit à reculons de la chambre et ferma la porte derrière lui.

— Qu'est-ce que ça signifie ? s'exclama Colin.

— Il essaie de gagner vos bonnes grâces, expliqua Emma en riant.

— Mes...

— Et de discréditer Clinton, pour prendre sa place.

— Comme majordome !

L'espace d'une seconde, il imagina avec terreur Ferik ouvrant la porte et accueillant les visiteurs.

— Enfin, comme chef du personnel, précisa Emma.

— Clinton est avec moi depuis que j'habite seul. Il n'est pas possible...

— Je sais. Je n'arrête pas de le répéter à Ferik, mais il ne me croit pas. Dans son pays, l'intrigue est un sport très répandu. Les domestiques complotent sans cesse les uns contre les autres.

— Il faut qu'il s'en abstienne, ici.

— Je le lui ai dit.

— Je devrais peut-être le lui dire moi-même.

— Pourquoi pas ?

— Vous semblez dubitative, fit Colin, amusé.

— Ferik est... imprévisible.

— Vraiment ? S'il nous interrompt encore, il découvrira que je suis très prévisible et pas du tout clément.

Il songea à lui dévoiler l'opinion de sa grand-tante Célia sur Ferik, mais préféra se taire.

— Voulez-vous que nous montions à cheval, demain matin ? proposa-t-il, se rappelant leurs promenades en Cornouailles.

— Je... j'ai un rendez-vous, répondit Emma, gênée, en pensant au plan qu'elle avait élaboré.

— Dommage.

— Colin ?

— Oui ?

— Si je faisais quelque chose qui ne vous plaisait pas, qui vous contrariait...

Elle s'arrêta. Il n'approuverait pas son plan, aussi ne lui en parlerait-elle pas. Mais devoir le lui cacher la mettait mal à l'aise.

— Par exemple ?

— Oh, je ne sais pas, dit-elle, regrettant d'avoir évoqué le sujet.

— Alors, moi non plus. Si vous preniez un amant, je vous tordrais le cou.

— Colin !

— Mais si vous vous disputiez avec la cuisinière et que vous la renvoyiez, je vous battrais et vous enverrais la remplacer à la cuisine.

— Et je vous empoisonnerais au premier repas que je vous servirais !

— Quel mauvais coup mijotez-vous ? demanda-t-il en riant.

— Aucun.

Le sauver des ragots n'était pas un mauvais coup, songea Emma. Mais elle ne pouvait s'empêcher d'avoir mauvaise conscience.

— Alors, il n'y a pas lieu de s'inquiéter.

— Non, en effet, dit Emma d'une voix douce.

Le lendemain matin, Colin se leva de bonne heure pour sa promenade à cheval. Il aimait profiter du parc juste après le lever du jour, quand tous les promeneurs chics qui l'envahissaient plus tard étaient encore dans leurs lits. Il pouvait alors se croire à Trevallan, où il avait tout loisir de chevaucher sans devoir subir cancans et fausse cordialité. La vie à Londres lui avait-elle manqué pendant la guerre ? se demanda-t-il en lançant son cheval au galop. Pas vraiment. Il n'avait jamais beaucoup apprécié cette ville. Il aurait tant voulu retourner en Cornouailles ! Mais si Emma et lui fuyaient maintenant les mauvaises langues et les murmures accusateurs, la bonne société y verrait la confirmation de ses pires soupçons. Ensuite, il ne serait plus question pour sa femme de se faire accepter. Colin rentra chez lui, un peu découragé. Il aurait préféré combattre une ligne d'infanterie française plutôt que d'avoir à affronter ce genre de situation. Finalement, il décida d'aller consulter sa mère.

Ensemble, ils chercheraient un moyen d'étouffer les ragots.

Lorsque Colin poussa la porte du salon, quelques minutes plus tard, une jeune fille vêtue de noir l'y attendait. Emma n'était pas là.

— Bonjour, dit-il poliment.

— Je ne suis pas venue de mon plein gré, annonça l'inconnue d'un ton théâtral.

Ses grands yeux bleus lançaient des éclairs, sa lèvre inférieure tremblait. Elle porta une petite main gantée à son sein.

— Après ce qui s'est passé entre nous, jamais je ne me serais permis de vous déranger chez vous, mais ma mère et votre... votre femme ont tout arrangé entre elles. On ne m'a pas demandé mon avis.

— Euh... fit Colin, perplexe.

— Je sais. C'est cruel. Mais tout le monde n'a pas notre sensibilité. Elles ne se doutent pas de ce que nous endurons.

— Seigneur ! s'écria-t-il, comprenant soudain qui elle était.

Elle hocha la tête d'un air de sympathie profonde.

Colin jeta des coups d'œil traqués autour de lui, espérant découvrir un membre de sa maisonnée.

— Je ne peux pas changer mes sentiments, poursuivit-elle, mais je ne vous embarrasserai pas en les exprimant.

Pour faire mentir ses propos, elle le dévora des yeux en tordant son mouchoir entre ses mains.

— Vous avez pris votre décision, ajouta-t-elle d'une voix mélodramatique. Nous ne parlerons pas de regrets ou d'erreurs. Même si je sais que je ne m'en remettrai jamais, acheva-t-elle dans un murmure.

Elle se rapprocha de Colin. Celui-ci recula d'un pas, mais elle ne s'arrêta pas.

— Néanmoins, vous pourriez me dire ce que vous n'avez pas trouvé chez moi qui...

— Excusez-moi un instant, marmonna-t-il en sortant à reculons de la pièce.

— Ah, je vous comprends ! s'exclama-t-elle en le suivant. Cette situation est si pénible ! Moi-même, je n'arrive pas à la supporter. Ma mère dit que les femmes sont plus fortes que les hommes, mais je ne le crois pas.

— Il faut que j'y aille, s'excusa Colin. Le devoir m'appelle.

— Le devoir, soupira-t-elle. Personne ne peut y échapper, n'est-ce pas ? Ma mère pense que c'est mon devoir d'être ici, mais...

Colin tourna les talons et prit la fuite, mais la jeune fille continua à parler, comme si elle avait toujours un auditoire.

— Il est affreusement dur de se revoir, de se retrouver face à face, sans personne pour nous interdire d'ouvrir nos cœurs. Et voilà que le devoir nous en empêche.

Elle poussa un long soupir.

Une fois dans le vestibule, Colin demanda au laquais :

— Où est Mme la baronne ?

— En haut, je pense. Elle doit se préparer à sortir, monsieur le baron, répondit John, étonné par le ton farouche de son maître.

— Merci, fit Colin, avant de monter quatre à quatre l'escalier.

John riboula des yeux et s'empressa d'aller raconter aux autres domestiques que leur maître n'était pas dans son état normal.

Colin trouva sa femme assise devant sa coiffeuse.

— Emma ! s'écria-t-il. La petite Morland est dans notre salon.

Emma, malgré les battements désordonnés de son cœur, se retourna calmement et lui sourit. Elle avait espéré être partie avec Lady Mary avant le retour de Colin.

— Oui, je sais, dit-elle.

— Que diable fait-elle ici ? Cette fille est dérangée, c'est clair. Nous devrions avoir pitié d'elle, mais ça m'est difficile. Elle m'a parlé d'une manière vraiment étrange. Et la façon dont elle me regardait, Emma... J'en avais des frissons

— Elle est un peu perturbée, parce que...

— Avoir le culot de venir ici ! Ça montre à quel point elle est détraquée. Je vais demander à John de la raccompagner chez elle et j'enverrai un mot à Morland, pour lui dire...

— Non, attendez. Vous ne pouvez pas la renvoyer. Nous... nous allons nous promener dans le parc.

— D'accord, dès qu'elle sera rentrée chez elle.

— Non, pas vous et moi. Lady Mary et moi.

— Qu.. Quoi ? bredouilla Colin.

— J'ai arrangé une promenade en voiture avec elle, parce que...

— Avec elle ? Après ce qu'elle a dit ? Vous êtes devenue folle, vous aussi ? Cette fille a répandu les bruits les plus injurieux sur notre compte, et vous vous apprêtez à l'emmener en promenade ?

— Justement. Si nous paraissons amies, les gens seront moins tentés de croire aux commérages.

Colin se planta au milieu de la pièce et la regarda en fronçant les sourcils.

— J'ai conçu ce plan pour étouffer le scandale dans l'œuf, expliqua-t-elle.

— Vous voulez paraître amies ? répéta-t-il, incrédule.

— Oui.

— Et vous espérez convaincre les gens que ces rumeurs sont sans fondement ?

— Si nous faisons front ensemble, ils ne pourront plus rien dire. Les mauvaises langues seront désarmées. D'ailleurs, votre mère a approuvé ce plan.

— Vraiment ? s'exclama Colin, qui allait de surprise en surprise. Et vous êtes certaine que la petite est d'accord ?

— Pas entièrement. Mais l'idée a séduit la duchesse, sa mère. Je suis sûre que Lady Mary finira par se ranger à son avis. Pour éviter d'être au centre d'un scandale.

— Et si c'était son souhait le plus cher, au contraire ?

Emma se leva, prête à accomplir sa mission.

— Je ne sais pas si c'est une bonne idée, ajouta-t-il.

— Je n'ai pas trouvé d'autre moyen de faire taire les commérages. Avez-vous un meilleur plan ?

— Non, répondit Colin.

Il considéra Emma, fraîche et adorable dans sa robe grise gansée de bleu. Il redoutait de la voir salie par un scandale et rejetée par la bonne société. Se rappelant les insinuations des ivrognes à son club, il serra les poings. Emma avait raison, il fallait riposter.

— Très bien, admit-il. Vous ne comptez pas sur ma présence, j'espère ?

— Non, dit Emma en souriant. Je ne crois pas cela nécessaire.

Elle croisa son regard intense, chargé d'émotions indéchiffrables, et se troubla.

— Je... je dois y aller, fit-elle.

Il lui tint la porte et elle sortit.

Dans le salon, Emma trouva Lady Mary en train de feuilleter nerveusement un album d'estampes. La jeune fille était ravissante dans sa robe noire, mais elle paraissait de fort mauvaise humeur.

— Si je suis ici, c'est uniquement parce que ma mère m'a obligée à venir, déclara-t-elle dès qu'Emma apparut. Je n'ai pas envie de me promener avec vous, ni de faire quoi que ce soit d'autre en votre compagnie.

— Souhaitez-vous que Colin soit éclaboussé par un scandale ? Déshonoré, peut-être ?

— Je ne veux pas lui causer de tort ! s'écria Lady Mary d'une voix ardente.

Son accusation d'abandon et sa tentative de suicide n'allaient guère dans ce sens, songea Emma avec amertume.

— Êtes-vous prête à l'aider ? demanda-t-elle simplement, ravalant les répliques qui lui venaient à l'esprit.

— Je suis ici, non ? Je ferai donc semblant d'être votre amie pour *lui,* mais je ne le serai pas vraiment.

— Dieu merci, marmonna Emma. Très bien, ajouta-t-elle tout haut.

Pendant le court trajet jusqu'au parc, elles restèrent silencieuses. Lady Mary gardait obstinément la tête tournée pour ne pas regarder Emma. Les choses ne seraient pas faciles, pensa celle-ci. Elle n'avait qu'une envie : mettre sa compagne en pièces et rentrer chez elle. Mais il fallait qu'elle tienne bon, pour Colin. Lorsqu'elles arrivèrent à la grille du parc, elle dit :

— Si on veut que ça marche, vous devez avoir l'air plus gaie.

Avec sa moue renfrognée, la jeune fille ressemblait au fils de Caroline, quand on lui interdisait de grimper sur la cheminée. Une voiture les suivait, et Emma crut la partie perdue. Mais Lady Mary se redressa soudain sur son siège, rejeta les épaules en arrière et sourit. Son visage de poupée boudeuse se transforma.

— Comme ça ? fit-elle entre ses dents.

— Exactement, répondit sa compagne, avec un sourire qui ne devait guère être convaincant.

Elles roulèrent dans les avenues bondées du parc, croisant attelages, cavaliers et promeneurs. Elles attiraient tous les regards. On chuchotait et on les montrait discrètement du doigt.

— Est-ce qu'il sera là ? demanda Lady Mary, sans se départir de son sourire figé.

Emma comprit sans peine qu'elle parlait de Colin.

— Non.

— Vous ne voulez pas que je le voie, je suppose. C'est peut-être mieux ainsi. L'apercevoir tout à l'heure m'a été affreusement pénible. Je suis sûre qu'il a ressenti la même chose, ajouta-t-elle en joignant ses mains gantées de noir.

Quelle actrice ! pensa Emma. Elle brûlait de dire à cette petite mijaurée que Colin avait failli la chasser de la maison.

— Pourquoi vous a-t-il choisie plutôt que moi ? s'enquit Lady Mary. C'est absurde.

Emma, qui n'avait pas l'intention de répondre, remercia *in petto* la vieille comtesse aux yeux en boutons de bottine qui les héla de sa voiture et s'arrêta pour échanger quelques mots. Elle fut plus soulagée encore quand Lady Mary joua le rôle qui lui avait été assigné et nia les rumeurs, les qualifiant d'erreurs et d'exagérations. La comtesse l'écouta avec le plus vif intérêt, puis elle s'éloigna.

— Jane, Alice et Eliza ne croiront jamais ces bobards, déclara alors Lady Mary.

Il s'agissait des amies à qui la jeune fille avait envoyé ses lettres d'adieu, se rappela Emma.

— Dans ce cas, vous devrez leur parler vous-même.

— Je leur dirai la vérité, répliqua la jeune fille d'un ton de défi.

— Parfait. Vous leur direz donc que vous vous êtes méprise sur les intentions de Colin, que vous avez pris sa politesse pour de l'amour, que vous n'aviez pas remarqué qu'il s'intéressait tout autant à des dizaines d'autres jeunes filles sans éveiller d'espoir auprès d'elles. Vous vous excuserez pour votre conduite et leur demanderez de garder pour elles cet incident regrettable.

— Ça ne s'est pas du tout passé comme ça!

— Non? fit Emma en soutenant son regard.

Lady Mary était une enfant gâtée, habituée à obtenir ce qu'elle voulait. Mais, cette fois, elle avait échoué. Du coin de l'œil, Emma vit un groupe de cavaliers approcher.

— Souriez, murmura-t-elle.

Elles se retournèrent pour affronter un nouveau flot de questions.

Plus d'une heure s'écoula en discussions fastidieuses. Les deux femmes jouèrent leurs rôles à la perfection. Emma soupçonnait Lady Mary de se prendre au jeu. En tout cas, celle-ci semblait ravie d'être le centre d'intérêt. Bien que la bataille ne fût pas gagnée, elles avaient réussi à endiguer la vague de ragots, songea Emma.

Elle put donc enfin demander au cocher de gagner la maison des Morland, pour y déposer Lady Mary. Comme la voiture faisait demi-tour, une voix haut perchée lança :

— Emma, ma chère!

Au bord de l'allée se trouvait Arabella Tarrant, au bras du comte Julio Orsino.

— Quelle chance de vous rencontrer! Je ne me sens pas bien, ajouta Arabella, et j'espérais trouver quelqu'un pour me ramener chez moi.

Sans attendre de réponse, elle s'approcha de la calèche et ouvrit la portière. Orsino la rejoignit et abaissa le marchepied, avant que les laquais n'aient eu le temps de réagir.

— Des vertiges, précisa Arabella en grimpant dans la voiture. Je ne supporte pas la chaleur.

Montant à sa suite, Orsino s'assit en face d'Emma et lui adressa un sourire insolent.

Elle ne pouvait pas les chasser de sa voiture sans

provoquer une scène et alimenter les commérages, pensa Emma, furieuse. Prise au piège, elle ordonna au cocher de continuer.

— Il ne fait pas chaud, dit-elle sèchement.

— Ceux qui ont vécu dans le Sud, comme nous, sont capables de supporter toutes les températures, répliqua le comte avec un clin d'œil discret.

— La moindre chaleur me rend malade, soupira Arabella.

Elle agita les mains, faisant se balancer les rubans verts qui ornaient les manches de sa robe jaune canari.

— Je ne vous ai pas vue depuis des lustres, Emma. Vous êtes ravissante, comme toujours, constata-t-elle d'une voix acide.

Elle avait comploté avec Orsino par dépit, comprit Emma. Depuis leur retour de Cornouailles, Colin et elle l'avaient ignorée. Son mari lui avait bien envoyé une jolie somme d'argent, mais Arabella voulait surtout profiter de leur position sociale. Sa nièce n'ayant rien fait pour l'introduire dans la bonne société, elle avait dû décider de se venger.

Emma serra les dents. Lady Mary regardait, à la fois horrifiée et fascinée, la robe d'Arabella. Il fallait à tout prix éviter de présenter Orsino à une jeune et riche débutante, songea Emma.

— Je suis désolée, mais je ne peux pas vous raccompagner chez vous, dit Emma à Arabella. Nous sommes attendues à Grosvenor Square.

— Mais pas du tout, protesta Lady Mary, devinant un mystère. Ma mère est chez ma tante.

Orsino se pencha en avant, une main sur la poitrine.

— Je suis le comte Julio Orsino, déclara-t-il. D'Italie.

— Vraiment ? répondit Lady Mary. Mon père a fait un grand voyage en Italie, à l'âge de seize ans. Il a beaucoup aimé. Dans notre maison, nous avons plusieurs tableaux italiens.

— Votre père est un homme de goût, mademoiselle… euh...

— Lady Mary Dacre, dit la jeune fille en lui tendant la main.

— Enchanté, dit le comte avec un large sourire. Dois-je vous présenter mes condoléances ? demanda-t-il en désignant sa robe de deuil.

— Ma grand-mère est morte.

— Ah, je suis désolé…

— Je suis profondément triste. Elle me manque énormément. Mais elle souhaiterait que je sorte et que je m'amuse, vous savez. Elle ne voudrait pas me voir drapée de noir et enfermée chez moi.

— Sûrement pas, renchérit le comte, les yeux brillants.

Si seulement Lady Mary était restée enfermée, songea amèrement Emma. Elle aurait dû se douter que, furieux d'avoir été chassé de chez elle, Orsino chercherait à se venger.

— Je m'étonne que vous supportiez un tel traitement, ajouta-t-il.

Emma regarda autour d'elle. Ils approchaient des grilles du parc.

— Je pensais me promener à cheval, ce matin, dit Orsino, mais je n'ai pas eu de chance avec ma monture.

— Vous avez loué un cheval ? demanda Lady Mary.

— J'hésite à lui donner ce nom, chère demoiselle. Ce serait une insulte à toutes ces bêtes superbes, déclara-t-il en montrant la piste où évoluaient les cavaliers. Ce… Cette créature a été ramenée à l'écurie où je l'avais prise, après avoir mordu mon domestique, le fils de ma logeuse et l'homme qui livrait... euh… du charbon, je crois. Un grand bonhomme rubicond qui a menacé de me traîner en justice.

Lady Mary gloussa.

— On m'a conseillé de m'adresser à une autre écurie, poursuivit-il, mais je ne me suis pas encore résolu à affronter une deuxième monture anglaise.

— Les chevaux sont sûrement beaucoup plus beaux en Italie, intervint Emma d'un ton acerbe.

— Disons plus... raffinés.

— Pourquoi ne pas retourner les monter ? proposa-t-elle, à bout de patience.

— Ah, si seulement je le pouvais ! soupira-t-il. Mais la guerre a privé ma famille de ses terres et de sa fortune. Qu'il est dur d'assister à la ruine d'une grande et noble famille !

Emma fit la moue. Plus d'une personne s'interrogeait sur la légitimité du titre d'Orsino. Emma était en outre persuadée qu'il n'avait jamais possédé ni terres ni fortune. Ce n'était qu'un joueur, un escroc, et peut-être pire encore.

— Maintenant que la guerre est finie, peut-être devriez-vous rentrer dans votre pays et essayer de récupérer vos biens, dit-elle d'une voix suave.

Le comte secoua la tête, mais ne répondit rien.

— C'est un véritable roman ! s'exclama gaiement Lady Mary.

Le piège se refermait. Il fallait absolument éloigner la jeune fille de cet individu dangereux. Comme Emma scrutait désespérément l'horizon en quête d'un secours quelconque, elle vit un fiacre déposer son passager devant les grilles du parc. Aussitôt, elle se tourna vers le laquais juché derrière la voiture.

— John, attrapez ce fiacre, ordonna-t-elle. Vite !

L'air ébahi, le domestique sauta et courut retenir le véhicule.

— Je vous prie de m'excuser, déclara Emma. Comme je vous l'ai dit, nous avons un rendez-vous. Mais voilà un fiacre qui vous ramènera chez vous.

J'espère que vous vous rétablirez très vite, Arabella. Arrêtez, s'il vous plaît, Tobias.

Le cocher stoppa la voiture. Ignorant l'indignation d'Arabella et le sourire amusé du comte Orsino, Emma attendit que les intrus descendent. Arabella balbutia quelques objections. Mais, admettant sa défaite, Orsino s'inclina et entraîna la vieille dame vers le fiacre.

— C'était terriblement grossier, dit Lady Mary.

— Ce ne sont pas des gens recommandables, répliqua sa compagne.

— Pourquoi ?

Éludant la question, Emma se mit à réfléchir. Décidément, Londres ne lui portait pas chance. Tout ce qu'elle faisait tournait à la catastrophe. Or Colin voulait une femme sans histoires. N'allait-il pas, tôt ou tard, se fatiguer des continuels tracas qu'elle lui causait ?

— Cet homme vous a saluée, fit remarquer Lady Mary.

Levant craintivement les yeux vers la rue, Emma reconnut son frère Robin, juché sur un bel alezan. Soulagée, elle agita la main.

— Je croyais que nous rentrions à la maison, se plaignit Lady Mary.

— Un instant. Robin ! appela Emma.

Le jeune homme s'approcha d'elles et souleva son chapeau.

— Bonjour, fit-il sèchement.

Il était encore vexé. Après leur dernière entrevue, il avait conclu qu'Emma ne valait pas mieux que leur père. Sa déception avait été aggravée par la nécessité dans laquelle il s'était trouvé d'emprunter une grosse somme d'argent à un prêteur des plus déplaisants. Comme le disait son ami Jack, il avait vendu son âme au diable, ce qui n'avait fait qu'accentuer son ressentiment envers sa sœur. Il n'avait donc pas répondu au mot qu'elle lui avait envoyé et n'était pas retourné chez elle.

— Robin, pourquoi n'es-tu pas revenu me voir ?

Percevant de l'émotion dans la voix de son aînée, Lady Mary regarda Robin avec un intérêt nouveau.

— J'ai été très occupé. Des tonnes d'invitations, ajouta-t-il avec un geste las. Et puis, je ne voulais pas vous accabler de mes confidences.

— Tu ne m'accables pas.

Le souci de préserver son frère avait été à l'origine de toute cette affaire, se rappela-t-elle. Depuis l'instant où elle l'avait revu, elle avait pris ses intérêts à cœur, mais il l'ignorait.

— Ne vous inquiétez pas, dit-il d'un ton dégagé. Je me suis occupé de tout. Je n'aurais pas dû vous en parler.

— Me parler de quoi ? s'enquit-elle, alarmée.

S'il avait eu des ennuis, sa passion du jeu n'y était certainement pas étrangère. Et elle ne savait que trop bien ce qui attendait un jeune homme possédé par le démon du jeu.

Il haussa les épaules sans répondre et demanda :

— Vous allez me présenter ?

Sa requête impliquait qu'elle lui avait une fois de plus manqué d'égards.

— Lady Mary, fit Emma avec un soupir exaspéré, je vous présente mon frère, Robin Bellingham. Robin, Lady Mary Dacre.

Voyant s'évaporer l'excitante hypothèse d'une liaison entre Emma et un jeune amant, Lady Mary se rembrunit.

— Bonj...

Robin s'interrompit.

— Dacre ? répéta-t-il. Celle qui répand des histoires injurieuses sur St Mawr ? Que diable fait-elle avec vous ?

— Robin ! s'écria Emma d'un ton sévère.

Elle jeta un coup d'œil affolé dans la rue. Par bonheur, il n'y avait personne alentour.

— En tout cas, l'idée ne vient pas de moi, répliqua Lady Mary.

— Au club, on raconte qu'elle est dérangée. D'après Freddy Blankenship...

— Freddy est un être méprisable ! s'écria Lady Mary. Et je vous trouve très mal élevé de parler comme si j'étais absente.

Robin la dévisagea avec curiosité.

— Freddy prétend qu'elle a failli lui jouer le même tour. Elle clamait partout qu'il la courtisait, alors qu'il n'avait fait que danser avec elle.

Lady Mary suffoquait. Elle lança à Robin un regard assassin.

— Vous... vous... balbutia-t-elle.

— Freddy dit qu'elle se croit irrésistible.

— Goujat ! glapit Mary. Vous êtes pire que Freddy ! Je n'ai jamais rencontré quelqu'un d'aussi grossier et désagréable que vous !

— Au moins, vous ne vous mettrez pas en tête que j'ai l'intention de vous demander en mariage, rétorqua Robin.

— Vous ? Même si vous étiez le dernier homme sur terre, je ne voudrais pas de vous !

— Soyez rassurée, la question ne se posera pas.

Lady Mary éclata en sanglots.

— Robin ! protesta Emma.

— Comme si j'allais regarder un homme avec un gilet pareil, pleurnicha Lady Mary.

Robin, outré, examina le vêtement bariolé et demanda :

— Qu'est-ce qu'il a, mon gilet ?

— Il est hideux, gémit la jeune fille, avant d'enfouir le visage dans son mouchoir.

— Voyons, Lady Mary… fit Emma.

— Espèce de mégère ! s'écria son frère. Sachez que

ce motif est du dernier cri. Tous les gens de goût l'ont admiré.

— On dirait un gribouillage d'enfant, répliqua Mary, sans cesser de geindre.

Robin hoqueta d'indignation.

— À cause de cette créature, St. Mawr a étranglé un type en plein repas ! C'est une honte, voilà tout. Ça ne devrait pas être permis.

— Que dis-tu ? interrogea Emma, interloquée.

— Il a mis le club sens dessus dessous. Tout le monde regardait. À sa place, c'est elle que j'aurais étranglée, et plutôt deux fois qu'une !

— Robin, de quoi parles-tu ? demanda Emma.

— Peut-être pas étranglée, continua Robin pour lui-même. Ça ne se fait pas, d'étrangler une femme. C'est de mauvais goût. Je lui aurais flanqué une bonne trempe. Oui, c'est ça.

— Que s'est-il passé au club de Colin ? insista Emma.

— Quoi ? Oh, c'est à cause de Steyne. Il s'est approché de la table de St Mawr et a dit quelque chose, puis St. Mawr l'a pris à la gorge.

Robin semblait hésiter entre l'admiration et la réprobation.

— Si ses amis ne l'avaient pas arraché à Steyne, il l'aurait tué, ajouta-t-il.

— À cause de moi ? demanda Lady Mary, ravie.

— Sûrement pas ! Il paraît que Steyne a insulté Emma. Personne n'irait se mettre dans un tel pétrin pour vous.

— Goujat !

— Furie !

— Arrêtez, ordonna Emma.

— Je n'aurais sans doute pas dû évoquer cet incident, déclara Robin en voyant l'expression de sa sœur. Pas devant des dames, en tout cas. J'espère que vous ne direz pas que je colporte cette histoire.

— Je me gênerai, fit Lady Mary.

Robin l'ignora.

Colin l'avait donc défendue devant ses amis, songea Emma. Et il ne lui en avait même pas parlé.

— Ça ne va pas ? s'inquiéta Robin.

— Si.

Emma aurait voulu l'interroger sur l'incident, mais le moment et l'endroit étaient mal choisis. Elle donna donc au cocher l'ordre de repartir.

— Viens me voir, dit-elle à son frère avant de le quitter.

Avec un geste qui ne l'engageait à rien, Robin s'éloigna. Emma eut alors le plaisir de rouler dans une voiture ouverte, avec Lady Mary en train de renifler à ses côtés.

— Calmez-vous, lui dit-elle. Vous allez gâcher tout ce que nous avons accompli aujourd'hui.

— Ça ne s'est pas du tout passé de cette façon, gémit la jeune fille depuis les profondeurs de son mouchoir.

— Bien sûr que non, répondit Emma.

Elle se moquait de savoir de quoi la jeune fille parlait et désirait simplement prévenir de nouvelles larmes.

— Freddy Blankenship me courait après. Il m'envoyait des fleurs. Il m'emmenait faire des promenades à cheval. Quand maman m'a dit qu'il ne tarderait probablement pas à me demander en mariage, j'ai saisi la première occasion pour lui dire que je ne souhaitais pas l'épouser. Il est gros et prétentieux, ajouta-t-elle.

Emma secoua la tête d'un air compatissant, tout en priant ardemment pour qu'elles atteignent au plus vite la demeure des Morland.

— Il m'a traitée de petite poseuse. Mais ce n'est pas vrai. Je ne l'aimais pas, voilà tout.

— Bien sûr, dit Emma, soulagée de constater que les pleurs semblaient avoir cessé.

— Et je crois qu'il ne s'intéressait à moi que parce que je suis fille de duc.

— Quel ignoble individu !

— N'est-ce pas ? Maintenant, il se venge en racontant ces histoires pour me ridiculiser.

Emma ne put s'empêcher de dire :

— Comme vous l'avez fait en colportant ces commérages sur Colin.

— C'est complètement différent, gémit Lady Mary en jetant son mouchoir mouillé sur le siège de la voiture. Je vais demander à maman de m'emmener à la campagne.

Emma, qui redoutait d'avoir à supporter Lady Mary jusqu'à la fin de l'affaire, envisagea cette possibilité avec délices. De plus, cela permettrait d'éviter que la jeune fille revoie Orsino. Mais leur apparition en public avait été utile. La plupart des gens avec qui elles avaient bavardé doutaient à présent de la véracité des ragots. Elles devaient donc continuer à jouer la comédie.

— Ce serait admettre que ces racontars sont vrais, dit-elle. Vous voulez donner cette satisfaction à Freddy ?

— Que puis-je faire d'autre ?

— L'ignorer. Sortir à nouveau avec moi et montrer à tout le monde que vous n'êtes pas affectée par ces potins stupides.

Lady Mary leva vers elle ses yeux rougis.

— Vous ne cherchez qu'à aider St Mawr. Vous vous moquez pas mal de moi.

— Vous avez dit que vous souhaitiez l'aider, vous aussi.

— Personne ne se soucie de moi, pleurnicha la jeune fille en cherchant à tâtons son mouchoir trempé.

Heureusement, elles s'arrêtaient justement devant la maison des Morland. Emma raccompagna Lady Mary.

— Vous avez tout intérêt à faire bonne figure, lui dit-elle. S'il est prouvé que les histoires sur Colin sont fausses, l'opinion en conclura que les propos malveillants de Freddy sont également sans fondement.

— Je le déteste.

— Je n'en doute pas.

— Je lui montrerai qu'il ne peut pas répandre impunément des mensonges sur moi !

— À la bonne heure !

— Je raconterai à tout le monde qu'il porte un corset. Je l'ai entendu craquer, quand il s'est baissé pour ramasser mon éventail.

— Je ne...

— Nous chercherons cet idiot dans le parc, coupa Lady Mary, triomphante, et je ferai semblant de ne pas le voir !

Emma, dépitée, masqua une grimace.

— C'est une chance que vous ayez inauguré ces promenades, poursuivit Lady Mary avec un grand sourire. Autrement, je n'aurais pas le droit de sortir, à cause de notre deuil.

— Ne pensez-vous pas que vous devriez...

— Freddy va regretter d'avoir prononcé mon nom, déclara la jeune fille avec satisfaction. Au revoir, ajouta-t-elle en tendant la main à Emma.

Soulevant sa jupe, elle se dirigea vers l'escalier.

Emma regagna sa voiture, partagée entre l'appréhension et le soulagement. Les événements se bousculaient, et son plan ne se déroulait pas du tout comme elle l'avait prévu.

De retour chez elle, Emma chercha Colin, mais il était sorti. Elle avait tellement envie de lui parler qu'elle ne réussit à se concentrer sur rien. Elle arpenta donc le salon avec une impatience croissante et dut se résoudre à monter se changer pour le dîner sans l'avoir vu. Elle l'entendit arriver un peu plus tard, alors que sa femme de chambre la coiffait.

— Comment s'est passée votre promenade ? demanda Colin pendant le repas.

— Insolite.

— D'après ce que j'ai pu observer, Lady Mary Dacre est une jeune fille pour le moins insolite.

— En effet.

Pour entretenir la conversation, Emma raconta sa sortie. Colin se mit à rire quand elle lui rapporta l'échange entre Lady Mary et Robin Bellingham.

— J'aimerais vraiment connaître ce Freddy Blankenship, dit-il.

— Je vous le laisse. Et j'espère que notre prochaine promenade ne ressemblera pas à celle-ci.

— Il doit y en avoir une autre ? s'étonna Colin.

— Oui, je crois.

— Vous pensez que c'est nécessaire ?

— Pas vous ? dit-elle en le regardant d'un air entendu.

— Faites comme vous l'entendez, répondit-il.

— Vous n'avez pas d'opinion ? Vous ne redoutez pas le scandale ?

— Ma réputation me permet de supporter les illusions de cette gamine.

— Je vois.

— Enfin, cette affaire aura au moins eu un effet positif, déclara-t-il, sans paraître remarquer son ton ironique. Vous avez rallié ma mère à votre cause.

— Pardon ?

— Je l'ai rencontrée dans Bond Street, aujourd'hui. Quand je me suis plaint de la présence de Lady Mary dans mon salon, elle a immédiatement pris votre défense.

— Vous plaisantez ?

— Pas le moins du monde. Elle admire votre détermination. Elle m'a violemment reproché de critiquer une femme vive et courageuse. Pour finir, elle a ajouté que je ne vous méritais pas.

— Je me demande bien pourquoi elle a dit ça, murmura Emma.

Colin haussa les sourcils, perplexe.

— Parce que vous l'avez impressionnée. Quelque chose ne va pas ?

— Mais non.

— On vous a insultée ? Est-ce pour cela que vous vous inquiétez de la propagation du scandale ?

Avant qu'elle ait pu répondre, le laquais entra et leur présenta le deuxième plat avec tout le cérémonial requis. Lorsqu'ils se furent servis, John resta dans la pièce, à leur disposition, limitant de ce fait leur conversation.

Ils terminèrent leur repas en silence, puis quittèrent la salle à manger.

— Voulez-vous aller dans la bibliothèque, ou préférez-vous que nous montions dans le salon ? demanda Colin.

— La bibliothèque, répondit Emma sans hésiter.

La pièce, beaucoup plus intime, favoriserait peut-être la discussion.

Ils s'installèrent dans le canapé, devant la cheminée. Colin étendit ses longues jambes vers les flammes.

— C'est bien agréable, déclara-t-il. Il y a longtemps que nous n'avons pas passé une soirée à la maison.

— Oui, approuva Emma en se tournant vers lui. Colin, j'aimerais vous parler de quelque chose.

— Je m'en doutais.

— Pourquoi ne m'avez-vous pas dit...

Comme on frappait à la porte, elle s'interrompit.

— Qu'est-ce que c'est ? demanda-t-elle d'un ton brusque.

Ferik entra. Il leur adressa un sourire radieux et posa une carafe et deux verres sur la table devant eux.

— Où est John ? interrogea Colin.

Ferik se redressa.

— Hélas, il est tombé et s'est fait mal au genou. Mais je savais que vous vouliez votre cognac, seigneur, aussi m'en suis-je chargé.

— Ce n'est pas grave, j'espère ? s'inquiéta Emma.

La jeune femme soupçonnait Ferik d'avoir une part de responsabilité dans cette chute.

Le géant lança un regard complice à sa maîtresse et répondit :

— Oh, non ! Il faut seulement qu'il se repose un peu.

— Clinton va s'occuper de lui, dit Colin.

— C'est la soirée de sortie de M. Clinton, expliqua Ferik d'un ton réprobateur. Moi, seigneur, je ne demande pas de soirées, ajouta-t-il en croisant les bras sur sa poitrine. Je n'oserais pas profiter d'une telle...

— Oui, oui, coupa Emma. Merci, Ferik. Nous n'avons plus besoin de toi.

— Bien, maîtresse. Mais ne dois-je pas apporter du bois pour le feu ? Le coffre est presque vide.

— Ça suffira, fit Colin.

Ferik s'inclina profondément.

— Oui, seigneur, merci, dit-il avant de sortir.

— Il faut que ça cesse, déclara Colin quand il fut parti.

— Je lui parlerai.

— Non. Nous devons prendre des mesures plus énergiques. Je ne peux pas le laisser estropier mes laquais.

— Quelles mesures ?

— Je vais commander pour Clinton un... un nouvel habit. Avec... euh... des boutons d'argent.

— Ferik sera blême de jalousie.

— Précisément. Et il verra que, malgré ses manigances, Clinton a toujours ma faveur.

— Vous avez le sens de l'intrigue, monsieur le baron.

— Oui, n'est-ce pas ? En voulez-vous ? proposa-t-il en soulevant la carafe.

Emma secoua la tête, et il se servit un cognac.

— Bien. De quoi souhaitiez-vous me parler ?

— Pourquoi ne m'avez-vous pas raconté ce qui s'était passé à votre club ? dit Emma sans préambule.

— À mon club ?

— Il paraît que vous y avez molesté un homme, poursuivit-elle. En public, dans la salle à manger. Parce qu'il m'avait insultée.

— Qui vous a dit ça ? demanda Colin avec un calme inquiétant.

— Pourquoi ne m'en avez-vous pas parlé ? insista Emma.

— Je n'avais pas de raison de le faire, répondit Colin en se détournant légèrement.

De toute évidence, il n'était pas fier de son comportement. Il semblait furieux qu'on ait rapporté l'incident à Emma.

— Pas de raison ? Cela n'avait-il pas quelque chose à voir avec ce scandale inepte que nous essayons de combattre ?

— Je ne veux pas en discuter.

— Mais moi, si !

— Ça ne vous regarde pas.

— Vraiment...

La colère lui coupa la parole. Le sang battait à ses tempes.

— J'ai compris, reprit-elle enfin. Dans cette affaire, nous ne conjuguons pas nos efforts. Nous n'avons pas à nous soucier de ce que fait l'autre, car ça ne nous regarde pas !

— Emma !

— Je pensais bêtement que, selon notre marché, nous partagions les mêmes intérêts et les mêmes buts. Je vous demande pardon, monsieur, d'avoir outrepassé mes droits. Je ne recommencerai pas !

— Vous donnez trop d'importance à cette affaire.

— Ah, bon ? Il arrive souvent que des messieurs s'étranglent à votre club ? Je l'ignorais.

— Vous exagérez, Emma.

— Rien d'étonnant à ce que les femmes n'y soient pas admises, fit Emma. Nous n'aimons pas beaucoup les bagarres.

Colin la saisit par les épaules et la secoua légèrement, l'obligeant à le regarder.

— Ça suffit ! lança-t-il.

Emma s'immobilisa.

— Qui vous l'a raconté ? demanda-t-il.

Elle inspira profondément, essayant sans succès de se calmer.

— Je le saurai, dit-il.

— Qu'importe ?

— Emma !

— Ça ne vous regarde pas, répliqua-t-elle en tentant de se dégager.

Colin la secoua de nouveau.

— Si vous ne me le dites pas tout de suite, je vais...

— Quoi ? M'étrangler ?

Il la lâcha brusquement, comme si elle lui avait brûlé les mains, et la fixa en plissant les yeux.

— Quelqu'un que vous avez rencontré au parc, je parie. Mais une simple relation n'aurait pas osé...

Il s'interrompit.

— Votre frère, devina-t-il. Il n'a pas eu l'intelligence de tenir sa langue.

Emma ne répondit rien, mais son expression confirma les soupçons de Colin.

— Le misérable ! rugit-il. Qu'il se contente donc de parader dans ses habits ridicules et de perdre sa culotte au jeu ! Je vais...

— Au jeu ? répéta Emma.

Elle se redressa et serra les poings.

— Il joue toujours gros ? demanda-t-elle.

— Oh, oui ! Ce gamin ne brille pas par son bon sens.

— Pourquoi ne m'en avez-vous pas parlé ?

— Je viens de le faire.

— Merci. Mais vous ne m'en auriez sans doute jamais rien dit si je n'avais pas commencé cette... discussion.

— Je ne suis pas sa nurse.

— En effet. Vous avez même clairement laissé entendre, le jour de notre mariage, que vous ne l'aideriez pas. Je ferai donc ce que je peux, seule.

— Emma !

Comment en étaient-ils arrivés là ? se demanda-t-il.

— Je lui parlerai, dit-elle. Je connais la question. Je sais où mène le jeu. Je l'obligerai à m'écouter.

— C'est à votre père qu'il faudrait parler.

Emma se rappela son enfance chez son père. Il avait toujours exigé la perfection de ses enfants, et le comportement de sa fille n'avait pas dû faciliter la vie à Robin. Elle fixa les braises dans la cheminée.

— Je refuse de parler à mon père, admit-elle.

— Eh bien, ne le faites pas. Les jeunes gens finissent par se lasser de ces extravagances. Vous prenez tout cela trop à cœur.

Emma resta silencieuse. Elle revoyait Edward, ravagé par sa passion du jeu. Colin ne comprenait pas. Un gouffre les séparait.

— Cela ne vous concerne en rien, déclara-t-elle en se levant. Je ne vous embêterai plus avec ça.

— Tant mieux, marmonna-t-il.

Il en voulait au monde entier. Emma était par trop déraisonnable.

— Bonne nuit, dit-elle.

Quand elle fut partie, Colin remplit son verre de

cognac et ressassa de sombres pensées en regardant le feu. Emma était injuste, songea-t-il. Et elle avait une langue acérée. Il avait agi comme un imbécile au club, il le savait. Il n'avait pas besoin qu'on le lui dise ou qu'on fasse des remarques sarcastiques sur les bagarres. Ne regrettait-il pas assez son emportement ? N'avait-il pas à subir les plaisanteries de ses amis ? Il avait parfaitement conscience que son attitude n'avait rien arrangé.

Il remplit à nouveau son verre et en but la moitié d'un trait. Emma aurait dû comprendre combien il était gênant de se ridiculiser en public. Mais elle ne se souciait que de son maudit frère. Le méritait-il ? Non ! C'était un jeune freluquet incapable de tenir sa langue, de quitter à temps les tables de jeu et de choisir un gilet convenable. Colin résista à l'envie d'envoyer son verre se fracasser contre le mur. Une chose était sûre : il n'irait pas sermonner Robin Bellingham. Un peu de prison pour dettes ferait du bien à ce jeune imbécile.

9

Le lendemain, Emma appela Ferik et se rendit à pied jusqu'à un quartier qui ne lui était que trop familier. Une fois au coin, elle s'arrêta. Les vastes maisons en brique rouge, œuvres d'un grand architecte, se dressaient toujours de chaque côté de la rue aux pavés usés. Elle reconnut les trottoirs bien entretenus, plantés de poteaux pour attacher les chevaux, les perrons balayés par une armée de servantes et même, au numéro 16, chez la vieille Mme Grainger, les roses d'automne dans des jardinières. Rien n'avait changé.

— C'est ici que nous allons, maîtresse ? demanda Ferik.

Incapable de prononcer un mot, elle hocha la tête.

— Qui habite ici ?

— Moi, autrefois, murmura-t-elle.

— Je n'ai pas entendu, maîtresse, dit Ferik en se penchant vers elle.

Emma se ressaisit et se redressa.

— C'est ici que j'habitais quand j'étais enfant, Ferik. La maison de ma famille.

— Ah, fit le géant, soudain intéressé. L'endroit est plaisant.

— Oui, répondit Emma en se dirigeant vers le numéro 11.

— Vous allez voir votre père, maîtresse ?

À nouveau, elle acquiesça de la tête.

— Ah, c'est bien.

— Tu approuves, Ferik ? fit Emma, amusée.

— Il faut respecter ses aînés. Depuis notre arrivée en Angleterre, vous n'avez pas rendu visite à votre père.

— Quand je suis partie, nous ne nous sommes pas quittés en bons termes.

— Mais maintenant, vous venez demander pardon.

— Demander pardon ? C'est à lui de s'excuser.

Comme ils approchaient de la porte d'entrée, Ferik secoua la tête.

— Non, maîtresse, c'est à l'enfant de se soumettre. Ce n'est pas bien d'humilier ses parents.

— Tu ne sais pas de quoi tu parles, marmonna-t-elle, renonçant à discuter.

Elle lui fit signe de frapper à la porte.

— Bonjour, Wiggins, dit-elle.

— Mademoiselle Emma ! s'exclama le vieux majordome. Comme je suis content ! Nous avons entendu dire... Enfin, puis-je vous présenter, au nom de tout le personnel, nos sincères félicitations ?

— Merci, répondit Emma, prise de remords.

Peut-être aurait-elle dû venir chez son père malgré tout, simplement pour revoir les domestiques.

— Avant de partir, je descendrai à la cuisine, ajouta-t-elle. Mon père est là ?

— Oui, mademoiselle. Dans son bureau.

Emma entra dans le vestibule. Wiggins remarqua alors Ferik, qui la suivait, et sursauta.

— Ferik, mon domestique, dit Emma.

— Vraiment, mademoiselle ? fit le majordome, ébahi.

Ferik s'inclina profondément.

— Je présente mes respects au personnel du père de ma maîtresse, déclama-t-il.

— Euh...

Le majordome considéra Ferik, qui restait courbé, puis il regarda Emma avec des yeux ronds.

— Acceptez, chuchota Emma.

— Euh... oui. Merci, bredouilla Wiggins.

Ferik se redressa, arborant un large sourire.

— Attends-moi ici, lui dit Emma.

— Oui, maîtresse.

Le géant se laissa glisser sur le sol du vestibule et s'adossa au mur lambrissé.

— Mademoiselle Emma ! protesta le vieux majordome.

— Ça ira très bien. Ne vous en faites pas.

Sur ces mots, Emma disparut dans les profondeurs de la maison.

Une fois devant la porte du bureau, elle hésita. Enfant, on ne la convoquait dans cette pièce que pour la réprimander. Le frère et la sœur n'avaient pas le droit d'y entrer seuls, et leur père s'y retirait quand il était de mauvaise humeur. Rassemblant son courage, elle frappa.

— Oui ? dit une voix bourrue.

Emma ouvrit la porte.

Son père était assis dans un fauteuil, près de la cheminée. Le jour qui pénétrait par la fenêtre éclairait les pages du livre qu'il tenait. Dans la lumière, sa chevelure blanche formait un halo éclatant, mais son visage anguleux était plongé dans l'ombre.

— Qu'est-ce que c'est ? demanda-t-il.

Puis il leva les yeux, et son expression s'adoucit. Il empoigna sa canne et commença à s'extirper de son siège avec effort.

— Emma, ma chère, quel bonheur de te voir !

— Je vous en prie, ne bougez pas, dit-elle.

— Quelle bonne surprise ! ajouta-t-il en se renversant dans son siège. Assieds-toi, assieds-toi. Tu as l'air en forme.

— Merci.

Elle prit le fauteuil qui faisait face à celui de son père, de l'autre côté de la cheminée.

— Tout va bien, j'espère ? Pas d'ennuis avec St. Mawr ?

— Non, père.

— Ah, bien, bien... Je m'interrogeais, c'est tout. Tu n'es pas revenue ici depuis...

Laissant la phrase en suspens, il se retourna et tira vigoureusement sur le cordon de la sonnette.

— Café ? Thé ? proposa-t-il.

— Je ne... Une tasse de thé.

La porte s'ouvrit.

— Bess, Mlle Emma est ici. Apportez-nous du thé, ordonna-t-il.

— Oui, monsieur, répondit la femme de chambre en esquissant une petite révérence. Je suis heureuse de vous revoir, mademoiselle Emma.

— Merci, Bess.

En attendant le retour de la servante, Emma parla de tout et de rien. Mais, quand le thé fut arrivé et servi, elle cessa de tergiverser.

— Père, je suis venue parce que je m'inquiète pour Robin, déclara-t-elle

— Qu'a-t-il encore fait ?

— Il n'a rien fait. C'est-à-dire... Il me paraît avoir un goût excessif pour le jeu.

— Le misérable ! Il continue ? Je l'ai pourtant prévenu ! J'ai menacé de lui couper les vivres. Mais il ne m'écoute pas. Cette fois, c'en est trop ! fulmina le vieil homme en frappant du poing le bras de son fauteuil.

— Je vous en supplie, dit Emma, qui se rappelait les nombreuses fois où son père l'avait injuriée.

— Quoi ?

— Ce n'est pas la bonne méthode.

— Tu as quelque chose à proposer ? Sûrement. Sinon, tu ne serais pas ici.

— Je ne sais pas. J'ai pensé que nous pourrions en discuter ensemble. J'ai peur, père. Le jeu est une passion destructrice, je le sais d'expérience.

George Bellingham émit un grognement.

— Je ne supporterai pas de voir Robin gâcher sa vie comme...

— Comme ce vaurien d'Edward Tarrant.

Elle hocha la tête.

— Dès le début, je t'avais dit que c'était un voyou et un coureur de dot.

— Oui. C'est vrai.

— Mais tu n'as rien voulu entendre. Tu t'es rendu compte que j'avais raison, hein ?

— Oui, père.

— Et maintenant, tu viens m'expliquer comment élever mon fils, c'est ça ?

— Non, pas du tout. Je désirais seulement...

— C'est tout de même incroyable ! Si je me montre si sévère avec ce garçon, c'est à cause de toi.

— À cause de moi ?

— Je n'allais pas le laisser suivre le même chemin

que toi. Je ne suis pas tendre avec lui, d'accord. Et alors ?

— Je ne vous ai pas facilité les choses, je sais... commença Emma.

— Facilité ! Tu n'as pas idée de ce que cela a été.

— Sans doute pas.

Bellingham lui lança un regard noir.

— Quand tu t'es sauvée, j'étais hors de moi. Après la mort de ta mère, j'ai essayé d'être un bon père. J'ai fait de mon mieux – ce qui n'était peut-être pas grand-chose, je le reconnais. Et tu as compromis toutes tes chances en t'enfuyant avec ce... Enfin, je me suis juré que rien de semblable ne se reproduirait.

Pour la première fois, Emma regretta la façon dont elle avait traité son père. À dix-sept ans, elle n'avait considéré que son propre point de vue.

— Je regrette, père.

Il la fixa, les yeux écarquillés.

— Tu ne me l'avais encore jamais dit, fit-il.

— Je sais.

— Hum !

Embarrassé, le vieillard s'éclaircit la gorge.

— Se pourrait-il que Robin se révolte contre votre autorité ? demanda Emma après un silence.

Bellingham cligna des yeux, puis il fronça les sourcils.

— Jouer parce que je le lui interdis ? Non, c'est impossible, ajouta-t-il en secouant la tête. Robin est un garçon intelligent.

— Bien sûr. Mais, comme la plupart des jeunes gens, il aime bien ruer dans les brancards.

— Malgré ses habits ridicules, il n'a rien d'un dandy maniéré.

— Non, en effet. J'imagine qu'il serait capable de relever des défis ridicules pour prouver sa force. Comme monter un cheval réputé indomptable, ou participer à une course de cabriolets dans les rues les plus encombrées de Bath.

Le vieillard leva la tête.

Emma soutint son regard, et Bellingham finit par rire.

— Je t'ai trop souvent raconté ces histoires quand tu étais petite, dit-il.

— Je me les rappelle toutes.

— À la suite de cette course, mon père m'a passé un sacré savon. Il m'a traité de tous les noms et m'a menacé de m'envoyer à la campagne jusqu'à ce que j'aie trente ans.

Il poussa un soupir.

— Lorsque Robin est sorti de l'école, poursuivit-il, je lui ai interdit de jouer à quoi que ce soit, même au mistigri. Peut-être suis-je allé trop loin… C'est un garçon fougueux, comme je l'étais moi-même.

Emma acquiesça d'un hochement de tête.

— Mais nous n'avons pas le jeu dans le sang, insista-t-il.

— Je déteste le jeu.

Bellingham s'interrompit un moment.

— Je suppose que tu as réfléchi au problème, dit-il enfin.

— Je me demandais... Si vous évitiez de parler de jeu avec lui ? Ainsi, il n'aurait plus ce prétexte pour se chamailler avec vous.

— Et s'il vient me voir avec ses dettes ? Il ne l'a pas fait depuis un certain temps, remarque. J'ignore d'ailleurs comment il se débrouille, parce qu'il perd toujours plus qu'il ne gagne. Il joue très mal.

— Dites-lui que vous ne vous sentez plus concerné, qu'il est assez grand à présent pour se débrouiller seul avec ses revenus.

— Mais il ne peut pas ! s'exclama son père.

— Peut-être que non. Peut-être devrez-vous à nouveau voler à son secours. Mais qui sait ce dont il serait capable, si on lui donnait l'occasion d'agir en adulte ?

— Hum…

Emma comprit qu'il lui faudrait se satisfaire de cette seule réponse. Insister ne mènerait à rien.

— À vous de décider, conclut-elle. Si je peux faire quelque chose, prévenez-moi.

— Tu pourrais l'occuper, suggéra le vieil homme. Il tient à être à la page et ne demande qu'à assister à des mondanités. Ce serait un moyen de l'éloigner des tables de jeu.

— En effet... En fait, je crois que vous venez d'avoir une idée de génie, père.

Emma et Colin avaient prévu depuis longtemps d'aller au théâtre, ce soir-là, avec la baronne douairière. En mettant la dernière touche à son élégante toilette, Emma se promit de donner à Colin exactement ce qu'il attendait de son mariage. Elle respecterait ses engagements selon les termes du marché qu'ils avaient conclu. Elle serait aimable, mais distante ; agréable, mais superficielle. Bref, la parfaite épouse d'aristocrate. Elle s'approcha du miroir en pied. Après un dernier regard à sa superbe robe en velours rouge et à sa cascade de boucles blondes, elle descendit retrouver son mari.

Colin fut intrigué par le sourire radieux qu'elle lui adressa. S'il avait cru qu'elle relancerait leur dispute de la veille, pensa Emma, il s'était trompé. La tête haute et la démarche gracieuse, elle franchit la porte et monta dans la voiture, aidée par le laquais.

Lorsque Colin la rejoignit, elle disposait sa jupe de façon à ne pas la froisser. Le laquais ferma la portière et sauta à l'arrière de la voiture, tandis que les chevaux partaient au trot.

— Emma… commença Colin.

— Avez-vous entendu parler de cette pièce ?

demanda-t-elle gaiement. Votre mère ne semblait en connaître ni l'histoire ni les acteurs.

— Je crois que la première représentation a eu lieu hier soir. Là s'arrête ma science.

— Ah, bon. C'est l'aventure, si je comprends bien.

— Euh... oui, fit Colin en la fixant avec insistance.

— Il est beaucoup plus intéressant d'aller voir une pièce dont on ne sait rien, vous ne trouvez pas ? dit Emma en regardant la rue. Ce peut être un fiasco, bien sûr. Mais si c'est bon, on a la satisfaction de la découverte.

— La satisfaction ? répéta-t-il, comme si le mot était nouveau pour lui.

— J'ai toujours aimé le théâtre, poursuivit-elle. J'ai assisté à des spectacles sur tout le continent, et même un jour à Constantinople. Devinez ce que...

— Que diable signifie ce bavardage inepte ?

— Inepte ? Pardonnez-moi, mon cher, si j'ai été ennuyeuse. Vous auriez dû me le dire plus tôt.

— C'est à cause d'hier soir ? Parce que je voulais...

— Hier soir ? coupa-t-elle.

Elle fronça les sourcils et fit mine de fouiller sa mémoire.

— Ah, nous sommes arrivés. Quelle chance, n'est-ce pas, d'habiter si près des théâtres ?

— Emma !

Mais le laquais ouvrait déjà la portière et déployait le marchepied. La mère de Colin et Sir Oswald Staunton, un vieil ami de la famille, les attendaient devant l'édifice. Le petit groupe se rendit immédiatement dans la loge que la baronne avait réservée pour la soirée. Ils s'installèrent et échangèrent des banalités jusqu'à ce que le rideau se lève.

Lorsque la pièce commença, Emma se pencha en avant, décidée à se divertir. Elle adorait le théâtre, qui l'avait distraite et consolée aux pires moments de sa vie.

Les acteurs entrèrent en scène. Le coude sur la balustrade, le menton dans la main, Emma fit mentalement la liste des personnages : une jeune héroïne innocente, un courageux héros, une méchante vieille tante, un soupirant indésirable. Du déjà-vu, pensa-t-elle, déçue par la qualité des premiers dialogues. Apparemment, le spectacle ne brillerait pas par son originalité.

Soudain, il se passa quelque chose d'étrange. Emma cligna des paupières, se demandant si ses yeux ne lui jouaient pas des tours. Sans doute était-ce un accident, une erreur. Les acteurs déambulaient sur la scène, déclamant leur texte sans surprise. Puis il y eut une autre bizarrerie, puis une troisième, qui laissa Emma interdite. Elle se retourna vers ses compagnons. Sir Oswald semblait sur le point de s'endormir. La mère de Colin scrutait la salle avec impatience, à la recherche de visages connus. Enfin, Emma regarda Colin. Ses yeux violets exprimaient le plus vif amusement, et un sourire soulevait un coin de sa bouche.

— Vous avez remarqué… chuchota-t-elle.

— Oui, dit-il, avant même qu'elle n'ait achevé sa phrase. Ce n'est pas banal.

Ils éclatèrent de rire.

— Vous êtes bien gais, tous les deux, intervint la mère de Colin. Cette pièce n'a pourtant rien de comique. Je la trouve plutôt ennuyeuse.

— Les acteurs doivent être d'accord avec vous, mère, répondit Colin. Ou alors, ils se détestent.

— Vous avez vu celui qui joue le juge ? demanda Emma. Il a essayé de faire un croche-pied à la vieille dame.

— Et elle lui a écrasé le pied, ajouta Colin. Elle est drôlement agile pour son âge !

Emma rit à nouveau.

— Il a fallu qu'ils intègrent l'incident dans la pièce, dit-elle. Ce grand qui joue le héros paraît désespéré.

— Ça n'a rien de drôle, marmonna Sir Oswald. C'est tout simplement lamentable. Les acteurs sont davantage occupés à se chamailler qu'à divertir la salle.

Emma et Colin échangèrent un regard amusé. Jamais elle n'avait rencontré quelqu'un qui ressentît à ce point les choses comme elle. Troublée, elle détourna les yeux.

La chute du rideau à l'entracte souleva plus d'enthousiasme que la scène précédente. Certains spectateurs partaient, remarqua Emma. Quand Sir Oswald proposa de les imiter, elle voulut protester, mais Colin la devança.

— Non, restons. Je suis curieux de voir comment ils vont s'en sortir. Pensez-vous qu'ils réussiront à finir la pièce ?

— Pour la jeune héroïne, je me pose des questions, dit Emma. Juste avant l'entracte, elle semblait prête à exploser.

— Il ne faut pas rater ça.

— Surtout pas, renchérit-elle en lui souriant.

— Allons au moins boire quelque chose, grommela Sir Oswald en se levant.

Ils se rendirent dans le foyer, où les spectateurs se retrouvaient et s'observaient à qui mieux mieux. Colin partit chercher du vin. Hélés par des connaissances, sa mère et Sir Oswald se joignirent à un petit groupe. Plantée derrière eux, Emma regardait la foule animée, comme s'il s'était agi d'une autre comédie.

— Je ne comprends pas ce qui se passe dans cette pièce, se plaignait une femme sur sa gauche.

— La jeune fille n'est pas laide, murmurait un jeune homme à son compagnon. Je crois que j'irai faire un tour dans les coulisses, tout à l'heure.

Parmi les spectateurs, qui d'autre qu'elle s'amusait du comportement des acteurs ? se demanda Emma.

Uniquement Colin, songea-t-elle, pensive. Elle jeta un coup d'œil dans sa direction et vit qu'il attendait toujours le vin.

— Bonsoir, dit une voix détestable près de son oreille.

Emma se retourna. Le comte Julio Orsino se tenait devant elle.

— Je vous ai aperçue dans la salle et j'ai tenu à venir vous présenter mes hommages respectueux, ajouta-t-il.

Elle ne répondit rien.

— La pièce vous plaît ? s'enquit Orsino. Ce n'est pas très bon, vous ne trouvez pas ?

— Laissez-moi.

— Ma chère baronne...

— Je ne veux pas vous voir, dit Emma entre ses dents.

— Mais vous êtes seule, fit-il avec une sollicitude feinte. Je ne peux pas...

— Je ne suis pas seule.

— Ah, bon ? Désirez-vous que j'aille chercher vos amis ? proposa-t-il en scrutant la foule.

La baronne douairière et Sir Oswald étaient derrière elle, et Colin ne tarderait pas à revenir. Il ne fallait pas qu'ils rencontrent Orsino. Si le comte croyait l'obliger à le présenter, il se trompait, pensa-t-elle en serrant les poings. Il n'avait toujours pas compris à qui il avait affaire. Tremblant de fureur, elle se redressa et lui tourna ostensiblement le dos. C'était une terrible insulte, mais Orsino la méritait bien. Il devait disparaître de sa vie, sinon il se passerait quelque chose de terrible, elle en était persuadée.

Il s'écoula un moment qui lui parut interminable, pendant lequel le bruit de la foule diminua, puis un souffle dérangea ses boucles sur sa joue.

— Vous seriez bien avisée de me rendre une petite

visite, lui murmura Orsino à l'oreille. J'ai été très patient. J'ai supporté votre mépris. Mais c'est fini. Si vous ne vous êtes pas manifestée d'ici demain, vous le regretterez.

Il s'éloigna. Emma le sentit plus qu'elle ne le vit s'éloigner, accompagné de regards curieux qui se posèrent ensuite sur elle. Elle déglutit péniblement. Elle avait peur d'Orsino, admit-elle, car elle savait ce dont il était capable.

Un verre de vin entra dans son champ de vision.

— Voilà, dit Colin.

Emma sursauta.

— Je vous ai effrayée ? Pardonnez-moi.

Elle prit le verre qu'il lui tendait.

— À qui parliez-vous ?

— Moi ? À... à personne. Je ne parlais à personne.

Elle porta le verre à ses lèvres en s'efforçant de ne pas trembler.

Colin examina le visage de sa femme. Il l'avait distinctement vue en train de discuter avec un étranger au teint mat et aux vêtements criards. Elle s'était détournée de lui, puis l'homme s'était penché pour chuchoter quelque chose qui l'avait fait pâlir. Colin n'était pas tranquille. L'individu lui avait profondément déplu. Emma n'aurait pas dû fréquenter ce genre d'homme.

Mais elle avait dû en fréquenter, durant sa vie passée, se rappela Colin en fronçant les sourcils. Peut-être préférait-elle lui taire certains aspects de sa vie avec Edward Tarrant.

— Le type au gilet jaune, insista-t-il.

— Ah, celui-là ! Il me demandait comment atteindre le troisième balcon.

Si elle n'avait pas paru aussi agitée, il l'aurait peut-être crue. Son beau visage était blême. Cet individu l'avait bouleversée. Et elle n'avait apparemment pas l'intention de lui dire pourquoi.

— Ce n'est pas un habitué du théâtre ? demanda-t-il malgré tout.

— Quoi ? Oh, non ! Je... je suppose qu'il n'habite pas en ville.

Il la connaissait. Elle ne savait pas mentir. Pourquoi n'avouait-elle pas la vérité ?

Il aurait aimé qu'elle se confie à lui, puis qu'elle lui explique pourquoi elle avait hésité à le faire. Mais il n'osa pas insister. En l'épousant, elle ne lui avait rien caché de son passé. Il l'avait accepté et n'avait donc pas à se plaindre. Leur arrangement ne lui donnait pas le droit de savoir ce qu'elle ne souhaitait pas lui révéler. Pourtant, une part de lui-même se rebellait contre cet argument. Il désirait qu'elle s'ouvre à lui, qu'elle s'appuie sur lui. Uniquement pour la protéger, bien entendu, songea-t-il aussitôt. Il n'y avait aucun mal à cela. C'était son rôle de mari. Finalement, il décida d'enquêter sur cet inconnu.

La cloche sonna, les rappelant à leurs places. Colin poussa un soupir de soulagement. Pour l'instant, il voulait seulement que cet air soucieux s'efface de son visage.

— Un des serveurs m'a raconté que l'homme qui joue le juge vient d'être plaqué par la vieille actrice, laquelle s'est entichée du jeune héros, dit-il en lui prenant le bras pour la reconduire à leur loge. Et celui-ci hésite entre elle et l'ingénue, ce qui met toute la troupe en effervescence.

— La réalité dépasse la fiction, commenta Emma.

Elle sourit, et Colin sentit son cœur se serrer.

— Peut-être ont-il réglé leurs différends pendant l'entracte, supposa Emma, tandis que la baronne et Sir Oswald les rejoignaient dans l'escalier.

— J'espère que non, avoua Colin.

Lorsqu'elle croisa son regard, il haussa les sourcils.

— Moi aussi, admit-elle, déjà plus détendue.

Quand le rideau se leva de nouveau, il parut vite

évident que les acteurs n'avaient pas résolu leurs problèmes. Les traits crispés par la colère, ils déclamèrent d'une voix furieuse le texte de ce qui était annoncé comme une comédie légère. Lorsqu'un des hommes dut prendre la main d'une dame et s'incliner, on comprit à sa grimace de douleur qu'il lui avait broyé les doigts. Mais celle-ci se vengea : le vin qu'elle lui servit atterrit en grande partie sur le devant de son pantalon, y laissant une tache fort gênante. L'homme eut alors une expression sauvage.

— On dirait qu'il veut la mordre, chuchota Colin, qui fut récompensé par un gloussement d'Emma.

Ensuite, la situation ne fit qu'empirer. Sur scène, l'anarchie régnait. Les acteurs se poussaient pour déclamer des passages tirés d'autres pièces. L'action évoluait selon les répliques que chacun choisissait, les autres devant se débrouiller pour enchaîner. Emma et Colin s'amusèrent à deviner à quelle pièce avait été empruntée chaque nouvelle tirade. En dix minutes, ils dénombrèrent six titres.

— Oh, non, pas encore *Hamlet,* protesta Emma, quelques minutes plus tard, en essuyant des larmes de rire. Celui qui joue le juge en connaît chaque vers par cœur.

— Et il semble en trouver certaines tirades tout à fait appropriées, ajouta Colin en riant sans retenue, tandis que l'actrice la plus âgée jetait un regard meurtrier à l'acteur en question.

Lancés par le parterre, des pommes à moitié croquées, des programmes froissés et autres projectiles commencèrent à atterrir sur le devant de la scène. Exaspérée par la tournure que prenaient les événements, l'ingénue renvoya d'un coup de pied un trognon dans la salle, soulevant des murmures menaçants parmi le public. L'empoignant par le bras, le héros la força à lui faire face et lui débita, les dents serrées, sa déclaration d'amour.

— C'est épouvantable, dit la mère de Colin, amusée malgré elle. Venez, partons.

— Vous ne voulez pas voir la fin, mère ? demanda Colin d'une voix enjouée.

— Ça va se terminer en émeute. Et je préfère retrouver ma voiture avant qu'il ne soit trop tard.

Sur scène, l'ingénue perdit complètement son sang-froid. Les mains sur les hanches, elle se planta devant le public et hurla "Goujat !" à un solide individu, le cou enveloppé d'un foulard rayé, qui venait de crier une insulte. L'homme riposta par une autre grossièreté.

La jeune actrice se mit à ramasser les projectiles et à les renvoyer dans la salle. Après un moment de consternation, un des jeunes acteurs se joignit à elle. Épouvantés, les autres se réfugièrent dans les coulisses. Le parterre gronda, puis vingt bras se levèrent pour lancer tout ce qui leur tombait sous la main.

— Nous ferions mieux de partir, dit Colin.

— Ne pouvons-nous pas nous cacher derrière les rideaux de la loge et regarder ? demanda Emma, les yeux pétillants.

Une pomme passa devant eux, ratant de peu la plume qui ornait la coiffure de la baronne douairière.

— Une retraite stratégique s'impose, déclara Colin. Sir Oswald, si vous voulez bien aider ces dames, je couvre nos arrières.

Mais la plupart des occupants des autres loges avaient tenu le même raisonnement. Quand ils regagnèrent l'entrée du théâtre, ils se retrouvèrent noyés parmi une foule d'élégants qui se bousculaient vers la sortie. Au moment où ils franchissaient la porte, le bruit derrière eux devint assourdissant. Emma et Colin montaient dans leur voiture lorsqu'une meute de jeunes gens surgit du théâtre en hurlant et en agitant des morceaux de tissu qui ressemblaient étrangement aux lambeaux d'un jupon en satin.

Pendant le trajet de retour, Emma et Colin continuèrent à pouffer de rire. Ils s'esclaffaient encore quand la voiture s'arrêta devant leur maison.

— J'avais beaucoup de sympathie pour cette jeune actrice, dit Emma, comme ils gravissaient l'escalier. À sa place, j'aurais bombardé la salle, moi aussi.

— Je n'en doute pas, approuva Colin.

— Mais j'aurais mieux visé. J'aurais atteint ce type qui criait des grossièretés en plein sur son gros nez rouge.

— Certainement.

Ils étaient parvenus à la porte de la chambre d'Emma, et Colin hésita. Après leur dispute de la veille, il n'était pas sûr d'être bien accueilli. Mais il n'avait qu'une envie : que tout redevienne comme avant.

— Nous avons ri des mêmes choses, fit-il remarquer.

— Oui, admit Emma.

— Cela ne m'est pas souvent arrivé.

— À moi non plus. Qu'est-ce que cela signifie, à votre avis ? Croyez-vous que notre sens comique soit faussé ?

Colin se sentit submergé par une émotion inconnue. Il n'aurait pu la définir, bien qu'il sût qu'Emma en était l'unique cause.

— J'ai été... un peu violent, hier soir, dit-il. Je ne voulais pas vous blesser.

Plongeant le regard dans ses yeux bleu foncé, si familiers et pourtant surprenants de beauté, il lui toucha la joue.

Elle posa sa main sur la sienne.

Sans plus réfléchir, il l'attira contre lui et, à son grand soulagement, elle glissa les bras autour de lui.

Passant la main derrière son dos, Colin trouva la poignée, ouvrit la porte, et ils entrèrent dans la chambre d'Emma. Lorsque la porte fut refermée, il se pencha et lui donna un baiser aussi léger que le frôlement d'une aile de papillon.

Elle poussa un soupir.

Il l'embrassa de nouveau et lui caressa le cou et les épaules. Emma murmura son nom, tandis que sa main s'égarait sur le velours rubis de sa robe.

Il continua à parcourir son visage et son décolleté de baisers légers. Lorsqu'elle glissa la main sous sa chemise et le caressa avec la même délicatesse, il frissonna de désir.

Il dégrafa sa robe, qui tomba en un tas écarlate sur le tapis, puis il ôta son habit, sa chemise et sa cravate. Emma effleura ses bras et son torse tièdes et musclés. Les baisers de Colin se firent alors plus pressants.

Soudain, il empoigna la chemise d'Emma par l'ourlet et la lui retira par la tête. Il retint un moment ses bras en l'air et s'empara de sa bouche en un baiser passionné.

— Viens, dit-il d'une voix altérée.

Pendant qu'il enlevait son pantalon et ses bottes, Emma resta nue à côté du lit et le regarda, ce qui ne fit qu'augmenter son désir. Quand il la coucha sur le lit, son érection était évidente, et elle soumit cette partie de son anatomie aux mêmes caresses légères que celles qu'ils venaient d'échanger. Colin gémit sous ce délicieux tourment.

Il savait qu'il ne pourrait se contrôler très longtemps, mais voulait auparavant savourer chaque parcelle du corps superbe de sa femme. Se soulevant sur un coude, il effleura des lèvres ses épaules laiteuses, ses seins, son ventre, ses hanches, ses cuisses.

Elle était comme de la soie vivante, se dit-il en glissant le long de son corps. Lui faire l'amour était une combinaison merveilleuse, où le désir exaspéré s'alliait à la certitude d'être comblé, ce qui incitait à prolonger le supplice de l'attente. De sa main libre, il explora le cœur de sa féminité.

— Oh! s'écria-t-elle en se tendant sous sa main. Colin... Oh, Colin...

Le faible contrôle qu'il conservait encore ne résista pas au désir qu'il entendit dans la voix d'Emma. Il se redressa, l'attira contre lui et écrasa ses lèvres sous les siennes. S'agrippant à lui, elle enroula une jambe autour de la sienne et se cambra. Répétant inlassablement son nom, il plongea en elle. Submergé par des sensations d'une intensité presque insoutenable, il se perdit en elle. Et ils furent emportés ensemble dans un univers où plus rien n'existait que leurs corps qui se fondaient l'un dans l'autre.

Un peu plus tard, quand leurs respirations se furent calmées et que leurs cœurs eurent retrouvé un rythme normal, Emma se dégagea et contempla le visage de Colin sur l'oreiller.

— Sans toi, je n'aurais jamais connu ça, chuchota-t-elle.

— Quoi?

— Ces incroyables sensations. Je ne comptais pas me remarier. Je n'aurais jamais... J'aurais vécu toute ma vie sans me sentir si...

Elle s'assit et s'étira.

— Si... fit-il.

— Si bien. Si merveilleusement bien. Jamais Edward...

— Le méprisable Edward Tarrant. Il n'a jamais quoi?

Elle ne répondit pas.

— Dis-moi, insista-t-il.

L'idée qu'un autre que lui l'avait touchée le rendait fou.

— Je crois que seul le jeu l'excitait vraiment, répondit-elle en se blottissant dans ses bras. Avec moi, il se montrait toujours impatient... même un peu brutal. Comme s'il avait fallu se débarrasser le plus vite possible du... du devoir conjugal.

À ce souvenir, un petit frisson la parcourut.

— Et j'étais plutôt d'accord avec lui, poursuivit-elle. Si je ne t'avais pas rencontré...

Elle laissa sa phrase en suspens. S'il ne l'avait pas rencontrée, il lui aurait manqué quelque chose de vital, à lui aussi, songea Colin. Mais il n'aurait pas davantage su dire quoi.

Au beau milieu de la nuit, Emma se réveilla. Sans bouger, elle scruta l'obscurité. Elle était dans sa chambre. Elle reconnut le tic-tac familier de la pendule sur la cheminée, et l'odeur de son parfum préféré qui flottait dans la pièce. Mais quelque chose était différent.

Elle entendit alors un bruit cadencé et sentit une chaleur inhabituelle tout près d'elle. Elle tourna la tête. Colin dormait à côté d'elle. Dans l'obscurité, elle ne pouvait que deviner les contours de son visage. Le couvre-lit se soulevait et s'abaissait au rythme de sa respiration. Une de ses mains était posée sur l'oreiller, près de la tête d'Emma.

Les battements de son cœur s'accélérèrent. Jamais auparavant il n'était resté dans son lit. Craignant les cauchemars et désireux de conserver une certaine distance entre eux, il avait toujours regagné sa chambre, généralement après qu'elle se fut endormie. Et elle se réveillait le matin, seule.

Et voilà qu'il était là. Emma écouta son souffle régulier, s'imprégna de son odeur. Il ne l'avait donc pas quittée, cette nuit. Il lui avait fait suffisamment confiance pour prendre le risque de se montrer à elle sans défense. Il lui avait offert sa vulnérabilité.

Elle eut soudain envie de le réveiller, mais elle n'osa pas. L'instant était trop fragile, et elle craignait d'être déçue. S'il déclarait que cet acte n'avait aucune signification pour lui, elle ne le supporterait pas.

Emma se souleva sur un coude et le regarda dormir. Il paraissait paisible et d'une force invincible. Colin représentait tout ce qu'elle attendait d'un homme. Elle voulait rester à ses côtés vingt ans, trente ans, et plus. Elle voulait bâtir une famille avec lui.

Cette fois, elle était vraiment tombée amoureuse. Ce qu'elle éprouvait pour Colin n'avait rien à voir avec la toquade qui l'avait jetée dans les bras d'Edward. Jusqu'à présent, elle n'avait rien compris à l'amour. Elle l'avait assimilé à un cœur battant et à un éblouissement fugitif, comme le soleil sur l'eau, alors qu'il ressemblait aux courants marins à Trevallan, impétueux et irrésistibles. Et elle ne pouvait échapper à son emprise. Son seul désir était que Colin ressentît la même chose pour elle.

Emma s'assombrit et s'étendit à nouveau. Colin ne lui avait jamais demandé de l'aimer, se rappela-t-elle. L'amour ne faisait pas partie de l'accord qu'ils avaient passé. Lorsqu'il lui avait offert le mariage, il le lui avait dit clairement : il se croyait incapable d'aimer quelqu'un. Elle avait accepté le marché, soulagée à l'idée de trouver un peu de paix après des années de souffrance.

L'honneur exigeait qu'elle respectât leur accord. Colin voulait une compagne dont il pût être fier, une épouse qui lui donnerait un héritier. Il ne voulait surtout pas d'une femme amoureuse. Elle le lui avait promis et devait se satisfaire de cette situation.

Mais il arrivait que les choses changent, lui souffla une petite voix. Il était bien là, à côté d'elle, ce qui ne s'était encore jamais produit. Parfois, quand il la regardait, ses yeux semblaient exprimer de tout autres sentiments que la camaraderie.

Elle se rappela alors que le comte Julio Orsino avait bien failli rencontrer Colin. Cet individu risquait de provoquer un scandale, et toutes ses chances d'amener Colin à l'aimer seraient alors anéanties.

Elle ne le permettrait pas, se promit-elle. Par tous les moyens, elle empêcherait Orsino de lui nuire.

Emma se réveilla plus tard, par une matinée froide et lugubre. La pluie ruisselait le long des vitres, et des feuilles trempées recouvraient le trottoir. Préoccupée, elle descendit prendre son petit déjeuner. Colin était déjà parti. Elle essaya de manger, sans succès. Finalement, elle se leva et sonna.

— Appelez Ferik, ordonna-t-elle au laquais. Et apportez-moi ma cape. Je sors.

— Je vais faire avancer votre voiture, madame la baronne, répondit John.

— Non.

Le laquais parut choqué par son ton cassant.

— Simplement la cape, dit-elle d'une voix plus calme. Et Ferik.

— Oui, madame la baronne.

Ils hélèrent un fiacre. Emma donna au cocher l'adresse qu'elle avait lue sur la carte de visite d'Orsino. Recroquevillé dans un coin de la voiture délabrée, Ferik frissonnait et marmonnait des jurons en turc, mais Emma, perdue dans ses pensées, l'entendait à peine.

Le fiacre s'arrêta dans un faubourg où Emma n'était jamais allée. Orsino était manifestement à court d'argent, se dit-elle en examinant les maisons vétustes et les ordures qui jonchaient la rue. La rage, la peur et la haine qu'elle avait crues éteintes se concentrèrent sur cet homme qui, pour satisfaire ses desseins méprisables, s'apprêtait à détruire sa vie sans le moindre remords. Mais elle ne se laisserait pas faire. Aujourd'hui, Orsino affronterait une nouvelle Emma, se promit-elle. Relevant la capuche de sa cape pour se protéger de la pluie, elle paya le cocher et sortit dans la rue boueuse. En descendant à sa suite, Ferik sauta dans une flaque et grommela un autre juron.

— Qu'est-ce que c'est que cet endroit ? demanda-t-il.

— Un meublé, dit Emma. C'est là qu'habite la personne que je dois voir. Un homme dont je me méfie. Tu vas rester à l'extérieur de la pièce. Si tu m'entends appeler, viens tout de suite.

— Qui est cette personne ?

— Peu importe. Entrons avant d'être complètement trempés.

Ils sonnèrent et furent accueillis par une femme maigre et grincheuse. À la question d'Emma, elle répondit par un geste en direction du deuxième étage. Le visage toujours caché sous sa capuche, Emma s'engagea dans l'escalier étroit et sale, relevant sa jupe pour ne pas en balayer les marches. Arrivé à l'étage, Ferik frappa à la porte. Un petit homme noiraud, vêtu en domestique, leur ouvrit. Comme il ne semblait pas comprendre l'anglais, Emma s'adressa à lui en italien et demanda le comte.

— Madame la baronne ! s'exclama la voix haïe à l'autre bout du petit couloir. Vous êtes venue. Parfait.

Le domestique voulut prendre la cape d'Emma, mais elle préféra la garder sur elle.

— Ferik, attends ici, ordonna-t-elle avant d'entrer dans le salon.

La pièce était à peine plus propre que l'escalier. La poussière s'était accumulée dans les angles et obscurcissait les vitres des fenêtres. Les sièges étaient affaissés, le tapis et les rideaux d'un brun douteux. Pour égayer ce décor misérable, un châle en cachemire avait été jeté sur l'antique sofa. Mais l'impression générale n'en était pas moins affligeante. Le comte devait être aux abois, pensa Emma, se préparant au pire.

— Je suis très content que vous ayez suivi mon

conseil, déclara Orsino. J'espère que vous pardonnerez la... simplicité de mon appartement. Asseyez-vous. Angelo va nous apporter du vin.

— Inutile, répliqua Emma en rejetant sa capuche en arrière. Je ne resterai pas longtemps.

Elle s'approcha de quelques pas.

— Je suis venue vous dire de me laisser tranquille, moi et tous ceux qui me sont chers. Je ne veux plus de ces rencontres "fortuites". Est-ce clair ? Je ne veux plus vous voir !

— Bien sûr, répondit le comte d'un ton indifférent. Je suis à vos ordres, dans la mesure où vous accédez à ma requête.

Emma se raidit et serra les poings.

— Comprenez-moi bien, reprit-elle. Je ne vous introduirai jamais dans la société londonienne. Je refuse que vous fassiez du tort à mes amis. Vous n'avez qu'à quitter l'Angleterre. Vous n'êtes pas le bienvenu ici.

Il lui adressa un sourire féroce et s'avança vers elle. On eût dit un chasseur excité par les dérobades de sa proie.

— J'espérais que nous pourrions nous entendre. En souvenir d'Edward, je vous ai accordé du temps pour considérer ma demande. Je ne vous ai pas pressée, bien que vous m'ayez traité avec mesquinerie.

— Vous n'avez cessé de me harceler. Mais ça ne changera rien. Jamais je ne vous aiderai.

— En homme d'honneur...

Emma émit un murmure ironique.

Le comte Orsino lui lança un regard d'avertissement.

— En homme d'honneur, répéta-t-il, je me suis gardé jusqu'à présent de mentionner les raisons qui vous obligeront à m'aider.

— Je ne...

— Mais vous ne me laissez pas le choix.

Il avait le visage légèrement congestionné, les lèvres entrouvertes et les yeux brillants. Il ressemblait à un homme sur le point de s'adonner à son plaisir favori.

— Quand Edward avait bu, il se répandait en confidences, dit Orsino d'une voix profonde.

— Vous deviez l'encourager.

— Et il buvait beaucoup.

— Vous l'y poussiez. Il était ainsi plus facile à plumer.

— Il m'a raconté beaucoup de choses sur vous, poursuivit Orsino, l'air rêveur. Edward pouvait être un très bon narrateur, capable de décrire des scènes très vivantes.

— Quand il était ivre, il divaguait, répliqua Emma, qui redoutait ce qui allait venir.

— Oh, ce n'étaient pas des divagations ! Au contraire, c'était extrêmement précis et détaillé. Il m'a fait un récit particulièrement captivant de votre fuite de la maison paternelle, ajouta-t-il d'un ton suggestif.

Emma rougit.

— Après que votre père eut interdit le mariage, vous avez insisté, m'a-t-il dit, pour vous enfuir avec lui. Dans la voiture qui vous emmenait, vous n'avez pas arrêté de le toucher.

Son regard s'attarda sur les courbes d'Emma. Elle devint écarlate.

— Il m'a également parlé de votre... impatience, pendant la semaine qui a précédé le mariage. Une histoire assez excitante, commenta-t-il avec un sourire carnassier.

En effet, elle s'était montrée impatiente, se souvint Emma. Elle s'était crue amoureuse et avait imaginé qu'Edward l'aimait ardemment, lui aussi. Elle avait pensé qu'ils seraient heureux ensemble le reste de leur vie. En fait, elle avait connu sept années d'enfer, couronnées maintenant par la révélation qu'Edward l'avait publiquement humiliée. La honte et la rage la rendaient muette.

— Je ne doute pas que votre nouveau mari et ses nobles amis seront ravis d'apprendre certains détails intimes.

— Vous êtes ignoble !

— Et si j'ajoute quelques... touches réalistes, comme le grain de beauté que vous avez sur le...

— Vous oseriez ?

— Oh, oui ! J'ose presque tout, quand ma vie est en danger. Vous devriez le savoir.

Emma ne le savait que trop bien. Elle se rappela avec horreur l'attitude d'Orsino à Vienne. Alors qu'il était à court d'argent, le comte avait rencontré un riche et jeune Allemand venu présenter son fils nouveau-né à ses beaux-parents. Après lui avoir fait boire de grandes quantités de cognac, il avait gagné en une nuit toute la fortune du jeune homme. Le lendemain, à nouveau sobre, sa victime s'était jetée sous les roues d'une voiture pour ne pas affronter sa famille.

— Et il apparaîtra, je le crains, reprit l'homme d'un ton suave, que j'ai une connaissance personnelle de vos charmes.

Il passa le bout de sa langue sur sa lèvre inférieure.

— C'est presque vrai, d'ailleurs, poursuivit-il. Edward était très disert... Si vous ne m'aidez pas, je ferai de mon mieux pour convaincre tout Londres que nous avons été des amants passionnés.

— Si je dis à mon mari que vous êtes un menteur, il me croira.

— Peut-être. Mais je serais étonné que les autres l'imitent.

Cet homme infâme avait raison. Les histoires stupides qui circulaient sur eux n'étaient que des broutilles face au scandale qu'il pouvait déclencher.

Tremblant de dégoût, Emma se tourna vers la fenêtre et regarda la pluie fouetter les vitres. Certes, elle avait soupçonné Orsino d'avoir élaboré un plan, mais elle n'avait pas prévu cela. Sa vue se brouilla.

Pendant sept ans, elle avait vécu avec un homme que sa passion pour le jeu avait privé de tout sens moral. L'un après l'autre, Edward avait détruit tous ses espoirs. Il l'avait ruinée, injuriée et délaissée, tout en continuant à vivre avec elle. Mais Emma avait conservé la conviction qu'il avait éprouvé, au tout début, quelque chose pour elle. Et voilà qu'elle perdait même cette illusion. Edward l'avait toujours méprisée. Il n'en avait jamais voulu qu'à son argent. Seul le fait d'avoir au moins réussi à sauver sa réputation l'avait soutenue. Et maintenant, par-delà la tombe, par l'intermédiaire d'Orsino, il menaçait de lui enlever ce dernier bien.

— Vous comprenez la situation, dit le comte en haussant les épaules, comme s'il avait été impuissant à y changer quoi que ce soit.

Aujourd'hui, elle n'était plus seule en cause. Colin souffrirait autant qu'elle – peut-être même plus. Ils étaient parvenus à contrer les ragots qui avaient accompagné l'annonce de leur mariage, puis les ridicules allégations de Lady Mary. Mais rien ne les sauverait des mensonges d'Orsino. Et Colin ne permettrait pas que la réputation de sa famille soit salie par de telles insinuations. Il serait obligé de la rejeter. Anéantie, Emma se retourna et lança à Orsino un regard plein de rage et de mépris.

— La solution est toute simple, assura-t-il sans se démonter. Quelques présentations, une ou deux invitations peut-être, et vous serez débarrassée de moi.

Un autre mensonge, pensa Emma. Une fois qu'Orsino la tiendrait, il ne la lâcherait plus, et elle devrait exécuter ses ordres jusqu'à la fin de sa vie. Elle joignit les mains. Il lui fallait réfléchir, découvrir un moyen de l'arrêter.

— Accordez-moi un peu de temps, dit-elle, feignant de se rendre. Dans deux semaines, je vous...

— Hélas, ma chère baronne, je crains de ne pouvoir patienter si longtemps, répondit-il avec un sourire plein d'une fausse bienveillance.

— Une semaine, alors.

— Très bien, fit-il après une seconde d'hésitation. En attendant, je n'oublierai pas l'intéressante jeune femme que vous m'avez présentée.

— Laissez Lady Mary tranquille !

— Dès que vous aurez accepté mes conditions.

— Canaille ! Démon ! Misérable, lâche…

En quelques enjambées, il fut près d'elle. Il l'attrapa par les bras et approcha son visage du sien. Malgré l'heure matinale, son haleine sentait l'alcool.

— Pas d'insultes, je vous prie, dit-il d'une voix suave. Je vous rappelle que vous êtes seule avec moi. Et j'aimerais assez vérifier l'exactitude de certains détails qu'Edward m'a rapportés…

Il se pencha pour l'embrasser, mais Emma s'écarta vivement.

— Ferik ! appela-t-elle.

— Oui, maîtresse, répondit une voix profonde dans le couloir.

Des pas lourds ébranlèrent le plancher, et le comte Orsino lâcha brusquement Emma.

— Maudit barbare, grommela-t-il. J'ai entendu parler de ce qu'il a fait à Charlie Todd à Constantinople. Ce n'est pas un domestique convenable pour une dame civilisée.

— Au contraire, répliqua Emma. Une dame moins civilisée n'aurait pas besoin de lui, parce qu'elle vous aurait déjà arraché les yeux. Ferik, nous partons.

— Oui, maîtresse, dit Ferik en s'encadrant dans l'embrasure de la porte.

— Vous avez une semaine, déclara le comte, dépité.

Dehors, la pluie tombait toujours, mais moins drue qu'auparavant. Emma marchait à grands pas, au hasard.

— Voulez-vous que je trouve un fiacre, maîtresse ? demanda Ferik, plein d'espoir.

— Non. J'ai besoin de marcher et de réfléchir.

— Mais il pleut, maîtresse, dit le domestique d'un ton outré.

— Ça ne fait rien.

— Mais, maîtresse....

Ces deux mots trahissaient toute l'horreur que lui inspirait le climat anglais.

— Je t'en prie, tais-toi.

Le géant s'enferma dans un silence vexé. Emma parcourait la rue boueuse, sans s'apercevoir que sa cape était de plus en plus mouillée. Elle avait l'impression d'être une mouche prise dans une toile d'araignée. Elle savait d'expérience qu'Orsino pouvait se montrer extrêmement convaincant. Il disposait en outre, pour agrémenter son histoire, de détails accablants. Emma l'avait vu ruiner des dizaines de réputations avec quelques anecdotes bien trouvées.

Elle frissonna et serra sa cape trempée autour de ses épaules.

À quels crimes perpétrés sur le continent le comte essayait-il d'échapper ? Elle pouvait tenter de le découvrir, mais sans guère d'espoir. Et auprès de qui enquêter ? Orsino possédait de multiples identités, ce qui ne lui faciliterait pas la tâche.

Elle pouvait quitter Londres, disparaître. Colin la suivrait peut-être. Ou peut-être pas, songea-t-elle, épouvantée. Peut-être la laisserait-il partir, dégoûté. Car Orsino, si elle s'enfuyait, raconterait quand même ses mensonges, par dépit.

Apparemment, il n'y avait aucune solution. Mais une chose était sûre : Orsino n'obtiendrait pas ce qu'il voulait.

Ils débouchèrent dans une rue animée. Le trafic incessant des attelages soulevait des gerbes d'eau. Les piétons baissaient la tête pour se protéger de la pluie. Emma se tourna vers Ferik. Il semblait aussi mouillé que malheureux.

Emma eut honte. Ces derniers temps, elle avait été tellement préoccupée qu'elle ne s'était guère souciée de lui. Elle n'avait pas le droit de l'obliger à vivre en Angleterre. Elle n'aurait pas dû l'emmener, pensa-t-elle avec remords. Pourtant, il lui avait été indispensable. Sans lui, elle n'aurait pas survécu. Que faire ? Le renvoyer dans son pays avec une généreuse récompense pour ses loyaux services ? En tout cas, elle ne voulait rien demander à Colin, surtout en ce moment. Il faudrait qu'elle se débrouille seule.

Dans l'immédiat, elle pouvait au moins faire quelque chose pour lui.

— Et si tu nous hélais un fiacre, Ferik ? demanda t-elle avec gentillesse.

— Oui, maîtresse !

Bondissant dans la foule, il ne tarda pas, malgré une forte concurrence, à leur trouver une voiture. Emma grimpa dans le véhicule, et ils rentrèrent sans échanger un mot.

Lorsque Lady Mary Dacre se présenta à la résidence St. Mawr, une heure plus tôt que prévu, Emma n'était vraiment pas d'humeur à la voir. Depuis sa visite à Orsino, elle n'avait qu'une idée en tête : empêcher cet individu de détruire son mariage et de ruiner sa vie. Cette menace qui pesait sur elle l'obsédait. Elle l'éloignait de ses relations et lui faisait négliger ses tâches de maîtresse de maison. Pire, elle l'écartait de Colin au moment où elle aurait eu le plus besoin de se rapprocher de lui, de découvrir quels étaient réellement ses sentiments pour elle.

— Jane et Eliza croient que j'ai tout inventé ! s'indignait Lady Mary. Elles estiment que St. Mawr ne s'est jamais sérieusement intéressé à moi. Quant à Alice, elle n'en est pas sûre. Pas sûre ! Comment peuvent-elles me traiter ainsi ? Elles sont censées être mes meilleures amies.

Emma émit une remarque évasive.

— De vraies amies ne mettraient pas ma parole en doute, poursuivit la jeune fille. Puisque c'est comme ça, je ne les fréquenterai plus.

— Elles n'ont peut-être pas le même point de vue que vous sur cette affaire, dit Emma, mais...

— Les amies n'ont pas de point de vue. Elles sont censées vous soutenir, quoi qu'il arrive. Ceux qui vous conjuraient de ne pas épouser votre premier mari, vous les considériez comme vos amis ?

Suffoquée par le culot de Lady Mary, Emma resta muette.

— Alors, répondez.

— Non, admit Emma.

— Vous voyez !

— Et j'ai regretté de ne pas les avoir écoutés, ajouta Emma, à moitié pour elle-même.

Mais jamais elle ne l'avait plus regretté qu'aujourd'hui, alors que les erreurs de son passé menaçaient de détruire son avenir.

— Pourquoi ? demanda Lady Mary en fixant sur elle ses grands yeux bleus.

— Parce qu'ils avaient raison. C'était un joueur impénitent. Il n'aimait que le jeu et sa petite personne.

— Vous voulez dire qu'il ne vous aimait pas ?

— Non, répondit Emma, qui répugnait à se confier à la jeune fille.

— Ainsi, vous aimiez quelqu'un qui ne vous aimait pas...

Lady Mary parut songeuse.

— Évidemment, St. Mawr n'est pas joueur. Et c'est sûrement un homme remarquable.

Emma ne dit rien.

— En fait, j'ai mieux choisi que vous, continua la jeune fille d'un ton suffisant. Moi, je n'aurai pas à subir des années de malheur. De plus, les potins vont vite retomber.

Son regard de poupée angélique était froid et sans indulgence.

— Si je comprends bien, vous n'êtes pas parfaite.

Stupéfaite, Emma secoua la tête.

— Et vous ne cherchez pas à me faire passer pour une fille maladroite et ridicule, ajouta-t-elle.

— Pourquoi ferais-je une chose pareille ?

— Oh, certaines personnes ne se gêneraient pas, croyez-moi.

Avant qu'Emma ait pu répondre, la porte du salon s'ouvrit. Le laquais annonça Robin Bellingham, qui entra sur ses talons.

Le frère d'Emma portait une tenue qui lui permettait à peine de bouger. Son col empesé encadrait le bas de son visage, l'empêchant de tourner la tête. Sa cravate semblait si serrée qu'Emma se demanda comment le garçon parvenait encore à respirer. Quant aux impressionnantes épaulettes de son habit, elles lui donnaient l'allure raide d'une momie qu'on aurait sortie de son sarcophage. Seul son pantalon fauve se prêtait à ses mouvements. Lorsqu'il eut salué Emma, le jeune homme dut tourner entièrement le torse pour voir le reste de la pièce.

— Vous ici ? s'exclama-t-il.

— Et pourquoi ne serais-je pas ici ? s'offusqua Lady Mary.

— Ça me paraît évident.

— Robin, puis-je te parler ? coupa Emma. Une affaire de famille, ajouta-t-elle à l'adresse de Lady Mary, avant d'entraîner son frère à l'autre bout du salon.

Elle avait prévu de s'entretenir en privé avec Robin,

mais l'arrivée anticipée de Lady Mary l'en avait empêchée. Elle se hâta de lui expliquer la situation à voix basse et le supplia de l'aider.

— Je t'en serais infiniment reconnaissante, conclut-elle.

Robin se rengorgea.

— Cela implique, bien sûr, d'être poli avec Lady Mary, l'avertit Emma. Et de te montrer amical. Ou au moins aimable.

Robin regarda la jeune fille sans enthousiasme.

— Mais sera-t-elle polie avec moi ? s'enquit-il.

— C'est beaucoup demander, je le sais. Mais j'ai confiance en toi.

— C'est vrai ?

— Oui. Je te crois capable de grandes choses.

Malgré la raideur de son plastron, Robin bomba le torse.

— Comptez sur moi !

— Merci, répondit Emma, soulagée qu'il ait mordu à l'hameçon.

Étant occupé, il se tiendrait éloigné des tables de jeu. Ainsi le sauverait-elle de la ruine.

— Vous nous accompagnerez donc à la Royal Academy ? dit-elle.

— Admirer des tableaux ? fit Robin, l'air buté.

— Tout Londres se rue à cette exposition. C'est l'endroit où il faut être vu.

Il ne semblait toujours pas convaincu.

— Tout le monde en parle, renchérit-elle. J'ai honte de ne pas y être encore allée.

Robin fronça les sourcils, mais il finit par accepter.

— Bon, je peux bien m'imposer quelques tableaux, déclara-t-il.

— Formidable.

Emma rejoignit Lady Mary.

— Vous êtes prête à partir ? demanda-t-elle.

— Il ne vient pas avec nous, j'espère ? s'inquiéta la jeune fille.

— C'est mon frère, et je souhaite qu'il vienne, dit Emma d'une voix ferme.

Robin adressa à Lady Mary un sourire suffisant, auquel celle-ci répondit par une grimace.

En grimpant dans l'élégante calèche d'Emma, Robin et Lady Mary se disputèrent. Lady Mary estimait que, pour obliger les dames, un gentleman ne devait pas hésiter à s'asseoir dans le sens contraire de la marche. Robin soutenait qu'une jeune fille devait, par modestie, prendre la place la moins confortable.

Lady Mary gagna la partie en se laissant tomber sur le siège convoité et en étalant ses jupes sous le regard dépité de Robin.

Ils avaient le même âge et étaient aussi puérils l'un que l'autre, songea Emma. Avec un peu moins de retenue, ils auraient pu en venir aux mains.

À la Royal Academy, Robin offrit son bras à Emma avec une politesse exagérée. Lady Mary renifla et entra devant eux, la tête haute.

— Nous sommes amis et sortons ensemble, leur rappela Emma. Nous passons un moment agréable.

Lady Mary sourit, ce qui la transfigura. Robin la fixa avec stupéfaction.

— Vous n'avez vraiment pas l'air joyeux, ironisa Lady Mary. Vous semblez hébété.

Robin lui sourit.

Lady Mary en resta bouche bée. Une fois revenue de sa surprise, elle regarda le jeune homme avec un intérêt nouveau.

— Je suppose que nous devons faire semblant d'admirer les tableaux, dit Robin en offrant son bras à Lady Mary.

Emma leur emboîta le pas en souriant à son tour. Mais sa satisfaction fut de courte durée.

— Voilà l'homme que nous avons rencontré au

parc, annonça Lady Mary, cinq minutes plus tard. Celui avec qui vous avez été si grossière.

Emma crut défaillir en constatant que le comte Orsino s'approchait d'eux. Ses constantes apparitions ne pouvaient être de simples coïncidences. Il devait surveiller sa maison et la suivre, pensa-t-elle, affolée.

— Faisons demi-tour, dit-elle en prenant le bras libre de Lady Mary. Je n'ai pas envie de le voir.

— Moi, si, rétorqua la jeune fille en se dégageant. Il m'amuse. Bonjour, comte, lança-t-elle.

Orsino retira son chapeau en castor et salua le petit groupe.

— Mesdames, votre beauté éclipse les œuvres qui nous entourent.

Lady Mary gloussa.

— L'exposition vous plaît ? poursuivit-il.

— Nous venons d'arriver, répondit la jeune fille.

— Vraiment ? Dans ce cas, peut-être me permettrez-vous de vous servir de guide. J'ai quelques connaissances dans le domaine artistique.

Il offrit son bras à la jeune fille et, au grand dam d'Emma, Lady Mary l'accepta.

— J'ai dit à mon père que j'avais rencontré un Italien, déclara-t-elle. Il a passé la soirée à nous raconter son voyage.

— Dois-je m'excuser d'avoir provoqué ces réminiscences ?

Elle gloussa de nouveau.

— Nous avons déjà un chevalier servant, comte, dit Emma, désespérée. Nous n'avons donc pas besoin de vos services.

Mais elle regretta aussitôt ses paroles, car elle fut obligée de lui présenter Robin.

— Le jeune Bellingham ! s'écria-t-il. J'ai beaucoup entendu parler de vous. On me disait justement que, pour réussir à Londres, je ferais bien de prendre exemple sur Robin Bellingham.

Robin ouvrit des yeux ronds.
— Moi ? fit-il en rougissant.
— Mais oui. Et je comprends pourquoi, maintenant. Estimeriez-vous osé de ma part de vous demander où vous avez trouvé ce gilet ?
Le sourire de Robin brisa le cœur d'Emma. Son frère était bien trop jeune et inexpérimenté pour démasquer ce genre de flatterie éhontée. En s'éloignant avec Robin et Lady Mary, le comte lui jeta un regard triomphant. Il savait parfaitement ce qu'elle pensait et s'en amusait.
Emma les suivit. Elle devait à tout prix les arracher à cet individu. Elle examina la foule des visiteurs, mais n'aperçut que de vagues connaissances. À moins d'emmener ses jeunes compagnons de force, elle ne voyait pas ce qu'elle pouvait faire.
— Où logez-vous ? demanda Lady Mary.
— Hélas, je suis entre les griffes d'une Mme Groat, qui fournit des appartements aux voyageurs. Une femme terrifiante. Je crains d'avoir été bien imprudent en m'installant là-bas. La nuit dernière, j'ai entendu des bruits suspects dans le mur. Des rats, à mon avis.
— Oh ! s'exclama Lady Mary avec un frisson.
Orsino lança un coup d'œil éloquent à Emma. L'espace d'un instant, elle crut qu'il allait mentionner sa visite dans ce taudis, mais il se retourna avec un sourire satisfait. Il était vil, se dit-elle en serrant les poings, abject, impitoyable, inhumain. Mais que faire ?

Colin s'adonnait à une tout autre occupation. Il n'avait pas oublié l'apparition du comte Orsino au théâtre et était plus décidé que jamais à enquêter sur lui. Grâce aux membres de son club, il n'eut pas de mal à découvrir le nom du personnage, le comte ayant tout fait pour s'introduire dans la bonne société britannique. Personne ne semblait en savoir plus sur lui, mais il avait déplu à tous ceux qui l'avaient rencontré.

Usant de son influence et de ses nombreuses relations, Colin continua son enquête, qui le mena dans les lieux les plus divers.

Il passa une heure dans un minuscule bureau mal éclairé, près de la cathédrale Saint-Paul, avec un individu sinistre qui répondait au nom de Smith. Le travail de M. Smith consistait à tout connaître et à obtenir les informations les plus variées en un minimum de temps. Il donna à Colin des renseignements très intéressants et lui apprit les raisons de la présence d'Orsino à Londres, le tout assorti de sombres prédictions.

Colin prit ensuite contact avec ses amis militaires. Il se rendit également à l'ambassade d'Italie et discuta pendant deux heures avec un fonctionnaire qui accepta, à charge de revanche, de consulter ses archives. Dans un ministère, il s'entretint avec un vieux camarade de classe qui lui promit de faire des recherches. Enfin, il interrogea les propriétaires de plusieurs établissements de jeu, qui entretenaient des relations étroites avec leurs homologues étrangers.

À mesure que s'accumulaient les informations sur le comte, le malaise de Colin se changeait en effroi. L'homme n'était pas un simple joueur. Il avait été mêlé à une centaine d'affaires louches. On le soupçonnait de nombreux crimes : trafic d'esclaves à Constantinople, meurtres... Colin était horrifié à l'idée qu'Emma pût connaître un tel homme.

Pourtant, elle le connaissait. La vie qu'elle avait été obligée de mener lui avait fait côtoyer des individus dangereux. En se remémorant le récit de sa rencontre avec Ferik, Colin fut parcouru d'un frisson. Tarrant avait de la chance d'être déjà mort, sinon il se serait chargé de le tuer, songea-t-il, en pleine confusion.

Il se rappela l'expression qu'avait eue Emma au théâtre, lorsque Orsino s'était penché vers elle. Il ne fallait pas être grand clerc pour en déduire que l'homme ne lui voulait pas de bien. Colin fut pris d'une envie irrésistible de corriger cette canaille et de l'éloigner à jamais de sa femme. Mais il aurait surtout aimé qu'Emma lui parlât de ses ennuis.

Une fois débarrassée du comte Orsino et installée dans la voiture, Emma dut se mordre la lèvre pour ne pas hurler. Les chamailleries de ses compagnons mettaient ses nerfs à rude épreuve.

— Comment osez-vous dire ça ? fit Lady Mary Dacre en secouant sa chevelure dorée. C'était le tableau le plus laid de toute l'exposition.

— Il était beaucoup plus beau que ces agneaux souffreteux et ce garçon ahuri que vous admiriez, répliqua Robin.

— C'était un berger, dit Lady Mary. Et il était sous l'emprise d'un sentiment profond, ce que vous ne pouvez sans doute pas comprendre.

— Il semblait en pâmoison devant un de ses moutons, marmonna Robin.

— Comment ?

— Je dis qu'il avait l'air sur le point de s'endormir, répondit Robin, évitant le regard d'Emma.

— Pas du tout !

— Nous sommes arrivés ! lança Emma, soulagée, comme ils s'arrêtaient devant la résidence des Morland.

Lady Mary croisa les bras, l'air buté.

— Je ne peux pas rentrer. J'ai… j'ai laissé mon mouchoir dans votre salon.

— Vous avez laissé quoi ? fit Emma, interloquée.

— Mon mouchoir. Il faut que j'aille le chercher.

— Un domestique vous le rapportera.

— Non. J'en ai besoin tout de suite. C'est… euh… ma mère qui l'a brodé pour moi.

Lady Mary elle-même paraissait trouver son explication peu convaincante, mais elle était manifestement décidée à retourner chez Emma, et rien ne pourrait la faire sortir de la voiture.

Peut-être n'était-ce pas plus mal, songea Emma. Elle devait la mettre en garde contre Orsino et la convaincre de ne plus lui adresser la parole. Cet imprévu lui en donnerait l'occasion.

— Très bien, dit-elle. Nous déposerons donc Robin à...

— Je viens avec vous, coupa son frère.

— Mais c'est sur notre chemin...

— Je rentrerai à pied de chez vous. Il fait un temps superbe.

Exaspérée par ces enfantillages, Emma leva les yeux au ciel et ordonna au cocher de rentrer à la résidence St. Mawr.

Quelques minutes plus tard, ils descendaient de la calèche et franchissaient la porte d'entrée.

— Voulez-vous que nous cherchions votre mouchoir ensemble ? demanda Emma à Lady Mary.

— Oh, je peux le chercher toute seule, répondit la jeune fille.

Passant devant son aînée, elle posa le pied sur la première marche de l'escalier.

— Je vais vous aider, insista malicieusement Emma.

Elle savait parfaitement que le mouchoir serait introuvable.

— Moi aussi, ajouta Robin en montant à la suite de Lady Mary.

— Je n'ai pas besoin d'aide ! s'exclama la jeune fille. Et surtout pas de la vôtre.

Elle se rua dans le salon et heurta de plein fouet Colin Wareham.

— Oh ! fit-elle.

Elle vacilla, de sorte que Colin dut la rattraper.

— Oh ! répéta-t-elle.

“Il ne manquait plus que ça”, pensa Emma, découragée.

— Vous pourriez faire attention, lança Robin.

— Je ne vous ai rien demandé ! s'écria Lady Mary, avant d'éclater en sanglots.

Surpris par cette réaction, Robin se tourna vers Emma, mais sa sœur regardait ailleurs.

— Nous arrivons de l'exposition de la Royal Academy, déclara-t-elle après un silence embarrassé, tandis que Lady Mary continuait à sangloter.

— Ah, bon ? fit Colin. On en dit beaucoup de bien.

Jugeant la situation délicate, Robin décida de se porter au secours de sa sœur, comme celle-ci l'en avait prié. Il se creusa la tête pour trouver une idée.

— À juste titre, acquiesça Emma d'une voix faible.

— L'artiste a une formidable technique, paraît-il, ajouta son mari.

Emma scruta son visage.

— Comment pouvez-vous tous... glapit Lady Mary.

— Je voulais vous dire... coupa Robin d'un ton assuré.

Tous se tournèrent vers lui. Lady Mary elle-même étouffa un sanglot et l'observa avec étonnement.

— Je voulais vous dire... reprit-il, se demandant ce qu'il allait bien pouvoir inventer.

Tout le monde attendait.

Dans ces conditions, il était difficile de se concentrer, pensa Robin. Mais il avait promis d'aider Emma. Il chercha désespérément une idée.

— Un... un de mes amis, commença-t-il, connaît un bateau qui emmène des groupes vers Greenwich. Il m'en parlait justement l'autre jour. Une brave petite embarcation à fond plat, comme une barque, d'après Jack, mais très propre.

Tous les regards étaient fixés sur lui. Robin rougit.

— C'est... euh... Je pensais que nous pourrions faire une excursion, poursuivit-il sans réfléchir. Un pique-nique, peut-être. Remonter le fleuve comme la reine Elisabeth sur la gravure.

Pourquoi diable avait-il dit cela ? se demanda-t-il. Il se rappela alors un livre qu'on lui avait offert quand il était petit, une biographie de la Reine Vierge. Une des illustrations avait dû rester gravée dans son esprit.

— Quelle bonne idée ! s'écria Lady Mary, séduite par cette proposition. Je n'ai jamais navigué sur le fleuve.

— Je ne crois pas... commença Emma.

— Oh, ne refusez pas, coupa Lady Mary. Si vous ne venez pas, on m'interdira d'y aller. Et j'en ai assez d'être cloîtrée à la maison.

À la surprise générale, Colin intervint.

— C'est une bonne idée. Pourquoi pas demain ? Je n'ai rien de prévu.

— Vous... vous... balbutia Lady Mary.

— Je ne sais pas si je peux arranger... dit Robin d'une voix hésitante.

— Colin ! fit sévèrement Emma.

— Je pense qu'il fera beau. Le temps idéal pour un pique-nique, insista son mari.

— Je ne crois pas... répéta Emma.

— Je veux y aller, déclara Lady Mary, prête à taper du pied. Je veux voir le bateau. Peu importe qui vient ou pas.

— Parfait. C'est décidé, dit Colin en soutenant le regard d'Emma.

— Je... euh... Il faudra que je parle au loueur de bateaux, annonça Robin.

— Bien entendu. Offrez-lui un supplément, en cas de difficulté. Et passez chez Gunters pour le pique-nique. Ils préparent de très bons paniers.

— Ou... oui. Mais je ne suis pas certain que le bateau sera libre. Je devrai...

— Le persuader, suggéra Colin.

— Oui, mais...

— Vous êtes tout de même capable de traiter avec un loueur de bateaux ? railla Lady Mary.

Le jeune homme serra les dents.

— Certainement, répondit-il. Je m'occupe de tout.

— Vous croyez vraiment... commença Emma.

— Alors, c'est d'accord, dit Colin. Nous comptons sur vous, Bellingham. Envoyez-nous un billet pour nous donner l'heure de départ.

— Très bien, fit Robin, complètement dépassé par les événements.

— Ne commandez pas de homard pour le pique-nique, dit Lady Mary. J'ai horreur du homard.

— Vous ne serez pas obligée d'en manger, rétorqua Robin. Mais j'en prendrai sûrement pour moi.

— Même l'odeur me rend malade. Comment pouvez-vous...

— Robin, coupa Emma, vous allez reconduire Lady Mary chez elle. Je vous laisse ma voiture.

— Pourquoi faudrait-il que je...

— Lady Mary est fatiguée, poursuivit sa sœur.

— Non, pas du tout, protesta la jeune fille.

— Vous devriez partir tout de suite, déclara Emma d'un ton sans réplique.

— Oh, bon, très bien, grommela Robin, convaincu par le regard courroucé que lui lançait sa sœur.

Lady Mary fit la moue, mais elle se dirigea vers la porte.

— Je demanderai aux domestiques de chercher votre mouchoir et je vous le ferai porter, ajouta Emma d'une voix suave.

Lady Mary parut interloquée.

— Celui que votre mère vous a brodé, précisa Emma.

— Ah, oui, bien sûr. Merci.

Une fois les jeunes gens sortis, Emma se tourna vers Colin.

— Qu'est-ce qui vous a pris ? s'écria-t-elle.

— J'essaie de vous aider.

— De m'aider ?

— Oui.

Étant parvenu à la conclusion qu'Emma lui en voulait d'avoir refusé de s'occuper de son garnement de frère, Colin avait décidé de lui prouver sa bonne volonté, pour l'inciter à se confier à lui au sujet d'Orsino.

— Je souhaite vous aider à prouver l'absurdité de ces rumeurs, expliqua-t-il. Ce sera encore plus convaincant si je me joins à un pique-nique auquel participe Lady Mary.

— Peut-être, admit Emma. Mais ça aura l'air bizarre. Je ne pense pas...

— J'ai une autre raison.

Emma haussa les sourcils.

— Je fais un grand sacrifice en acceptant de passer toute une journée avec deux jeunes gens querelleurs, dont l'une se croit amoureuse de moi.

— Vous ne savez pas à quel point, soupira sa femme.

— Maintenant, vous voyez que vous aviez tort ?

— À quel sujet ?

— Je suis convaincu que nous devons nous entraider. Et je suis prêt à jouer mon rôle.

Emma le regarda, les yeux humides. Elle ne pouvait pas lui avouer les raisons de ses réticences. Elle mourait d'envie de passer la journée avec lui, mais avait aussi terriblement peur de se trahir, de lui laisser deviner la menace qui pesait sur elle.

— Je tiens à assumer ma part du marché, dit-il.

Emma se figea. Leur marché ! Elle ne pouvait plus supporter ce mot.

10

Tout en essayant de mettre de l'ordre dans ses idées, Robin donna le bras à Lady Mary Dacre pour l'aider à franchir la passerelle du bateau. Il était épuisé. Pour commencer, son ami Jack avait oublié le nom du loueur de bateaux. En moins de vingt-quatre heures, il avait dû retrouver l'homme, le soudoyer pour qu'il change ses plans, approvisionner le bateau en vivres, débourser une somme supplémentaire pour les imprévus qu'exigeait mystérieusement la bonne marche de l'embarcation, et se choisir une tenue de croisière.

Et ce n'était que le début des ennuis, se dit-il, au bord du désespoir. Le babillage de Lady Mary devant le spectacle du port et la douceur du temps n'arrangeait rien. Il s'attendait au pire de sa part et craignait que la journée ne tourne à la catastrophe, ce dont tout le monde le rendrait responsable. Aider les autres n'était pas simple... On ne l'y reprendrait plus, se jura-t-il.

— Oh, regardez ! Comme c'est joli ! s'exclama Lady Mary.

Elle se précipita vers la tente rayée qui abritait une table et plusieurs chaises.

Joli, cela pouvait l'être, pensa Robin. Il avait payé de sa poche cette tente neuve. Le tapis qui recouvrait le pont venait de chez lui, d'où il l'avait sorti à l'insu de son père. Le bateau était une petite péniche carrée, à l'arrière de laquelle se trouvait une minuscule cabine en forme de cabane. La tente occupait la plus grande partie du pont. À sa demande, les rouleaux de corde et le reste du gréement avaient été rangés à l'avant. Les paniers de provisions étaient posés sur le tapis, près de la table. Tout était en ordre. Il poussa un soupir de soulagement.

— Ça manque de fleurs, déclara Lady Mary en s'asseyant sur une chaise. Ce n'est pas votre avis, Emma ? La table a l'air nue.

Robin grinça des dents.

— C'est très bien comme ça, répondit la jeune femme.

Les fleurs lui importaient peu. Bien que la journée fût superbe et le paysage pittoresque, seule comptait la présence de Colin à ses côtés.

Elle le regarda à la dérobée et s'aperçut qu'il avait les yeux fixés sur elle. À quoi pensait-il ? En acceptant de l'aider, il lui avait redonné espoir. Cela ne prouvait-il pas qu'il commençait à l'aimer ? Elle ne songeait qu'à s'ouvrir à lui, mais les menaces d'Orsino l'obsédaient et sa peur ne lui laissait pas de répit. La journée promettait d'être bien difficile, se dit-elle en s'asseyant derrière Lady Mary.

Le batelier retira la petite passerelle et largua les amarres. Tandis qu'ils s'éloignaient du rivage, Colin et Robin s'assirent à leur tour, l'un à côté d'Emma, l'autre à côté de Lady Mary.

Le batelier et son fils se mirent à ramer, et la petite péniche se mêla au trafic fluvial. Ils croisèrent un grand navire marchand, dont les mâts se dressaient sur le ciel bleu, et essuyèrent les commentaires ironiques d'un marin. Un petit canot traversa le fleuve avec deux passagers. Ces embarcations, qui permettaient aux gens pressés d'échapper aux embouteillages des ponts, se multipliaient sur la Tamise. De longues péniches chargées de marchandises montaient et descendaient le fleuve. Au loin se détachait un navire, ses voiles déployées comme des nuages dans l'azur. Leurs deux rameurs se faufilaient avec habileté à travers les bateaux, se rapprochant de la rive pour offrir à leurs passagers une vue admirable des quais de Londres.

— Voici la Tour, annonça Lady Mary. Avec la Porte du Traître, par où arrivaient les condamnés à mort.

— Pas du tout, rétorqua Robin. Elle est plus bas. Vers ces marches, là-bas.

— Vous n'y connaissez rien. Hier soir, j'ai trouvé un guide illustré de Londres dans la bibliothèque de mon père. Je suis sûre que c'est...

— Vous vous trompez, insista Robin. Là, tenez !

Une autre porte voûtée apparut, munie d'une grille.

Les deux jeunes gens se turent subitement. Leur bateau venait d'éviter de justesse un canot qui traversait le fleuve à toute allure, et les marins s'injuriaient copieusement.

— Regardez, dit Lady Mary un peu plus tard. Cette péniche est pleine de poulets.

Ils étaient en train de dépasser un grand bateau, sur lequel étaient empilés des paniers d'osier d'où montait un chœur de gloussements.

— Ils seront sur le marché demain.

— Pouah ! Ça sent mauvais ! s'exclama la jeune fille en plissant le nez.

Les marins s'empressèrent de s'éloigner.

— Vous savez, chuchota Colin à l'oreille d'Emma, je crois que cette gamine m'a complètement oublié.

Emma tourna les yeux vers lui et s'aperçut qu'il avait rapproché sa chaise de la sienne.

— Il y a peu, elle prétendait que je lui avais brisé le cœur, que sa vie ne valait pas la peine d'être vécue sans moi, poursuivit-il. Et maintenant, je n'existe plus. Mon amour-propre en prend un coup. Je ne suis pas aussi irrésistible que je le pensais.

— C'est une enfant. Que connaît-elle de l'amour ?

— À son âge, vous étiez mariée, lui rappela Colin.

— C'est vrai. Mais je n'étais pas plus avisée qu'elle.

Colin l'observa. Elle était assise très droite, sa mince silhouette mise en valeur par une robe bleu foncé.

— Si vous n'aviez pas fugué pour vous marier et que je n'étais pas parti à la guerre...

Il s'interrompit, pensif.

— Croyez-vous que nous nous serions rencontrés dans un bal ? reprit-il enfin. Que nous aurions dansé un quadrille et que nous nous serions séparés, sans nous soucier l'un de l'autre ?

Il s'arrêta de nouveau. Emma, les poings serrés sur ses genoux, semblait nerveuse.

— Ou bien serions-nous tombés follement amoureux, comme peuvent seulement le faire de très jeunes gens ?

— Seulement ? répéta Emma d'une voix étrange.

Colin la regarda avec attention. Ses traits étaient crispés. Pourquoi ne se reposait-elle pas sur lui ? Pourquoi n'avait-elle pas confiance en lui ?

— Je le pense, répondit-il. Ce genre de folie est l'apanage de la jeunesse.

— Cela ne pourrait évidemment pas vous arriver, railla-t-elle.

— Pas plus que vous ne feriez une nouvelle fugue, répliqua-t-il, étonné lui-même par son ton brusque.

Emma retint son souffle. Elle avait l'air inquiète, remarqua-t-il, comme un cheval effrayé par un coup de feu.

— Et c'est cela, l'amour, selon vous ? demanda-t-elle.

— Quoi ?

— Cet égocentrisme, cette volonté de n'en faire qu'à sa tête, cette... aliénation ?

Colin était perplexe. Il perdait un peu le fil de la conversation.

— C'est cela, l'amour, pour vous ? insista-t-elle.

— Je suppose qu'il existe plusieurs sortes d'amour, répondit-il pour gagner du temps.

— Vous le supposez ? Mais vous ne l'avez pas expérimenté ?

Elle était au bord des larmes.

— Emma, que se passe-t-il ?

Elle se tourna vers lui et scruta son visage en silence.

— Vous pouvez vous appuyer sur moi, déclara-t-il. Je ne suis pas un jeune exalté qui ne songe qu'à s'amuser. Je suis capable d'affronter la réalité.

— Affronter la réalité ?

Il prit une profonde inspiration et ajouta, bien qu'il fût gêné d'employer ces grands mots :

— Je suis un homme de devoir et d'honneur. Je sais respecter ma parole.

— Ou un marché ?

— Si vous voulez.

Elle détourna les yeux.

— Alors ? fit-il au bout d'un moment.

— Alors quoi ?

— Vous n'avez rien à me dire ?

— Moi ?

— Qui d'autre ?

Emma lui jeta un bref coup d'œil.

— Je ne suis guère compétente en matière de philosophie, monsieur. Je crains d'avoir épuisé mes maigres connaissances.

Elle s'était renfermée sur elle-même, comprit Colin, frustré.

— Emma, lança Lady Mary par-dessus son épaule, regardez les canards !

Comme sa femme se penchait dans la direction que lui indiquait la jeune fille, Colin marmonna un juron. Il avait beau faire, Emma repoussait toujours son aide.

Se faufilant entre les bateaux, leur embarcation longea les docks de la ville et les mouillages disséminés des faubourgs, avant de glisser entre des berges herbues plantées de saules, dont les feuilles caressaient la surface de l'eau.

Ils dépassèrent de vastes demeures qui possédaient leurs propres appontements, puis de petites cabanes entourées de carrés de légumes. Le soleil étincelait sur les eaux mouvantes, qui clapotaient contre les flancs de leur bateau avec un bruit hypnotique.

Avant qu'ils ne soient lassés par le paysage, le batelier dirigea la péniche vers le rivage et la rangea adroitement le long d'un petit pont de bois. Son fils sauta à terre pour amarrer l'embarcation.

— Nous pique-niquerons ici, annonça Robin, ravi du déroulement de la journée. Hawkins connaît un endroit agréable, un peu plus haut.

Le batelier installa la passerelle, tandis que son fils prenait les paniers de provisions et se préparait à escorter les passagers.

— Pas celui-là, dit Robin en montrant l'un des paniers. Il est pour vous.

— Merci, monsieur, répondit Hawkins avec un sourire édenté.

Ils gravirent la pente jusqu'à un pré parsemé de fleurs.

— C'est ici, déclara Robin.

— Je veux aller là-bas, de l'autre côté de la clôture, dit Lady Mary.

Elle désignait un petit bouquet d'arbres à l'autre bout du pré.

— C'est beaucoup mieux ici, protesta Robin. Plus ensoleillé et plus près du bateau.

— Vous n'avez rien à porter, fit remarquer la jeune fille.

— Je sais, mais...

— Je veux aller là-bas, insista-t-elle.

— Bon, d'accord !

Furieux, Robin partit à travers les hautes herbes vers l'endroit indiqué. Tous le suivirent. Colin ôta une planche de la clôture pour que les dames puissent passer sans encombre. Les Hawkins déployèrent une grande couverture rouge sous un arbre et y posèrent les paniers, avant de regagner le fleuve.

Lady Mary se laissa tomber par terre dans un froufrou de jupes.

— Parfait ! s'exclama-t-elle. Écoutez le vent dans les feuilles ! C'est comme l'océan.

L'air maussade, Robin déballa les provisions et les étala sur la couverture.

— Ça a l'air délicieux, déclara Emma.

Le visage de Robin s'illumina.

— Nous avons du poulet froid et des sandwiches. Et du homard, ajouta-t-il avec un regard à l'adresse de Lady Mary. Et aussi du vin, des pâtisseries et des pêches. On me les a particulièrement recommandées.

— Un vrai festin, commenta Emma.

Robin ouvrit la bouteille de vin, Emma disposa les assiettes et les couverts, Colin découpa le poulet, tandis que Lady Mary surveillait les opérations d'un air approbateur.

Ils commencèrent à manger. Robin et Lady Mary se disputaient pour savoir s'il était plus agréable de pique-niquer dehors ou de s'arrêter dans une auberge de campagne. La brise jouait dans les feuilles et les oiseaux chantaient. Idyllique, songeait Emma, qui se sentait presque libérée de ses soucis.

Soudain, Colin se figea. Ses yeux s'agrandirent et sa mâchoire se durcit.

— Que personne ne bouge, ordonna-t-il, sur un ton qui n'admettait pas de réplique.

— Pourquoi ? demanda Lady Mary.

— Nous partageons ce pré avec un taureau, expliqua-t-il. Et il n'a pas l'air de bonne composition.

Emma suivit son regard et aperçut un énorme taureau qui s'avançait lentement vers eux. L'animal était roux, avec des taches blanches sur la tête et le cou. Il s'arrêta, renifla et reprit sa marche.

— Mon Dieu ! fit Robin en sautant sur ses pieds. Enfuyez-vous. Je vais le distraire.

Il courut se réfugier entre les arbres, où la bête ne pouvait pas le voir.

— Robin ! cria Emma.

— Repassez la clôture, ordonna Colin, toujours calme.

Il aida les deux femmes à se relever et les poussa vers la barrière. Le taureau mugit. Dès qu'Emma et Mary eurent franchi la clôture, Colin remit la planche en place. Lorsqu'il se retourna, Robin agitait son mouchoir pour attirer l'attention de l'animal.

— Ne restez pas là, dit Colin.

— C'est comme ça qu'on fait en Espagne, répondit l'autre gaiement. Allez, taureau, viens me chercher !

Contournant un arbre, il s'approcha de l'énorme animal.

— Robin ! hurlèrent en chœur les deux femmes.

Colin secoua la tête et ferma les yeux, incrédule.

— Il me faut quelque chose de plus grand, décréta Robin.

Son regard s'arrêta sur le pique-nique. Il arracha la couverture rouge, renversant la nourriture dans l'herbe.

— Voilà ! s'écria-t-il.

Et il brandit fièrement le tissu dans la direction du taureau.

— Imbécile, murmura Colin en se dirigeant vers le jeune homme.

Avec un mugissement, le taureau baissa la tête, racla le sol de ses sabots, puis chargea.

Il arrivait beaucoup plus vite que ne l'avait cru Robin, plus vite qu'on ne s'y serait attendu de la part d'un animal de cette taille. À la vue de cette masse de chair enragée lancée sur lui, le jeune homme se figea. Colin se mit à courir.

— Robin ! cria Emma. Éloigne-toi !

— Bougez, imbécile ! renchérit Lady Mary.

Colin saisit le jeune homme par la taille et se jeta à

terre avec lui, à l'instant où le taureau piétinait l'endroit où Robin se tenait une seconde plus tôt. Il y eut un bruit de tissu déchiré, et l'animal poursuivit sa route. La couverture rouge fichée sur ses cornes s'agitait dans la brise, tel l'étendard de la victoire.

Colin se releva et tendit la main à Robin. Comme le taureau mugissait et secouait la tête pour se débarrasser de la couverture, il entraîna le jeune homme jusqu'à la clôture et l'obligea à passer de l'autre côté.

— Nous avons intérêt à nous éloigner, dit-il. Cette barrière ne m'inspire pas confiance.

— Et notre déjeuner ? protesta Robin.

— C'est bien le moment d'y penser, après avoir tout renversé dans l'herbe pour vous rendre intéressant ! s'exclama Lady Mary.

— Espèce de mégère ! J'essayais de sauver votre peau !

— Filez ! insista Colin.

L'animal s'était libéré de la couverture et fonçait vers eux.

— Je devrai rembourser les plats, protesta Robin.

Mais Colin le poussait devant lui, tandis que les dames couraient vers le bateau.

Le batelier parut surpris de les voir. Quand il eut entendu leur histoire, il eut toutes les peines du monde à ne pas sourire. Il proposa d'aller récupérer le déjeuner, mais revint en disant que le taureau le piétinait avec délectation.

— Surtout les pêches, ajouta-t-il en pinçant les lèvres pour ne pas rire.

— Alors, nous n'aurons pas de déjeuner ? se plaignit Lady Mary.

— C'est de votre faute, dit Robin en se tournant vers elle. Si nous étions restés à l'endroit que j'avais choisi, ça ne serait pas arrivé. Mais non, il faut toujours qu'on vous obéisse !

Colin ordonna au batelier de larguer les amarres et de rentrer au port. Puis, passant un bras autour de la taille d'Emma, il la guida vers les sièges qu'ils avaient occupés en venant.

— Merci, balbutia-t-elle en s'asseyant. Vous lui avez sauvé la vie.

— Tout au plus d'un coup de cornes. Il est courageux. Mais un passage dans l'armée lui ferait le plus grand bien. Il faut qu'il apprenne à battre en retraite devant un ennemi mieux armé que lui.

— Vous avez pris un gros risque pour... murmura Emma.

— Vous savez, je crois que je l'avais mal jugé. À sa place, beaucoup de jeunes gens se seraient enfuis. Chacun pour soi et Dieu pour tous.

— Ce qu'il a fait était follement imprudent, protesta Emma.

— Oh, oui ! Il n'aurait jamais dû se frotter à ce taureau. Mais il a montré un réel courage.

— À quoi lui aurait servi son courage, si ce taureau l'avait tué ?

— Évidemment, il vaut mieux être à la fois courageux et avisé, mais sauver son honneur est capital pour un homme.

Emma était de plus en plus effrayée par l'importance que Colin attachait à son honneur et à celui de sa famille. Comment réagirait-il si Orsino répandait ses mensonges ? Le provoquerait-il en duel ? S'ils se battaient aux pistolets, le comte, qui était tricheur dans l'âme, se débrouillerait pour tuer son mari. Et s'il s'en tirait vivant, Colin ne pourrait plus jamais éprouver d'affection pour elle.

— Ils ont l'air de s'apprécier, non ? dit Colin.

Il désignait les deux jeunes gens à l'avant de la péniche.

— Vous trouvez ? chuchota Emma, qui tâchait de se ressaisir.

— Ils se chamaillent sans arrêt. J'ai vu de vieux couples se comporter de la même façon.

Emma hocha la tête.

— Mais je crois qu'il est préférable de baser un mariage sur une communauté d'intérêts et d'expériences, poursuivit-il.

Une communauté d'intérêts... Quelle expression froide et rationnelle ! pensa Emma. Elle regarda Colin. Elle se demandait parfois si leur arrangement lui procurait autre chose qu'une certaine satisfaction. Pour lui, l'amour n'était qu'une infirmité propre à la jeunesse, qui ne pouvait en aucun cas l'atteindre. Même si ce sentiment s'emparait de lui, comme il s'était emparé d'elle, l'accepterait-il ?

Le lendemain, Colin Wareham entra dans le salon de lecture de son club pour y attendre l'ami avec qui il devait déjeuner. Étant en avance, il ne s'inquiéta pas de ne voir James dans aucun des confortables fauteuils de la pièce. Il prit un journal sur la table où étaient posés tous les périodiques et chercha un siège vacant.

Il en avait repéré un dans un coin et se dirigeait dans cette direction, quand il remarqua un homme qui pénétrait dans le salon. Il le connaissait de réputation, et quelque chose chez lui retint son attention.

Il s'immobilisa et réfléchit. Robin Bellingham était un garçon courageux, c'était indubitable. Et Emma s'inquiétait pour lui. Toutefois, il ne fallait pas qu'il s'immisce publiquement dans ses affaires, de peur de provoquer la fureur du jeune homme. Mais il voulait aider Emma. Se renseigner ne coûtait rien, conclut-il. Il aurait été stupide de ne pas profiter de l'occasion d'apprendre quelque chose.

Colin remit le journal à sa place et se rendit dans la salle de jeu. Quelques hommes étaient déjà attablés, jetant des dés ou examinant leurs cartes.

L'homme qui l'intéressait n'avait encore rejoint aucune table. Il se tenait à l'écart et observait les joueurs, tel un gourmet devant un buffet.

— Bonjour, Whitman, dit Colin en s'approchant de lui.

L'homme se retourna et réprima une exclamation de surprise. Jamais il n'aurait cru que le baron St. Mawr lui adresserait un jour la parole.

— St. Mawr, fit-il.

— Puis-je m'entretenir un moment avec vous ?

Whitman haussa les épaules avec indifférence. Grand et mince, il avait des yeux noirs et froids et portait ses cheveux aux épaules, plus longs que ne le voulait la mode.

C'était le genre d'individu que détestait Emma, se dit Colin – et pour lequel elle l'avait pris au premier abord. Whitman était un joueur invétéré, un habitué des tripots enfumés. Il vivait pour le jeu et par le jeu, en équilibre précaire. Aussi ne demandait-il pas mieux que d'initier de riches jeunes gens au passe-temps qui l'obsédait, en échange d'une partie de leur fortune.

— Avez-vous remarqué un jeune homme du nom de Bellingham ? interrogea Colin.

— Bellingham...

Whitman avait une voix profonde et posée.

— Très jeune, cheveux blonds, une élégance un peu affectée, précisa Colin.

— Oui, je vois. Un piètre joueur. Aucun sens de la stratégie, manque de concentration. Sans cesse en train de regarder qui est dans la pièce au lieu de réfléchir à son jeu.

— Il perd beaucoup ?

— Sûrement. Il ne gagne jamais.

Une lueur apparut dans les yeux de l'homme.

— S'agit-il d'un de vos parents ? demanda-t-il. C'est vous qui payez ses dettes ?

— Non, répondit Colin avec force. Son père lui verse une petite pension.

— Ah, bon, fit Whitman, déçu. Pas étonnant qu'il en soit à emprunter à mille pour cent.

— Il a recours aux usuriers ?

— N'en sommes-nous pas tous là ? dit Whitman avec lassitude.

La situation était plus sérieuse que ne l'avait imaginé Colin. Comment ce jeune imbécile en était-il arrivé là ?

— Savez-vous à qui il s'est adressé ?

Whitman avoua son ignorance et son total désintérêt pour la question.

— Si vous voulez bien m'excuser, je vais rejoindre une de ces tables, déclara-t-il. À moins que vous ne souhaitiez faire une partie ?

— Je suis désolé, mais je dois déjeuner avec quelqu'un.

L'autre tourna les talons, et Colin se retrouva seul. S'il rapportait à Emma le comportement de son frère, elle s'inquiéterait outre mesure et insisterait pour agir. Or il refusait de la laisser traiter avec des usuriers. En parler au père de Robin relèverait de la délation. Bien sûr, il pouvait aussi oublier ce qu'il venait d'entendre. Mais c'était aller au-devant d'une catastrophe plus grande encore.

Il fallait découvrir l'usurier, ce qui serait relativement simple, puis rembourser anonymement le prêt, ce qui éviterait démonstrations, confessions pénibles ou justifications intempestives.

Cette perspective le rasséréna, et il partit à la recherche de James. Après un bon déjeuner, il essaierait de débusquer cet usurier.

Colin n'eut aucun mal à mettre la main sur l'homme. Deux heures plus tard, il se tenait dans son officine, une liasse de billets à la main.

— Merci, monsieur le baron, dit l'usurier, sans quitter les billets des yeux. Faire des affaires avec vous est un plaisir, monsieur le baron. Si vous avez besoin d'un coup de pouce, n'hésitez pas à venir me voir.

— J'espère ne jamais en arriver là, répliqua Colin.

L'autre sembla considérer cette remarque comme une bonne plaisanterie et éclata de rire.

— Évidemment, dans votre cas, c'est peu probable, monsieur le baron. Enfin, on ne sait jamais.

— En effet. Puis-je avoir la reconnaissance de dettes de Bellingham ?

— Bien sûr, bien sûr. Je l'ai ici. Tout est en ordre.

Il tendit à Colin un document sur lequel il avait griffonné "payé" et apposé sa signature.

Colin plia la feuille et la mit dans sa poche

— Merci. Bien entendu, vous ne révélerez à personne mon rôle dans cette opération.

— Je serai muet comme une tombe, monsieur le baron.

— Je l'espère. Mais si j'apprends que vous...

L'homme leva la main.

— Nombreux sont ceux qui comptent sur mon silence. Dans mon métier, c'est une nécessité.

Colin se retourna pour partir.

— Dites à M. Bellingham que je reste à sa disposition, lança l'usurier. Je serai toujours content d'aider.

— À vingt pour cent par mois, précisa Colin d'un ton sec.

— Le service que j'offre est précieux, monsieur le baron. Il vaut bien ces quelques livres.

Ravalant une réplique acerbe, Colin sortit.

11

Reddings attendit respectueusement que le baron ait fini d'arranger les plis compliqués de sa cravate, puis il lui présenta son habit, qu'il lissa sur ses larges épaules. C'était un plaisir de servir un maître qui mettait ainsi en valeur ses vêtements, songea le valet de chambre. Ce soir, personne au bal n'aurait plus belle allure que le baron. Tandis que Colin se brossait les cheveux, Reddings l'observa subrepticement dans le miroir. L'air sombre qui avait tant inquiété le domestique, pendant leur voyage de retour en Angleterre, avait disparu. Une expression de concentration intense l'avait remplacé, que Reddings trouvait plutôt alarmante.

L'atmosphère de la maison avait changé, depuis qu'ils étaient revenus de la guerre. La nouvelle maîtresse avait un comportement bizarre. Quant à son domestique turc, il était tellement étrange que Reddings n'aurait su quels mots employer pour le décrire. Mais Mme la baronne était un vrai bijou – expression qui ne franchirait jamais ses lèvres, bien sûr. Reddings était convaincu qu'elle avait sauvé son maître du désespoir.

— Reddings ? dit Colin.

— Oui, monsieur le baron ? fit le valet de chambre, tiré de sa rêverie. Pardon, monsieur le baron.

— À quoi pensais-tu ?

— J'étais dans les nuages, monsieur le baron. Je vous demande pardon.

— Qu'as-tu fait de mon manteau ?

Reddings prit le vêtement dans la penderie et le lui présenta.

— Une minute, Reddings. Avant de l'enfiler, je vais voir si Mme la baronne est prête.

Drapant le manteau sur son bras, le domestique toussota.

— Qu'y a-t-il, Reddings ?

— Rien, monsieur le baron. C'est juste que j'ai remarqué que les dames préfèrent parfois... euh... faire une entrée. En outre...

— Oui ?

— Une nouvelle robe est arrivée aujourd'hui de chez Mme Sophie.

— Ah, bon ? Et tu crois qu'elle veut m'éblouir ?

— Oui, monsieur le baron, acquiesça le valet de chambre, toujours impassible.

— Dans ce cas, j'attendrai Mme la baronne en bas.

— Très bien, monsieur le baron, répondit Reddings, enchanté de lui-même.

Colin n'était dans le salon que depuis quelques minutes quand il entendit des pas dans l'escalier. Peu après, sa femme s'encadra dans l'embrasure de la porte. Il poussa une exclamation admirative.

La robe d'Emma était faite d'une superposition de mousselines de différents tons de vert. S'évasant à partir du corsage étroitement ajusté, la jupe ondulait comme de l'eau jusqu'à la pointe de ses chaussures assorties. Ses cheveux étaient remontés sur le sommet de sa tête et retombaient dans son dos en une cascade de boucles blondes. Elle portait les émeraudes St. Mawr aux oreilles et autour du cou.

— Époustouflante, déclara Colin.

— C'est une jolie robe, non ?

La jeune femme tourna sur elle-même, faisant ondoyer le dégradé de vert.

— Sophie est géniale, ajouta-t-elle.

— D'après ce que vous dites, elle est sur le point de devenir riche.

— Oh, oui ! Et ça ne paraît pas la surprendre le moins du monde.

— Vous éclipserez toutes les femmes, ce soir.

Emma aperçut leur reflet dans le miroir au-dessus de la cheminée. Dans son habit de soirée, Colin était superbe. Sa cravate immaculée soulignait ses traits ciselés et ses yeux violets étincelaient, chargés de mystère.

— La femme de Tom va regretter de vous avoir invitée, dit-il. Elle tient à être la reine de toutes les soirées.

— Ce n'est pas vrai.

— Non ?

— Pas du tout. Diana est très gentille avec moi.

— Oui, je l'ai vue à l'œuvre. Elle vous envoie toujours dans une autre pièce, où elle est sûre que vous trouverez quelque chose à faire de "très amusant" ou des "gens charmants" à qui parler. Des gens qui n'appartiennent évidemment pas à son cercle d'admirateurs.

— C'est ridicule.

Mais, en y réfléchissant, elle dut admettre qu'il avait raison. Elle se mit à rire.

— Bien qu'elle soit mariée, Diana tient ses anciens galants en haleine. Heureusement que vous n'êtes pas suivie d'une meute d'admirateurs sortis de votre passé, plaisanta-t-il.

Emma se figea. Cela ne dura qu'un instant, mais sa terreur n'échappa pas à Colin. Il ne supportait plus ce mur qu'elle avait élevé entre eux. Que lui cachait-elle ?

— Nous devrions partir, dit-elle. J'ai promis à Caroline que nous arriverions tôt pour l'aider à maîtriser tante Célia.

Colin n'eut plus qu'à lui offrir son bras.

Ce fut une Caroline bouleversée qui les accueillit.

— Tante Célia est d'une humeur massacrante ! s'exclama-t-elle. Elle m'a déjà fait renvoyer Nicky dans sa chambre. Le pauvre, il voulait juste essayer le piano. Emma, venez à mon secours.

Elle donna la cape d'Emma à un laquais et entraîna sa belle-sœur vers le salon. Remerciant secrètement tante Célia de les avoir libérés de la bruyante présence de Nicky, Emma emboîta le pas à Caroline. Elle ne comprenait pas pourquoi tout le monde dans la famille avait si peur de la vieille dame. Elle, en tout cas, l'appréciait et la trouvait plus intelligente et sensée que beaucoup.

Colin monta plus lentement. Quand il atteignit la porte du salon, Emma était déjà assise à côté de tante Célia. Il s'arrêta un moment pour observer les parents et amis que Caroline avait réunis pour dîner. Rien de surprenant dans cette assemblée. Il avait déjà rencontré tous ces gens un millier de fois et leur avait depuis longtemps dit tout ce qu'il avait à leur dire. Par bonheur, il n'était pas affublé d'une épouse aussi conventionnelle que sa sœur. Il adorait Caroline, mais déplorait son goût pour les mondanités.

— Excusez-moi, fit une voix à côté de lui.

Colin se retourna et vit Robin Bellingham, vêtu d'un habit de soirée impeccable et d'un gilet broché de fils d'or. Constatant que son beau-frère gardait les yeux rivés sur son gilet, le jeune homme déclara :

— C'est du dernier chic, vous savez.

— Je n'en doute pas.

Robin essaya de déterminer s'il se moquait de lui, puis il haussa les épaules et reprit :

— Je voulais vous parler.

— C'est ce que vous faites.

— Euh... à propos de quelque chose en particulier.

Le baron pencha la tête pour mieux écouter.

Robin se balança gauchement d'un pied sur l'autre.

— Il s'est passé quelque chose de très étrange, lâcha-t-il enfin.

Il se tut et regarda autour de lui pour s'assurer que personne ne pouvait l'entendre.

— Oui ? fit son aîné pour l'encourager.

— Ça m'ennuie de vous en parler, mais je ne veux rien dire à Emma. En fait, je ne comprends rien à cette affaire.

— Vous pouvez vous fier à moi.

— Hum !

— Désirez-vous que je vous donne ma parole que cela restera entre nous ?

— Non, non. Je sais que vous êtes discret. C'est que...

— Allez-y.

— Voilà. Il y a environ un mois, j'ai perdu une grosse somme au jeu.

Il leva les yeux vers son beau-frère, s'attendant à un sermon, mais rien ne vint.

— Or je n'avais pas de quoi payer, ajouta-t-il.

Il s'interrompit à nouveau et retint son souffle.

Colin demeurait impassible. Robin prit une profonde respiration et acheva d'une traite :

— J'étais dans un sale pétrin, voyez-vous. Je devais trouver de l'argent. Je me suis donc rendu chez un prêteur.

Le baron lui adressa un regard interrogateur.

— Maintenant, l'homme m'annonce que la dette est soldée. Entièrement. Et il refuse de me dire qui a payé. Il prétend que la personne souhaite rester anonyme. Vous avez déjà entendu une chose pareille ?

Colin secoua la tête.

— Ça ne peut pas être mon père. D'ailleurs, ces derniers temps, il ne me parle plus du tout de jeu. C'est très bizarre... Vous... vous n'avez rien à voir là-dedans ?

— Moi ? fit Colin d'une voix neutre.

— Vous m'avez déjà rendu ces reconnaissances de dettes, vous vous rappelez ? balbutia le jeune homme. Et puis, je sais ce qu'Emma pense du jeu en général. Alors, je me demandais si vous...

Robin scruta le visage de son beau-frère.

— Enfin, je voudrais simplement exprimer ma reconnaissance à cette personne. Et lui dire que j'essaierai de rembourser, avec le temps. Et... si par hasard vous découvrez cette personne, j'aimerais qu'elle sache que j'en suis arrivé à la conclusion que le jeu n'est pas... pas...

— Le meilleur moyen de réussir dans la société ? suggéra Colin.

— C'est ça. Et je ne joue pas si bien que ça.

— Vraiment ?

Soulagé d'en avoir fini avec la partie pénible de la conversation, Robin se détendit et avoua :

— Je trouve la plupart des jeux ennuyeux, et mes pertes m'obsèdent.

Colin attendit la suite.

— Voilà. Je... je ne compte plus jouer. Sauf de temps en temps et prudemment, avec des amis, ajouta-t-il aussitôt, comme s'il craignait que cela aussi lui fût interdit.

— Cela me paraît sage.

— En réalité, je me crois doué pour tout autre chose. On me complimente souvent pour mon style vestimentaire, par exemple.

— Ah, bon ?

— Même Farrell, dit Robin, citant un des élégants les plus en vue.

— Mes félicitations, répondit Colin, réprimant un sourire.

Robin se rengorgea.

— Peu d'hommes oseraient porter ce gilet, vous savez. Mais j'ai du flair.

— Je n'en doute pas.

— Vous pouvez donc... Je veux dire, la personne intéressée peut être rassurée, conclut le jeune homme.

Colin hocha la tête en signe d'acquiescement. Robin le salua et partit rejoindre un groupe de jeunes gens à l'autre bout de la pièce.

Au même instant, la tante Célia glapissait à l'adresse d'Emma :

— Alors, vous avez pris la petite Morland sous votre aile ? Le regrettez-vous déjà ? D'après sa grand-mère, elle a le cerveau farci d'idées romantiques et est très imbue de sa petite personne.

— Elle est... originale, répondit Emma, plusieurs tons plus bas. En fait, je devrais vous la présenter. Elle vous plairait peut-être.

— Hum ! fit la vieille dame. Je ne supporte pas les fauteurs de troubles.

Elle scruta Emma de ses yeux bleus et perçants.

— Vous avez pitié d'elle, hein ? demanda-t-elle.

— Je sais combien il est facile de faire des bêtises quand on est jeune et inexpérimenté, répliqua Emma.

— J'ai tout de suite compris que vous étiez la femme qu'il fallait à Colin, déclara tante Célia au bout d'un moment.

— Tout de suite, vraiment ?

— Pas d'impertinence, ma petite, rétorqua la vieille dame, le regard pétillant. Et voilà que Catherine partage mon avis, maintenant. Vous l'avez conquise. En vérité, vous n'avez fait aucun faux pas. Vous êtes en passe de devenir la coqueluche de Londres.

Si la vieille dame avait été au courant du scandale qui s'apprêtait à éclater, elle aurait été frappée d'apoplexie, songea tristement Emma.

— Colin est terriblement fier de vous, poursuivit tante Célia. À juste titre. Avoir une épouse respectable est capital quand on veut tenir son rang dans la société.

— En effet, approuva Emma.

Comment aurait-elle pu l'ignorer ? On ne cessait de lui rappeler l'importance de l'opinion publique – Colin, sa famille, ses amis, tous les gens qu'elle rencontrait. Était-ce une allusion ? se demanda Emma. Tante Célia avait-elle découvert quelque chose ? Rien dans l'expression de la vieille dame ne permettait de le dire.

— Surtout pour Colin, poursuivit celle-ci. S'ils sont malheureux en ménage, la plupart des hommes vont se distraire ailleurs. Ils ont des maîtresses, traînent dans leur club, chassent à courre et se comportent dans la nature en prédateurs irresponsables. Mais Colin est différent – il l'a toujours été. Il réfléchit, il défend des causes. C'est la raison pour laquelle il s'est engagé, malgré les protestations de sa famille. Il prend les choses trop à cœur... Vous vous en êtes rendu compte, je suppose ?

Son regard semblait vouloir pénétrer l'âme d'Emma.

— Oui, répondit la jeune femme, plus décidée que jamais à ne rien faire qui pût nuire à Colin ou à sa réputation.

— Bon, déclara tante Célia, satisfaite.

Resserrant sa prise sur la canne qu'elle tenait à deux mains devant elle, elle frappa le sol.

— Et ce dîner ? demanda-t-elle d'une voix péremptoire. Je meurs de faim.

La plupart des invités de Caroline se rendirent au bal. Lorsqu'ils arrivèrent, la salle était déjà pleine de monde.

— Diana s'est surpassée, commenta Colin, faisant allusion à la foule et à la décoration.

À la place des bouquets conventionnels, des branches de pin et des pommes de pin dorées, agrémentées de rubans or et blanc, tapissaient les murs. L'effet était saisissant, et l'ensemble dégageait une merveilleuse odeur de forêt.

Emma et Caroline durent tout d'abord asseoir tante Célia à une table de whist. La vieille dame, qui avait tenu à venir, s'était fait accompagner par ses deux laquais. Une fois assurées que leur tante était bien installée et satisfaite de sa partenaire, les deux jeunes femmes rejoignirent leurs maris dans la salle de bal. Dès qu'Emma apparut, Colin lui tendit la main.

— C'est une valse, annonça-t-il.

Elle se laissa entraîner sur la piste, au milieu des couples qui tourbillonnaient. Ayant toujours aimé danser, elle prenait plaisir à suivre la mesure avec Colin, qui la conduisait avec une douce autorité et se déplaçait avec une grâce féline.

— Je préfère ça, fit-il.

— Quoi ?

— J'ai pratiquement vu le nuage disparaître. Vous ne voulez pas me dire ce qui se passe ?

Comme elle aurait aimé lui avouer la vérité et s'appuyer sur lui ! Mais le risque était trop grand.

— Je... je m'inquiétais pour mon frère, mentit-elle. Je n'ai pas trouvé l'occasion de lui parler. De quoi avez-vous discuté, chez Caroline ? Vous a-t-il dit quel était cet "engagement important" qui l'empêchait de venir avec nous au bal ?

Colin, bien qu'il eût décidé de cacher l'épisode de l'usurier à Emma, ne put s'empêcher de déclarer :

— Je crois que vous allez bientôt assister à un changement.

— Un changement ?

— Dans ses habitudes.

— Le jeu ? Vous paraissez sûr de ce que vous avancez.

— Je suis perspicace, répondit-il.

— Vous avez fait quelque chose ? Vous lui avez parlé ? Je savais qu'il vous écouterait.

— Non, je ne lui ai pas parlé. Mais peut-être a-t-il mûri, comme je l'avais prédit. Et je pense qu'il ne sera plus jamais question de ses pertes au jeu.

Emma scruta son visage et eut un sourire timide.

— Vous avez fait quelque chose ! répéta-t-elle.

— Je vous jure, ma chère Emma...

— Ne dites pas le contraire. Je le vois.

Son cœur se serra, et elle dut refouler ses larmes. Malgré sa répugnance, il avait aidé Robin. Emma débordait d'amour pour cet homme qui dépassait de loin ses rêves les plus fous.

À la fois gêné et ravi qu'elle eût deviné son secret, Colin toussota.

— Je ne sais pas comment vous remercier...

— Ce n'est pas la peine, coupa-t-il.

La musique emplissait la salle. Les danseurs tourbillonnaient sous les lustres, dans la chaleur grandissante. Emma et Colin, embarrassés, continuèrent à valser en silence.

Quand la musique se tut, ils quittèrent la piste et furent immédiatement entourés par un groupe de jeunes gens joyeux. Certains étaient des amis de Colin, mais sa longue absence d'Angleterre avait rompu les liens de sa jeunesse, si bien qu'il les connaissait aussi peu qu'Emma. Le baron et la baronne St. Mawr étaient appréciés pour leurs qualités – beauté, intelligence, esprit, caractère agréable – autant que pour leur position et leur fortune.

— Andrew, votre cheval est-il prêt pour le Derby ? demanda Emma à un des hommes.

Tous se lancèrent dans une discussion animée sur les chevaux et les chances des participants à la course. Une des femmes jeta un regard de reproche à Emma.

— Un quadrille, annonça-t-elle brusquement. Venez danser.

Elle tira sur la manche de son mari, qui s'exécuta mais réussit à ajouter :

— Faible de jambes. Pas la moindre chance.

Une danse folklorique suivit le quadrille, puis une autre valse et un cotillon. Les portes s'ouvrirent ensuite sur une autre salle, où des tables croulaient sous des tourtes à la langouste, des glaces, des petits fours et autres mets. Un des hommes de leur groupe prit une bouteille de champagne sous chaque bras et se planta devant une table pour la réserver, pendant que les autres remplissaient leurs assiettes au buffet. Leur table fut bientôt noyée sous les rires, attirant plus d'un regard envieux. En voyant Colin échanger des plaisanteries avec Tom, Emma remarqua combien il paraissait heureux. Cette vie mondaine était vraiment importante pour lui, songea-t-elle.

Après le souper, la musique recommença. Emma dansa la première valse avec le mari de Caroline, qui avait malheureusement tendance à lui marcher sur les pieds. De retour à leurs places, ils trouvèrent Caroline, un volant de sa robe à la main.

— Teddy Dunster a marché sur l'ourlet de ma robe, expliqua-t-elle. Il faut que j'épingle ce volant.

— Je vais vous aider, proposa Emma. Montons.

Dans l'escalier, elle s'aperçut que Caroline peinait à monter les marches.

— Vous vous sentez bien ? s'inquiéta-t-elle.

— Un peu fatiguée.

En lui prenant le bras, Emma examina sa belle-sœur. Celle-ci était très pâle.

— Peut-être devriez-vous rentrer, suggéra-t-elle. Il faut vous ménager, dans votre état.

— Oui, je vais prévenir Frédéric. C'était la même chose quand j'attendais Nicky. Je me fatiguais vite.

Elles entrèrent dans le cabinet de toilette. Emma dénicha des épingles et s'agenouilla pour attacher le volant de Caroline.

— C'est merveilleux de voir Colin à nouveau heureux, déclara celle-ci. Quand il est revenu de France, nous avons craint pour son équilibre. Mère redoutait qu'il fasse une dépression nerveuse. Je ne l'ai jamais cru, mais il était... disons... sans joie. Maintenant, il va beaucoup mieux. Grâce à vous.

L'opération terminée, Emma se redressa. Que signifiait cette conspiration ? se demandait-elle. Tout le monde semblait décidé à lui rappeler la fragilité du bonheur de Colin.

— Nous sommes tous heureux de vous avoir dans la famille, ajouta Caroline en l'étreignant.

Emma éprouva une bouffée d'affection pour celle qui, dès le premier instant, s'était montrée gentille avec elle.

Caroline et son mari prirent congé, emmenant tante Célia. Après les avoir salués, Emma dansa avec Tom, puis avec un autre de leurs amis. Elle s'éventait à l'écart de la piste lorsque Colin la rejoignit.

— Quelle chaleur ! dit-il.

— En effet.

— Voulez-vous faire un tour dans le jardin ?

Emma éclata de rire.

— Qu'y a-t-il ? s'étonna Colin.

— J'allais refuser, parce qu'on ne quitte pas un bal seule au bras d'un homme. En tout cas, c'est ce qu'on m'a appris.

Colin rit à son tour.

— De la part d'une jeune femme, c'est inacceptable, déclara-t-il d'un ton solennel. À moins, bien sûr, que le monsieur en question soit son mari.

Il l'entraîna vers une porte-fenêtre.

— Venez, fit-il en écartant le rideau.

— Je ne sais pas si... commença Emma, qui redoutait de se retrouver seule avec lui.

Ils débouchèrent sur une étroite terrasse fermée par une balustrade, d'où un escalier descendait dans le jardin.

— Oh, c'est fantastique ! s'exclama Emma en inspirant à pleins poumons l'air doux du soir.

— Regardez, dit Colin en lui prenant le bras.

Emma leva la tête. Une étoile filante traversait le ciel.

— Faites un vœu.

— Mais c'est vous qui l'avez vue en premier, répliqua-t-elle. C'est à vous de le faire.

— Je vous cède mon droit.

Emma ferma les yeux et souhaita ardemment que le comte Julio Orsino disparaisse à jamais de sa vie.

— Il se réalisera, dit Colin. Vous aviez l'air terriblement déterminée.

— Je l'étais.

— Et quel était ce vœu ?

— Je ne peux pas vous le dire, sinon il ne se réalisera pas.

Le silence retomba.

— Voulez-vous que nous allions par là ? proposa enfin Colin, en désignant un chemin bordé d'arbres. Je vous préviens, les jeunes gens essaient d'y attirer les demoiselles pour leur voler un baiser.

— Et comment le savez-vous ?

— Ça me paraît évident. C'est le coin le plus sombre et le plus retiré.

— Vous semblez avoir une grande expérience de ce genre d'endroit.

— Pratiquement aucune. Mais ça fait partie des mœurs masculines. Il y a les chevaux, le sport, l'habileté à nouer une cravate et...

— À entraîner les jeunes filles dans de sombres recoins, acheva Emma en souriant.

— Exactement.

Ils s'engagèrent dans le chemin. Bientôt, un bouquet d'arbres leur cacha les lumières de la maison. Colin s'arrêta, l'enlaça et s'empara de ses lèvres dans un baiser passionné, tout en la caressant à travers le fin tissu de sa robe. Il brûlait d'arracher le vêtement et de lui faire l'amour sur-le-champ, sous les pins. Ils avaient au moins cela, pensa-t-il. Rien ne pouvait altérer le désir qu'ils éprouvaient l'un pour l'autre.

Il abaissa une des minuscules manches bouffantes, révélant le globe parfait d'un sein.

— Colin ! protesta Emma. Et si quelqu'un vient ?

— Qu'il vienne !

Il prit le mamelon dans sa bouche, s'attendant à entendre Emma haleter de plaisir.

Mais la jeune femme était écartelée entre son amour pour lui et la peur de le perdre, lorsque Orsino déverserait son poison dans les oreilles complaisantes des commères de la bonne société londonienne. Affolée, elle se dégagea brutalement et remit sa manche en place, les doigts tremblants.

— Il… il faut rentrer, balbutia-t-elle.

Sur ces mots, elle s'enfuit vers les lumières et la musique du bal.

Colin se retrouva seul dans la nuit, outré et incrédule. Emma l'avait repoussé, creusant encore le gouffre qui les séparait. Sous le choc, il resta pétrifié. Le désespoir, ce vieux compagnon familier, menaçait de le submerger, mais il le chassa avec colère. Il allait ramener Emma à la maison. Là-bas, elle n'aurait pas d'excuse pour le fuir.

La mâchoire serrée, il regagna la salle de bal. Les festivités battaient leur plein, et nombre d'invités avaient fait un peu trop honneur au champagne de Tom. Promenant sur la foule un regard méprisant, Colin aperçut sa femme en train de discuter avec leur hôte et quelques amis. Il se hâta de les rejoindre.

— J'ai une surprise pour vous, disait Tom à Emma. Vous désiriez assister à une mascarade, vous vous rappelez ? Eh bien, il s'en prépare une au Panthéon, et nous sommes tout un groupe à y aller. Nous prendrons une loge. Ainsi, vous pourrez tout voir.

— Je croyais les mascarades du Panthéon vulgaires et démodées, répondit Emma.

— Elles sont bruyantes, certes, reconnut Tom. Mais si nous sommes nombreux et que nous partons assez tôt, nous n'aurons rien à craindre. Bien sûr, nous n'enlèverons pas nos masques.

— Comment nous déguiserons-nous ? demanda une jolie femme brune. Il faut que ce soit superbe.

— En tout cas, je refuse de mettre un costume qui ne comporte pas de pantalon, déclara Tom. Pas de pourpoint et de haut-de-chausses élisabéthains, c'est compris ?

— D'accord, d'accord, fit la femme.

— Nous voilà dans un beau pétrin, Tom, grommela le mari de celle-ci. Nos charmantes épouses vont nous trouver des costumes ridicules, c'est sûr.

— J'ai toujours eu un faible pour l'époque du roi Charles, dit la femme, quand les hommes portaient ces merveilleuses perruques…

Tom poussa un gémissement.

— Nous devons partir, lança Colin à la surprise générale.

Il attrapa Emma par le bras, l'entraîna vers la porte et ne la relâcha que lorsqu'ils furent assis côte à côte dans leur voiture fermée.

Le silence s'installa entre eux, pesant. Il fallait que cela cesse, pensa Colin. Pourquoi Emma agissait-elle ainsi ? Son mutisme le rendait fou. Il ne savait plus s'il avait envie de la serrer contre lui ou de la prendre par les épaules pour la secouer.

Il regarda par la fenêtre et observa la rue.

— Le salon de Barbara Rampling, fit-il remarquer.

Emma tourna la tête et frissonna. Si elle ne réussissait pas à sortir du piège où elle se débattait, elle pourrait bien se retrouver dans un tel lieu, seule, à essayer de gagner de quoi survivre. Elle frissonna de nouveau.

Ils passèrent devant la porte, au-dessus de laquelle était suspendue une lanterne qui éclairait les marches du perron. Deux hommes s'apprêtaient à entrer. Emma vit le plus petit frapper, tandis que l'autre attendait, légèrement en retrait. La porte s'ouvrit, et les lampes du vestibule illuminèrent leurs visages. Avec horreur, elle les reconnut tous les deux. Sans réfléchir, elle bondit sur son siège et frappa sur le toit de la voiture.

— Arrêtez ! cria-t-elle au cocher. Arrêtez tout de suite !

L'homme tira brusquement sur les rênes, faisant faire une embardée au véhicule.

— Que se passe-t-il ? demanda Colin.

Bien que la voiture roulât encore, Emma ouvrit la portière et voulut sauter, mais Colin la retint par le bras jusqu'à ce que le véhicule se soit immobilisé.

— Êtes-vous devenue folle ? s'exclama-t-il. Vous essayez de vous tuer ?

— Je dois y aller, dit Emma en se débattant.

— Pourquoi ?

— Parce qu'il le faut !

Elle se dégagea et se précipita dans la rue pavée. Robin venait d'entrer dans la maison de jeu en compagnie du comte Orsino. Son pire cauchemar semblait se réaliser sous ses yeux : Robin transformé en joueur invétéré. Bouleversée par cette vision, elle ne songea plus qu'à l'arracher à ce lieu de perdition.

— Emma !

Colin traversa la rue et gravit les marches du perron sur ses talons.

— Attendez ! ajouta-t-il, au moment où elle frappait.

La porte s'ouvrit, et elle se dirigea aussitôt vers l'escalier.

— Emma !

Il l'empoigna par le bras pour l'obliger à s'arrêter, puis il la prit par les épaules et la fit pivoter vers lui.

— Que se passe-t-il ? répéta-t-il.

— C'était Robin. Je l'ai vu. Il va se ruiner. Et c'est de ma faute. Je dois le forcer à abandonner, dit-elle en se contorsionnant pour lui échapper.

— Comment cela pourrait-il être de votre faute ? demanda-t-il, maudissant tout bas le jeune homme.

Parce que Orsino était là à cause d'elle, répondit silencieusement Emma. Elle avait mis en danger les gens qu'elle aimait. À présent, il lui fallait assister à leur chute. Et cette pensée lui était insupportable.

— Vous m'avez fait croire que vous l'aviez aidé, dit-elle d'un ton accusateur. Vous m'avez menti ! Vous vous moquez bien de Robin ! Si c'était Caroline qui avait des ennuis, ce serait autre chose.

— Je préfère ma sœur à Robin, en effet, admit-il. C'est naturel. Mais cela ne signifie pas que...

— Rentrez à la maison ! s'écria Emma, au bord des larmes. Laissez-moi ! Je vais m'occuper moi-même de mon frère.

— Il n'y a pas que votre frère qui vous inquiète, déclara-t-il. Pourquoi ne me l'avouez-vous pas ?

— Je le croyais occupé, dit Emma pour elle-même. Je pensais qu'il jouait moins.

— Il joue moins, répliqua Colin, espérant dire vrai.

— Vous vous trompez ! C'est pire que jamais ! s'exclama Emma. Ce soir, il joue avec...

Elle se mordit la langue et se débattit de plus belle.

— Avec qui ? demanda Colin.

— Lâchez-moi !

— Il était avec quelqu'un quand il est entré. Qui est-ce ?

— Vous me faites mal. Lâchez-moi !

— Pas avant que vous m'ayez dit ce qui vous effraie tant.

— Je n'ai pas peur !

D'une violente secousse, Emma se libéra, puis elle monta les dernières marches en courant.

— Rentrez à la maison, insista-t-elle. Je m'en charge.

Colin la vit disparaître dans la principale salle de jeu dans un frémissement de tissu. Il était décidé à ne pas la laisser seule dans un endroit pareil, mais attendit de s'être calmé pour la suivre.

Quelques minutes plus tard, il pénétra dans la vaste salle. Il aperçut d'abord Robin, assis à une table face à un homme brun et élégant. Au bout d'un moment, Colin le reconnut. Il s'agissait sans nul doute d'Orsino. Il chercha alors Emma des yeux et la découvrit assise près d'une fenêtre, à moitié cachée par les rideaux. Elle observait fixement son frère et semblait extrêmement tendue.

Colin fit quelques pas dans la pièce, pour se montrer à Barbara Rampling et à quelques habitués de la maison, afin qu'on ne croie pas Emma seule. Il passa ensuite dans une autre salle, où l'on jouait au whist, et feignit de s'intéresser au jeu. Puis, l'air sombre, il s'installa dans un fauteuil d'où il pouvait surveiller la plus grande partie du salon voisin.

Emma avait mal aux mains. Cela faisait un moment qu'elle regardait, les poings serrés, Orsino ruiner son frère. Elle déplia les doigts avec effort. La salle était bondée, mais elle ne voyait que Robin et le comte. Elle ne perdait rien de leurs mouvements et des expressions qui traversaient leurs visages. À plusieurs reprises, elle faillit courir arracher son frère de la table. Seule l'en empêcha la certitude qu'il ne lui pardonnerait jamais une scène publique.

Après ce qui lui parut une éternité, Robin se leva, se dirigea vers le fond de la salle et se glissa derrière le rideau qui masquait l'entrée d'un couloir. Derrière se trouvaient d'autres pièces, ainsi que les toilettes, se rappela Emma. Elle bondit sur ses pieds et se précipita à sa suite. Orsino ne manquerait pas de la remarquer, si ce n'était déjà fait, mais elle s'en moquait. Elle ne voulait qu'une chose : éloigner Robin de lui.

Elle passa derrière le rideau. Un monsieur qui avait manifestement trop bu la frôla en titubant.

Elle crut qu'il allait l'aborder, mais il était perdu dans ses pensées et ne lui adressa pas la parole. Il s'empêtra dans les plis du rideau avant de resurgir dans le salon, où des rires moqueurs saluèrent son retour.

Robin ne tarda pas à apparaître. Lorsqu'il reconnut sa sœur, il fronça les sourcils.

— Emma, que diable faites-vous ici ?

— Je dois te parler !

— Maintenant ? Qu'est-ce qui ne va pas ? C'est père ?

— Non ! C'est toi, espèce... d'imbécile. Comment peux-tu être aussi bête ?

Robin se figea, l'air hautain.

— Ne vois-tu pas qu'Orsino est un escroc ? s'écria Emma. Pourquoi le laisses-tu t'entraîner dans...

— Bien sûr que je le vois, coupa Robin.

— Alors, pourquoi es-tu ici avec lui ?

— Je pensais que vous vous en doutiez. Après tout, c'est vous qui l'avez présenté à Lady Mary.

Emma le regarda, étonnée.

— Il lui bourre le crâne d'idées ridicules et l'encourage à se croire persécutée.

Emma n'en revenait pas.

— Elle n'a aucune expérience du monde, continua Robin, et ne comprend pas qu'il représente un danger pour elle.

— Mais... balbutia Emma.

— Il faut donc que quelqu'un tienne cet Orsino éloigné d'elle.

— Évidemment, mais...

— Ça ne peut pas être vous, parce que cet homme n'est pas une compagnie convenable pour une femme. Alors... conclut-il en haussant les épaules.

Emma le fixait, stupéfaite. Cette conversation ne se déroulait pas du tout comme elle l'avait prévu.

— J'ai dit que je vous aiderais, expliqua-t-il devant son expression ahurie. Et c'est ce que je fais. J'essaie aussi d'aider Lady Mary. Orsino préfère le jeu à tout le reste. S'il est occupé à jouer avec moi, il ne pourra nuire à personne, n'est-ce pas ?

— Il te dépouillera jusqu'au dernier sou, gémit Emma.

— Ça m'en a tout l'air, admit Robin avec une grimace. Il a une chance de tous les diables.

— Il triche !

— Ça ne m'étonne pas vraiment.

— Ne joue pas avec lui.

— Il faut que je l'occupe, Emma, insista Robin. Il ne connaît personne à Londres, et s'il n'est pas avec moi, il harcèlera Lady Mary.

Emma savait d'expérience comment Orsino procédait. Pour arriver à ses fins, il avait recours à ce genre de menace tacite. Le soulagement qu'elle avait éprouvé en apprenant que Robin n'était pas un joueur invétéré s'évanouit, gommé par la peur de le voir fréquenter le comte. Orsino trouverait bien le moyen de le corrompre.

— Éloigne-toi d'Orsino, supplia-t-elle. Je veillerai moi-même à ce qu'il ne nuise pas à Lady Mary.

— Comment ? demanda Robin, sceptique.

Comme Emma hésitait, il hocha la tête d'un air entendu.

— C'est un individu louche, Emma, dit-il. Vous feriez mieux de ne pas l'approcher.

Emma considéra son frère avec un mélange d'affection et de désolation. Dire qu'il voulait la protéger ! Elle avait du mal à en croire ses oreilles. Il n'était encore qu'un enfant qu'elle affrontait déjà des crapules de tout acabit.

— Je peux parfaitement me charger d'Orsino, répondit-elle. Tous les amis d'Edward étaient comme lui. Je suis habituée.

— Tous ? fit Robin, interloqué. Je pensais que vous ne saviez pas quelle fripouille c'était.

— Au contraire, je ne le sais que trop. Je t'en prie, Robin, ne le fréquente pas. Il n'y a pas que le jeu. Cet homme a commis des choses monstrueuses.

— J'ai promis de vous aider, répliqua son jeune frère en se redressant, l'air buté. Je ne me défilerai pas à la première difficulté. Vous pouvez compter sur moi. Je réussirai à me débrouiller.

Emma en avait les larmes aux yeux. Son frère devenait peu à peu un homme admirable. Malheureusement, il ignorait ce dont était capable le comte Orsino.

— Robin... commença-t-elle.

Il l'interrompit une nouvelle fois.

— Vous ne vous débarrasserez pas de moi, Emma. Inutile d'insister.

Si elle ne l'avait pas prié de l'aider à distraire Lady Mary, il n'aurait jamais rencontré Orsino, songea Emma, désespérée.

— Ce n'est pas une question de... dit-elle.

Le rideau s'écarta brusquement, et Colin fit irruption dans le couloir. Emma s'était glissée derrière cette tenture depuis une bonne dizaine de minutes, et il s'inquiétait de ne pas la voir réapparaître. Il eut la nette impression d'interrompre un conciliabule.

— St. Mawr ! s'exclama Robin avec chaleur. Content que vous soyez là. Je craignais qu'Emma soit seule.

— Non, dit Colin, l'air furieux.

— Bon. Je retourne jouer. Orsino doit se demander ce que je fabrique.

— Robin ! protesta Emma.

— Vous ne partirez pas avant de m'avoir expliqué ce qui se passe, ordonna Colin au jeune homme.

Celui-ci interrogea sa sœur du regard.

Colin avait le visage tordu par la colère. Emma se mordit la lèvre, ne sachant que faire.

— Tranquillisez-vous. Je contrôle la situation, dit

finalement Robin, avant de disparaître dans la salle de jeu.

Le couloir était vide et silencieux. Emma baissa les yeux sur le plancher ciré.

— Il contrôle la situation ? répéta Colin, incrédule. Quelque chose vous a bouleversée, et c'est ce... garçon que vous appelez à l'aide ?

Emma, désemparée, resta muette.

— Que s'est-il passé entre Orsino et vous ? demanda-t-il d'un ton cassant.

— Entre nous ?

Emma réfléchit à toute vitesse, cherchant en vain une réponse plausible.

— C'est... une relation d'Edward, dit-elle enfin. J'ai eu peur... en voyant Robin avec lui... Mais je me suis trompée, ajouta-t-elle précipitamment, avant que Colin ne pose d'autres questions.

Colin était hors de lui. Par-dessus tout, il était blessé qu'Emma se soit confiée à son frère, au lieu de se tourner vers lui.

— Je suis fatiguée, déclara Emma sans le regarder. Rentrons.

— Pas avant que vous ne vous soyez expliquée.

— Je vous l'ai dit. Ce n'est rien.

— Et vous imaginez que je vais vous croire ?

— Insinueriez-vous que je mens ?

— Vous éludez la question !

— Cela ne vous concerne...

— Tout ce qui vous touche me concerne ! cria-t-il. Et je saurai la vérité, Emma. Maintenant.

— Vous n'obtiendrez rien en hurlant mon nom dans des maisons de jeu, répliqua froidement Emma.

Conscient de s'être oublié de façon impardonnable, Colin essaya de se reprendre.

— J'aimerais rentrer tout de suite à la maison, répéta Emma.

Écartant le rideau, elle traversa le vaste salon en direction de la porte opposée. Colin, résigné, lui emboîta le pas.

Le comte Orsino le suivit du regard avec un intérêt non dissimulé.

12

Le laquais ouvrit la portière de l'élégante calèche d'Emma et aida la jeune femme à descendre. Celle-ci atterrit avec grâce sur le trottoir et se dirigea vers la porte d'entrée de la résidence St Mawr. Elle venait de voir la mère de Colin, qui s'était montrée des plus cordiales, approuvant tous ses projets de rénovation à Trevallan, tout en avouant avoir toujours trouvé l'endroit glacial et déprimant.

Combien de temps encore pourrait-elle mener cette vie mondaine ? se demandait Emma. Elle ne savait plus à quel saint se vouer. Elle n'avait pas réussi à découvrir pourquoi Orsino avait quitté le continent pour s'installer en Angleterre. Tous ses plans avaient échoué. Et le temps manquait.

Les nuits d'Emma étaient peuplées de cauchemars. Dans ses rêves, Colin commençait par la regarder avec affection, puis son expression changeait, passant peu à peu de la peine et de l'incrédulité au mépris. À la fin, il la fixait avec des yeux glacés et une moue de dégoût. Elle se réveillait en nage, soulagée d'être seule dans son lit. Ensuite, se rappelant la menace qui pesait sur elle, elle fondait en larmes.

Un toussotement la tira de sa rêverie. Clinton se tenait dans l'embrasure de la porte, sombre sentinelle vêtue de noir, attendant qu'elle daignât entrer.

— Lady Mary Dacre est là, madame la baronne, annonça-t-il.

Emma monta prestement les deux marches qui la séparaient du seuil et franchit la porte en retirant ses gants. Elle était fatiguée du bavardage de Lady Mary. Les préoccupations de la jeune fille – son deuil interminable, la nouvelle robe que sa mère lui avait promise pour le premier bal auquel elle aurait le droit d'assister – lui semblaient bien futiles, comparées à ses propres soucis. Mais, cette fois, Emma devait aborder un sujet bien plus grave.

Emma répondit au salut de Lady Mary en claquant la porte du salon.

— Il faut que je vous parle du comte Orsino, déclara-t-elle sans préambule.

— Le comte Orsino ? s'étonna Lady Mary.

— Ne le jugez pas d'après ses manières charmeuses. Ce n'est pas quelqu'un de fréquentable.

— Mais il est très agréable, protesta la jeune fille. Je le trouve amusant. Il me fait rire.

— C'est une crapule, un tricheur, un menteur et un libertin. Il est dépourvu de tout sens moral.

— Je vous croyais amis.

— Je l'ai rencontré en Europe, parce qu'il traînait autour de mon mari pour le dépouiller au jeu. Mais il n'a jamais été mon ami, ajouta Emma avec véhémence.

Lady Mary parut plus intriguée que choquée.

— Qu'est-ce exactement qu'un libertin ? s'enquit-elle. Je me le suis toujours demandé.

— Quelqu'un que vous ne devez pas connaître.

— Oui, mais pourquoi ? Qu'est-ce que cela signifie ?

Emma hésita. Elle estimait peu judicieux de laisser les jeunes filles dans l'ignorance des laideurs de la vie. C'était les mettre à la merci de personnages sans scrupules, déterminés à profiter de leur innocence. Mais elle n'était pas non plus chargée de faire l'éducation de Lady Mary.

— Cela veut-il dire qu'il essaiera de me persuader de m'enfuir avec lui et de l'épouser pour avoir ma fortune ?

Lady Mary semblait envisager cette éventualité avec un calme alarmant. Mais il pouvait lui arriver bien pire, pensa Emma. Elle fronça les sourcils. Ayant, bien malgré elle, présenté cet individu à la jeune fille, elle se sentait en quelque sorte responsable de la situation actuelle.

— Un libertin est un homme qui n'hésitera pas, s'il en a l'occasion, à vous séduire et à vous ruiner, expliqua Emma. Sans qu'il soit forcément question de mariage.

Lady Mary en resta interdite.

— Orsino est un homme cupide et sans cœur, poursuivit la jeune femme. Il ferait n'importe quoi pour obtenir de l'argent. Sauf se lier pour la vie à une épouse. Il s'arrangerait pour vous mettre dans une position compromettante et extorquerait ensuite de l'argent à vos parents. Il adore duper les gens et les voler. Ça lui donne un sentiment de supériorité. Et il n'aime personne que lui-même, ajouta-t-elle. Je sais de quelle façon il traite les femmes.

— Comment les traite-t-il ?

— Mal.

— Hum…

— À présent, comprenez-vous pourquoi vous ne devez rien avoir affaire avec lui ?

— Je comprends que je dois faire attention. Je ne le laisserai pas m'enjôler.

— Vous ne réussirez pas à l'en empêcher, insista Emma. Il est extrêmement habile.

— Maintenant que vous m'avez prévenue...

— Comment pouvez-vous l'apprécier ? s'exclama Emma. Il est tellement faux !

— Je ne m'en étais pas rendu compte, admit Lady Mary. Mais je me tiendrai sur mes gardes.

De toute évidence, la jeune fille ne renoncerait pas à fréquenter Orsino. Emma poussa un soupir exaspéré.

— D'ailleurs, je ne suis pas sûre de vraiment l'apprécier, poursuivit Lady Mary. Mais je le trouve très intéressant. Je n'ai jamais connu quelqu'un comme lui.

— Parce que vos parents vous ont préservée des individus de cette sorte.

— Justement. Ils ont veillé à ce que je ne rencontre que des jeunes gens convenables, et j'en suis arrivée à la conclusion que les jeunes gens convenables sont mortellement ennuyeux.

— Lady Mary...

— Et ceux-là, je ne les vois même plus, parce que je ne peux pas sortir. Ils ne me proposent pas de se promener avec moi dans le parc et ne prennent pas de mes nouvelles. Au contraire, ils colportent des ragots horribles à mon sujet, comme Freddy Blankenship, et se moquent de moi.

Emma s'ordonna mentalement de se calmer.

— Tant que je reste prudente, dit Lady Mary, il n'y a pas de raison pour que je ne m'amuse pas avec le comte Orsino.

— Pas de raison ? Mais il vous dévorera toute crue !

— C'est sans doute ce qu'il croira, répliqua la jeune fille avec un sourire malicieux. La plupart des gens me jugent stupide. C'est parfois très utile.

— Vous ne savez pas ce que vous dites.

— Je le sais très bien. Et je vous remercie de vos aimables conseils.

Emma gémit.

— Je suis venue pour vous parler de quelque chose, reprit Lady Mary, estimant que le sujet était clos. Il paraît que vous réunissez un groupe d'amis pour aller à la mascarade du Panthéon, et j'ai eu une merveilleuse idée.

— Laquelle ? demanda Emma avec inquiétude.

Lady Mary joignit les mains dans une attitude suppliante.

— Vous pourriez m'emmener ! répondit-elle. Personne ne me reconnaîtrait. On ne saurait pas que je suis en deuil et que je n'ai pas le droit de sortir. Vous n'imaginez pas comme je souffre de rater tous ces bals, ces soirées musicales et autres distractions auxquels participent mes amies. Eliza prend un malin plaisir à me les décrire dans le détail.

— Je ne peux pas vous emmener à une mascarade. Ce n'est pas un lieu pour une jeune fille.

— Vous y allez bien, vous.

— Avec mon mari et plusieurs amis. Et nous comptons seulement regarder un moment et partir tôt, déclara Emma, tentant de décourager la jeune fille.

— Très bien ! Je resterai dans la loge avec vous. Tout le monde sera masqué. Et personne ne me reconnaîtra, répéta-t-elle. Où est le problème ?

— Jamais vos parents ne vous le permettront.

— Nous n'avons pas besoin de leur en parler. Ma mère est habituée à me voir sortir avec vous.

— Je ne peux pas m'opposer à la volonté de vos parents.

— Quelle volonté ? Si je ne leur pose pas la question, ils ne m'interdiront rien.

— Non, coupa Emma d'un ton ferme.

— Comment pouvez-vous être si cruelle ? J'ai fait ce que vous attendiez de moi, j'ai dit à tout le monde que je m'étais trompée sur les intentions de St Mawr. Je me suis efforcée d'être aimable et je vous ai obéi. Et vous me refusez une toute petite faveur !

Intéressante interprétation de leur situation, songea Emma, tout en se demandant comment était

Lady Mary quand elle ne s'efforçait pas être aimable.

— Vous vous moquez bien de moi, hein ? Maintenant que vous avez obtenu ce que vous vouliez, vous ne me fréquenterez plus.

— Ne dites pas de bêtises, répliqua Emma.

Elle devait pourtant admettre qu'elle avait envisagé de… s'éloigner un peu de Lady Mary.

— Personne ne m'aime ! s'écria la jeune fille. Il n'y a que la famille, la société ou le devoir. J'en ai par-dessus la tête de tout ça !

Emma essaya de prévenir la crise de larmes qui menaçait.

— J'ai de l'affection pour vous, déclara-t-elle, sans vraiment mentir. Mais je ne vais pas pour autant tromper vos parents.

— Il ne s'agit pas de les tromper, protesta la jeune fille. S'ils ne...

Comme on frappait à la porte du salon, elle s'interrompit. Le majordome entra, suivi de Robin Bellingham.

— Je voulais vous dire... commença Robin.

Voyant Lady Mary, il s'arrêta aussitôt.

— Oh… euh… bonjour, fit-il.

Clinton présenta un plateau d'argent à Emma.

— On vient de déposer ce message pour vous, madame la baronne, annonça-t-il.

Emma prit l'enveloppe et l'ouvrit.

Encore deux jours. Avant de répandre cette histoire, je pense en parler d'abord à votre mari.
Orsino

Emma fixait le papier, comme hypnotisée. Autour d'elle, la pièce s'estompa. Elle se mit à ressasser le problème, comme elle le faisait depuis des jours. Comment empêcher cet individu de détruire son mariage et d'exposer Colin au ridicule et à la pitié de la société londonienne? Quelle arme utiliser? Il devait bien y avoir un moyen!

Elle secoua la tête et s'obligea à se ressaisir.

— Ah, ça, c'est la chose la plus bête que j'aie jamais entendue! disait Lady Mary. Pourquoi dépenser cinq cents livres pour une paire de chevaux, quand on peut en avoir de très bons pour la moitié?

— Ils sont du même gris, répliqua Robin, outré. Et Bradshaw prétend que ce sont de bons trotteurs.

— Je n'ai pas remarqué...

— Taisez-vous! ordonna Emma en portant la main à sa tête douloureuse.

— Depuis quelque temps, vous êtes de fort méchante humeur, fit Lady Mary.

— Pas du tout!

Des pas résonnèrent dans le vestibule. Colin était de retour. Une nouvelle soirée tendue et silencieuse se préparait.

— Est-ce à cause de ce message? demanda Lady Mary.

Se rendant compte qu'elle tenait toujours le billet d'Orsino à la main, Emma le froissa, au moment où Colin entrait dans la pièce. Prise de panique, elle le fourra dans sa poche. Puis, comprenant qu'elle avait inutilement attiré l'attention sur le morceau de papier, elle rougit.

Le visage de Colin se durcit.

— Vous tombez bien, dit Lady Mary. Vous allez pouvoir nous départager. Dépenseriez-vous cinq cents livres pour un attelage?

Le baron ne parut pas l'entendre. Il gardait les yeux rivés sur Emma, qui s'efforçait de retrouver son calme.

Robin, conscient du malaise qui régnait entre les deux époux, essaya d'attirer l'attention de Lady Mary pour la faire taire.

— N'importe qui débourserait cette somme pour

de bons chevaux, répondit-il à la place de St. Mawr.

— N'importe qui ? fit-elle, sans tenir compte de ses clins d'œil et de ses grimaces. Quelle absurdité ! Pas moi, en tout cas. Et la plupart des gens ne pourraient pas se permettre de...

— Si nous partions ? proposa Robin. Vous m'avez dit que vous aviez un rendez-vous, je crois.

Il lui adressa un sourire entendu, en montrant discrètement la porte.

— Moi ? Je n'ai pas de rendez-vous. Qu'est-ce qui vous prend ?

Emma ne regardait pas son mari, remarqua Robin, alors que Colin la dévisageait avec une intensité presque inquiétante. Ce mystérieux message n'était certainement pas étranger à leur curieux comportement.

— Vous devenez comme votre sœur, dit Lady Mary. Elle est bizarre, en ce moment. Soit elle est distraite, soit elle nous rembarre.

Emma s'empourpra. Colin fronça les sourcils. Il se passait quelque chose d'anormal, songea Robin. Il ressentit soudain le besoin d'agir, de se porter au secours de sa sœur qui, la première, avait cru en lui. Il aurait pourtant juré qu'elle était heureuse en ménage. Mais si St. Mawr et elle avaient des ennuis, quelqu'un d'extérieur pouvait peut-être les aider.

— Euh... fit-il.

Tous se tournèrent vers lui.

Que dire ? Lady Mary l'observait, l'air moqueur.

— Ah ! ajouta-t-il.

— Quoi ? demanda Colin avec impatience.

— Vous savez, Emma, votre domestique... commença-t-il. Le géant. Comment s'appelle-t-il, déjà ?

— Ferik, répondit Emma, surprise.

Ils semblaient tous un peu estomaqués. Mais amuser la galerie était un moyen comme un autre de détendre l'atmosphère.

— Ferik, c'est ça, poursuivit-il. Drôle de pistolet, hein ? Il a des idées étranges.

— Il vient d'un monde différent du nôtre, dit Emma, déroutée.

— Je veux bien le croire. Hier, il a offert de me donner un pourboire. Cinq livres.

— Pourquoi ? demanda Colin d'un ton aigre.

— Il souhaitait que je vous parle en sa faveur. "Dites du bien de moi au seigneur", selon ses propres termes. Comme si vous attachiez la moindre importance à mon opinion sur vos domestiques ! Bizarre, non ?

Robin s'était attendu à les voir rire, mais ils se contentèrent de le regarder, incrédules.

— Bien sûr, j'ai refusé son argent, s'empressa-t-il de préciser.

Lady Mary s'ennuyait. Emma était à l'agonie. Colin avait l'air exaspéré.

— C'était une blague, avoua Robin, irrité. C'est drôle, non ? Un domestique donnant un pourboire.

— Je trouve ça idiot, répliqua Lady Mary.

— Je pense qu'il est temps que vous partiez, dit Colin, à bout de patience.

La jeune fille parut outrée.

— Vous n'avez donc nulle part où aller ? s'exclama le baron, oubliant toute courtoisie.

— Oh, comment osez-vous me parler ainsi ? Après la façon dont vous...

— C'est comme ça qu'on devrait vous parler, au moins une fois par jour. Et on aurait dû commencer il y a des années.

Robin éprouva soudain une profonde admiration pour son beau-frère.

— Vous êtes horrible ! décréta Lady Mary, au bord des larmes. Je ne crois pas avoir jamais été amoureuse de vous !

— Moi non plus. Maintenant, si vous voulez bien nous excuser…

Sur ces mots, il lança un regard entendu à Robin.

Le jeune homme se redressa et s'apprêta à faire son devoir, mais il ne put s'empêcher de marmonner :

— Il faut toujours que je m'occupe d'elle. Et elle est capable de se mettre à pleurer dans la rue.

Colin lui adressa un sourire amusé, mais il n'ajouta rien. Les jeunes gens rassemblèrent leurs affaires et quittèrent la pièce.

Quand ils furent partis, Colin observa Emma, qui lui tournait à moitié le dos. Il était bouleversé par son air malheureux.

— Vous ne voulez pas me dire ce qui ne va pas ? demanda-t-il d'une voix douce. Je ne peux pas vous aider ?

Emma ne répondit rien. Il était tout ce qu'elle désirait, et ils s'éloignaient de plus en plus l'un de l'autre. Elle avait l'impression qu'on lui enfonçait lentement un couteau dans le cœur.

— Vous ne me faites pas confiance ? insista-t-il.

Sa gorge était nouée, ses yeux brûlants. Il lui semblait que sa poitrine était enserrée dans un étau. Et ce fut à cet instant, alors qu'elle se croyait sur le point de s'effondrer, que la solution lui apparut avec la force de l'évidence. C'était si simple, si clair, qu'elle ne comprenait pas pourquoi elle n'y avait pas pensé plus tôt. Certes, il s'agissait d'un acte désespéré. Mais Orsino la poussait au désespoir. Elle ressentit un immense soulagement.

— Emma ? dit Colin.

Elle prit une profonde inspiration.

— Tout se passera bien, déclara-t-elle. Ne vous inquiétez pas. Tout se passera bien.

— Quoi ?

Elle secoua la tête.

Il grinça des dents, furieux et déçu. L'espace d'une seconde, il avait cru qu'elle allait tout lui raconter.

Mais quelque chose avait changé brusquement en elle. Elle l'avait à nouveau repoussé, et il ne le supportait pas. Pourquoi ne s'était-elle pas confiée à lui ? Il était plus que jamais décidé à découvrir le fin mot de cette histoire. Il saurait ce qu'Emma lui cachait, se promit-il, et quelqu'un devrait payer.

Le lendemain matin, après le départ de Colin, Emma se rendit dans le salon, s'installa dans le fauteuil près de la fenêtre, agita la sonnette avec détermination et demanda Ferik.

— Tu as dit que tu ferais n'importe quoi pour moi, Ferik, commença-t-elle quand le géant apparut, quelques minutes plus tard.

— Oui, maîtresse. Bien sûr. Vous ne voyez pas comme je supporte pour vous cette horrible pluie ? Et les insultes de M. Clinton avec...

— J'ai un gros problème, coupa Emma.

Ferik joignit les mains, l'air extrêmement attentif.

— Cet homme à qui nous avons rendu visite chez lui, il était à Constantinople. Le comte Orsino.

— Je m'en souviens, répondit Ferik en hochant la tête. Il joue aux cartes avec des jeunes gens et leur vole leur argent.

— Oui. Il me menace.

— Il ose ! s'écria le géant en serrant les poings.

— C'est un homme mauvais. J'ai... j'ai peur de lui.

— Je vais l'écraser comme un insecte. Je vais le casser en mille morceaux et le donner à manger aux rats. Je vais...

Il s'interrompit, comme s'il venait de se rappeler quelque chose, et parut désappointé.

— Devons-nous le soumettre à la loi, maîtresse ? s'enquit-il.

— La loi ?

— Oui. Vous voyez, je n'ai pas oublié. Vous avez dit que la loi anglaise veille sur tout le monde. Si cet homme essaie de vous faire du mal, elle le punira sûrement.

— Il y a quelques occasions, très peu, où la loi est impuissante.

— Mais, maîtresse, vous avez dit...

— Je sais.

Emma se mit à trembler. Mais elle pensa à Colin, à Robin et à Lady Mary. Il fallait qu'elle empêche Orsino de nuire.

— C'est une de ces occasions, ajouta-t-elle. La loi ne peut pas m'aider, c'est pourquoi je me tourne vers toi.

Le géant se redressa, débordant de fierté et de gratitude.

— Dois-je le tuer pour vous, maîtresse ? demanda-t-il.

— Oui, murmura-t-elle.

Un sourire éclaira le visage de Ferik, tandis qu'Emma changeait de position dans son siège.

— Je retournerai secrètement chez lui, ce soir, et...

— Non. J'ai trouvé un moyen qui te permettra de l'approcher sans que personne ne te remarque.

— Sans que personne ne me remarque ?

— Oui.

Emma lui exposa le plan qu'elle avait élaboré, la veille, dans le salon. Quand elle eut fini, Ferik approuva vigoureusement.

— Très malin, maîtresse. Ça marchera sûrement.

— Tu ne vois pas de... problèmes ?

Il secoua lentement la tête.

— Et après ? Tu...

— Je m'occuperai de tout, maîtresse. Ne vous inquiétez pas.

— Oui. Mais...

— Tout ira bien. Je peux facilement le faire.

— Oui, répéta Emma, atterrée. Merci, Ferik.

— Vous n'avez pas à me remercier, maîtresse. Ma vie vous appartient.

Le géant turc posa la main sur sa poitrine et s'inclina profondément.

Voilà qui était fait, songea Emma.

Colin passa la journée à suivre plusieurs des fils qu'il avait tirés au début de son enquête. Il retourna au ministère et en sortit très satisfait. Il s'entretint avec son nouvel ami de l'ambassade d'Italie. Il rencontra deux individus musclés qui lui avaient été recommandés par le mystérieux M. Smith et fit affaire avec eux. Il se rendait à son dernier rendez-vous de la journée, après avoir déjeuné à son club, quand il croisa Robin Bellingham.

— Je vais faire un bout de chemin avec vous, dit-il.

Robin accepta sans enthousiasme. Son beau-frère l'intimidait toujours, surtout après l'incident de la veille dans le salon. Wareham était tout ce que Robin rêvait d'être, et celui-ci se rendait bien compte qu'il avait un long chemin à parcourir avant d'y parvenir.

— Je... euh... j'allais me promener au parc, déclara-t-il, d'un ton qu'il voulait nonchalant.

Colin se contenta d'acquiescer en silence et accorda son pas à celui du jeune homme.

— Vous m'aviez promis que vous ne vous approcheriez plus des tables de jeu, dit Colin au bout d'un moment.

Il observa son compagnon du coin de l'œil et ajouta :

— Je vous avais pris pour un homme de parole

— Je le suis, répliqua Robin avec raideur. Vous ne comprenez pas.

— Alors, expliquez-moi.

— Eh bien... commença Robin.

Il était déchiré entre la crainte de trahir la confiance d'Emma et la peur d'être mal jugé par St. Mawr.

— Je voulais aider Emma, avoua-t-il enfin.

— Emma ? répéta Colin d'une voix dangereusement calme.

— Il fallait que je distraie cet Orsino. Il faisait la cour à Lady Mary, et cette idiote ne semble pas réaliser qu'elle ne devrait même pas adresser la parole à un homme de sa sorte.

— Et quoi d'autre ? demanda Colin sur le même ton.

— Quoi d'autre ?

— Qu'est-ce qu'Orsino a fait d'autre ?

Le jeune homme parut dérouté.

— Eh bien, il a joué avec moi, répondit-il. Mais je n'ai accepté que pour l'éloigner de Lady Mary. Dès qu'il ne sera plus dans les parages, j'abandonnerai complètement le jeu.

Comme Colin ne réagissait pas, il poursuivit :

— Emma prétend qu'il triche, ce qui explique mes pertes.

— Qu'est-il pour Emma ? fit Colin en fixant son compagnon, l'air impitoyable.

— Pour Emma ? C'est... C'était un ami... d'Edward Tarrant, d'après ce qu'elle m'a dit. C'est comme ça qu'elle a connu cette fripouille. Ça ne me plaît guère.

— Je vous comprends.

Colin examina le visage de Robin et en conclut que le jeune homme n'en savait pas plus sur le comte. Il était pourtant convaincu que les rapports entre Orsino et Emma ne s'arrêtaient pas là. Partagé entre le soulagement et la déception, il croisa les mains derrière son dos.

— Ce Tarrant ne devait pas être un type très recommandable, dit Robin.

Maintenant que Colin ne le regardait plus, il se sentait beaucoup plus à l'aise.

— Il m'est pénible de l'admettre, mais je crois que père avait vu juste.

— En effet.

— Évidemment, en rencontrant Orsino à la Royal Academy avec Emma, j'ignorais tout de lui.

Il se rembrunit.

— Lady Mary était là, elle aussi. Malheureusement.

— Oui, répondit Colin, l'air absent.

— Mais vous pouvez compter sur moi. Je l'ai à l'œil. Vous n'avez pas à vous inquiéter.

— Ça ne durera plus longtemps, de toute façon. Orsino aura bientôt quitté le pays.

— Vraiment ? fit Robin, impressionné. Pour moi, le plus tôt sera le mieux. J'en ai assez de perdre au jeu.

— Je n'en doute pas.

— Qu'allez-vous faire ?

— M'assurer que cette fripouille ne nuira plus à personne ici.

— Comment ? Si vous avez besoin d'aide, je suis votre homme.

— Merci, mais je contrôle la situation.

— Je pourrais vous aider, vous savez, insista Robin.

— Tout est déjà réglé. Mais, en cas de besoin, je me permettrai de faire appel à vous.

Robin essaya de masquer son désappointement.

— En tout cas, Emma doit être soulagée. Ce type la rendait nerveuse. Quant à moi, je n'aurai plus à m'en occuper.

Le jeune homme poussa un soupir et marcha d'un pas plus léger.

— Ça ne m'étonne pas que vous preniez les choses en main, ajouta-t-il. Vous êtes son mari, après tout.

Il sourit à Colin, mais celui-ci semblait perdu dans ses pensées.

— Ça va ? demanda Robin.

Le baron opina du bonnet.

— Bon. En fait, je suis content d'être débarrassé de ce souci. Je ne savais pas comment m'en tirer. Et cette canaille m'a déjà coûté presque tout mon mois.

— Je vous rembourserai, dit machinalement Colin.

Robin parut d'abord enchanté, puis son visage s'assombrit.

— Je ne peux pas accepter, répondit-il.

— C'est à moi d'assumer.

Interloqué, Robin jeta un coup d'œil à son beau-frère. Décidément, St. Mawr avait un comportement étrange.

— Enfin, je suis heureux de voir qu'Emma et vous avez tout arrangé ensemble.

Comme ils approchaient des grilles du parc, il accéléra le pas.

— Ah, voilà Jack ! ajouta-t-il. Voulez-vous... voulez-vous venir avec nous ?

Colin secoua la tête. Après les présentations d'usage, il quitta les deux jeunes gens et héla un fiacre. Assis dans la voiture, il se renversa contre les coussins, se répétant les phrases du frère d'Emma : "Vous êtes son mari, après tout. Je suis heureux de voir que vous avez tout arrangé ensemble..."

L'apparition de cet Orsino avait manifestement mis Emma dans tous ses états. Pourquoi ? Il n'en savait rien. Toutefois, il avait les moyens d'écarter cette menace et était sur le point de le faire. Mais il ne lui en avait rien dit. Bien au contraire, blessé par son refus de se confier à lui, il l'avait laissée s'inquiéter.

Colin s'agita sur son siège. Il était convaincu qu'Emma ne lui cachait rien de déshonorant. Il avait eu trop de preuves de son intégrité pour imaginer une telle chose. Pourquoi, alors, ne lui avait-il pas parlé de ses démarches ?

Pourquoi, au lieu de ruminer sa rancœur, ne l'avait-il pas informée de son intention de faire expulser cet individu ? Si seulement il lui avait donné cette lueur d'espoir... mais il s'était renfermé. Comme toujours.

Il s'était montré orgueilleux et entêté. Il lui raconterait tout en rentrant, ainsi les choses reprendraient leur cours normal. Il n'y aurait plus ni silence ni éloignement. Ils retrouveraient l'agréable relation qui avait été la leur au début.

Soudain, il frissonna. Sans doute n'était-ce plus possible... Puis, saisi d'une peur irraisonnée, il se rendit compte qu'il ne voulait plus de cette relation.

Il pensa à Emma, telle qu'il la voyait si souvent dans la journée – assise à table, s'adressant à un domestique, parcourant la galerie d'un air affairé, penchée sur des dossiers. Elle avait fait de sa maison un lieu où il aspirait à retourner. Elle avait illuminé sa vie. Grâce à elle, il avait échappé à l'existence terne et sans joie, consacrée au devoir, qui aurait dû être la sienne.

La gorge nouée, il se rappela l'étrangeté de leur rencontre, leur séjour à Trevallan, la tendresse et l'ardeur qu'elle manifestait dans leurs ébats.

Il l'aimait, comprit-il. Ce sentiment riche et compliqué, qui occupait toute son âme, c'était l'amour. Il secoua la tête, étourdi. Il avait cru que l'amour vous tombait dessus d'un seul coup, mais il n'en était rien. Si Emma avait tout de suite éveillé son intérêt, le reste était venu petit à petit, jusqu'à cette révélation.

Et il voulait qu'elle l'aime aussi. Qu'elle lui avoue qu'elle était amoureuse de lui, comme il l'était d'elle.

Il se rembrunit. Emma n'avait jamais prétendu l'aimer, ni promis de l'aimer. Quant à lui, il avait stupidement banni l'amour de leur arrangement.

Elle s'était éloignée de lui, ces derniers temps. Et si elle ne lui revenait pas ? Cette éventualité lui paraissait plus terrifiante que n'importe quelle bataille. Colin Wareham, qui avait affronté canons et baïonnettes, était pétrifié à cette idée. Perdre Emma serait une catastrophe dont il ne se relèverait pas.

Mais il ne la perdrait pas, se promit-il en serrant les dents. Avec le temps, il surmonterait tous les obstacles, détruirait Orsino et quiconque oserait menacer Emma. Et il montrerait à sa femme ce qu'était l'amour.

Le cocher frappa sur le toit du fiacre.

— Vous êtes arrivé, patron, annonça-t-il.

Colin descendit de la voiture et paya. Il parlerait à Emma ce soir même, décida-t-il. Puis il jura tout bas. Ce soir, il y avait cette maudite mascarade. Il consulta sa montre. Il était en retard. Emma devait déjà être en train de s'habiller.

Les sourcils froncés, il entra dans la maison. Il lui faudrait attendre le lendemain. Mais il serait alors probablement en mesure de lui apprendre qu'Orsino était parti. Ce serait un bon début, conclut-il, rasséréné. Sa campagne pourrait alors commencer.

13

— J'ai l'air idiot, se plaignit Colin, tandis qu'Emma mettait la dernière touche à son costume et reculait pour juger de l'effet.

— Pas du tout. Vous êtes superbe et romantique. Attendez, laissez-moi seulement...

Elle redressa le col de sa chemise.

— Voilà, dit-elle.

Colin portait un large pantalon jaune clair rentré dans ses bottes de cheval. Sa chemise blanche, aux manches bouffantes, était largement ouverte sur son torse bronzé. Par souci du détail, Emma lui avait noué une ceinture bleue autour de la taille et y avait glissé une dague.

— Vous êtes le portrait d'un seigneur turc, ajouta-t-elle.

— Et vous ?

Emma se regarda dans le miroir en pied avec un sourire satisfait. Sophie s'était surpassée. Sa robe était faite d'une multitude d'écharpes de mousseline multicolores qui flottaient autour d'elle. Un voile, fixé sur son front par un ruban chatoyant, lui couvrait les cheveux.

— Mais je suis une des femmes de votre harem, répondit Emma en riant. Une mystérieuse Orientale.

— En tout cas, vous semblez très contente de vous, remarqua Colin, un peu perplexe.

La perspective de l'élimination d'Orsino la mettait dans un étrange état d'exaltation. Cette perspective lui paraissait encore irréelle. Elle avait l'impression d'évoluer dans un rêve, ou d'avoir bu trop de champagne. Elle se sentait étourdie, insouciante et légèrement migraineuse, mais faisait de son mieux pour afficher une gaieté superficielle.

— Venez, dit-elle. Nous avons promis de passer prendre les Nettleton.

En descendant, ils croisèrent tous les domestiques, qui rôdaient dans l'espoir d'apercevoir leurs costumes. Un petit groupe de laquais et de servantes s'était même réuni dans le vestibule.

— Seigneur ! s'exclama Colin.

Ferik les attendait près de la porte. Il était vêtu d'un pantalon rouge et bouffant resserré aux chevilles, de babouches en cuir et d'un simple gilet en brocart sur son torse nu et musclé. Une épingle en or en forme de serpent maintenait son turban en place. L'œil vert du reptile étincelait, menaçant, au-dessus de sa tête.

— On vous croirait sorti d'un roman ! s'écria Nancy, une des femmes de chambre. Je ne serais pas surprise de vous entendre dire : “Sésame, ouvre-toi !”

— Nancy, taisez-vous, ordonna Clinton.

— Je ressemble à un eunuque dans un palais, gémit Ferik.

Nancy émit un gloussement strident.

Pour la première fois depuis qu'ils se connaissaient, Colin adressa au géant un regard de sympathie.

— Jamais je ne porterais un truc pareil chez moi, maîtresse, poursuivit Ferik.

— Personne n'a besoin de le savoir, répliqua Emma, impitoyable. Et tu es magnifique.

— Ça manque de dignité, marmonna le géant.

— Tu as pris ton manteau ? demanda Emma, ignorant sa remarque. Sans chemise, tu auras froid.

— Oui, maîtresse, répondit Ferik de sa voix profonde. De toute façon, j'ai toujours froid dans ce maudit pays, murmura-t-il.

— Et ton masque ?

Ferik acquiesça.

— Avec ça, on ne risquera sûrement pas de le reconnaître, fit Colin, ironique. Autant laisser nos masques ici, Emma. Si Ferik nous accompagne, on devinera tout de suite notre identité. Tout le monde à Londres le connaît, maintenant.

Emma pâlit.

— Quoique… avec la foule et tous ces déguisements extraordinaires, il passera peut-être inaperçu, ajouta Colin.

Emma se détendit un peu.

— Je resterai dans l'ombre, maîtresse, chuchota Ferik en se penchant vers elle. On ne me reconnaîtra pas.

Rassurée, Emma suivit les deux hommes jusqu'à l'attelage. Ferik s'installa à côté du cocher, tandis que ses maîtres montaient dans la voiture.

Après s'être arrêtés chez les Nettleton, ils roulèrent dans les rues sombres en direction du Panthéon, où la mascarade battait son plein. Comme prévu, ils retrouvèrent leurs autres amis devant le bâtiment et mirent leurs masques avant d'entrer.

Tom les guida jusqu'à la loge qu'il avait réservée au deuxième balcon, largement au-dessus de la piste de danse, mais suffisamment bas pour observer le spectacle. On les débarrassa de leurs manteaux, et ils sacrifièrent quelques minutes, comme il se doit, à s'admirer mutuellement.

Déguisé en pirate, Tom avait un costume semblable à celui de Colin. Sa femme, elle, avait choisi de devenir Marie-Antoinette pour une nuit. Elle portait une robe en brocart avec d'immenses paniers qu'elle avait dénichés dans une vieille malle, ainsi qu'une perruque compliquée qui la grandissait d'au moins trente centimètres. Les Nettleton étaient des Romains. Le quatrième couple, Freddy et Liza Monckton, était habillé en Roméo et Juliette, avec pourpoint et collants pour Freddy, ce qui lui attira les railleries des autres hommes.

— Vous n'êtes qu'un lâcheur, Freddy, lança Tom. Nous avions pourtant convenu de refuser les collants, vous vous rappelez ?

Freddy, qui était sous l'influence de sa jeune et ravissante épouse, se contenta de sourire et se dirigea vers la table installée au fond de la loge pour se servir à boire.

Après avoir vérifié que Ferik se trouvait dans un coin sombre et reculé de la spacieuse loge, Emma s'assit et examina l'immense salle. Le spectacle était stupéfiant.

Plusieurs étages de loges, occupées par des groupes comme le leur, entouraient la piste. Certaines personnes étaient déguisées, d'autres simplement munies de masques. Elles bavardaient, se penchaient pour admirer les costumes et buvaient du vin dans des verres à pied. L'ensemble formait une frise animée autour de la vaste salle. Mais le spectacle le plus extraordinaire était offert par les danseurs qui avaient envahi la piste. Des bergères y tourbillonnaient en compagnie de Pierrots tristes, des pirates tenaient des reines dans leurs bras, des princesses égyptiennes dansaient avec des grands d'Espagne. Certains déguisements étaient succincts, et les comportements extrêmement relâchés. Les messieurs déshabillaient les dames du regard et caressaient au moindre encouragement les poitrines et les membres dénudés. Des noceurs approchaient sans vergogne des loges inférieures, dans l'espoir d'attirer leurs occupantes dans quelque badinage. Ils y parvenaient souvent. C'était un chaos invraisemblable, un kaléidoscope de couleurs et de visages éclairés par des milliers de bougies. L'air était chargé de parfums capiteux et d'odeurs musquées. Un brouhaha de voix s'élevait de la foule. À regarder ce tourbillon, Emma commençait à être prise de vertiges.

— Voulez-vous que nous essayions de danser ? proposa Colin.

— Je crois que je préfère rester ici, dit-elle. C'est un véritable spectacle.

— En effet. Un peu comme celui que nous avons vu l'autre soir, avec toutefois plus d'harmonie chez les acteurs.

Emma se força à rire.

Colin lui apporta un verre de champagne. Ils burent, mangèrent et discutèrent avec leurs amis, sans cesser de scruter la foule, à l'affût de costumes ou d'incidents intéressants. Tom tenta, sans succès, de convaincre sa femme de danser. Les Nettleton s'aventurèrent sur la piste et revinrent échevelés, en décrétant que cet endroit était un repaire de pervers. Un inconnu s'était en effet permis de pincer Victoria.

Minuit approchait, et Emma se sentait de plus en plus tendue. Elle continuait à observer la salle, tout en bavardant machinalement. Il était presque l'heure de mettre son plan à exécution. Malgré ses mains tremblantes, sa détermination ne faiblissait pas.

Elle s'apprêtait à se lever, quand son regard fut attiré par une silhouette familière dans une des loges qui lui faisaient face. La femme était vêtue d'une robe noire ornée de grappes de rubans et pourvue d'une unique manche bouffante. Emma n'avait pas besoin de voir ses cheveux dorés et sa moue boudeuse sous le masque pour reconnaître Lady Mary Dacre. Un gémissement s'échappa de ses lèvres.

— Qu'y a-t-il ? s'inquiéta Colin.

— Il y a... Je viens d'apercevoir quelqu'un que je connais, répondit Emma.

— Qui ?

— Quelqu'un qui ne devrait pas être ici.

— Qui ?

Colin suivit son regard, mais la foule était trop dense pour qu'il pût repérer qui que ce fût.

Un homme en habit noir accompagnait Lady Mary. Il était assis en retrait dans la loge obscure, mais Emma aurait juré qu'il s'agissait du comte Orsino. Personne d'autre n'aurait emmené la jeune fille dans un tel lieu.

— Le misérable, murmura-t-elle.

Ceci compliquait considérablement son plan. Elle devrait veiller à ce que Lady Mary ne reste pas seule. Et il faudrait aussi la reconduire chez elle après la... disparition d'Orsino.

— Qu'avez-vous dit ? demanda Colin en se penchant vers elle.

— Rien.

Il la regarda, dubitatif.

Le moment était arrivé. Emma se leva et s'excusa, sachant qu'on la croirait partie aux toilettes. Comme prévu, Ferik lui emboîta discrètement le pas. Ils descendirent l'escalier et s'engagèrent dans le couloir. Il était rempli de joyeux jeunes gens, mais la présence de Ferik décourageait quiconque d'aborder Emma.

Le géant guida Emma. La veille, il était venu étudier le bâtiment et trouver un endroit propice à cette rencontre fatale. Ils passèrent devant deux salles occupées par quelques personnes, puis pénétrèrent dans une troisième pièce, plus petite et désertée par les noceurs.

Emma embrassa du regard le lieu choisi pour son rendez-vous avec Orsino. Ce n'était pas un salon, plutôt une sorte de réserve pour chaises cassées et tentures déchirées.

— Je vais me mettre ici, déclara Ferik en se glissant dans l'ombre de la porte ouverte. Lorsqu'il me verra, il sera trop tard.

Emma acquiesça. Elle joignit les mains dans son dos pour masquer leur tremblement et se plaça au milieu de la pièce, dans le rai de lumière qui entrait par la porte. Seules deux chandelles éclairaient chichement le reste de la pièce.

Elle entendit bientôt des pas approcher. Puis une silhouette sombre s'encadra dans l'embrasure de la porte.

— Baronne, dit Orsino en s'inclinant profondément.

Il portait une tunique noire brodée de fils d'argent, des hauts-de-chausses noirs, et tenait à la main un chapeau plat en velours, noir également. Il ressemblait à un duc italien de la Renaissance. Son expression mauvaise était parfaitement en accord avec le personnage.

— Vous aimez mon costume ? demanda-t-il. Je suis Machiavel. Vous connaissez ?

Comme elle ne répondait pas, il ajouta :

— Non ? Dommage. Tous des incultes, les Anglais. Machiavel est l'auteur du *Prince,* un chef-d'œuvre de stratégie politique. On y apprend ce qui se cache derrière les sourires du souverain. Il était italien, bien sûr.

Voyant qu'Emma ne semblait pas intéressée par le sujet, il haussa les épaules.

— Ah, ces Anglais ! s'exclama-t-il. Aucune subtilité, aucun style. C'est consternant !

Emma eut un geste impatient.

— Ah, oui ! Parlons affaires, n'est-ce pas, baronne ?

— Oui, dit Emma, la gorge sèche.

— Drôle d'endroit pour cela. Mais votre semaine de répit est terminée, chère baronne.

— Je sais.

— Alors ? Vous avez décidé de coopérer ?

Orsino paraissait sûr de lui et ne s'attendait certainement pas à rencontrer de résistance chez sa victime.

Emma hésita. Elle devait lever une main pour écarter son voile. C'était le signal convenu avec Ferik.

— Étant donné que je me suis montré très patient, je crois avoir droit à un petit supplément, poursuivit Orsino. Peut-être d'autres rendez-vous intimes comme celui-ci… Qu'en pensez-vous ? Vous pourriez découvrir que les Italiens sont plus... plus excitants, en bien des manières, que ces lourdauds d'Anglais.

Il avait bu, songea Emma, le cœur battant.

Il se rapprocha. Emma leva la main.

Ferik sortit de l'ombre, tel un fantôme exotique surgissant du mur. Avant même qu'Orsino ne se rendît compte de sa présence, il lui encercla le cou d'un bras puissant et serra. Les yeux du comte s'agrandirent, son visage s'empourpra.

Emma se sentait à la fois soulagée et nerveuse.

— Je ne ferai rien de ce que vous me demandez, déclara-t-elle. Et je ne vous laisserai pas nuire à mon mari, ni à mes amis. Alors...

Orsino émit un gargouillement, et son visage devint écarlate. Emma regarda Ferik avec inquiétude.

— Il vaut mieux que vous partiez, maîtresse, dit le géant. Je m'occupe de ce méchant homme.

— Que vas-tu...

— Vous n'avez pas besoin de le savoir.

Orsino tenta de se débattre. Ferik passa aussitôt

son bras libre autour de sa poitrine, l'emprisonnant étroitement.

— Ferik, crois-tu... balbutia Emma, en pleine confusion.

— Personne ne le trouvera, maîtresse. Vous pouvez compter sur moi.

— Mais faut-il vraiment le… l'éliminer?

Orsino hoqueta. Son visage était à présent violet foncé.

— Bonne question, ma chère Emma, lança Colin.

Il pénétra dans la petite pièce aussi calmement que s'il faisait son entrée dans une soirée ennuyeuse.

— Relâche un peu ta prise, Ferik, pendant que nous étudions la question.

Surpris, le géant obéit. Orsino ne pouvait toujours pas parler, mais la couleur de son visage s'éclaircit légèrement.

— Colin! Vous... Je.... bredouilla Emma.

— Que se passe-t-il?

Emma reconnut la voix stridente de Lady Mary Dacre. La jeune fille apparut derrière Colin et le poussa avec impatience pour entrer.

— Ça fait un temps fou que je suis seule dans cette loge, et je trouve extrêmement grossier de votre part de...

À la vue de la scène qui se jouait devant elle, elle se tut et laissa ses yeux, bleus et immenses derrière le masque, errer d'un protagoniste à l'autre.

— Seigneur, ajouta-t-elle faiblement

— Vraiment, Emma… fit Colin.

Il examina Orsino, puis Ferik.

— Ce n'est pas comme ça qu'on décourage des scélérats de sa sorte, dit-il. Les menaces n'ont aucun effet.

— Je vais le tuer, précisa Ferik.

Orsino recommença à se débattre.

— Ah! s'exclama Colin, stupéfait. C'est une solution, en effet.

— Mais je ne me serais pas enfuie avec lui ! intervint Lady Mary. Un fiacre vient me chercher dans une demi-heure pour me ramener à la maison.

Orsino la regarda avec des yeux exorbités. Colin haussa les sourcils.

— Vous savez qui il est ? demanda Emma à son mari.

— Je sais tout de lui, rétorqua Colin.

— J'ai fait semblant d'accepter de partir avec lui, parce que j'avais envie de voir la mascarade, poursuivit Lady Mary. Personne d'autre ne voulait m'y emmener. Tout le monde est tellement vieux jeu ! Mais je n'ai pas oublié vos conseils, ajouta-t-elle à l'adresse d'Emma. J'étais sur mes gardes et je n'ai pas cru un mot de ce qu'il m'a dit.

Orsino émit un nouveau gargouillement. Ferik le secoua et il se tut.

— Le soi-disant comte Orsino intéresse beaucoup plusieurs gouvernements étrangers, déclara Colin, ignorant l'intervention de Lady Mary. Il n'est pas le bienvenu dans son propre pays – ni dans celui-ci.

Orsino cessa de se débattre.

— Demain, il sera escorté jusqu'à la côte par les autorités et quittera l'Angleterre à bord d'un bateau.

— Mais je vous ai dit, insista Lady Mary, que je n'allais pas...

— Ah ! s'écria soudain une voix à l'extérieur de la pièce. Je vous ai trouvé !

Une mince silhouette fit irruption dans la réserve. Au-dessus de son masque, le jeune homme portait un chapeau à large bord orné d'une plume d'autruche. Il brandissait une longue rapière.

— J'ai découvert votre plan abject, lança le nouvel arrivant. Et je l'empêcherai, vous entendez ? Je vais vous tuer.

— Robin ? gémit Emma.

Le jeune homme pivota sur lui-même et aperçut les

autres occupants de la petite pièce. Son épée s'abaissa légèrement.

— Vous étiez au courant ? demanda-t-il, manifestement déçu.

— Au courant de quoi ? dit Colin.

Robin fit un grand geste avec son épée. Lady Mary recula à temps pour éviter le coup.

— Le projet de ce... ce scélérat d'enlever Lady Mary, répondit-il. Sa femme de chambre m'a appris qu'il avait l'intention de passer la soirée ici avec elle. Je suis venu tout de suite. Une berline de voyage attend dehors pour les emmener.

— Vous êtes venu me délivrer ? s'écria Lady Mary, ravie.

— Vous sauver de votre propre folie, répliqua Robin. Sans moi, vous étiez perdue. Et… euh… sans les autres aussi, bien sûr.

Il regarda Ferik.

— Qu'allez-vous faire de lui ? demanda-t-il.

— Le tuer, répondit Ferik, laconique.

— Vraiment ? fit Robin, impressionné. Vous comptez l'étrangler ? Brave homme !

— Mais ce n'est pas la peine, protesta Lady Mary.

— Silence ! rugit Colin.

Tous sursautèrent et se tournèrent vers lui.

— Nos amis sont dans la loge vingt-trois, dit-il à Robin. Vous pouvez les rejoindre avec Lady Mary ou la ramener chez elle.

— Mais je...

— Ou aller tous les deux au diable, ajouta Colin d'un ton sans réplique. En tout cas, laissez-nous.

Prenant Lady Mary par le bras, Robin la traîna pratiquement hors de la pièce.

— Mais que se passe-t-il ? demanda-t-elle, comprenant enfin qu'elle n'était pas l'actrice principale du drame.

— Ça ne vous regarde pas, répondit Robin.

— Je veux rester et...

— Ça ne m'étonne pas. Vous voulez toujours faire ce qu'on vous interdit.

— C'est faux!

— Non, c'est vrai.

Tandis que leurs chamailleries se fondaient dans le brouhaha général, Colin se tourna vers les trois autres.

— Tu peux le lâcher, Ferik, fit-il.

— Je vais le tuer, répéta le géant de la même voix calme.

— Ce ne sera pas nécessaire. Comme je l'ai dit, j'ai organisé son départ. Et, à moins qu'il n'ait envie de se retrouver en prison, il ne mettra plus les pieds en Angleterre.

— Comment avez-vous su... commença Emma.

— À votre comportement.

Emma baissa la tête.

— En quoi vous menaçait-il?

Elle rougit et continua à fixer le sol poussiéreux.

— Quand il avait bu, Edward parlait, murmura-t-elle, si bas qu'il dut se pencher pour l'entendre. Il a raconté à Orsino... des choses intimes sur moi. Le comte allait les répandre, provoquer un scandale, vous faire croire que lui et moi...

— Je vois, dit Colin en foudroyant l'homme du regard. Peut-être que Ferik devrait le tuer, après tout.

Le Turc sourit.

Avec l'énergie du désespoir, Orsino se libéra de l'étreinte du géant, recula lestement et sortit un grand couteau de sa botte.

Ferik poussa un grognement et s'avança vers lui.

— Vous ne pouvez pas nous atteindre tous les deux à la fois, Orsino, dit Colin.

Empoignant Emma, le comte lui passa un bras autour de la gorge. De l'autre main, il appuya le couteau sur sa poitrine.

— Écartez-vous, lança-t-il. Si vous approchez, je la tue.

— Attends, ordonna Colin à Ferik.

— Je m'en vais, annonça Orsino. Et si quelqu'un tente quoi que ce soit...

Il déplaça lentement la lame sur les seins d'Emma.

— Écartez-vous, répéta-t-il.

Ils obéirent, et Orsino, poussant Emma devant lui, se dirigea vers l'unique sortie, qui donnait dans la salle de bal. Croyait-il réussir à traverser la foule avec elle sans être arrêté ? se demanda la jeune femme.

Le grondement de la salle de bal s'intensifiait. Un couple de danseurs entra dans le couloir en titubant et s'immobilisa à la vue d'Emma et d'Orsino. La lame entailla le cou de la jeune femme. Un filet de sang coula sur sa poitrine, tachant le corsage de sa robe. La douleur la fit vaciller, et elle se prit le pied dans un de ses voiles. Se laissant tomber, elle essaya d'entraîner le comte dans sa chute, mais il parvint à garder l'équilibre et la tira violemment par le bras pour la relever.

Ferik surgit avec un rugissement, et Emma roula hors de portée du couteau. Jetant derrière lui un regard affolé, Orsino franchit la porte d'un bond et plongea dans la foule.

Ferik et Colin se ruèrent à sa poursuite. Leur intrusion intempestive provoqua la colère des danseurs. Un homme furieux arracha le masque de Colin, révélant son identité à tous les spectateurs des loges. Emma gémit. Une femme, dont la coiffure avait été dérangée, empoigna le gilet de Ferik à deux mains, et le géant la remorqua sur plusieurs mètres, avant que le tissu brodé cède et qu'elle reste sur place avec les lambeaux du vêtement.

Sa large poitrine nue, Ferik fonçait à travers la foule, ses yeux noirs étincelant de rage, sa haute silhouette dépassant tout le monde d'au moins une tête.

Finalement, il attrapa l'ourlet de la tunique noire d'Orsino. Le tirant brutalement en arrière, il plaqua sa main libre sur son cou et le souleva au-dessus de sa tête comme un pantin. Levant les yeux, Emma aperçut Tom, bouche bée, penché par-dessus la balustrade de leur loge. Leurs autres amis ne perdaient pas une miette du spectacle, sans parler de centaines de curieux.

— Ferik, pose-le ! cria Colin. Po-se-le.

Emma s'appuya contre le mur du couloir et ferma les yeux derrière son masque. C'était fini. Toute la société apprendrait l'incident et les potins iraient bon train.

Lorsqu'elle jeta un regard dans la salle de bal, Orsino était à nouveau par terre. On lui avait pris son couteau. Il serait renvoyé du pays, comme Colin l'avait promis, mais trop tard. Un scandale beaucoup plus savoureux que tout ce que cette fripouille aurait pu inventer venait d'éclater. Emma voyait partir en fumée tous ses efforts pour que Colin ne fût pas touché par les ragots et la malveillance.

Le cœur gros, elle contourna la foule et sortit. Remontant péniblement la rue, elle trouva un fiacre et donna l'adresse de la résidence St Mawr au cocher. Une fois dans sa chambre, elle retira son déguisement et le laissa tomber en tas sur le sol, puis elle enfila un peignoir. Anéantie par son échec, elle se blottit dans un fauteuil devant le feu.

Au bout d'un moment, sa femme de chambre fit irruption dans la pièce.

— Je ne savais pas que vous étiez rentrée, madame la baronne. M. le baron vient d'envoyer quelqu'un pour s'assurer que vous étiez bien à la maison. J'ai dit que si vous étiez là, vous auriez sonné, mais il a insisté pour que je vérifie. Alors je...

— Comme vous pouvez le constater, je suis ici, coupa Emma.

— Oui, madame la baronne. Je vais le prévenir. Désirez-vous quelque chose ?

— Non.

— Bien, madame la baronne. Mais ne devrais-je pas...

— Je n'ai besoin de rien. Je suis très fatiguée. Bonsoir, Cathy.

La servante hésita, puis elle fit une révérence et sortit. Emma renversa la tête en arrière et fixa le plafond sans le voir.

La pendule de la cheminée égrenait les minutes. Après un temps infini et une litanie désespérante de "si seulement", Emma s'endormit.

Il était très tard quand Colin ouvrit doucement la porte de communication et entra dans la chambre d'Emma. À la lueur de sa bougie, il regarda d'abord en direction du lit. Personne. Il scruta le reste de la pièce et découvrit Emma, pelotonnée dans un fauteuil devant la cheminée. Il posa la bougie sur une petite table et contempla ses cheveux qui tombaient sur ses épaules en une cascade d'or, son visage aux lignes pures. Submergé d'amour et de désir, il s'agenouilla à côté d'elle.

— Emma, murmura-t-il. Emma, il faut que vous alliez dans votre lit.

Se réveillant en sursaut, elle se redressa, désorientée.

— Colin ! s'écria-t-elle. Je suis désolée. J'ai fait un beau gâchis.

— Mais non, répliqua-t-il. Tout s'est arrangé au mieux. Orsino est sur le point de quitter l'Angleterre et ne pourra jamais y remettre les pieds. Il sait parfaitement ce qui l'attend, s'il recommence à vous menacer.

— Tout cela est très bien, mais...

— Et puis...

Il marqua une pause.

— Quoi ? s'écria Emma, alarmée.

— Il y a autre chose. Quelque chose qui ne vous plaira peut-être pas.

— Quoi ?

— J'ai demandé à Ferik d'accompagner le comte.

— Quoi ? répéta Emma.

— Il s'assurera qu'Orsino quitte le pays, puis... il continuera jusqu'à Constantinople.

— Ferik est parti ? dit Emma, abasourdie.

— Il n'était guère enthousiaste, mais je... euh... lui ai fait miroiter la possibilité de s'installer comme aubergiste dans son pays. Et je lui ai donné une somme d'argent qui devrait lui permettre de bien s'établir.

Comme Emma ne répondait rien, il ajouta :

— L'idée a paru le séduire. Et il vous envoie son profond respect, ainsi que ses adieux et remerciements les plus chaleureux.

— Il pourra avoir une femme avec une grosse dot et un derrière bien ferme, murmura Emma.

— Que dites-vous ?

— Il sera heureux d'avoir son propre établissement, reprit-elle plus haut. Il me manquera, mais c'est bien comme ça. Il ne se plaisait pas en Angleterre, et je m'inquiétais pour lui. Je cherchais justement une solution.

— Bon, fit Colin, soulagé. Alors, tout va bien.

— Tout va bien ! s'exclama Emma. Dès demain, tout le monde ne parlera que de l'esclandre de la mascarade, on brodera abondamment et on chuchotera dans votre dos. Ce sera un scandale pire que...

Il la fit taire d'un geste, comme si tout cela avait été sans importance.

— Pourquoi ne m'avez-vous pas dit que vous aviez des ennuis ? demanda-t-il. Vous pensiez que je ne vous aiderais pas ?

Emma tourna les yeux vers le feu mourant.

— Non, dit-elle au bout d'un moment. Je savais que vous m'aideriez. C'est bien ce qui me dérangeait.

— Ce qui vous dérangeait ?

— Vous reveniez de la guerre, vous aspiriez à une vie calme et paisible. Vous me l'avez dit. Vous ne vouliez pas d'une femme qui vous empoisonnerait la vie en déclenchant des scandales. Or ils se sont succédé. Des potins sur moi, puis les simagrées de Lady Mary.

— Tout ça n'est...

— Nous avons réussi à en venir à bout, reconnut Emma. Mais quand Orsino a menacé de mentir à mon sujet...

— Emma...

— Il est très convaincant, vous savez. Je l'ai constaté. Avec ses histoires, il a ruiné la réputation de nombreuses personnes. J'avais tellement peur... peur d'un scandale que vous ne pourriez tolérer. Je craignais de vous perdre à jamais.

Avec une infinie douceur, il l'obligea à lui faire face.

— Et cette idée m'était insupportable, acheva-t-elle, les yeux baissés.

— C'est vrai ? demanda Colin d'un ton étrange. Pourquoi ?

— Parce que... dit-elle d'une voix étranglée. Parce que...

Elle se mordit la lèvre. Ce nouveau scandale n'avait donc pas rendu Colin furieux, s'étonna-t-elle. Et il paraissait prêt à revenir à leur confortable arrangement. Elle avait tout ce qu'il lui fallait. Il était ridicule d'espérer plus... d'attendre de son mari des déclarations d'amour.

— Parce que je vous aime ! s'écria-t-elle. Je suis tombée amoureuse de vous, et je ne crois pas pouvoir vivre sans vous.

Ses paroles résonnèrent aux oreilles de Colin. La tête lui tourna. Son cœur s'emballa. Il devait lui dire, songea-t-il. Il savait quelle importance revêtaient ces quelques mots pour celui qui les entendait. Mais, encore maintenant, cela lui était terriblement difficile. Il s'éclaircit la voix.

— Emma ?

Elle leva vers lui ses grands yeux bleus. La lueur de la bougie faisait miroiter l'albâtre de sa peau et briller ses cheveux décoiffés.

— Je... je ne voulais pas vous aimer, déclara enfin Colin. Je voulais un marché sans risque. Je pensais ainsi éviter de voir tout détruit à nouveau. Je désirais me préserver du chagrin que j'avais éprouvé pendant la guerre en perdant mes amis. Si je ne vous aimais pas, je ne pouvais pas être blessé, vous comprenez ?

Emma le regarda sans rien dire.

— Mais, jour après jour, vous avez sapé mes défenses, avoua-t-il. Et, tout en m'en défendant et en essayant de vous le cacher, je suis tombé amoureux de vous.

— Vous m'aimez ? fit Emma, encore incrédule.

— Je vous aime.

— Vous ne me perdrez jamais, promit-elle, la gorge nouée.

— Comment pouvez-vous le savoir ?

— Je le sais !

Il la prit dans ses bras et sentit son cœur battre contre le sien. Le temps sembla s'arrêter. Il resserra son étreinte, comme pour se fondre en elle.

— Ne vous avais-je pas dit que je reviendrais vous obséder, si vous tentiez de vous débarrasser de moi ? lui murmura Emma à l'oreille.

— Tu n'as pas à t'inquiéter d'un nouveau scandale, assura-t-il beaucoup plus tard. Je vais veiller à ce que ta réputation ne soit pas attaquée.

— Je m'en moque, répliqua Emma. J'aimerais vivre

en Cornouailles et oublier Londres. Mais je sais que tes amis te manqueraient, alors...

— Si j'ai quitté la Cornouailles, c'était pour t'aider à être acceptée dans la bonne société. J'ai pensé qu'après tes années d'exil, tu aspirais à cette vie.

— Tu aurais préféré rester en Cornouailles ?

— Si cela avait été possible.

— Tu as quitté Trevallan à cause de moi ?

Colin acquiesça.

— Et moi à cause de toi ! s'exclama-t-elle.

Il haussa les sourcils.

— Je croyais que tu voulais vivre à Londres, que tu voulais être le baron St Mawr, admiré et respecté. Je...

— Je me fiche complètement de tout ça, coupa-t-il.

— Mais pourquoi ne me l'as-tu pas dit ?

— Et toi, alors ? répliqua-t-il en riant.

— Tout ce temps perdu en soirées stupides, quand nous aurions pu être là-bas, avec la mer et les falaises !

— Cela peut facilement s'arranger.

— Comment ?

— Nous allons fermer la maison et partir dès que possible.

— Mais tout le monde prétendra que nous fuyons le scandale...

— Laissons-les dire.

— Oh, Colin ! fit-elle en se jetant dans ses bras.

Il leur fallut trois semaines pour tout mettre en ordre. Ils durent calmer la mère de Colin, prendre congé de leurs amis, et acheter tout ce dont Emma avait besoin pour Trevallan. Chaque jour, Emma s'attendait à apprendre qu'ils étaient devenus la cible des ragots et des moqueries. Lorsqu'elle s'étonna auprès de Colin qu'il n'en fût rien, il sourit.

— J'ai raconté à une ou deux des principales commères de cette ville qu'Orsino et Ferik couraient après la même femme et que j'essayais de les empêcher de s'entre-tuer, expliqua-t-il.

Comme elle le dévisageait, ébahie, il ajouta :

— J'ai dit qu'elle était modiste et qu'elle avait quitté le pays pour l'Amérique. Pas mal, non ? Je trouve que je fais des progrès.

— Colin ! s'écria Emma en se mordant les lèvres pour ne pas rire.

— C'était la meilleure solution. L'histoire ne peut pas nuire à Ferik, et je me moque de la réputation d'Orsino, qui est déjà sérieusement entachée. J'ai été aidé par quelques personnes influentes, qui avaient intérêt à étouffer l'affaire.

— Ta mère ?

— Oui. Et surtout les Morland.

— Lady Mary !

— Sa famille ne veut pas qu'on sache qu'elle s'est rendue à une mascarade, qui plus est avec un homme qui a été expulsé depuis par les autorités.

— Alors, il n'y aura pas de scandale ?

— Apparemment pas. Nous sommes libres de rester à Londres, si nous le souhaitons.

— Mais tu m'avais dit que...

Elle s'interrompit. Colin restait impassible, mais ses yeux violets pétillaient. Elle lui donna une petite tape sur l'épaule.

— Colin, ne me taquine pas comme ça !

— C'est plus fort que moi.

La nuit précédant leur départ, Emma était blottie, heureuse et apaisée, dans les bras de son mari.

— J'ai une nouvelle à t'annoncer, dit-elle.

— Tu as dépensé ce qui me reste de fortune en canapés et en tissus.

— Non.

— Alors, en tapis et en vaisselle.

— Colin !

— Oui, mon amour ?
— Je suis sérieuse.
— Quelle est cette grande nouvelle ?
— Je voulais te dire qu'une des conditions de notre marché était remplie.
— Notre marché ?
— Le marché de notre mariage.
— En ce qui me concerne, les conditions sont plus que remplies. Je n'en espérais pas tant.
— Mais il y avait une chose en particulier que tu désirais, lui rappela-t-elle.
— Toi, fit-il en se penchant pour embrasser son épaule laiteuse.
— Non.
— Il n'y a rien d'autre que je...
Il se redressa sur un coude et la dévisagea.
— J'attends un enfant, déclara-t-elle joyeusement.
Il resta sans voix.
— Jusqu'à ces derniers jours, je n'en étais pas sûre. Mais maintenant, c'est certain. Le bébé naîtra au printemps.
Il posa doucement la main sur son ventre.
— Alors, tu ne dis rien ? Tu voulais un héritier, souviens-toi.
Il cligna des yeux, essayant de refouler ses larmes.
— Pour un marché, c'est un marché.
— Toi, tu as passé un marché. Mais moi, j'ai tout misé sur un pari.
— Et ?
— Et j'ai gagné, répondit Emma en lui souriant avec amour.

Ce mois-ci, découvrez également
deux nouveaux romans de la collection

Amour et Destin

Le 3 janvier 2001

Médecin du cœur

de Katherine Stone (n° 5758/J)

Caitlin est chirurgien. Son meilleur ami, Patrick, lui aussi médecin, est atteint d'une grave maladie. Pour guérir, il lui faut une greffe de moelle osseuse, que seul son jumeau peut lui donner. Mais Patrick et son frère Jesse sont en froid depuis plusieurs années. Caitlin, prête à tout pour aider son ami, demande néanmoins son aide à Jesse. Elle part à sa rencontre aux Caraïbes...

Le 24 janvier 2001

Les sœurs Collins

de Cynthia Victor (n° 5759/J)

Elizabeth et Joanna sont sœurs. La première est une avocate brillante, alors que la seconde évolue dans le journalisme. À la mort de leur mère, Elizabeth se retrouve injustement accusée du meurtre. Elle envisage de fuir tandis que Joanna prendra sa place professionnellement, lui permettant ainsi de mener une enquête parallèle. L'étrange clandestinité qui s'installe entre les deux sœurs va les rapprocher, et ces circonstances dramatiques vont étroitement mêler leurs destins...

5762

Composition Chesteroc International Graphics
Achevé d'imprimer en Europe (France)
par Maury-Eurolivres - 45300 Manchecourt
le 22 décembre 2000.
Dépôt légal décembre 2000. ISBN 2-290-30895-1
Éditions J'ai lu
84, rue de Grenelle, 75007 Paris
Diffusion France et étranger : Flammarion